라이프 인 아메리카

Life in America

장 찬 섭

명문당

Life in America

라이프 인 아메리카

차 례

워싱턴
오리건
몬태나
아이다호
와이오밍
노스다코타
미네소타
위스콘신
미시간
메인
버몬트
뉴욕
매사추세츠
네바다
유타
콜로라도
사우스다코타
네브레스카
아이오와
일리노이
오하이오
펜실베니아
로드아일랜드
인디애나
웨스트
버지니아
버지니아
워싱턴 D.C.
캘리포니아
애리조나
뉴메시코
캔자스
미주리
켄터키
테네시
노스캐롤라이나
오클라호마
아칸소
사우스캐롤라이나
텍사스
미시시피
앨라배마
조지아
루이지애나
플로리다
노스캐롤라이나
그린빌
그린우드
콜럼비아
사우스캐롤라이나
밀레지빌
시카고
뉴욕
워싱턴 D.C.
샌프란시스코
덴버
로스엔젤레스
달라스
애틀란타
노스캐롤라이나
사우스캐롤라이나
휴스톤
마이애미

라이프 인 아메리카

Life in America

40여 년 전
결핵이 무서운 전염병인 줄 알면서도
결핵으로 고생하고 있던 나를
수년 동안 자기 집에 유숙시켜 요양케 함으로써
훗날 내가 재기할 수 있는 계기를 만드는 데
결정적인 도움을 준
고등학교(경기 고등학교 48회) 동창이고
<오뚜기 식품>의 창업자이며 회장인
영원한 나의 벗 함태호(咸泰浩) 군에게 이 책을 바친다.

교회묘지

미국의 남부지방에 살면서 신기한 모습을 하나 접하게 되었다. 남부지방 역시 다른 도시와 마찬가지로 교회가 많다. 그런데 오래 전에 세워진 교회에는 교회 마당에 묘지가 있다. 그것도 한두 개의 무덤이 아니라 수십에서 백여 개의 무덤이 있는 묘지다. 그리고 바로 교회묘지 옆에 주차장이 있다. 물론 최근 신축된 교회에는 마당에 묘지가 없다.

미국 북부지방의 큰 도시 교회에도 마당에 묘지가 있는지 궁금하다. 어떤 교회묘지는 교회 건물에서 2미터도 떨어지지 않은 곳에 있다. 교인들은 묘지 바로 옆 주차장에 차를 주차시키고 예배당으로 들어가 예배를 드린다. 주일 밤 예배 때나 수요일 밤 예배 때도 마찬가지로 묘지 옆에 차를 주차시키고 예배를 보고 나서는 차를 타고 집으로 돌아간다. 교회묘지에 신경을 쓰는 사람은 나 외에는 아무도 없다. 어른도 그렇고 어린아이들 역시 그렇다.

교회 마당에 묘지가 있는 것이 뭐가 이상한가 하고 나에게 오히려 반문할는지 모르겠다. 미국의 교회묘지를 볼 때마다 미국에는 삶과 죽음이 공존하는 사회라는 느낌이 든다. 그리고 삶과 죽음이 직선적으로 연결되어 접속되고 있다는 인상도 받는다. 삶과 죽음을 같은 차원에서 이해하려는 것 같다.

미국에서 살고 있는 한국 사람인 나에게는 미국의 교회묘지가 참으로 이상하게 보인다. 한국에도 지금은 교회묘지가 있다지만, 그것은 교회 마당이 아니라 교회에서 멀리 떨어져 있는 땅을 교회가 구입해서 교인을 위한 묘지로 만든 것뿐이다.

나같이 나이가 든 사람에게는 묘지라면 서울 근교에 있는 망우리 공동묘지를 연상하게 된다. 지금은 그렇지 않지만 옛날에는 망우리 공동묘지에 가려면 시내에서 버스를 타고 한참을 가야 했다. 묘지는 멀리 있어야 하는 것이다. 교회 마당에 묘지가 있다는 것은 상상도 할 수 없는 일이다.

미국에도 공동묘지는 어느 도시에나 있다. 내가 살고 있는 사우스 캐롤라이나 주의 그린우드(Greenwood)에도 공동묘지가 두 군데 있다. 그런데 이 묘지들은 내가 사는 마을에서 자동차로 5분이면 갈 수 있는 외곽에 자리잡고 있다. 묘비에는 주로 인조로 된 꽃이 아름답게 놓여 있고, 가끔 사람들이 묘소를 찾는 광경을 볼 수 있다.

이 공동묘지를 지나쳐도 무섭다거나 하는 생각은 들지 않는다. 그러나 한국 사람에게는 묘지라고 하면 밤에 귀신이라도 나오는 곳으로 여겨지고 있다. 묘지라는 곳은 도저히 우리 일상생활과는 친숙해질 수 없는 개념이다. 그래서 한국은 삶과 죽음이 완전히 단절된 사회가 아닌가 느껴진다. 삶과 죽음이 다른 차원에서 존재하고 있는 것이다.

삶과 죽음 사이에 한국과 미국이 왜 이런 극단적인 차이를 보이는 것일까? 미국 사람들이 신봉하고 있는 기독교와 한국 사람들의 원천적인 신앙의 본산인 샤머니즘과의 차이에서 유래하는 것은 아닌가 하는 생각도 해보았지만 확실한지는 모르겠다.

한국의 기독교인도 마찬가지다. 한국의 기독교인은 샤머니즘적—유교적—불교적—도교적 신자라고 나는 늘 믿고 있다. 은퇴한 카톨릭교의 추기경이 다른 종교에도 구원이 있다고 말한 것으로 보아도 한국의 기독교가 미국의 기독교와는 좀 다른 양상을 보여주고 있음을 알 수 있다. 물론 한국의 보수파 기독교 교단에서는 추기경의 말을 받아들이지 않을 것이다. 어쨌든 한국의 기독교인과 미국의 기독교인의 차이점이 교회묘지를 통해서도 잘 나타나고 있다.

미국에서는 장례를 장의사가 관장한다. 장례식 전날 밤 장의사에서 죽은 사람과 마지막 작별인사를 한다. 관의 위쪽이 열려 있어서 죽은 사람의 상반신을 볼 수 있게 한다. 많은 조문객들이 찾아와서 화장이 잘 된 죽은 사람의 얼굴을 보면서 고인의 살아 있을 때를 회상하는 것이다.

죽은 사람은 침대에 누워서 눈을 감고 잠을 자는 것처럼 보인다. 마치 산 사람을 만나는 느낌이다. 이것이 삶과 죽음의 공존이며 삶과 죽음의 직선적인 연결인 것이다.

한국은 어떠한가? 사람이 죽으면 시신을 천으로 꽁꽁 묶는다. 조문객이 시신을 본다는 것은 상상도 할 수 없다. 이것이 삶과 죽음과의 완전한 차단인 것이다. 왜 두 나라 사이에 이런 차이가 생기는 것일까? 나는 지금까지 동양 사람들은 다 한국 사람과 같은 관행을 따른다고 믿고 있었다. 그런데 송효빈의 《이것이 일본이다》라는 책을 읽으면서 놀라운 사실을 발견했다. 이 책의 한 구절을 인용해 보자.

『가깝게 지내던 일본 사람의 부음을 듣고 문상을 갔다가 기겁을 한 일이 있다. 1층 응접실에서 기다리고 있던 나는 호도께사마(부처님)에게 가자는 안내에 따라 2층으로 올라갔다. 계단을 오르면서 나는 염불하러 온 스님에게 안내하겠다는 줄로만 여겼다.

하얀 홑이불을 젖히고 석고처럼 굳은 시신을 대하고서야 호도께사마가 죽은 사람의 별칭이라는 것을 깨달았다. 그와 동시에 가슴이 철렁했다. 그러나 호도께사마를 대하는 다른 일본 사람들은 무서워하는 기색이 전혀 없어 보였다.

얼마 뒤 일본 친구에게 「시체가 무섭지 않느냐?」고 물어 보았다. 모두가 무섭지 않다는 대답이었다. 대체로 시신을 무서워하는 한국 사람을 이해할 수 없다는 그들의 대답에 부끄러웠다.』(33~34쪽)

일본 사람들도 동양문화권에 속하기 때문에 나는 당연히 일본 사람도 한국 사람과 같이 삶과 죽음이 단절되어 있다고 생각해 왔다. 그러나 이 책에서는 일본도 미국과 같이 삶과 죽음이 공존하고 있음을 보여주고 있다. 같은 동양문화권에 속해 있는 한국과 일본이 이렇게 다를 수가 있는지 참으로 흥미로운 일이다. 중국 사람은 어떤지 궁금하다.

그러나 한국 사람이 시신을 멀리하는 것만은 사실이지만, 시신을 무서워하는지는 잘 모르겠다. 설사 한국 사람이 시신을 무서워한다고 해도 부끄러워할 것은 아니다. 그것은 한국 사람들에게 수천 년간 내려오는 풍속이고 한국의 고유문화이기 때문이다.

죽음에 있어서 한국과 일본의 이 같은 현상은 두 나라 사이의 문화적 배경의 차이에서 오는 것은 아닌가 짐작된다. 문민사회를 골격으로 해서 수천 년 살아온 한국 사람에게는 죽음이란 단지 병들어 죽거나 늙어서 죽을 때에만 경험하는 흔치 않은 현상인 것이다.

요즈음은 교통사고로 죽는다든지 여러 가지 다양한 사고로 죽는 일을 흔히 접하게 되지만, 옛날에는 죽음을 접하는 일이 아주 드물었다. 이런 사회적 문화적 배경으로 한국 사람은 죽음을 멀리하게 되고 경원시한 것이 아닌가 짐작된다.

죽음은 거부되어야 하는 현상인 것이다. 삶과 죽음과의 단절현상이 서서히 그러나 철저하게 실행이 되었다. 그러나 일본은 한국 사회와 완전히 다르다. 일본에는 소위 사무라이(무사)가 사회를 지배하는 문화체제를 오래도록 유지해 왔다. 무사 중심의 사회에서는 죽음이란 언제든지 예기되는 현상이다.

죽음이란 현재에 계속적으로 진행되고 있는 것이며, 죽음이란 그 자체를 항상 받아들여야 한다. 그야말로 삶과 죽음의 공존이고 삶과 죽음의 직선적인 연결이다. 여기에다 한국과 일본의 고유의 신앙사상이 크게 영향을 미쳐서 죽음에 대한 인식 차이를 초래한 것이 아닌가 짐작된다.

궁금한 것은 일본과 미국의 죽음과 삶에 대한 인식이 어디까지가 동질성을 가지고 있으며, 어디서부터 이질화되는지 알고 싶다. 그리고 한국 사회가 고도로 발전해서 각종 사고와 그 밖의 원인으로 죽는 사람이 계속해서 목도되는 경우에 한국 사람의 죽음에 대한 관념도 달라지는 것인지 실로 궁금하지 않을 수 없다.

이곳 지방 신문에 가끔 세상을 떠난 사람을 추모하는 살아 있는 가족들의 추모 기사가 나곤 한다. 10년 전, 5년 전, 혹은 1년 전에 작고한 식구를 추모하는 글에는 고인의 생존시의 사진과 더불어 추모의 기사가 실려 있다.

추모 기사라는 것이 마치 고인이 바로 옆에 있어서 서로 대화하는 것 같은 글이다. 산 사람과 산 사람의 대화이지 산 사람과 귀신이나 혼령과의 대화가 아니다. 이런 기사를 보면서 미국 사람들의 죽음에 대한 인식이 엿보이는 것 같다. 미국 사람들에게 있어서 삶과 죽음은 공존하는 것이며, 삶과 죽음은 직선적으로 연결되어 있는 것이라고 믿고 또 그것을 은은히 주장하고 있는 것 같다.

미국 사람들의 장례식에도 이런 기미를 느낄 수가 있다. 다른 나라와 마찬가지로 미국인들의 장례식도 엄숙하게 거행된다. 남자 조객들은 모두 정장을 하고 검은색 넥타이를 맨다. 요즈음은 좀 해이해져서인지 다른 색의 넥타이를 매고 오는 사람도 있다. 여자들도 물론 정장을 하고 장례식에 참석한다.

순서에 따라서 조사를 슬프게 낭독하는 사람도 있다. 그러나 때때로 조사를 읽을 때나 고인의 회고를 할 때 고인과 관계되는 이야기를 유머를 섞어가며 말하는 사람을 심심찮게 볼 수 있다. 참석했던 조객들 사이에서 농담 비슷한 이야기를 들으면서 웃음소리를 조용히 내는 사람도 있다.

이런 유머가 섞인 조사를 통해서 장례식이 죽은 사람과 영원히 이별하는 슬픈 모임이 아니라 아직도 죽은 사람과 대화하는 모임이라는 것을 강조하는 인상을 받게 된다. 삶과 죽음이 완전히 단절된 것이 아니라 삶과 죽음이 공존되고 있다는 사실을 장례식을 통해서도 인지하게 된다.

한번은 동료 교수인 챈들러 박사의 장례식에 참석했다. 우리 대학에서 가장 건강하다고 여기고 있던 교수 중 한 분이었다. 집무실에서 일을 하다가 갑자기 쓰러져서 병원으로 이송되었으나 20일만에 50이 안된 아까운 인생을 마감했다. 그는 체육학과 교수였는데 시간만 나면 학교 주위를 뛰는 것이었다. 추운 날에도 뛰었고 무더운 여름에도 땀을 흘리면서 뛰었다. 강철 같은 몸을 만들기 위해서 그랬을 것이다.

이 교수가 뛰는 모습을 보면서 우리 대학에서 가장 튼튼한 사람이라고 늘 생각했으며 백 살은 더 살 거라고 믿었다. 반면에 우리 대학에서 육체적으로 가장 허약한 사람은 나였다. 뛰는 것은 생각조차 할 수 없다. 그런데 강철 같던 그는 죽었고 나는 아직도 건재하고 있다. 알 수 없는 세상이다.

세상을 떠난 이 교수의 장례식에 나도 물론 참석했다. 장례식은 엄숙하게 진행되었다. 그에게는 두 딸이 있었다. 작은딸은 내 과목을 수강한 학생이었다. 이 두 딸이 차례로 세상을 떠난 아버지를 위해서 조사를 낭독했다. 조객들을 향해 조용하게 그러나 진지하게 자기 아버지를 추모했다. 한 딸은 나지막하게 조가를 부르기도 했다. 살아 있는 아버지와 대화하는 것 같았다. 삶과 죽음이 영원히 단절된 것이 아니라 공존하고 있다는 인상을 이 장례식을 통해서도 재확인한 것이다.

그런데 한 가지 특이한 것은 미국에는 조위금이 없다는 것이다. 결혼할 때는 현금으로 내지 않고 미리 지정된 물건 가운데서 한 가지를 선택해서 선물을 하는 것이 관례인 것은 뒤늦게서야 알았지만, 장례식에는 다들 빈손으로 간다.

생명보험으로 장례비가 다 충당이 되어서 그러는지, 혹은 집안 식구들끼리만 장례비를 준비하는 것인지 하여튼 조위금을 받는 관습은 없는 것 같다. 그러나 조위금을 교회나 자선단체의 기금으로 헌납하면 감사하겠다는 내용을 신문 부고 난에 명시하는 경우는 흔히 있다.

인간의 가장 큰 욕망은 죽지 않고 영생하고 싶다는 간절한 염원일 것이다. 그러나 사람은 언젠가는 죽어야 하는 숙명을 타고났다. 사람은 언젠가는 자기가 죽는다는 사실을 너무도 잘 알고 있다. 삶에 대한 간절한 욕망과 죽을 수밖에 없는 운명과의 모순을 해결해 보려고 사람들은 필사적인 노력을 경주한다. 삶은 아름다운 것이고 죽음은 비통한 것이다.

미국에 좋은 예가 있다. 어떤 미국 사람들은 자기 이름에 1세, 2세, 3세를 붙인다. 이를테면 존 스미스 1세의 아들은 존 스미스 2세, 또 그의 아들은 존 스미스 3세로 이름지어진다. 존 스미스 1세는 자기가 언젠가는 죽는다는 사실을 잘 알고 있다. 그러나 자기는 영원히 살고 싶은 것이다.

자기가 영원히 사는 한 방편으로 자기 아들과 손자 그리고 그 후세를 통해서 자기가 살아가는 것이다. 자기 이름이 아들에게 이어지고 손자에게 이어진다. 아버지 존은 아들을 부를 때 존이라고 자기 이름을 부르는 것이다. 내가 가르친 학생 가운데도 2세, 3세가 심심찮게 있었다. 그러나 4세는 아직 들어본 적이 없다.

이름뿐만이 아니다. 최근에는 산 사람을 냉동 보관해 두었다가 백 년 후, 2백 년 후에 냉동을 해제해서 산 사람으로 다시 복귀시키는 연구가 한창 진행되고 있다. 이때는 손자도 할아버지, 증조할아버지가 되었을 때이다.

역설 같은 이야기지만 이 세상에 많은 종교도 가만히 그 발생 원인을 따진다면 영원히 살고 싶은 인간의 욕구와 죽을 수밖에 없는 숙명 간의 모순을 해결하고자 하는 데 그 기원이 있지 않은가 생각된다. 종교는 죽음이라는 숙명을 통해서 이 세상의 내가 계속해서 저 세상에서 영원히 사는 것이라는 신앙심을 가지게 한다.

삶과 죽음의 모순을 해결하려고 기독교를 비롯한 각종 종교들은 전 념하고 있다. 장례식 예배 때마다 사회하는 목사가 삶과 죽음의 오묘한 갈등을 해결하려는 설교를 하는 것을 언제나 들을 수가 있다. 그런데 야릇한 것은 40퍼센트가 넘는 미국 목사들이 자기가 한 장례식 설교를 믿지 않는다는 설문 조사를 읽은 기억이 난다.

미국 사람들은 주로 기독교의 영향으로 삶과 죽음을 같은 차원에 놓고 한 차원에서 공존하고 있으며, 이 두 현상을 직선적으로 연결 되는 것이라고 이해하려는 반면 한국 사람들은 전통적인 샤머니즘의 영향으로 삶과 죽음을 완전히 다른 두 차원에서 이해하려고 하는 것 같다. 그래서 삶과 죽음은 완전히 차단된 다른 차원에 속하고 있다. 삶과 죽음이 연결되는 방법에는 오직 초혼제나 진혼제를 통해 서만 가능하다. 삶과 죽음은 사람과 귀신과의 관계를 통해서만 연결 이 된다.

미국에도 귀신은 있다. 할로윈이 귀신과 연관된다. 10월 말일에 사 방이 어두워지면 아이들이 온갖 귀신 형태의 옷을 입고 집집마다 돌 아다니면서 귀신으로서 먹을 것을(주로 과자 종류) 귀신의 이름으로 요구한다. 먹을 것을 주지 않으면 귀신인 내가 저주할 것이라는 은근 한 위협까지 가한다. 집주인들은 이 귀신들이 무서워서(?) 과자 등을 한 움큼씩 안겨 준다. 그래야 귀신의 저주에서 해방이 된다.

그런데 요즘에는 불상사와 범죄를 미연에 방지하고자 12세 이상의 아이들에게는 이 귀신 옷을 입지 못하도록 금지시키고 있다. 미국에서는 귀신과의 만남도 즐거운 것이다. 할로윈은 귀신(죽음)과 살아있는 아이들(삶)이 공존하고 있음을 계몽하는 일종의 행사인 것 같다. 나도 해마다 10월 초가 되면 가게에 가서 과자나 사탕을 듬뿍 사다 놓고 할로윈에 대비한다. 할로윈도 요즈음에 와서는 너무 상업화되었다는 느낌이 든다.

할로윈에 한번은 어린아이가 와서 과자를 주었더니 그 애의 어머니가 나한테 다가오더니 반갑게 껴안으면서 재회의 헉(서로 껴안으면서 인사하는 것)을 했다. 내가 가르쳤던 여학생이었다. 우리도 옛날에 아이들이 미국에 온 첫해에 집집을 돌면서 할로윈을 즐겼던 기억이 아직도 생생하다.

한 사형수의 사형 집행이 신문에 보도되었다. 백인인 이 미국 사람은 베트남전에 참전해서 훈장까지 받은 제대 군인이었는데 연방정부가 너무 전횡한다고 해서 그 보복으로 오클라호마 시의 연방정부 건물을 폭파해서 168명의 사망자를 내고 많은 부상자를 내게 한 장본인이다. 그래서 사람들은 그를 악마라고 지칭하기도 했다. 미국 역사상 초유의 미국인에 의한 대규모 국내 테러 사건이다.

그러나 이 사람은 자기는 정의를 위해서 행동한 의거라고 죽을 때까지 믿고 있었다. 사형이 집행되는 동안 기자들과 피해자 가족들은 사형 집행의 증인으로 사형수가 주사를 맞으면서 죽어가는 과정을 지켜보았다. 이들은 한 젊은이의 마지막 삶과 죽음이 접속되는 순간을 똑똑히 목도했다. 이로써 미국에서 있었던 가장 참혹했던 테러 사건은 막을 내렸다.

그러나 미국 사람들은 이런 일이 왜 일어났어야 했는지를 자문하면서 허탈상태에 빠져 있다. 이 사건은 또 사형제도가 올바른 형벌인가를 다시 생각하게 하는 기회를 미국 사람들에게 주었다.

사형제도를 반대하는 사람들이 이번 기회를 타서 목청을 높이고 있다. 미국 사람들도 유럽의 여러 나라에서 사형제도를 폐기한 것을 잘 알고 있다. 특히 살인죄가 확정되었던 죄수들이 디엔에이(DNA) 테스트를 통해서 무죄로 석방되는 경우가 생기면서부터 미국의 사형제도는 앞으로 활발한 논의가 계속될 것으로 믿어진다.

한국에도 사형제도를 반대하는 운동이 일부 종교단체들에 의해서 전개되고 있다고 한다. 더욱이나 51명이 사형선고를 받았는데도 1997년 12월 이후 4년 동안 사형이 집행되지 않고 있다고 한다. 사형 집행을 신중하게 처리하는 한국 정부의 처사에 경의를 보낸다.

이번의 처형은 또한 삶은 무엇이며 죽음은 무엇인가를 다시 한번 되새기게 한다. 여러 종교들이 삶과 죽음의 문제를 완전히 해결했다고 설득하고 있지만 과연 그 설득에 모두가 공감하고 있는지는 잘 모르겠다. 나도 착실한 기독교인이 되려고 평생 노력해 왔지만, 오히려 삶과 죽음의 문제는 영원히 해결되지 않는 인간의 숙제가 아닌가 생각되기도 한다. 우리는 오만하지 말고 구도자의 입장에서 겸허하게 삶과 죽음의 오묘한 문제에 접근하여야 하지 않는가 생각된다.

몇 해 전 토네이도가 한 교회를 강타해서 부활절 준비를 하고 있던 어린아이들이 희생된 참사가 발생했다. 희생자 중에는 이 교회 여자 목사의 어린 딸도 있었다. 그녀의 남편 역시 이 교회 목사였는데 마침 출타하고 없었다. 추도예배 때 딸을 잃은 여자 목사가 추도사를 읽었다. 교회에서 부활절 준비에 여념이 없던 이 천진난만한 어린아이들에게 왜 이러한 참사가 일어나는 것인가? 삶은 무엇이며 죽음은 우리에게 도대체 무엇인가?

몇 년 전 한국에서 있었던 일이다. 사글세를 낼 돈이 없어서 젊은 부부와 두 아이가 집단 자살하였다. 저 세상에서는 행복하게 살자고 굳게 다짐하면서. 인간의 최후 수단인 자살을 결행할 때까지 이 가정의 가장과 부인이 당해야 했던 말 못할 정신적 육체적 고통을 어렴풋이 짐작할 것 같다.

인생의 비극이 이 가정에만 한정된 것은 아니겠지만, 왜 이 가정은 이런 삶을 살다가 또 이렇게 죽어가야 했는가? 오늘도 교회묘지 앞으로 차를 몰면서 이런 생각 저런 생각을 해본다. 오늘은 유난히 한국에 있는 부모님 묘가 간절하게 생각이 난다. 평생 불효자식이었기에 더 그런 것 같다.

얼마 전 앞집에 살던 라그론 할아버지가 91세로 세상을 떠났다. 그 노인은 10여 년 전 앞집으로 이사 온 후 우리와 매우 가깝게 지냈다. 우리가 여행하기 위해서 출타할 때는 꼭 이 노인한테 가서 집을 비우는 동안 집을 좀 봐달라고 부탁하곤 했다. 그러면 노인은 성실히 우편물과 신문을 챙겨 두었다가 우리에게 전해 주었다.

이 노인은 소위 남부의 진짜 미국 신사였다. 요즈음은 세상이 많이 변해서 미국에서도 옷을 간편하게 입는 게 유행인데도 이 노인은 사시사철 긴 와이셔츠에다 긴 바지를 단정하게 입고 있었다. 건강의 축복을 받아서 90세가 넘도록 보청기도 안 쓰고 허리도 꼿꼿해서 나의 부러움을 샀다. 일하던 회사에서 70세까지 근무하라고 해서 그때까지 일을 했다고 한다. 회사에서도 상사의 두터운 신임을 받았던 것 같다.

만나는 기회가 많아서 이 노인과는 세상 돌아가는 이야기를 가끔 나누었다. 아내와 같이 학회에 참석하느라고 또 편지와 신문을 부탁했다. 목요일에 갔다가 토요일 밤에 돌아왔다. 주일날 교회에 갔다 와서 문을 두드려도 아무런 반응이 없어 약간 이상한 예감이 들었다. 할아버지 집 차고에는 차도 그대로 있었다.

그런데 그 날 밤 늦게 라그론 할머니로부터 전화가 걸려왔다. 편지를 찾아가라는 것이었다. 집 문을 나서려는데 마침 노인의 딸이 우리 집까지 편지뭉치를 가지고 와서는 아버지께서 목요일 밤에 자리에 눕다가 잘못해서 엉덩이뼈가 부러져서 지금 병원 중환자실에 입원하고 있다는 것이었다. 할머니와 딸이 병원에서 집으로 바로 돌아오는 길이었다. 그래도 우리의 편지를 걱정해서 전화를 한 것이다. 너무나 죄송스러웠다.

할아버지가 입원해 있는 동안 아내와 같이 여러 번 문병을 갔다. 우리를 겨우 알아보는 것 같았다. 간호학생들을 병원에서 가르치면서 노인 환자들을 많이 보아온 아내는 이 할아버지가 너무 연로하기 때문에 회복할 가능성이 어려울 수도 있다고 나한테 귀띔해 주었다.

아내가 여러 가지로 수술에 관한 의학적인 이야기를 할머니에게 해주었는데 할머니가 아주 고마워했다. 연로한 노인들은 수술에서 회복되기가 힘들다고 병원을 나오면서 아내가 나한테 또 귀띔한다. 수술한 지 열흘이 좀 지나서 할아버지는 수술에서 깨어나지 못하고 결국 세상을 하직했다. 그래도 천수를 사신 것이다. 다치지만 않았으면 좀 더 사실 수 있을 터인데 하면서 아내는 서운해 했다.

돌아가실 연세에 가족들에게 폐도 전혀 끼치지 않고 조용히 그리고 편안하게 이 세상을 뜨신 것이다. 얼마나 부러운 일인가! 토요일에 세상을 떠났는데 다음날 일요일 오후에 장례를 치렀다. 왜 그렇게 갑자기 장례를 치르는지 그 이유는 모른다. 그래서 장례식 전날에 있는 유가족과 만나는 시간이 생략되고 장례식이 거행되기 전 한 시간 가량 유가족과 만나서 인사를 하는 기회가 마련되었다.

관에 반듯이 누워 있는 고인의 시신 앞에서 나는 조용히 잠시 서 있었다. 아무 부담 없이 세상 돌아가는 이야기를 나누면서 친하게 지내던 할아버지다. 안녕히 가십시오.

할아버지가 다니던 교회의 교인들, 그리고 할아버지의 외동딸이 여기 고등학교의 교장으로 있기 때문에 학교 관계자가 여러분 참석한 것 같다. 관례대로 장의사에서 장례식 예배를 드리고 또 장지에서 간단한 고별 예배를 드렸다. 사회 목사가 한두 번 할아버지의 생존의 행적을 더듬으면서 농담 비슷한 유머를 해서 참석자들을 조용히 웃겼다.

그런 와중에 나는 관을 드는 운구요원 중의 한 사람으로 뽑혔다. 세상을 떠난 사람과 가장 가까운 사람만이 운구요원으로 뽑힌다. 미국에 와서 처음 있는 일이었다. 또 한 사람을 저 세상으로 보낸다. 언젠가는 내 차례가 오겠지. 이제는 이 세상에 대한 아무런 미련이 없는 것 같다. 나도 살 만큼 살았다. 나도 이 할아버지처럼 이 세상을 하직할 때 가족들에게 폐를 끼치지 않고 저 세상으로 갔으면 하는 것이 유일한 소원이다.

미국에서 자동차를 타고 가다 보면 길가에 십자가가 놓여 있거나 땅에 꽂혀져 있는 것을 볼 수 있다. 주로 큰 나무나 전신주 앞에 세워져 있다. 이것은 언젠가 자동차를 운전하던 사람들이 어떤 이유든

간에 큰 나무나 전신주를 들이받고 교통사고를 일으켜 사망한 것을 의미한다. 나중에 사망한 사람들의 유가족들이 사고 장소를 찾아와서 고인을 길이 추모하기 위해서 작은 십자가를 세워 놓는다.

자동차 사고가 나는 원인은 다양하다. 본인의 실수로 일어날 수도 있겠고, 상대방의 실수로 사고가 날 수도 있다. 자동차가 갑자기 고장이 나서 사고가 나는 수도 드물지 않다. 어떤 경우이든 비극임에는 틀림없다. 자동차가 많은 미국에는 자동차 사고로 사망하는 사람도 많다. 아까운 생명들이 문명의 이기에 희생이 된다니 아이러니가 아닐 수 없다.

상가(喪家)에는 친지들이나 가족들이 음식을 가져가는 것이 상례로 되어 있는 것 같다. 슬픔에 잠겨 있는 유족들이 음식을 차릴 경황이 없기 때문이다. 장례식은 주로 장의사가 관장한다. 장의사로 차를 몰고 가면 장의사 직원이 묘지까지 가는지를 알아보고 주차 장소를 지정해 준다. 그리고 운구요원(pallbearers)과 운구요원의 뒤를 따르는 사람들(honoraru escorts)은 주차장을 따로 배정한다. 운구요원은 고인과 가장 절친한 사람들 중에서 선정되고 관을 따르는 사람들도 고인과 인연이 깊은 사람들이다.

장례식이 끝나고 장지로 향할 때는 장지로 가는 차들이 일제히 전조등을 켠다. 장례행렬 차는 경찰차가 앞에서 호위한다. 장례차 행렬이 지나갈 때는 오가는 모든 차들이 차를 멈추고 고인에게 조의를 표한다. 장례행렬 차는 빨간 신호에도 멈추지 않고 진행할 수 있다.

장지에 도착하면 간단한 고별예배를 보는 것으로 장례식은 끝이 난다. 하관하는 등의 모든 작업은 장의사 직원들이 식이 끝나고 사람들이 돌아간 후에 처리한다. 시신이 땅에 묻히는 것이 상례이나 모설리엄(mausoleum)이라고 해서 지상 건물에다 안치하는 방식도 있고 또 다른 나라들처럼 화장하는 경우도 있다. 화장이 비용이 절약이 된다고 해서 관심을 끄는 것 같다. 이렇게 해서 미국 사람들이 한 사람 한 사람 저 세상으로 떠나는 것이다. 여기에 미국에 사는 한국 사람도 포함되고 또 나도 포함될 것이다.

서울보건대에 장례지도과가 있다. 이 과의 졸업생들이 시신을 깨끗하게 씻고 단장시키는 일을 한다고 한다. 시신을 만지는 이들에게 사람들이 「무섭지 않느냐?」고 늘 묻는다고 한다. 시신을 씻고 단장시킬 때 이들은 시신을 마치 산 사람처럼 대한다고 한다. 「할머니, 얼굴을 씻어 드리겠어요」

이런 소식에 접하면서 놀라움이 앞선다. 한국에서도 서서히 삶과 죽음이 완전히 단절되지 않고 산 사람과 죽은 사람이 공존하면서 직선적으로 연결되는 과정이 진행되고 있는 것처럼 느껴진다. 언젠가 죽은 사람이 조금도 무섭지 않다는 소리를 한국에서 들을 수 있는 날이 올는지도 모르겠다.

감사장

멍청한 사람으로 일생을 살아왔기 때문에 나는 평생 장 자리 한번 해본 적도 없고 상장을 받아 본 일도 없다. 그런데 얼마 전 뜻밖에도 내가 다니고 있는 미국 교회로부터 감사장을 받았다. 이 교회에서 거의 26년을 주일학교 부녀반을 맡아서 매주일 성경을 가르쳤다. 내가 가르치던 대학에서 은퇴하고 나서 한 학기 지난 후 학교 사정으로 한 과목을 가르쳤는데, 강의할 때마다 목이 너무나 아파서 어렵게 그 학기를 끝냈다.

교회에서 주일마다 한 시간씩 가르치는데도 목은 계속 아팠다. 그래서 내가 더 이상 성경을 못 가르치겠다고 사의를 표명했다. 다행히 새 교사를 곧 찾을 수 있어서 나는 성경 가르치기를 무사히 후임 교사에게 인계할 수 있었다. 2, 3주 후에 교회에서 예배를 보는 도중 광고 시간에 주일학교 부녀반의 한 여신도가 교단으로 나가더니 나더러 나오라는 손짓을 했다. 그녀는 커다란 사진틀을 나에게 보이면서 전체 교인들에게 말하는 것이었다.

「장찬섭 박사님이 26년 동안이나 성실하게 주일학교에서 가르치다 사임했는데 그간의 노고에 조금이라도 보답하기 위해서 감사장을 마련해서 박사님에게 드리려고 합니다」

감사장에 있는 글을 교인들에게 낭독하고 나서는 감사장을 나에게 전달하는 것이었다. 내용은 그녀가 이야기한 것과 비슷했으며 그 감사장에는 내 사진도 들어가 있었다. 뜻밖의 일에 얼떨떨해서 다만 「감사합니다」라는 한 마디만 하고 감사장을 들고 내 자리로 돌아왔다.

미국 사람들은 당사사가 눈치채지 못하게 일을 추진하는 경우가 많은데, 이것은 서프라이즈(surprise)라고 해서 즐겨 쓰이고 있다. 예배가 끝나자 부인반의 몇 분이 나를 교실로 안내했는데 나는 내 눈을 의심했다. 예배 시간에 나에게 준 감사장보다는 조금 작지만 똑같은 사진틀이 벽 한가운데 걸려 있는 것이 아닌가! 글의 내용도 같고 내 사진도 똑같았다. 큰 사진틀의 감사장은 가지고 가서 집 벽에다 걸라는 것이며, 조그마한 사진틀은 예배당의 주일학교 부인반 교실 벽에다 걸어 놓은 것이었다.

이 감사장의 사진틀은 우리 교회의 부인반 교실에 영원히(?) 남게 되는 것이다. 처음에는 충격적인 일로만 받아들였지만, 이것은 하나의 작은 역사적인 사건이다. 우리 교회는 백인 교회다. 그리고 나는 같은 교인이지만 동양 사람이다. 우리 교회에는 동양 사람이라곤 우리 집 식구밖에 없다. 이 부인반 여신도들에게는 우리 식구가 낯선 동양 사람인지도 모른다. 흑인들은 많이 있지만 동양 사람들은 별로 없는 도시에 있는 교회이기 때문이다.

우리 교회 교인들은 겉으로 나타내지는 않지만, 대부분의 백인이 그렇듯이 거의가 백인 우월의식을 가지고 있다. 우리 교회의 할머니 한 분은 우리 집 작은아이를 처음 봤을 때 흑인인 줄 알았다고 했다. 나중에 한국 사람이라는 것을 알고서 안도의(?) 한숨을 쉬었는지도 모른다. 내가 잘 알지는 못하지만 백인만으로 구성된 미국 교회에 한국 사람의 감사패 틀이 교회 안에 걸려 있는 것은 미국 전체에서 내가 처음이 아닌가 생각된다. 그래서 작은 역사적인 사건이라고 부르고 싶다.

처음에는 좀 어색해서 벽에 걸려 있는 감사장 틀을 떼라고 말할까 하다가 이것이 내 개인의 명예나 문제가 아니라 작은 역사적인 사건인 것 같아서 아무 말을 하지 않았다. 주일학교 부인반 신도들은 매주일 내가 지켜보는 아래서 성경공부를 하고 있는 셈이다.

우리 교회에는 친교실에 여자 사진이 하나 걸려 있다. 이 분은 오래 전에 이 교회가 창설될 때 중추적인 역할을 했다고 한다. 기거하기가 어려워서 양로원에 들어갈 때까지 내가 가르치는 주일학교 부인반에 열심히 참석했다. 이 분의 사진이 교회에 걸려 있는 유일한 사진이었다. 그리고 내 사진이 두 번째로 걸려졌다. 우리 교회는 감리교회이기 때문에 여러 목사님이 시무했지만 이분들의 사진은 걸려 있지 않다. 이 교회를 위해서 특별히 수고하신 목사님들의 사진이 앞으로 교회 안에 걸릴는지는 잘 모르겠다.

내가 성경반을 은퇴하고 나서 얼마 안 있다가 지금 시무하는 목사의 전임으로 헌신적으로 봉사하신 목사님의 사진이 걸려졌다. 이제는 세 개의 사진이 우리 교회에 걸려 있다. 나는 헌금을 많이 한 사람도 아니고, 정치적으로나 사회적으로 유명한 인사도 아니다. 그렇다고 만사를 제쳐놓고 교회를 위해서 봉사하지도 않았다. 주일마다 교회의 부인반에서 성경을 가르치는 일이 봉사의 전부였다.

나는 교회 안이나 밖에서 정말로 무명인사다. 그리고 이 교회에는 낯선 동양에서 온 한국 사람이다. 한국에는 한국 교회를 위해서 많은 공헌을 하고 수고를 한 미국 선교사들의 공로를 기념하는 일이 흔히 있다. 그러나 나는 미국에 선교사로 온 것도 아니다. 그래서 작은 역사적인 사건이라고 부르고 싶다.

내 사진이 들어 있는 감사장 틀이 이 교회에 50년 후나 100년 후에도 걸려 있을 것이다. 이들이 내 사진을 물끄러미 쳐다보면서 무슨 반응을 보일 것인지도 궁금하다. 그때는 이 교회에 백인도 있고 흑인도 있고 또 동양 사람도 있을는지 모른다. 그렇게 되기를 진심으로 기원한다.

혹시나 이 역사적인 작은 사건이 미국에서 고질병이 되고 있는 인종간의 갈등이 해빙되는 계기가 될는지도 모른다. 그리고 주일학교 부인반의 여자 교우들이 자기들도 모르게 선지자적인 역할을 했는지도 모른다. 미국 역사상 흑인 병사들이 여러 전쟁에서 생명을 희생하면서 혁혁한 공훈을 세웠는데도 전혀 인정을 받지 못하고 땅에 묻혀 있다가 최근에야 하나 둘씩 그들의 전공을 기리는 것을 보아도 인종 문제가 미국에서 얼마나 심각한 것인지를 짐작할 수 있다.

그러나 인간의 성격상 마음을 찌르도록 고마운 사람에게는 인종간의 차이는 보이지 않고 고마운 것만이 보여서 나에게 진정으로 고마워하는 마음으로 감사장을 주고 또 교회 안의 한 방에 그 감사장 틀을 걸었는지도 모른다. 인종을 초월한 기독교인의 허물없는 참사랑을 보이는 상징인 것 같기도 하다. 그러나 나를 전혀 모르는 백인 교인들이 후에 동양 사람의 사진이 교회에 걸려 있는 것이 보기 싫어서 떼어버릴 수도 있을 것이다. 훗날 이 교회 역사가 말해 줄 것이다. 기다려 보자.

이 백인 교회에 나간 지 1년쯤 되었을 때 한 여자 교인이 나에게 주일학교의 부인반을 가르칠 수 있느냐고 청을 하기에 나는 즉석에서 응낙했다. 왜 나한테 부탁했는지 그 이유를 지금도 잘 모르겠다. 동양 사람인 나에게 말이다. 대학교수이기 때문인가? 어쨌든 이렇게 해서 이 교회의 부인반과 인연이 맺어진 것이다. 이 성경반은 열 명 내외의 여신도로 구성되어 있고 평균 연령이 처음에는 50세 정도였는데 내가 그만둘 때에는 70세가 훨씬 넘은 것 같았다.

이 부인반의 구성원이 똑같은 것은 물론 아니고 매우 유동적이었다. 내가 가르치던 26년 사이에 이 부인반에 소속했던 여러분이 세상을 떠났다. 어떤 때는 2개월 내지 3개월 사이를 두고 두세 분이 세상을 떠난 일도 있었다. 이들의 장례식에는 꼭 참석했다. 그래서 나는 미국에 사는 동포 중에서 미국 사람의 장례식에 가장 많이 참석한 사람 중 한 사람이 되었다.

장의사에서 죽은 사람과 마지막 작별인사를 하는 모임에서 어떤 유가족은 나한테 다가와서 「고인이 생전에 장 박사 이야기를 많이 하셨습니다」라고 일부러 인사하는 것이었다. 할머니들은 돌아가시거나 거동이 불편해서 교회에 더 이상 나올 수 없게 된다. 그러면 새로운 여신도가 우리 성경반에 합류한다. 그래서 이 부인반은 세대교체 같은 신진대사가 활발한 편이다.

이 부인반의 여신도들 가운데는 과부도 있고 두세 번 재혼한 사람도 있는가 하면 평생 결혼을 하지 않은 사람도 있었다. 그러나 내가 사임할 때에는 거의가 다 과부였다. 내가 이 성경반을 가르치기 시작한 후 은퇴할 때까지 계속 성경반에 남아 있었던 사람은 오직 한 사람뿐이었다.

훌륭하게 편집된 교재를 쓰기 때문에 가르치는 나에게는 큰 도움이 되었다. 토요일 저녁, 한 시간쯤 다음날 가르칠 것을 위해서 열심히 준비했다. 주일날 아침 거의 한 시간쯤 나는 준비한 교재를 토대로 이 부인반의 여신도들에게 성경을 가르쳤다. 그 날의 성경말씀과 관련되는 여러 가지 문제들을 의제로 토의했다. 그러나 정치문제는 직접 논의하는 것을 삼갔다.

이 부인반 여신도들은 미국 남부지방 백인의 가치관을 가지고 있었기 때문에 이들은 이 가치관에 입각해서 성경을 이해하려고 하는 것 같았다. 매우 보수적인 것이 특색이라고 할 수 있다. 흑인들과는 백인의 종래의 태도대로 전혀 접촉이 없고 멀리하는 것이었다. 그러나 나는 토의하는 성경 구절을 우리가 부딪치는 현실문제와 연결시키면서 이해시켜 보려고 많이 노력했다. 교재의 저자도 그런 방향으로 유도하는 것 같아서 공감이 갔다.

미국에서 크게 문제가 되고 있는 임신중절 문제, 동성애 문제, 성교육 문제, 여자목사 안수 문제 등이 거론되어서 기독교인으로서의 해결을 모색하기도 했다. 인종차별에 대한 주제는 다루기 힘든 문제였지만, 나는 이 부인반의 여신도들을 계몽시켜 보려고 시도를 했다. 인종문제에 대해서 기독교인으로서의 올바른 이해가 없다면 참된 기독교인이 될 수 없다는 사실을 직접 간접으로 이 부인들에게 설득시키려고 나로서는 무던히도 애를 썼다.

어떤 때는 이들을 질타하기도 했다. 「다른 종교에도 구원이 있는

가?」하는 주제는 아주 심각한 문제이기 때문에 이따금 유태교를
예로 들면서 조심스럽게 제기해 본다. 우리 성경반의 부인들은 다
른 미국 사람처럼 오직 기독교만이 이 세상의 유일한 종교라고 믿
고 있기 때문에 다른 종교를 다룰 때는 신경을 많이 쓴다. 이런 말
저런 말을 들을 때마다 이 부인들이 고민하는 모습이 뚜렷하게 엿
보였다.

어떤 때는 시끄러운 문제들을 끌고 들어오는 장 박사가 너무 싫어
지고 미워졌는지도 모른다. 그러나 이들은 꾸준히 나의 성경반에 빠
지지 않고 참석했다. 어떻게 보면 미국의 기독교인들은 고민하는 교
인인 것 같다. 세상은 눈코 뜰 사이 없이 너무나 빨리 변천하고 그럴
때마다 자기들 과거의 잘못된 가치관이나 행동양태가 자꾸만 드러나
는데 처리할 방법은 막연하고 명시되지 않아서 고민하고 방황하는 것
같았다. 급속하게 변하는 세상을 주도하기는커녕 질질 끌려 다니는
것 같았다.

그러나 방황하고 고민하는 모습에서 우리는 참 종교인의 모습을 볼
수 있는 것은 아닌가? 모든 것이 해결되었다고 떠들어대는 종교인들
은 참된 경지에 들어가기에는 아직도 멀고 먼 것 같다. 겸허하게 구
도하는 자세에서 참 종교인의 모습을 엿볼 수 있는 것 같다. 해결점
을 찾았다는 데서가 아니라 해결하려고 버둥대는 그 모습에서 소위
열반의 세계를 경험하는 것은 아닌가?

이 부인반 여신도들이 나의 서툰 영어를 잘 참고 나를 잘 이해해
주었다. 성경을 해설할 때 우리 가정을 예로 드는 경우도 가끔 있었
다. 우리 아이들은 고등학교를 졸업할 때까지 우리 교회를 다녔기
때문에 부인들은 우리 아이들을 잘 알고 있다. 내 이야기를 할 때도

있고 내 아내 이야기를 할 때도 있다. 그래서 이 여신도들에게는 우리 집에 숟가락이 몇 개 있는 것까지 다 알 정도이다. 그러나 무엇보다도 한국 교회의 이야기와 한국 사람들의 삶을 자주 이야기해 주었다. 이 여신도들은 한국에 대해서는 나름대로 도사가 다 되었을 정도다.

한번은 한 할머니가 우리 성경반에서 「내가 자주 가는 큰 도시에는 한인교회가 한 길 건너서 있는 것 같더라」는 이야기를 하였다. 한국에 대해서 귀가 아프도록 들었으니까 눈에 보이는 것이 한인교회였던 것 같다. 많은 미국 선교사들이 머나먼 한국에 와서 선교를 하는 동시에 한국의 개화에 많은 공헌을 하였다는 사실도 상기시켜 주었다. 이들에게는 생소한 소식이다.

이제는 한국에도 기독교인이 전 인구의 20퍼센트가 더 된다는 것도 알고 있으며 세계에서 제일 큰 교회가 한국에 있다는 사실이나, 대부분의 교회가 장로교회라는 사실도 너무 여러 번 들어서 이제는 잘 알고 있다. 6·25 사변 때 한국 국민이 겪었던 참상도 여러 번 이야기했다. 그리고 해방 후부터 특히 한국동란 때 미국 정부나 미국 교인들이 보내준 정성어린 원조에 대해서 한국 국민은 늘 고맙게 생각한다고 얘기해 주었다.

이런 얘기를 들을 때는 우리 성경반 부인들과 할머니들은 뿌듯해 하는 것 같았다. 칭찬하는데 싫다는 사람이 어디 있는가? 한국의 교인들은 담배도 안 피우고 술도 일체 입에 대지 않는다는 사실도 이야기했다. 한국 교인들이 교회에 열심히 모이는 사실도 알려 주었다. 거의 매일 새벽에 모이는 새벽기도회를 비롯해서 주일 낮예배, 주일 저녁예배, 수요일 밤예배, 금요일 밤의 가정예배 등을 애기해 주었다.

미국의 우리 교회는 주일 낮예배가 고작이다. 한국 교인들이 헌금을 많이 한다는 사실도 이야기해 주었다. 어떤 때는 한국을 방문했을 때 참석했던 교회 주보에 보도되는 헌금 액수를 알려주기도 하고, 어떤 때는 미국에 있는 한인교회의 주보를 보여주면 그 헌금 액수에 대해 혀를 차면서 놀라기도 한다, 그런데 이렇게 헌금을 많이 내고 교회에 열성적인 한국 교인들이 미국 교인들보다 더 기독교적이고 참된 신자인가라는 질문에는 내가 확답을 내릴 자신이 없다.

이 여신도들이 남부의 백인들이기 때문에 자기들이 가지고 있는 가치관과 충돌될 때 마찰이 생기기도 한다. 미국은 총기 소유가 허용되는 나라다. 총기 때문에 많은 사람이 다치고 죽어가도 총기 소유는 헌법이 보장하는 자유라고 하면서 총기 소유를 고집하고 있다. 일부의 미국 사람들이 총기 소유에서 오는 위험성을 강조하면서 총기 소유를 제한하고자 운동을 벌이기도 하지만 실패하기가 일쑤다.

미국에서 살다 보니 총기 소유를 주장하는 사람들의 주장도 역사적인 관점에서 보면 이해가 되기도 한다. 내가 한국에는 총기 소유가 법으로 금지되어 있다는 사실을 얘기해 주면서 총기로 인한 범죄나 사상자는 극히 드물다는 사실을 상기시켜도 이 부인반 여신도들은 별 반응이 없다. 듣기 싫은 소리는 하지 말라는 것 같다. 그러나 나는 이따금씩 이 문제를 들먹거린다.

한번은 옛날 한국에서는 결혼한 부부 사이에 사내아이를 못 낳는 경우에는 사내아이를 낳기 위해서 첩까지 두는 시대가 있었다는 이야기를 한 적이 있다. 한 여신도가 얼굴색이 달라지면서 어떻게 그런 일이 있을 수 있느냐고 반문하는 것이었다. 자기가 가지고 있는 가치관으로서는 상상도 할 수 없는 말을 들은 데서 오는 자연발생적인 거부 반응인 것 같았다. 나 역시 말조심해야 되겠다고 뉘우쳤다.

다른 문화권에 속해 있는 사람들의 상이한 가치관 때문에 같은 기독교인이라도 서로 이해하는 것이 힘들다는 사실을 뼈저리게 느꼈다. 옛날 일을 가지고 공연히 긁어 부스럼을 만든 것 같았다.

조카아이 이야기도 했다. 내가 서울을 방문했을 때는 대학생이었던 조카는 어떤 때는 밤늦게 자정쯤 돼서야 집에 들어온다. 버스도 타고 전철도 타고 또 역에서 집까지 5분을 더 걸어서 온다는 것이다. 「밤중에 다 큰 처녀가 혼자서 다니는 것이 위험하지 않느냐?」라고 물었더니 조카의 대답이 의외였다. 「뭐가 위험하다는 거예요? 아무렇지도 않아요」 아주 자신있게 대답한다.

우리 반의 여신도들은 우리 도시와 같이 작은 도시에도 밤에 혼자서 그것도 여자 혼자서 다니는 것이 위험하다는 것을 잘 알고 있다. 그러나 한국에도 여러 가지 범죄가 있다는 사실도 얘기했다. 조카가 사는 도시(서울)의 인구가 천만이 넘는다는 것과 우리가 살고 있는 주보다 좀 큰 한국에는 인구가 4천만이 훨씬 넘는다는 사실도 얘기해 주었다. 우리 주의 인구는 350만이 될까말까 할 정도다. 그래서 한국에는 집값이 아주 비싸다는 사실도 나의 성경반 학생들은 잘 이해하고 있다.

이 여신도들은 나를 따뜻하게 대해 주었다. 생전 처음 만나는 한국 사람과 오래 사귀고 접촉하다 보니 인종적인 편견이 희석이 되는 것 같았다. 나도 악하지는 않은 사람이고 이 여신도들도 다들 착한 사람이다. 착함과 착함이 부딪칠 때 다른 이물질은 녹아버리는 것 같다.

내가 한국에 있을 때 너무 병약해서 한번은 주치의가 나의 어머니에게「당신의 아들이 앞으로 2, 3주 넘기기가 힘들 것 같습니다」라는 경고를 한 일도 있었다. 20대 초반에 있었던 일이다. 이 말을 들으신 어머니는 병원 복도에서 졸도하시기까지 하였다. 그런데 나는 아직도 약골이지만 건재하고 있다. 이제는 죽어도 별로 아쉬울 게 없다. 다만 병약한 아들을 간호하기 위해서 그렇게도 고생하시던 어머니에게 죄송할 따름이다.

이 이야기를 나의 성경반 여신도들에게 들려주었더니 한 분이 이렇게 말하는 것이었다.

「하나님께서 장 박사로 하여금 우리에게 성경을 가르치게 하시려고 살리신 것입니다」

다른 분들도 고개를 끄덕이는 것이었다. 이것은 인사치레가 아니다. 그렇게 믿고 있는 것이다. 내가 감히 장담할 수 있다. 10여 년 전에 그때의 성경반 여신도들이 나에게 감사의 표시로 십자가의 사진틀을 사서 우리 반 벽에다 걸어 놓았다. 사진틀 밑에 내 이름과 간단한 감사의 글이 담긴 패가 부착되어 있다. 이 사진틀을 주동하신 분은 여러 해 전에 세상을 떠나셨다. 그래서 나를 기리기 위해서 두 개의 사진틀이 이 방의 벽에 걸려 있다. 이 십자가 사진틀과 내가 사임할 때의 감사장이 달린 사진틀이다.

내가 대학에 재직했을 때는 가르치는 것은 배우는 것이라는 교육 신념으로 교수 생활을 해왔다. 내가 주일하교 부인반에서 성경을 가르칠 때도 이 신념을 유지했다. 주일학교 교재는 미국 연합감리교의 목사들이 저술했다. 모두가 백인 목사들인데 가끔 여자 목사의 저술도 보인다. 그런데 이 교재는 3개월마다 바뀐다. 그때마다 교재를 저술하는 목사도 바뀐다.

26년을 주일학교에서 가르치는 동안 교재를 통해서 많은 목사와 접하게 되었다. 이 목사들이 성경을 어떻게 읽으며, 또 시대 흐름에 따라서 성경을 어떻게 해석하는지가 나의 관심사였다. 내가 성경을 읽을 때 전혀 생각하지 못했던 방향에서 성경을 해석하는 것을 보는 경우도 있어서 나도 많은 것을 배웠다.

이들 목사들이 보인 한 가지 공통점은 성경을 들이대면서 인권의 존중과 인종차별의 근절을 강조하는 것이었다. 역사적인 시대의 흐름을 성경으로 입증하고자 했다. 백 년 전에도 그랬을까? 그때는 무엇을 강조했을까? 그러나 골치 아픈 문제들에 대해서는 취급을 주저하는 것 같았다. 이를테면 임신중절 문제라든가, 총기 소유 문제 그리고 동성애 문제 등에 대해서는 언급하는 목사를 보지 못한 것 같다.

이 문제들은 교인들이 저마다 제각기 다른 의견을 가지고 있기 때문에 자기가 저술하는 교재에서 논의하는 것을 주저하는 것 같았다. 더욱이나 교회가 사회문제에 너무 깊이 관여하게 되면 교회 영역에서 벗어난다는 비난을 받을 염려도 계산한 것 같다. 이것이 기독교의 고민이다.

교회의 중요 임무는 거듭 난 사람을 만드는 데 있다. 이들 거듭 난 신자들을 통해서 사회가 정화되는 것이다. 그러나 반면 교회가 압력단체가 되어서 사회의 부조리를 타파하고 해결하는 데 선도적인 역할을 해야 한다고 주장하는 측도 있다. 내 생각에는 양쪽 주장이 다 맞기도 하고 다 틀리기도 한 것 같다. 양쪽을 혼합시켜야 한다. 그런데 기독교 정신을 만족시키려면 어떻게 이 둘을 혼합시켜야 하는가가 문제다. 여기에 기독교의 고민이 있다. 시행착오를 겪으면서 가장 적절한 합의점을 찾아내는 수밖에 없는 것 같다.

크리스마스 때가 되면 내가 가르치던 나의 학생인 여신도들에게 고민이 하나 생긴다. 선생이 가르치느라고 수고했기 때문에 감사의 표시로 선물을 해야겠는데 무슨 선물이 적당한지를 알아내려고 신경을 쓴다. 오래 전에 내가 한두 번 선물을 받은 기억이 난다. 그러나 그 후부터 크리스마스가 다가오기 몇 주일 전에 학생들한테 농담 섞인 말로 다짐해 둔다.

「나는 대학교수로서 돈을 많이(?) 벌고 또 아내가 같은 대학교수로서 돈을 벌기 때문에 아무 선물도 하지 말기를 부탁드립니다. 다만 여러분의 이름을 서명한 크리스마스 카드 한 장만 보내주면 저는 만족하겠습니다. 그런데 제가 은퇴한 다음에는 빈털터리가 될 터이니 그때 가서는 큰 선물을 하면 기쁘게 받겠습니다」

이 말을 매년 크리스마스 때면 반복했다. 벌써 여러 해 그랬다. 나의 학생들도 내 말에 승복하고 서명한 카드만 나한테 보내온다. 내가 성경반을 그만둔 후에도 이 여신도 학생들은 매 주일마다 교회에서 나와 반갑게 인사한다. 이들의 영적 성장에 옛 스승(?)인 내가 조금이라도 도움이 되었기를 기대하고 있다. 나로서는 성의껏 했다고 생각한다. 내가 성경을 가르치기 시작한 것이 바로 어제 같았는데 벌써 26년이 지났다. 세월이 너무 빨리 흐르는 것 같다.

내가 이 주일학교의 성경반을 그만둔 지 몇 달 후에 이 성경반에 속했던 앨리스라는 할머니가 별세했다. 이 할머니는 내가 가르치던 성경반에 매번 충실하게 참석한 모범학생이었다. 뇌일혈로 쓰러져서 양로원으로 모셨다고 해서 이 할머니의 올케와 같이 양로원을 찾았다.

할머니는 의식이 몽롱해서 사람들을 알아보지 못했다. 내가 이 할머니의 손을 꼭 잡고 내가 누군지 아느냐고 물었더니 「닥터 챙(장 박사)」이라고 눈을 감은 채 입술을 조금 움직이며 대답했다. 곁에 있던 올케가 장 박사는 알아본다고 신통해 했다. 앨리스 할머니의 손을 다시 잡고 간단하게 기도를 드린 후 집으로 돌아왔다. 그리고 나서 몇 시간 후 할머니가 세상을 떠나셨다는 부음에 접했다.

결혼도 하지 않고 86세를 처녀로 살다가 이 세상을 마감한 것이다. 이 할머니가 한국 사람인 「장 박사」의 이름을 부른 것이 이 세상의 마지막 말이었으며 손을 꼭 잡고 생애 마지막으로 기도해 준 사람이 다름 아닌 한국 사람이었다. 86년 전 미국의 토박이 백인으로 태어나서 백인밖에 모르는 이 할머니가 동양에서 온 한국 사람의 마지막 기도를 들으며 삶의 마지막을 장식했으니 인생의 운명이 참으로 기구하다는 생각이 든다.

할머니의 장례식은 미국의 관습대로 엄숙하게 진행되었다. 우리 교회에 시무하는 여자 목사와 우리 교회에서 시무하다가 지금은 다른 교회에서 목회하는 목사가 교대로 순서를 담당했다. 여느 장례식에서와 같이 두 분 목사가 조금씩 우스운 이야기를 해서 장례식에 참석한 사람들의 조용한 웃음을 자아내게 했다.

한 인간을 영원히 멀리 보내는 슬픔은 이루 말할 수 없지만 또 한 편으로는 우리의 기억 속에 우리와 영원히 같이 있다는 확신을 가지게 하기 위한 유머이다. 나는 이 할머니가 속했던 주일학교의 부인들과 같이 명예 호위자가 되어서 유가족이 앉은 좌석에서 가까운 좌석에 앉아 장례식에 참석했다.

시신은 여기서 좀 떨어진 작은 도시의 공동묘지 안에 있는 가족묘지에 안장되었다. 처녀로 평생 지냈기 때문에 돌아가신 부모의 묘지 옆에 안장되었다. 이 고장에서 나서 살다가 다시 고향으로 돌아와서 영원히 안식하게 된 것이다.

앞으로 나와 친숙하게 지내던 주일학교 성경반의 할머니들이 한 분 두 분 이 세상을 하직할 것이다. 그러다가 어느새 내 차례가 올 것이다. 그때 누군가가 드볼작의 교향곡 9번을 들려주었으면 좋겠다. 죽었더라도 이 교향악이 울려 올 때만은 내 귀는 열려 있을 것이다.

미국교회
미국교회

그린우드로 이사온 후부터 나는 감리교인이 되었다. 태어날 때부터 거의 40년 동안 철저한 장로교인이었는데 감리교인이 되었다. 감리교가 좋아서 개종(?)한 것은 물론 아니다. 이 지방으로 이사를 와서 교회를 물색하던 중 집에서 제일 가까운 교회를 찾아가서 예배를 봤는데 그 교회가 마침 감리교회였다.

이 교회는 내가 한국에서 익히 알고 있는 찬송가 곡조와 같은 찬송을 자주 부르기 때문에 쉽게 정이 들었다. 이렇게 해서 인연을 맺은 이 교회의 교인이 된 지 거의 30년을 바라보게 되었다. 나는 이 교회를 통해서 미국 교회를 이해하고 있다.

내가 알고 있는 한국의 장로교회와 내가 현재 다니고 있는 미국의 연합감리교회와는 여러 가지로 재미있는 차이점이 있다. 감리교에 소속한 목사들은 한 교회에 평생토록 시무하는 것이 아니라 거의 4년에 한 번씩 다른 교회로 전임된다. 한 교회에서 10년, 20년, 30년, 또는 평생토록 봉직하는 한국의 장로교회와는 완전히 다른 제도를 유지하고 있다. 약 4년 동안 한 교회에서 정성껏 시무하다가 아무 미련 없이 다른 교회로 옮겨가서 또 거기서 봉사하는 것을 보는 것이 인상적이다.

내가 시작한 교회, 내가 고생해서 이렇게까지 크게 키운 교회이기 때문에 자식한테 물려주어야겠다는 계승문제가 생길 수가 없다. 그러면서도 자기가 맡고 있는 교회에서 충실하게 봉직하고 있다. 우리 교회에서 벌써 여러 명의 목사가 목회를 하다가 다른 교회로 떠나는 것을 경험했다.

나는 한국의 감리교는 전혀 모르기 때문에 거기도 이런 제도가 실시되고 있는지 궁금하다. 옛날 내가 서울에 살 때 정동 감리교회에서 모임이 있어 한두 번 찾아간 일이 있었을 뿐이다. 나는 또 미국의 장로교회는 전혀 모르기 때문에 말할 자격이 없다.

미국 감리교회와 한국의 장로교 사이에 조직과 운영이 다른 점도 흥미롭다. 내가 소속되어 있는 감리교회는 평민적 민주체제다. 이에 비해서 한국의 장로교회는 권위적 민주체제라고 할 수 있겠다. 미국의 감리교나 한국의 장로교가 모두 민주적으로 운영되고 있다. 그러나 내가 다니고 있는 감리교회는 교인 모두가 주인이다. 교회의 운영은 각종 위원회를 통해서 이루어지고 있다. 물론 각 위원회에는 의장이 선출되어서 의장의 사회로 회의가 진행되고 의제가 투표에 의해서 의결된다.

우리 교회에는 장로도 없고 집사도 없고 권사도 없다. 물론 예산문제 같은 중요한 안건은 전체 교인의 모임인 공동의회에서 토의되고 가결된다. 권위주의를 원래 싫어하는 나로서는 장로, 집사, 권사와 같은 권위주의적인 계급제도가 없어서 마음이 참으로 편하다. 목사를 신격시하는(?) 경우도 전연 없다. 목사를 부를 때「목사님」이라고 부르지 않고 목사의 이름(성이 아닌 이름)을 부른다. 미국에서 이름을 부르는 것은 친밀한 관계를 상징한다. 나에게는 아직도 생소한 미국 관습이다.

한국 사람들은 역사적인 측면이나 문화적인 측면으로 봐서 권위주의에 익숙해 있기 때문에 한국의 장로교 같은 조직체계가 더 편리한지 모르겠다. 한국의 감리교도 장로교 체제를 일부 도입해서 사용하고 있다고 듣고 있다. 그래서 한국에는 장로교가 아니면 발을 붙이지 못하는 것 같다.

한국을 방문했을 때 내가 감리교인이 된 것을 안 한 친구가 놀라는 기색을 하며「어떻게 감리교인이 될 수 있느냐?」고 물으면서 마치 내가 장로교에 대한 반역이라도 한 것처럼 추궁하던 기억이 난다. 미국에 와 보니까 사정이 좀 다르다. 물론 장로교가 큰 교파임에는 틀림없으나 장로교보다 더 큰 교파가 여러 개 있다. 미국의 감리교도 장로교보다 크다(감리교인 수는 전체 미국 인구 중에서 6.8 퍼센트를 차지하고 장로교인은 2.7 퍼센트를 차지한다).

미국의 감리교 목사들은 상급기관에서 교회를 지정받아 시무한다. 그러나 한국 장로교회의 노회와 총회는 이런 권한이 없이 진행되고 있다. 그래서 미국 감리교회는 상부기관은 다소 권위주의적인 민주체제이고 개체 교회는 평민적인 민주체제다. 반면에 한국의 장로교회는 상부기관이 평민적인 민주체제인 데 반해서 개체 교회는 권위적인 민주체제다.

내가 다니고 있는 교회는 미국에서도 가장 작은 교회에 속한다. 지난 30년 동안 교회에 교인이 백 명 출석하는 것을 목표로 하고 있는데 아직도 그 목표를 달성하지 못하고 있다. 따라서 교회 예산이라는 것도 형편없이 소규모다. 우리 교회 단독으로는 목사님을 초빙할 수가 없어서 우리 교회에 파견되는 목사는 우리 교회와 규모가 같은 또 한 교회를 겸직해서 맡고 있다. 주일이면 우리 교회 목사는 자기가 시무하는 다른 교회에서 예배를 인도한 다음 급히 차를 몰고 우리 교회로 와서 예배를 다시 인도한다. 한 주일에 두 교회에서 두 번 예배를 인도하고 두 번 설교한다. 우리 교회와 다른 교회가 합동해서 목사의 봉급을 겨우 드리고 있다.

조그마한 두 교회가 합쳐서 한 교회를 만들면 문제가 해결될 것이 아니냐고 반문하겠지만, 세상일이란 그렇게 간단한 것 같지 않다. 한국의 거대한 교회에서는 같은 교회에서 목사가 세 차례 내지 네 차례나 설교를 하는 것이 상례이나 여기와는 사정이 전혀 다르다. 한쪽은 교회가 너무 커서 그렇고 다른 쪽은 교회가 너무 작아서 그렇다.

우리 교회 목사였던 한 분은 주일날 네 교회를 다니면서 예배를 인도한 일이 있었다는 이야기를 나에게 들려주기도 했다. 한 분의 목사가 두 교회를 맡을 수 없는 경우에는 은퇴한 목사를 임시직으로 모셔다가 우리 교회만 담당하게 한다. 이들 임시직 목사의 봉급은 말할 것 없이 적다. 우리 교회에서는 여러분의 은퇴하신 목사를 모셨는데 젊은 목사의 설교보다 이들 은퇴 목사들의 설교가 더 감명 깊었다. 그리고 오랜 경험과 경륜으로 교회운영 방식이 원만했다.

미국 교회에 가서 예배를 보면 꼭 상가(喪家)에 간 기분이다. 교회 소식을 알릴 때 아픈 교인과 병원에서 수술받는 교인 소식만 길게 알린다. 그들의 이름이 길다랗게 교회 주보에 실려 있다. 헌금을 걷고 나서도 마찬가지다. 다만 간단하게 감사기도를 드릴 뿐이다.

반면 한국 교회를 가면 잔칫집에 간 기분이다. 헌금을 드린 후 헌금기도를 하기 전에 특별헌금을 한 교인들의 명단을 열거한다. 생일 감사헌금으로 시작해서 자식이 학교에 입학한 것을 축하하는 특별헌금 그리고 직장에서 승진이 되어서 드리는 감사헌금 등 각종의 축하헌금을 한 교인들의 기쁜 소식을 시간을 들여서 일일이 교인들에게 알린다(요즘에는 주보에만 올릴 뿐 일일이 열거하지 않는다). 교인들도 다같이 축하해 준다. 축제 분위기다.

이것은 소위 적극적 사고(positive thinking)라는 방식을 도입해서 활용하는 것 같다. 미국의 한 교회도 이 방식을 채택해서 날로 번성하고 있다. 수정으로 덮인 어마어마한 교회 건물 안에서 매주일 소위 출세하고 성공한 사람들만 초청해서 간증하게 한다. 예수를 잘 믿으면 당신들도 이 사람들과 같이 이 세상에서 출세하고 성공할 수 있다는 사실을 교인들 마음속에 깊이 심어 주려고 한다.

이 교회는 이 세상에서 출세하고 성공하는 것이 기독교의 큰 목적인 것처럼 강조하는 것 같다. 이와 같은 접근 방법도 나쁠 것이 하나도 없는 것 같다. 인생은 모두 다 행복을 추구하고 있는 것이기 때문이다. 그래서 여러 종교들이 이 행복을 달성하는 데 도움을 주는 것이 목적의 하나라고 간주하고 있다.

그러나 이것이 기독교의 전부인가? 가난하고 이 세상에서 출세 못한 사람들은 교회에서 소외되어야 하는가? 기독교의 근본정신이 어디에 있는 것인가? 그런데 소위 사회에서 출세한 사람들의 간증을 들어 보면 즐겁기만 한 것도 사실이다. 그래서 이 수정교회에 많은 사람들이 몰려드는 것 같다. 이 교회의 목사는 비상한 두뇌의 소유자인 것 같다. 이 화려하고 성공한 교회도 아들에게 대물림을 준비하고 있는 것 같다.

미국의 교회도 많이 변했다. 오래 전 내가 미국에 처음 와서 교회를 갔는데 여자 신도들은 모두가 화려한 모자를 쓰고 교회에 참석하는 것을 볼 수 있었다. 그런데 요즈음에는 모자 쓴 여신도는 한 사람도 없다. 유행의 변화는 교회도 어쩔 수 없는 것 같다. 예전에는 또 모든 남자 교인들은 넥타이를 단정하게 맨 정장을 하고 교회에 왔는데 요즈음에는 정장을 하고 교회에 가는 사람이 극히 드물다. 여름에는 대부분이 노타이 차림이다.

우리 교회에도 사시사철 정장하고 오는 사람은 시대감각에 너무도 둔한 나를 비롯해서 몇 사람뿐이다. 여름에 더울 때는 우리 목사가 남자 교인은 넥타이를 매지 말고 간단한 차림으로, 또 여자 교인은 평상복을 입고 교회에 오기를 오히려 권장한다. 그래서 좀 더 자유스러운 분위기에서 예배를 열심히 보자는 것이다. 그렇다고 해서 손뼉치고 소리내면서 요란스럽게 예배를 보자는 것은 결코 아니다.

우리 교회는 감리교의 전통을 자랑스럽게 계승하고 있다. 예배는 주일아침 정규 예배 한 번으로 그만이다. 새벽기도회, 주일 아침예배, 주일 저녁예배, 수요일 기도회, 금요일 가정예배를 한국에서 몸에 익힌 나로서는 다소 생소하다. 그러나 나도 게을러져서 주일 아침 정규 예배 한 번만 보는 데 대해서 별 의의가 없다.

교인들은 찬송가와 성경책을 가지고 다니지 않는다. 찬송가는 교회에 비치되어 있으며, 성경은 가지고 가야 혼란스럽기만 하다. 왜냐하면 미국에는 판이 다른 성경책이 여러 개 있기 때문에 성경을 읽는 사회자가 판이 다른 성경을 읽게 되면 성경 구절이 달리 표현되어서 혼란스럽다. 또 한 가지 다른 것이 있다. 그전에는 우리 교회 정문 앞에 두 개의 담배 재떨이가 있어서 나로서는 참으로 이상하게 보였으나 요사이는 치워버렸는지 보이지를 않는다.

내가 살고 있는 주와 북쪽으로 접경한 노스 캐롤라이나 주는 담배의 생산지이다. 그래서 흡연이 건강에 해롭다는 사실이 알려지기까지 흡연에 대해서는 관대했던 것 같다. 교회 문 앞에서 담배를 피우다가 재떨이에 꺼버리고는 교회 안으로 들어가는 교인들을 그전에는 심심찮게 보았다.

미국에서는 누구를 만날 때 대개는 만나는 날짜와 시간을 예약하는 것이 통례로 되어 있다. 예약 없이 불쑥 나타나면 대단한 실례다. 그런데 예외가 있다. 목사의 가정 심방이 그것이다. 아무 예약 없이 혼자서 교인의 집으로 찾아와서는 집의 초인종을 눌러댄다. 문을 열고 보면 교회 목사다. 집안으로 들어와서는 잠시 이야기를 하다가 성경 한 줄 읽고 기도를 간단하게 한 다음에 그대로 일어서서 나가버린다. 차 한잔 대접할 시간적 여유도 없으며, 또 목사가 사양할 것이 뻔하다. 교인들에게 폐가 되지 않도록 하기 위한 세심한 배려인 것 같다.

목사의 가정 심방이라면 거의 잔치 때처럼 차리고 예배를 보던 오래 전의 한국의 습관을 아직도 생생하게 기억하고 있는 나로서는 정말로 의외라고 느껴진다. 미국에 온 지 몇 년 안되어서 미국에서의 교회생활 경험을 <한국의 하나님, 미국의 하나님>이라는 제목으로 《기독교사상》지에 기고했다(1972년 7월호, 79~85쪽). 30년이 지난 지금이라면 그때와는 좀 다르게 썼을는지도 모른다. 많은 것을 보고 또 많은 새로운 경험을 했기 때문이다.

내가 다니는 교회는 물론 백인 교회이다. 백인 아닌 사람은 단지 우리 가족뿐이다. 그 동안 흑인들이 몇 번 우리 교회로 와서 예배를 보고 갔지만 한번 왔다가는 그것으로 그만 다시 찾아오지를 않았다. 미국은 주로 백인 교회와 흑인 교회로 완전히 갈라져 있다. 물론 한인교회와 같은 영어가 아닌 말로 예배를 보는 교회도 늘어나고 있다. 그래서 백인과 흑인이 가장 갈라져 있는 시간이 일요일 오전 열 한 시라고 미국 사람들은 꼬집고 있다.

백인은 백인끼리 흑인은 흑인끼리 각각 갈라져서 자기들끼리의 교회에서 예배를 본다. 1964년 미국에서 역사적인 인권법이 통과되어 모든 미국 사회가 인종 통합의 방향으로 서서히 그러나 착실하게 진전하고 있는데 교회만은 아직껏 예외다. 내가 재직했던 대학에도 흑인 학생이 거의 15퍼센트가 되며 흑인 교수를 채용하려고 많은 노력을 경주하고 있다. 왜냐하면 미국의 인권법이 인종 통합을 요구하고 있기 때문이다. 그러나 교회는 미국 법이 미치지 않는 치외법권 지역이다.

내가 생각하기에는 교회야말로 인종 통합의 선도적인 역군이 되어야 한다고 믿고 있는데 사실은 정반대로 인종 통합의 가장 큰 장애 요인으로 남아 있다. 우리 교회의 백인 교인들이 흑인 교회 또는 흑인에 대해서 이야기하는 것을 들어본 적이 없다. 그런데 우리 교회 교인들은 모두가 착한 사람들이다.

왜 백인 교인들이 인종 통합 교회를 기피하고 있는지 그 이유를 잘 모르겠지만, 한 가지 내가 생각할 수 있는 것은 교회는 가정의 연장이라고 교인들이 믿고 있는 것이 인종 통합을 가장 어렵게 만드는 이유가 아닌가 생각된다. 어떤 가정이든 이질적인 요소는 용납이 안된다. 교회도 가정의 연장이기 때문에 이질적인 요소인 타인종이 용납이 안되는 것이다.

또 한 가지 이유는 자기와 뜻이 맞는 교인끼리 교회를 구성하는 관습이다. 목사가 시대 정신에 부응해서 흑인 교인들을 받아들인다 해도 이에 불만을 품은 백인 교인들이 교회를 이탈해서 백인들만의 교회를 다시 세우는 것이다. 목사도 백인 교인들이 무엇을 요구하고 있는지를 너무도 잘 알기 때문에 자기 마음대로 처신할 수가 없는 것이다.

그러나 나를 가장 괴롭고 슬프게 하는 것은 기독교인들이, 특히 가장 거듭났다고 하는 보수적인 기독교인들이 성경을 들이대며 인종차별을 합리화시키고 정당화시키려는 태도이다.

내가 전에 이곳에서 좀 떨어진 신학교에서 <미국 기독교사>라는 강좌를 택한 일이 있었다. 「남북전쟁 당시의 미국교회」라는 논문을 준비하기 위해서 많은 자료를 수집해서 검토했다. 이들 자료에 의하면 남부지방의 목사들은 성경에 근거해서 노예제도를 극렬히 옹호하는 것이었다. 「성경 어디에 노예제도를 반대하는 구절이 있느냐?」

신학교는 다니다가 중도 하차했다. 내 병약한 몸으로 대학에서 가르치는 것만도 힘에 겨운데 여기서 멀리 있는 신학교로 가서 수강하는 것이 거의 자살행위처럼 느껴져서 포기해 버렸다.

남북전쟁이 있은 지 백 년이 훨씬 지난 지금에도 이런 논리를 펴는 교회 지도자들이 있다. 여기서 가까운 그린빌(Greenville)이라는

도시에 대학이 하나 있다. 이 대학은 다른 인종간의 학생 교제를 교
칙으로 금하고 있으며, 다른 인종간의 결혼은 더더욱 반대하고 있다.
이 모든 것을 성경에 입각한 것이라고 주장하고 있다. 이에 대해 여
론이 들끓자 타 인종의 학생과 교제를 금하는 교칙은 마지못해 삭
제해 버렸다. 백인종의 우월 의식을 성경으로 합리화시키고 정당화
시키려는 것이다(요사이는 조금 변하는 기색이 보이기도 하지만 두
고 볼 일이다).

기독교를 비롯해서 세상의 여러 종교들이 인류사회에 많은 공헌을
한 것을 부인할 사람은 없을 것이다. 반면에 종교가 인간 역사의 건
전한 발전에 걸림돌이 되고 장애 요인으로 작용하고 있음도 부정할
수 없다. 시대정신을 선도하기는커녕 시대정신을 하나님의 이름으로
왜곡하고 말살시키려는 운동을 서슴지 않고 있다.

어떤 때는 역사의 도도한 흐름에 역행하는 일을 강행하고 있으며
그것을 자랑하고 있다. 하나님의 이름으로 말이다. 미국의 여러 백
인 우월 집단들은 백인의 우월성과 인종차별을 강조하는 것은 하나
님이 주신 지상의 사명으로 믿고 있다. 1964년의 역사적인 인권법
을 미국 의회에서 토의할 때 많은 남부 출신 의원들이 격렬하게 반
대했다.

미국 남부의 신앙이 두터운 지역을 바이블 벨트(Bible Belt)라고
한다. 하나님의 충성스러운 자녀가 되려고 노력하는 사람들이 사는
곳이다. 그런데 인권법이 의회에 상정되자 한목소리로 결사 반대했
다. 이러한 움직임이 남부 출신 의원들의 반대운동으로 직결되었
다. 그러나 인권법은, 그리고 인종 통합운동은 시대정신이고 역사
의 흐름이었다. 누구도 감히 도도한 이 조류를 거스를 수가 없는

것이었다.

인권운동이 열기를 띠고 있을 때, 남부 앨러바마 주지사였던 조지 월러스가 「인종차별은 어제도 있었고 오늘도 있고 앞으로도 영원히 있을 것이다」라고 도도하게 장담했다. 이 사람이 훗날 대통령 후보로 나서서 선거운동을 하던 중 자객의 총탄에 맞아서 하반신 마비로 여생을 고통스럽게 살았는데, 그때부터 인종차별을 역설했던 것을 참회하면서 세상을 떠났다.

요사이는 기독교 교파들이 참회하느라 바쁘다. 카톨릭교의 교황이 과거 카톨릭교가 행한 여러 가지 잘못된 일들을 용서하라고 겸허하게 머리를 숙이고 나섰다. 교황의 참회를 보면서 세상이 많이 변했다는 생각이 들었다. 그전에는 카톨릭교의 잘못이란 있을 수가 없었다. 모든 일이 천주의 이름으로 이루어지는 완전하고 거룩한 일로만 처리되었다.

남북전쟁 당시 북쪽의 노예해방에 반대해서 북쪽과 갈라져서 따로 교단을 세웠던 남침례교가 의외로 흑백 차별에 동조했던 과거의 일을 용서하라는 참회의 결의를 총회 이름으로 발표했다. 미국의 연합감리교도 이와 비슷한 결의문을 발표하였다.

기독교의 여러 교파들이 시대정신을, 그리고 역사의 도도한 흐름을 잘못 해석한 데 대한 때늦은 반성이다. 어쨌든 반가운 일이 아닐 수 없다. 그러나 이러한 반성에 대한 일반 교인들의 반응이 어떤지 궁금하다.

미국 연합감리교의 예를 들어보자. 연합감리교는 다른 교파에 비해서 비교적 진보적이다. 교계 지도자들이 역사의 흐름을 바로 읽고 현실에 적용하려고 한다. 그러나 교인들의 반응은 이에 동의하는 것만은 아니다. 교회가 선구자적 입장에서 사회의 부조리를 과감하게 타파하는 데 앞장서야 한다고 믿는 교인이 있는가 하면 교회의 원래의 사명은 영혼을 구제하는 데 있으며 사회문제에 개입해서는 안된다는 교인도 많다.

교회를 넓은 의미에서 사회공동체의 하나라고 믿는 교인도 있으며, 반대로 교회는 좁은 의미에서 영혼 구원에만 힘써야 한다고 주장하는 교인도 있다. 교회가 정치단체나 사회단체로 변질되어서는 안된다는 것이다. 내가 보기에는 양쪽 모두에 옳은 면이 있다고 생각한다.

그러나 문제는 심각해진다. 교회가 너무 사회문제에 개입하고 영혼 구제 문제는 등한시한다고 주장하면서 많은 교인들이 감리교를 떠나버렸다. 교회에 교인이 없으면 그것은 교회의 존폐의 문제이다. 미국의 여러 개신교들이 광범위한 교회의 입장과 좁은 의미의 교회의 입장 사이를 어떻게 조종할 것인지에 대해서 많은 고민을 하고 있다.

그런데 싫든 좋든 미국의 기독교는 너무나 많은 사회적인 문제에 봉착하고 있다. 어떠한 대안을 내기 전에는 피할 길이 전혀 없다. 인종문제가 대표적인 문제지만 그 외에도 직면하고 있는 문제가 한 둘이 아니다.

미국 교회가 당면하고 있는 큰 문제 가운데 하나가 임신중절 문제다. 미국은 임신중절이 바로 살인행위라고 규정하면서 낙태를 결사적으로 반대하는 사람과, 낙태는 여자들의 선택의 문제라고 하면서 옹호하는 사람들 사이로 나뉘어져서 한치의 양보도 없이 서로 극한 대치상태다. 카톨릭교와 보수적인 개신교의 교파들이 임신중절을 죄악시하면서 반대를 하고 있지만 기타의 교파들은 태도를 분명히 하지 않고 있다.

그러나 동성애 문제는 교계의 큰 골칫거리다. 일부 보수파 개신교 교파들이 동성애를 하나님의 뜻에 어긋난다고 해서 반대하고 있지만 그 외의 교파들은 비교적 동정적이다. 특히 이들의 인권 침해가 거론되면서 문제는 더 복잡해졌다. 얼마 전에 미국의 장로교가 동성애자를 교직자로 추대하는 것을 금한 조항을 삭제하기로 가결했다. 동성애자가 목사가 되는 길이 열린 것이다.

이미 버몬트 주에서는 동성애자들의 결혼을 합법적으로 인정하고 있다. 여자의 목사 안수 문제도 타협점이 없다. 카톨릭교에서는 여자가 신부가 될 수 없다는 것을 확인하고 있고, 또 보수파 교회들이 성경을 들이대며 여자는 목사가 될 수 없다고 주장하고 있다. 그러나 여자 목사 제도를 도입한 교파도 많다.

내가 다니고 있는 교회는 지금 여자 목사를 모시고 있다. 벌써 두 번째의 여자 목사다. 그밖에도 미국의 교회는 안락사 문제, 사형제도 폐지 문제 등으로 심한 홍역을 치러야 할 것이다. 미국 감리교회는 사형제도 폐지를 총회에서 가결했다.

총기문화에 익숙한 미국인들에게는 총기를 소유하는 것에 전혀 거부감을 느끼지 않고 있기 때문에 미국 교회에서도 이를 전혀 문제시 않는 것 같다. 총기 소유가 법으로 금지되어 있는 한국에서 온 나로서는 참으로 이상하게만 느껴진다. 총기난동 사건이 매일같이 일어나고 있는데도 미국 교계는 유구무언이다. 언젠가는 이것도 교회의 문제로 등장할 날이 올 것이다.

그러나 미국 교회에 대한 가장 큰 도전은 기독교 아닌 다른 종교에 대한 태도인 것 같다. 미국에 카톨릭교와 개신교의 기독교가 유일한 종교일 때는 타종교에 대해서 신경쓸 것이 없었다. 예외라면 유태인의 유태교다. 그러나 기독교의 기원이 유태교이기 때문에 유태교에 대해서는 아주 동정적이며 한가족처럼 취급한다. 그런데 미국 인구의 변화에 따라서 다른 종교들이 미국에 정착하면서 사태는 달라지기 시작했다.

동양 사람을 따라서 불교가 미국에 본격적으로 진출하기 시작했고, 기독교에 실망한(?) 미국 흑인들이 이슬람교로 개종하고 있다. 유명한 권투선수였던 무하마드 알리가 그 대표적인 예라고 할 수 있다. 미국의 직업 농구단의 가장 유명한 농구 코치인 잭슨이 독실한 불교신자라는 것은 널리 알려진 사실이며, 또한 유명한 골프 선수 타이거 우즈는 태국계의 어머니로부터 불교의 영향을 받고 자라 세계적 선수가 되었다는 사실도 잘 알려져 있다.

더군다나 세계가 하나의 지구촌화하면서 지구상에 있는 다른 나라 사람들이 이제는 한집안 식구처럼 되어가고, 나아가 다른 나라의 문화와 종교를 이해하지 못하고는 제대로 살아갈 수 없는 세상이 되어버렸기 때문에 다른 나라의 종교를 더 이상 무시하거나 터부시할 수 없게 되었다.

각 종교의 특징은 절대가치를 믿고 있는 데 있다. 이들 종교들은 자기 종교만이 이 세상에서 유일 종교라고 주장한다. 기독교도 그렇고 불교도 그렇다. 아마 이슬람교도 마찬가지일 것이다. 기독교에서는 기독교를 통하지 않고는 구원을 받을 수 없다고 믿고 있다.

미국 남침례교의 총회 회장이 기독교가 아닌 유태교에는 구원이 없다고 공표했다가 미국에 사는 유태계의 거센 반발에 직면하자 총회 회장은 슬그머니 자기 주장을 거두어 버렸다. 자기의 굳건한 신조와 타협을 해버린 것이다.

각 종교가 자기 종교의 절대가치를 주장하는 것은 당연하다. 그렇지 않으면 종교로서의 존재 가치가 없어진다. 그러나 다른 종교와 부딪칠 때는 사정이 완전히 달라진다. 다른 종교를 사탄으로 규정하면서 자기 종교만 정당화하는 것이 한 접근 방법이다. 그러나 이것은 온당치 않다고 생각된다.

요는 각 종교가 다른 종교와 접속할 때는 절대적 가치체계에서 상대적 가치체계로 전환하는 것이 필요하다. 자기가 믿는 종교의 절대가치를 계속 유지하되 상대 종교의 절대가치도 아울러 인정해 주는 것이 소위 종교의 상대적 가치의 요점이다.

이렇게 되면 자칫 종교 자체의 변질을 초래하는 것은 아닌가라는 의문점이 있겠지만, 여기에 대해서는 내가 대답할 입장도 아니며 그럴 자격도 없다. 이미 종교간의 상대적 가치의 중요성을 알아차렸는지 카톨릭교의 교황은 역사상 처음으로 그리스 정교회 지도자를 방문했으며 더군다나 이슬람교의 지도자까지 만나는 놀라운 역사적인 여행을 단행했다.

자기 종교를 믿는 교인들에게 깊은 신앙심을 길러주는 것은 참으로 중요한 일이다. 그러나 이것은 절대가치 체계만을 강조하는 부작용을 가져온다. 타협이라는 것은 절대 금물이다. 그런데 이 세상에서는 자기와 다른 세계가 존재하고 있다는 사실에 눈을 감을 수 없다. 다른 세계와 더불어 공존해서 살아가야 한다. 그러기 위해서는 서로 타협하면서 살아야 한다. 타협이 없으면 전쟁이 있을 뿐이다.

타협은 굴복이 아니라 서로가 공존하는 것을 의미한다. 그런데 종교는 지금까지 그 성격상 타협이나 화해에 너무도 인색했다. 종교의 상대성을 인정하는 데 너무도 무관심했다. 타협이라는 말이 어색하면 다른 사람의 입장이 되어서 생각하는 태도가 필요하다고 강조하고 싶다. 자기 것만을 고집하면서 남의 것을 완전히 거부하는 태도는 시대정신과는 전혀 화합하지 않는 것 같다.

이런 경우 각 종교의 세력이 상대적으로 약화될 것을 예상할 수 있으나, 그것이 시대정신이라면 피할 수 없는 것이며, 오히려 다른 종교를 이해하게 되면 자기 종교의 세력이 강화될 수 있다는 것 역시 사실일지도 모른다.

한국에는 세계에서 가장 큰 교회가 있다. 한국 사람은 원래가 신앙심이 강한 민족이다. 기복사상(祈福思想)에 기초를 둔 샤머니즘의 원시적인 신앙에 뿌리를 깊이 심고 있는 한국 사람들은 고도로 정화된 종교라고 할 수 있는 기독교에 아무런 무리가 없이 접속될 수가 있었다. 그래서 한국에는 그 유래를 찾아볼 수 없을 정도로 기독교가 발전했다. 그러나 세계에서 가장 큰 교회가 있다는 것이 자랑스러운 일만일 수 있는지는 잘 모르겠다.

한국에서는 전통적으로 몇 개의 종교가 비교적 평화스런 공존을 해왔다. 그래서 한국인들은 비교적 쉽게 종교의 상대성을 터득하고 있었다. 어릴 때 불교의 스님들이 각 집을 돌면서 공양할 것을 청할 때 우리는 교회 신자가 되어서 응할 수가 없다고 하면 아무 말 없이 그대로 지나치던 일이 기억에 떠오른다.

그런데 요사이는 일부 목사들이 단군 상(像)을 훼손했다는 기사를 읽고는 실망을 금할 수가 없다. 이것은 야만적인 행위이다. 자기 신앙의 절대성을 남에게 강요할 수는 없는 것이다. 극단적인 이슬람교에 소속된 아프가니스탄 정부가 유엔에서도 문화 유적으로 보존하고 있는 역사적인 불상을 훼손해서 세계 여러 나라로부터 지탄을 받고 있다는 사실을 다시 한번 음미해야 할 것이다.

미국에서 살면서 나는 백인 교회에 나가고 있다. 한인교회에서 한국말로 찬송가를 부르며 한국말로 기도하고 한국말로 설교를 들으면서 경험하는 아기자기한 영적 경험을 미국 교회에서는 만끽할 수가 없다. 아직도 너무도 미숙한 내 영어 수준으로는 어림도 없다. 그래서 우리 동네에 사는 한 교포 가정은 주일이면 한 시간 반이나 차를 몰고 가야 하는 한인교회에서 예배를 보고 온다. 피곤하지만 마냥 즐겁기만 하다는 것이다. 참 부럽다.

나는 흑인 교회에 가본 일이 없다. 워싱턴 DC에 살 때 꼭 한 번 집 가까이 있는 흑인 교회에 갔던 일이 전부다. 나는 백인도 아니다. 흑인 기독교인도 다 나의 형제자매인데 나는 지금까지 너무 무심했었다. 한국 사람으로 흑인 교회에 출석하는 사람은 거의 없는 것 같다. 다행히 흑인이 많은 워싱턴 DC에서 한인교회와 흑인교회간에 서로의 접촉하는 기회를 만들려고 많은 노력들을 하고 있다고 한다. 기쁜 소식이 아닐 수 없다.

나도 주일 낮예배는 백인 교회에서 보고 저녁 예배는 흑인 교회에 가서 예배를 보았으면 하는 생각을 가끔 하지만 실현이 될 가망은 거의 없다. 백인 교회라도 이제는 정이 들어서 진짜로 내 교회가 되었다.

언젠가 서울의 큰 교회에서 예배볼 때 멀리 미국에 있는 작은 내 교회가 자꾸만 생각나고 미국 교인들의 얼굴이 떠올랐다. 이제 나도 미국 사람이 다 되었나 보다. 목사님이 설교하면서 우스운 말을 할 때 미국 교인들은 어린아이까지도 배꼽을 쥐고 웃을 때 잘 알아듣지를 못해서 멍청한 얼굴 표정을 짓고 있는 내 자신이 가엾게 보여서 처량하기만 한 때가 한두 번이 아니지만 그래도 나는 미국 교회에 나가고 있다.

농담은 말뿐만 아니라 그 뒤에 숨어 있는 깊은 배경을 이해하지 못하면 그 참뜻을 파악하기가 힘들다. 이것이 미국에서 살면서 치러야 하는 대가다. 언젠가 한국 사람들의 모임에서 농담을 하는 사람의 이야기를 들으면서 진짜로 배꼽을 빼고 웃었던 일이 있었다. 이 모임에 참가했던 몇 안되는 미국 사람들이 알아듣지를 못해서 난처한 표정을 하는 데는 아랑곳하지도 않고 나는 웃고 또 웃었다. 오랜 동안의 한을 푼 것이다. 그러면서도 미국에서 살아가는 것이다. 그리고 언젠가는 여기 이 땅에 묻힐 것이다.

미국 사람들이 다 교회에 나가는 것은 아니다. 우리 집의 길 건너편에 사는 애덤스 씨 가족도 그렇고 바로 옆집에 살고 있는 테들락 씨 가족도 교회에 나가지 않는다. 그러나 이 두 집은 미국에서도 가장 모범적인 가정이다. 자식들을 위해서 쏟는 정성에 아내와 내가 혀를 차면서 감탄한다. 아이들도 천진난만하게 자란다. 물론 아이들이기 때문에 말썽도 부리지만 이런 때는 아내가 불러 조용히 타이른다. 그러면 고개를 끄덕이면서 다시는 그러지 않겠다고 다짐한다.

왜 이들 착한 사람들이 교회에 나가지 않는 것인가? 무신론자여서 그런 것인가? 그러나 미국 사람들 중에서 무신론자들은 많지 않은 것 같다. 그러면 전에는 교회에 다니다가 실망을 해서 교회 나가지 않는 것인가? 그렇지 않으면 단순히 게을러서 그런 것인가? 여러 가지로 추측을 해보지만 참 이유를 알 수가 없다.

이 사람들과 늘 접촉하면서 이들이 교회에 충실하게 나가는 신자 못지않게, 아니 어떤 때는 신자보다 더 착실하게 세상을 살아가는 것을 보면서 감동을 받을 때가 한두 번이 아니다. 교회에 나가는 사람도 착하지만 나가지 않는 사람도 착한 사람이 많은 것 같다.

우리 교회에 아주 독실한 여자 교인 한 분이 있었다. 교회에서 좀 멀리 떨어져 살고 있었지만 매주일 충실하게 출석했다. 그러다가 건강이 나빠져 자동차 운전이 불편해지자 남편이 운전해서 교회에 출석하곤 했다. 그런데 남편이 부인을 교회까지 태우고 와서는 같이 예배를 보지 않고 자기는 그대로 차에 앉아서 기다리다가 예배가 끝나면 다시 부인을 태우고 집으로 돌아간다.

왜 그럴까? 참으로 이상했다. 멀리 차를 운전해서 교회까지 왔는데 말이다. 부인의 체면을 보아서도 들어와서 예배를 보는 척이라도 할 것 같은데, 철저한 무신론자인가? 내가 감히 이 부인에게 이것저것 물어보지는 못했다.

그런데 이 부인의 건강이 악화되어 휠체어를 타야 했다. 그런 뒤로는 교회에 나오지 않는다. 그러나 이따금 가게에서 부인의 휠체어를 밀어 주면서 둘이서 가게 여기저기를 둘러보는 이 여신도와 그의 남편을 만날 때가 있다. 만나면 반갑게 나한테 헉을 한다. 남편과도 악수하며 인사를 나눈다. 불구가 된 자기 부인을 그렇게도 위해 주고 돌보아주는 너무도 착한 남편이다. 그런 사람이 교회에 들어와서 예배보는 것은 왜 그렇게도 주저하는지 도무지 알 수가 없다.

내가 사는 그린우드의 중심가에 아담한 교회 하나가 있다. 몇 해 전에 이 교회가 문을 닫더니 요리점으로 변신했다. 그러더니 장사가 잘 안되는지 얼마 안 있어 이 요리점도 문을 닫았다. 그러더니 또다시 교회로 변신했다. 그리고 또 2, 3년이 지나자 이제는 다시 교회를 판다는 복덕방의 큰 간판이 교회 마당에 세워졌다. 마지막 설교 제목이 오래도록 교회 게시판에 붙어 있었다. 마침내 한 제과점이 사업 확장을 위해서 이 교회를 구입해 버린 것이었다. 이제는 이 건물이 다시 교회로 돌아오기는 불가능한 것 같다. 교회의 운명이 너무도 기구한 것 같다.

이 교회가 무슨 이유로 문을 닫았는지 모르지만, 뭔가 시사하는 바가 있는 것 같다. 미국 교회가 앞으로 어떤 방향으로 흘러갈 것인지 참으로 궁금하다. 기성 교회의 교인 수가 줄고 있다는 경고가 나온 지는 이미 오래 전의 일이다. 장로교회도 그렇고 감리교회도 그렇다.

유럽에서는 기독교가 쇠퇴해 가고 있다고 한다. 오래 전 프랑스를 방문했을 때 거대한 성당을 찾은 일이 있었다. 그때가 마침 일요일이었다. 우리 관광단이 성당을 순회하는 동안 커다란 성당 한구석에 약 20명 정도의 신자가 모여서 관광객은 아랑곳하지 않고 예배를 드리고 있었다. 미국 교회도 유럽의 전철을 밟고 있는 것인지 모르겠다.

최근에는 모든 오락시설을 갖춘 대형 교회가 생겨나서 크게 번성하고 있다고 한다. 예배도 드리고 오락시설도 즐기고 일거양득이다. 이런 것이 시대변천에 적응하기 위한 발전 과정인지, 그렇지 않으면 일시적인 유행인지 잘 모르겠다. 그러나 기독교는 아시아와 아프리카에서는 확산되고 있다고 한다.

이런 추세가 얼마나 계속될 것인지 잘 모르겠다. 그나저나 나 자신 목사가 설교하는 동안 끄덕끄덕 조는 경우가 많지만, 건강이 허락하는 한 교회에는 열심히 출석하고 참된 신자가 되고자 나름대로 최선의 노력을 다할 것이다.

봄이 기지개를 펴고 부활절이 되면 교회의 강단에는 부활절을 상징하는 백합꽃으로 넘친다. 교인들이 백합꽃을 가져와서 강단을 장식한다. 부활절을 앞두고 아이들은 달걀 찾기에 정신이 없다. 삶은 달걀을 교회 주위에 숨겨 놓고는 아이들로 하여금 찾게 하는 놀이다. 내가 한국에 있을 때는 백합꽃이나 달걀놀이가 없었는데 지금은 어떤지 모르겠다.

겨울이 되고 크리스마스가 가까워 오면 교회 안에 큰 크리스마스트리를 세워 놓고 기독교와 관계되는 여러 가지 상징물을 달고 장식한다. 그리고 강단 앞은 포인세티아로 가득 찬다. 한국에서는 이런 관습이 없었던 것 같은데 기억이 희미하다. 크리스마스 한 달 전부터 집집마다 집 주위를 크리스마스 장식으로 화려하게 치장한다. 새로운 장식 자료가 상품으로 등장하면서 크리스마스 장식은 해마다 화려함을 더해 가는 것 같다.

우리 집도 아내가 이때쯤 되면 다락방에서 크리스마스 장식품을 꺼내다가 집 벽 가까이 있는 나무에 장식품을 부착시킨다. 어둠이 깔리기 시작하고 스위치를 연결시키면 크리스마스 장식들은 현란한 불빛을 발산한다. 그리고 밤 열 시쯤 되면 스위치를 끈다. 그러면 집 주위가 갑자기 암흑세계로 변모한다. 매해 반복되는 크리스마스 축하 행사이다.

언젠가 크리스마스 때 작은아이가 살고 있는 테네시 주의 내쉬빌에 갔을 때 그 도시의 부촌을 가 보았는데 밤에 집 주위에 장식한 크리스마스 장식이 너무도 휘황찬란해서 놀란 적이 있었다. 크리스마스는 미국 사람들에게는 너무도 중요한 명절인 것 같다.

작년에 밖에서 크리스마스 캐럴 노랫소리가 들려와 현관문을 열었더니 어느 교회 성가대인지 현관 앞에서 합창을 하고 있었다. 고맙다고 인사하고 「메리 크리스마스!」 하고 크게 소리쳤다. 미국에 와서 처음 경험하는 일이다. 금년에도 또다시 찾아올는지 궁금하다.

크리스마스 장식도 해야 하겠지만 크리스마스의 참된 의미가 온 누리에 실현될 날이 언제나 올는지 막막하기만 하다. 그래도 우리가 할 본분을 다 하면서 기다리고 또 기다릴 따름이다. 6·25 사변 전에 서울에서 크리스마스를 보낸 적이 있다. 크리스마스날 새벽 교인들과 같이 교인들의 집을 돌며 크리스마스 캐럴을 부르곤 했다. 따뜻한 음식도 대접받았다. 모두가 다 가난했지만 이때만은 너무도 즐거웠다. 중학생 때 일이었다. 너무도 아름다운 추억으로 남아 있다.

크리스마스 시즌이 되면 가끔 우리 집 작은애와 중학교와 고등학교를 같이 다니면서 아주 가깝게 지내던 키이스란 친구가 인사를 하러 찾아오곤 한다. 이 친구의 어머니가 우리와 가까운 곳에 살고 있기 때문에 크리스마스를 어머니와 같이 지내기 위해서 겸사겸사 찾아온다. 지난번에는 세 살난 사내아이를 데리고 왔다. 이 친구가 자기 아이에게 인사하라고 하자, 「헬로」 하면서 쑥스러워한다.

한국 사람인 내가 아무래도 좀 이상하게 보이는 모양이다. 어린애로만 보였던 아들애의 친구가 이제는 장성해서 아기 아버지가 되고 어엿한 직장인이 되었다. 나도 찾아온 아들의 친구에게 「메리 크리스마스!」 하면서 손을 꼭 잡아 주었다. 너무도 고마웠다.

교장선생님

　집의 큰아이가 고등학교 3학년 때 명문 대학에 입학하려고 열심히 공부했다. 우리 부모들도 다른 한국 사람들과 마찬가지로 자식을 좋은 대학에 보내려고 공부 열심히 하라고 밤낮 없이 독촉했다. 몇 군데 명문 대학 입학원서를 준비하고 있는데, 루이빌 대학교(University of Louisville)에서 교수로 재직하고 있는 고등학교 동창인 송박사로부터 전화가 걸려왔다. 마침 크리스마스 때였다.

　이런저런 이야기를 하다가 자식들의 대학 진학 이야기가 나왔다. 이 동창도 마침 큰딸이 고등학교 졸업반이었다. 자기 딸이 예일 대학을 비롯해서 몇 군데 대학에 입학원서를 제출했다고 했다. 내가 예일 대학은 입학원서 제출 마감이 1월 15일이기 때문에 우리는 새해 들어서 제출하겠다고 했더니 자기가 알기로는 12월 31일이 마감이라고 했다. 전화를 끊고 입학원서를 다시 잘 살펴보니 마감 일자가 12월 31일이었다.

집안이 발칵 뒤집어졌다. 이 일을 어쩌면 좋은가? 입학원서를 내고 불합격통지를 받으면 단념해야 하지만, 원서도 내보지 못하고 주저앉게 되니 너무나 억울한 일이다. 우리 큰아이나 나나 다소 멍청한 데가 있어서 입학원서 마감 날짜도 제대로 확인하지 못했으니 정말로 통곡할 노릇이었다.

지금까지 공부한 것이 헛되게 되었지만 누구에게 하소연할 것인가? 12월 31일까지는 며칠 남지도 않았다. 설상가상으로 지금은 크리스마스 방학 때가 아닌가? 입학원서는 우리가 작성한다고 하지만 성적증명서를 비롯해서 상담교사의 추천서 등 서류 작성은 어찌할 것인가? 학교 문은 굳게 잠겨져 있다. 크리스마스 때와 연말 연시는 미국 사람들에게 있어서 가장 즐거운 휴가철이다. 모든 것을 잊고 가족들과 조용히 즐기는 때다.

마침내 아내가 발벗고 나섰다. 염치 불구하고 에드워즈 교장선생님 댁에 전화를 걸어 사정을 호소했다. 그런데 놀랍게도 이번에는 오히려 교장선생님이 발벗고 나서 주셨다. 우리의 딱한 사정이 너무도 안됐다고 느낀 것 같다.

보안장치가 다 된 학교 문을 열고는 학교의 사무장과 상담 교사인 스커리 씨를 불러냈다. 크리스마스 휴가도 잊고 이들 선생님들이 꼬박 이틀을 소비해서 입학원서 작성을 거들어 주셨다. 한숨 돌릴 사이도 없이 우체국에 달려가서 입학원서를 발송했다. 그 날이 아마도 12월 29일인 것 같다. 예일 대학 역사상 입학원서를 그렇게 늦게 제출한 사람은 우리밖에 없었을 것 같다.

다행히 입학원서는 접수가 되었고 또 하늘이 도우셔서 우리 큰애가 예일 대학에 합격이 되었다. 지금 큰애는 이런 우여곡절을 겪으면서 정형외과 의사로서 또 척추신경 전문의로서 열심히 일하고 있다.

지금도 그때 일을 생각하면 식은땀이 절로 난다. 그때 내 동창의 전화가 없었더라면 예일 대학의 입학원서 마감 일자를 확인할 수가 없었을 것이며, 또한 교장선생님을 비롯해서 학교의 교직원들이 크리스마스 휴가를 무시하고 헌신적으로 도와주지 않았다면 우리 큰애는 예일 대학의 문턱에도 가보지 못했을 것이고, 그 아이의 인생행로도 달라졌을 것이다.

세월이 오래 흐른 지금 교장선생님은 학교에서 은퇴를 했고 또 상담 교사는 세상을 떠났다. 나도 은퇴하기 전 대학에서 가르칠 때 학생들을 힘껏 도왔다고 자부한다. 내 처는 아직도 정성을 다 해서 학생들을 지도하며 돕고 있다. 한국에서 스승이 불우한 제자를 많이 돕는다는 소식을 들을 때마다 마음이 흐뭇해진다.

우리와 같이 난처한 처지에 있을 때 한국에 계신 스승들도 발벗고 나서서 제자들을 도우리라고 확신한다. 그러나 그때 교장선생님과 교직원들의 도움은 너무도 고마웠고 두고두고 잊지 않고 있다. 나나 큰애가 정신나간 사람이라는 내색은 조금도 하지 않고 열심히 도와주었다. 어쨌든 큰애는 예일 대학과 인연을 가질 팔자였는가 보다.

우리 집 두 아이는 이 고등학교의 유일한 동양인이었다. 아이들이 초등학교에서부터 다녔기 때문에 고등학교에 진학하고서도 다른 미국 학생들과 다들 잘 아는 사이였다. 그래서 조금도 불편 없이 학교에 다닐 수 있었다.

큰애는 자기 학년에서 여러 면으로 두각을 나타냈다. 토론 클럽 팀의 팀장을 맡으면서 우리 주의 고등학교 토론대회에서 우승을 차지해 상패를 받아 자기 학교에 헌납했던 일도 있다. 이 학교로서는 처음 있는 큰 일이었다. 토론 장면이 텔레비전에 중계되고 또 신문에서도 크게 보도됐기 때문에 우리 집 큰아이는 이 도시에서 유명해졌다.

공부도 아주 잘하는 편이었다. 그래서 그런지 교장선생님과 여러 교사들이 큰애를 특히 귀여워하셨다. 그래서 애들 때문에 우리 부부도 덩달아 이 도시에서 유명해졌다. 애들이 큰 효자노릇을 한 것이다. 세월이 많이 흘렀지만 우리 애들을 기억하고 있는 사람들이 아직도 애들에 대해서 묻곤 한다.

수학교사인 여선생 할라데이 씨는 큰애를 특히 잘 돌보아 주었다. 고등학교에서는 2학년과 졸업반일 때 학년말이면 성대한 소위 프롬(prom)이라는 댄스 파티를 하는 것이 관례가 되어 있다. 2학년 때는 근처 큰 대학에서 가르치던 한국인 교수의 딸과 프롬을 할 수가 있어서 다행이었는데 졸업반 때는 여자 파트너를 구할 수가 없어서 적지 않게 애를 먹고 있었다. 그런데 마침 이 여선생이 큰애의 파트너가 되겠다고 자원했다. 아마도 파트너를 구하지 못해서 애쓰는 우리 애가 애처롭게 보인 것 같았다.

이 여교사는 8년 후 큰애가 의과대학을 졸업할 때 자기 수업 시간을 취소하면서까지 자기 둘째딸과 같이 머나먼 의과대학으로 졸업 축하를 하기 위해서 일부러 와준 일도 있다. 우리로서는 감사하기도 했지만 한편 놀라기도 했다. 제자의 졸업식에 참석하려고 자기의 수업을 중단하는 것은 예사 일이 아니다.

우리 큰애가 이 여교사를 부를 때는 선생님이라고 부르지 않고 단순히 이름을 부르는 것이 나에게는 너무나 거북스러웠다. 그러나 여기는 미국이니 미국식을 따라가는 것이기 때문에 내가 뭐라고 잔소리할 수도 없다.

이 여교사의 큰딸이 우리 대학에 들어와서 내 강의를 몇 과목 수강하는 제자가 되었다. 그리고 그녀가 결혼할 때 우리는 정성을 다해서 축하를 해주었다. 세상은 돌고 도는 것 같다.

어느 나라나 마찬가지겠지만 미국에도 착한 사람이 많은 것 같다. 물론 우리가 동양인이고 아직도 미국의 물정에 어둡고 미국 사람들처럼 영어를 제대로 못해서 차별대우를 받고, 또한 우리 한국 사람들을 등쳐먹는 미국 사람도 있긴 하지만 그래도 착한 사람을 많이 대한 것 같다. 언젠가 감사절 날에 있었던 이야기다.

미국에서는 추수감사절이 가장 즐거운 명절 중의 하나다. 멀리 떨어져 있던 가족들이 이 날만은 다시 만나서 터키라는 칠면조 요리를 먹으면서 한 해의 수확을 축복하여 주신 하나님께 감사를 드리며 축하하는 날이다. 가족과 만나기 위해서 민족의 대이동이 이루어진다. 물론 모든 학교가 감사절 주간은 휴교한다.

이 감사절 저녁식사를 같이하기 위해서 아내가 몇 분의 손님을 초대했다. 우리 대학에서 일본어를 가르치는 일본인 강사도 초대했다. 큰 칠면조를 사오고 또 저녁 준비를 하느라 아내와 나는 꽤 바빴다. 그런데 터키를 구우려고 오븐에다 넣고 스위치를 켰는데 오븐이 작동을 하지 않았다. 아내의 얼굴이 사색이 되었다. 손님을 불러 놓고 이 날의 주 음식인 터키를 구울 수가 없으니 정말 큰일이 났다고 발을 동동 구르고 있었다.

설상가상으로 감사절이면 음식점을 비롯해서 모든 가게가 철시를 한다. 궁리 끝에 아내가 용기를 내서 전기를 수리하는 가게의 주인집에다 전화를 걸어서 사정했더니 다행히 기사가 집으로 와주었다. 일을 하지 않는 날인데도 불구하고 와준 것이 참으로 고마웠다.

그런데 일이 자꾸만 꼬이기 시작했다. 이 전기기사의 이야기로는 오븐의 한 부품이 고장나서 작동을 하지 않으니 새 부품으로 바꿔야 한다는 것이다. 그런데 그 부품을 파는 가게는 한 군데밖에 없는데 감사절이기 때문에 가게를 열지 않을 거라는 것이었다. 그러면서 이 전기기사는 집으로 돌아갔다. 시간은 자꾸만 가고 일마다 꼬이니 정말 난처해졌다.

아내가 부품을 파는 가게의 주인집에 전화를 걸어서 또 사정을 하는 수밖에 도리가 없었다. 그런데 일이 또 꼬였다. 가게 주인 부인의 이야기가, 남편은 감사절날 일찍이 사냥하러 한 시간 가량 걸리는 곳으로 떠났다는 것이다. 아내의 절망적인 모습을 옆에서 볼 수가 없었다. 그런데 뜻하지 않은 일이 생겼다. 그로부터 두 시간이 넘었는데 전화가 걸려왔다. 부품가게의 주인으로부터였다.

아내와 전화를 끊고 나서 부품가게 주인의 부인이 사냥을 나간 남편에게 우리의 딱한 사정을 전했다고 한다. 그러자 남편은 사냥을 중단하고 자기 가게로 자동차를 몰고 달려왔다고 했다. 아내에게 빨리 전기기사에게 전화를 걸어 오븐의 부품을 가져가라고 전하라는 것이었다. 아내가 급히 전기기사에게 그간의 사정을 이야기하고 얼마 후 전기기사가 부품을 구입해 와서 오븐을 완전히 고쳐 놓았다. 숨막히는 긴박한 몇 시간을 보낸 것이다.

저녁에 모인 손님들에게 완숙하게 요리된 터키를 이런 어려운 사정을 거쳐서 대접할 수가 있었다. 손님들이 돌아가고 난 다음 아내와 나는 안도의 한숨을 내쉴 수가 있었다.

미국 사람들이 우리에게 대하는 태도가 늘 따뜻한 것만은 아니다.

전화를 걸 때도 우리의 영어 발음을 듣고는 짜증을 내는 미국 사람이 간혹 있는가 하면 또 우리의 이름을 보고서 차별하려고 대드는 미국 사람도 있다. 일부 미국 사람들이 전화번호부를 들추다가 우리의 이름이 이상해 장난 전화를 해서 곤욕을 치른 때도 여러 번 있었다. 그것도 새벽 한두 시에 걸려온다. 요사이는 다행히 전화를 걸어오는 사람을 추적할 수 있어서 전화로 장난하는 사람이 별로 없다.

미국식 생활에 아직도 완전히 익숙지 못해서 미국 사람들의 눈총을 받을 때가 한두 번이 아니다. 또한 우리의 생김새가 원래 다르기 때문에 차별하는 미국 사람도 적지 않다. 그런데 교장선생님과 학교 교직원들이 왜 그렇게 헌신적인 도움을 주었으며, 또한 고장난 오븐을 고쳐 주려고 감사절 휴가 기간을 희생하면서까지 도와준 전기기사와 부품 가게 주인 내외의 고마움을 어떻게 해석해야 하는 것인가?

이들도 우리가 누구인지 잘 알고 있는 사람들이다. 장래가 촉망되는 한 제자의 딱한 사정을 돕기 위하여 스승으로서의 양식을 발휘한 것이라고도 생각할 수 있다. 백인이냐 아니냐가 문제가 아니다. 오븐이 고장이 나서 감사절을 제대로 지내지 못하는 한 가정에 인간적인 동정이 가서 즐기던 사냥도 집어치우고 자기 가게로 달려왔는지도 모른다. 돈을 벌겠다고 그런 것이 아니다. 고장난 부품이 비싼 것이 아니었다. 고객은 왕이라는 상도덕을 실행하고 고객을 만족시키기 위해서 그랬는지도 모른다. 어쨌든 우리로서는 너무나 고마웠다. 인종을 넘어선 인간의 따뜻한 마음씨에 감동을 받았다.

며칠 전 아내가 학교에 가려고 자동차에 키를 꽂았으나 시동이 걸리지 않았다. 나도 몇 번 시도해 봤지만 꼼짝도 하지 않아 내 차로 아내를 학교에 데려다 주었다. 그리고는 레커차를 운영하는 회사에 전화로 사정 이야기를 했다. 레커차를 몰고 온 백인이 우리 차를 점검하더니 배터리가 잘못된 것 같다고 하면서 자기 차의 배터리와 연결시켜서 충전시켜 주었다. 그러자 감쪽같이 시동이 걸렸다. 고맙다고 하면서 얼마냐고 물었더니 돈을 안 받는다는 것이었다. 우리 집에서 한 30분은 보냈을 것이다. 우리 차를 견인하려고 왔는데 견인을 하지 않게 되었으니 돈을 안 받겠다는 모양이다.

고장난 물건을 수리하지 않더라도 집으로 출장 온 것만으로도 돈을 지불하는 것이 미국의 관례인데 돈을 안 받겠다고 하니 내가 오히려 무안해졌다. 이런 경우를 나는 벌써 여러 번 경험했다. 이것이 미국 사람들의 상도덕을 말하는 것인지 아직도 우리가 미국 사람들을 이해하지 못하는 데서 오는 짧은 생각인지 잘 모르겠다.

받을 때는 꼭 받아 내고 받지 않아야 할 때는 떼를 쓰면서까지 안 받는 미국 사람들의 상행위를 아직도 완전히 이해하지 못하고 있는 것 같다. 이 레커차의 운전사가 몇 마디 차 관리에 대해서 주의사항을 일러주고는 떠나갔다. 이른 아침에 내 마음이 어리둥절하면서도 훈훈해졌다.

동서양을 막론하고 인간이란 착한 성품을 가지고 태어나지 않았는가 생각된다. 이것이 아마도 인간의 성선설(性善說)일 것이다. 역설적인 것 같지만, 인간의 이 착한 마음씨를 종교의 교리라든가 사상적 이념이라든가 문화적인 우월성이나 인종적인 우월성 등이 역작용해서 교란시킴으로써 인간으로 하여금 남을 헐뜯고 타락시키는 것은 아닌지 모르겠다. 그래서 인간의 성악설(性惡說)도 많은 호응을 얻고 있는 것 같다.

　미국에 살면서 미국 사람들의 도움을 음으로 양으로 받으면서 착한 인간성에 대한 나의 믿음은 더해 가는 것 같다. 그러면서도 사람들의 착한 마음씨들이 여러 가지 장해 요인으로 인해서 혼탁한 마음씨로 변질되어 가는 것이 가슴 아프다. 이들 장해 요인들이 인간 상호간의 이해에 절대로 필요한 교류를 차단시키고 이 세상에서 살아가는 데 불가피한 타협정신을 박탈하면서 다른 사람에 대한 증오심을 조장시키고 배타성을 장려하면서 인간성 자체를 변질시켜 놓은 것은 아닌가 걱정이 된다.

　인간은 나면서 자기와 다른 것을 싫어하고 증오한다는 점을 강조하고, 이런 것을 신조로 믿고 있는 사람도 허다한 것 같다. 그러나 또 한편으로 생각하면 인간에게는 자기와 다른 것에 대한 거부감 내지는 공포심이 있다는 것도 숨길 수 없는 사실이다. 다시 말하면 인간에게는 자기와 같은 것에 애착을 느끼고 거기서 안주하려는 경향이 있는 것 같다.

　미국에서 한국 사람들끼리 서로 싸우기도 많이 하지만 그러면서도 똘똘 뭉쳐서 사는 것을 보면 인간 본연의 성질을 한 마디로 단정하는 것은 위험한 것 같다. 인간이란 참으로 이해하기 어려운 존재이다. 그러나 단절의 시대가 지나고 상호 교류의 시대가 도달한 것 같다.

　상호 교류는 서로의 양보가 그 전제조건으로 되어 있다. 이런 과정을 통해서 자기의 목적을 관철하는 것이다. 남을 살게 함으로써 자기도 살게 되는 시대가 도래한 것이다. 남을 죽여야 자기가 산다는 제국주의적 행동양식은 이제는 구시대의 유물이 되어버렸다.

　어떤 학자는 이런 현상을 "상생(相生) 자본주의(*alliance capitali-*

sm)” 라고 표현하고 있다. 그러나 경쟁은 없어지는 것이 아니다. 선의의 경쟁은 언제나 장려되지만 상대방을 고의로 말살시키는 경쟁은 배제되는 것이다. 이것이 오늘날의 시대정신일 것이다. 종교의 교리나 사상의 이데올로기가 이 시대정신에 악영향을 주어서는 안 될 것이다.

우리 가족이 지금 살고 있는 그린우드로 이사와서 아이들도 이곳 메리우드 초등학교로 전학을 왔다. 낯선 동양 아이를 보고 신기하기도 하고 어린 마음에 장난기가 발동했는지 몇 안되는 흑인 학생을 빼고는 대부분 백인인 반 아이들 중 몇 명이 우리 아이들을 놀려준 것 같다. 큰아이는 불안했다. 그런데 담임선생이 우리 아이가 놀림을 당한다는 사실을 눈치챈 것이다. 4학년 담임인 햄릭 여선생은 하루아침에 우리 큰애를 반장에 임명해 버렸다.

반 아이들의 놀림은 뚝 끊어졌다. 감히 반장을 놀려댈 수가 있겠는가? 반의 분위기는 정상으로 돌아왔다. 큰애도 다시 명랑해지고 자신감을 되찾은 것 같았다. 아내는 두고두고 이 백인 여교사의 교육적인 결단에 탄복하고 경의를 표했다. 이 여교사는 그 후 학교를 그만두고 우리 대학의 교무처에서 오래 근무하다가 은퇴했다.

40번 국도 위에서

40번 국도 위에서

미국에서 감사절 주간은 한 해 중 가장 큰 명절이다. 일년 내내 헤어졌던 가족들이 한자리에 모여서 지나온 한 해를 회고하며 하나님께서 주신 풍성한 수확의 축복을 감사하며 온 식구가 터키나 햄을 주식으로 하는 음식을 나누면서 즐겁게 보낸다. 헤어졌던 식구들이 한자리에 모이느라 인구의 이동이 연중 가장 극심한 주간이다. 항공편을 이용하는 사람들, 자동차편을 이용하는 사람들, 기차나 버스를 이용하는 사람들로 하늘과 땅이 정신을 차릴 수 없는 주간이다. 한국의 설이나 추석 때와 비슷하다.

모든 학교들이 이 감사절 주간에 휴교하는 것은 물론이다. 미국에 온 지 오래되어서 감사절도 여러 번 치렀다. 나와 아내는 둘째 아이와 같이 감사절을 보내기 위해서 둘째가 있는 내쉬빌로 자동차로 갈 때도 있고 둘째가 우리가 있는 그린우드로 오는 경우도 있다. 또는 큰아이가 살고 있는 시카고로 식구가 다 모여서 감사절을 보낼 때도 있다. 큰아이는 결혼을 해서 우리가 별로 신경을 쓰지 않지만 둘째는 혼기가 찼는데도 아직 짝을 찾지 못해서 부모로서 걱정이 태산 같다. 그래서 감사절 휴교 때는 둘째가 있는 곳으로 가는 경우가 많다.

의과대학에서 조교수로 정신과에서 근무하다가 개업을 하고 있는 둘째가 사는 내쉬빌은 그린우드에서 자동차로 일곱 시간 남짓 거리에 있다. 다섯 시간 정도는 국도 40번을 타고 서쪽으로 달린다. 아팔라치안 산맥 끝자락에 있는 이 도로는 험난하기로 유명하다. 도로는 크고 넓어서 운전하는 데는 다른 미국의 도로와 마찬가지지만 꼬불꼬불한 산길을 운전하려면 정신이 아찔해지고 신경을 곤두세워야 한다.

약 두 시간을 이렇게 달리고 나면 다소 안전한 도로로 빠져나오게 된다. 도로의 경치는 그야말로 천하일품이다. 높은 산을 깎아서 만든 도로를 운전할 때는 인간의 기술에 감탄하고 가을철 단풍이 들 때 운전하면 아름다운 자연의 모습을 만끽하게 된다.

몇 년 전 감사절 때 이야기다. 그때도 둘째가 살고 있는 내쉬빌로 가려고 학교 시간이 끝난 오후 두 시쯤에 집을 나섰다. 둘째가 한국 음식을 너무 좋아하기 때문에 아내가 전날 밤에 한국 음식을 정성껏 준비했다. 험한 산골 도로를 어둡기 전에 지나와서 안도의 한숨을 쉬었다. 그러나 도착지까지 가려면 아직도 평탄치 않은 도로를 여러 군데 거쳐야 한다.

주위가 어두워지기 시작했다. 그런데 옆자리에 앉아 있던 아내가 갑자기 큰 소리로 말했다「여보, 옆을 보세요, 옆을 봐요!」죽을 힘을 다해서 소리치는 아내의 소리로 봐서 무슨 큰 일이 생긴 것 같았다. 그러나 차 옆을 보아도 컴컴해서 아무것도 보이지 않는다. 그러나 아내는 계속 소리를 지르는 것이었다. 「여보, 옆을 보라니까요. 큰 트럭이 옆으로 오고 있어요!」 그러나 옆을 봐도 아무것도 보이지 않아 계속 차를 몰았다. 그때였다. 갑자기 쾅 하는 소리가 나면서 무언가가 우리 차에 부딪치는 것이었다. 급히 차를 길가에다 댔다. 순간 우리 앞으로 우리 차의 열 배는 넘는 트럭이 지나가고 있는 것이었다.

차 문을 열고 밖으로 나가 보니 오른쪽 사이드미러가 완전히 파손되었으며 자동차 보닛이 약간 파손되었다. 많은 차들이 계속 우리 옆을 빠른 속도로 스쳐 지나가고 있었다. 주위는 캄캄했다. 나와 아내는 차가 예상한 것보다는 많이 상하지 않았다는 데 우선 안심했다. 더욱이나 타이어에 아무런 이상이 없는 것이 너무도 고마웠다. 운전에는 지장이 없는 것 같았다.

아내는 운전에 방해가 되지 않도록 깨진 사이드미러 부분을 손수건으로 꽁꽁 묶고 있었다. 나는 전조등을 다시 켰다. 우리 차의 소재를 알려 안전을 도모하기 위해서였다. 차의 배터리를 절약하기 위해서 엔진을 계속 가동시켰다. 그리고 나서 아내를 도와주려고 차 밖으로 나왔다가 한참 뒤 차안에서 두꺼운 천을 가져오려고 다시 차 문을 열려는데 문이 열리지 않는 것이었다. 아무리 시도를 해봐도 끄떡도 하지 않았다.

정말 큰 일이다. 차의 엔진이 돌고 있으니 어쩌면 좋은가? 아내를 쳐다보았으나 뾰족한 수가 있을 리 없다. 무슨 수를 쓰든 차 문을 열어야 한다. 돌멩이로 유리문을 깨보자는 생각이 들었다. 그러나 주위에는 돌멩이가 하나도 없었다. 속이 바짝바짝 타올랐다. 돌멩이 대신

신발 생각이 떠올랐다. 한쪽 구두를 벗어서 유리문을 후려쳤다. 그러나 유리창은 끄떡도 하지 않는다. 이거 정말 큰일났다. 사방은 완전히 어두워졌고 여기는 산 속이 아닌가?

많은 차들이 지나가고 있었지만 그저 멍하니 바라볼 따름이었다. 나와 아내는 걱정스러운 눈길로 서로 쳐다만 볼 뿐이었다. 패트롤카가 마침 지나가면 우리를 보고 도와주겠지만, 패트롤카가 오기만을 손을 놓고 기다릴 수도 없는 형편이었다. 늦은 가을이어서 해가 지면 추워지기 시작한다. 차 밖 산골길에서 밤을 지새울 생각을 하니 온몸에 식은땀이 흐른다. 무엇보다도 자동차 엔진이 가동되고 있으니 시간이 자꾸 가면 과열이 돼서 자동차가 폭파할는지도 모르겠다는 생각이 들자 마음은 한층 더 조급해졌다. 어찌해야 좋을지 도무지 묘안이 떠오르지를 않았다.

그런데 난데없이 아내가 부서진 사이드미러를 잡아매려던 흰 천을 질주하는 자동차 물결을 향해 흔들어대기 시작했다. 그야말로 SOS 신호를 보낸 것이다. 자그마한 동양 여자가 한밤중에 흰 천을 흔들고 있는 것을 질주하고 있는 자동차들이 전조등을 통해서 보았을 것이다. 효과가 있을까 하고 생각했지만 별 뾰족한 수단이 없는 나로서는 아내 뒤에서 달리고 있는 자동차 물결을 멍하니 바라보고만 있을 뿐이었다.

아내가 20분은 넘게 하얀 천을 흔들어댔지만 자동차들은 그대로 우리 앞을 스쳐 지나칠 뿐이었다. 그때였다. 소형 트럭 한 대가 길가 쪽으로 들어서더니 천천히 우리 차 뒤로 다가오고 있는 것이 아닌가? 30대 중반의 백인 남자와 부인 그리고 어린 두 딸이 트럭에 타고 있었다. 나중에 안 일이지만 이들은 가까운 시내로 가서 크리스마스트리를 사려던 참이었다. 아내의 묘안이 적중했고 우리는 구세주를 만난 셈이었다.

이 백인 남자가 우리에게 다가와서는 무슨 일이 생겼느냐고 물어왔다. 아내가 자초지종을 이야기해 주었다. 이 백인 남자는 자기는 도와줄 방법이 없으니 시내로 들어가서 도움을 청해야 한다면서 우리에게 자기 트럭에 타라는 것이었다. 우리는 운전석 옆에 올라탔지만 자기 부인과 어린 두 딸은 트럭 위의 짐칸에 앉혔다. 바람막이가 없었기 때문에 이 세 모녀는 몹시 추위에 떨었을 것이다.

트럭을 타고 가면서 나는 아무것도 할 수 없는 무기력자라는 것과 이 백인 남자의 자비심에 전적으로 의존할 수밖에 없는 나의 처지가 딱하기만 하다는 생각을 했다. 시내로 들어서자 이 백인 남자가 여러 군데 연락을 해서 도움을 청했다. 그리고 나서 우리 일행은 다시 우리 차가 있는 곳으로 되돌아왔다.

거의 반 시간은 소비했을 것이다. 차가 무사한 것을 보고 우선 안도의 한숨을 길게 내쉬었다. 얼마 안 있어 자동차 정비용 차가 와서 우리 차의 문을 열어 주었다. 그리고 나서 잠시 뒤 패트롤카가 오고 어떻게 된 일인지 우리 차를 들이받은 큰 트럭도 왔다.

나중에 안 일이지만, 이 사고 운전사는 사고가 난 것을 몰랐다고 한다. 이 큰 트럭이 우리 차를 들이받고 나서 그냥 달리자 우리 뒤를 따라오던 차가 사고가 난 것을 알고 이 트럭을 계속 추적해서 사고가 난 사실을 알렸다고 한다. 그래서 트럭 운전사가 사고 지점으로 되돌아온 것이다. 미국 법에 차 사고를 내고 뺑소니를 치면 그것은 큰 범죄행위가 된다.

우리를 도와준 백인 남자와 그 가족은 일이 일단락되자 다시 시내로 들어갔다. 나와 아내가 고맙다는 인사를 몇 번이고 했다. 이들의 도움이 없었으면 어둠이 깔린 산 속 길에서 오들오들 떨면서 오랜 좌절의 시간을 보냈을 것이다. 교통경찰이 사고현장을 조사하고 또 조서를 작성한 다음에 우리는 해방이 되었다. 아내는 지쳐 있었다. 더는 차를 타고 갈 수가 없다고 말하면서 가까운 모텔에 가서 묵자고 제안했다. 그래서 우리는 뜻하지 않게 모텔에서 하룻밤을 지내고 이튿날 아들이 있는 곳으로 갔다.

자동차 사고란 언제 어디서나 있는 것이다. 미국에서도 많은 사람이 교통사고로 사망하고 부상당한다. 그래서 우리도 자동차로 긴 여행을 떠날 때는 집안을 깨끗이 청소하고 쓰레기를 치워버린다. 그리고 냉장고에다 유사시에 연락할 곳을 붙여 놓는다.

우리 차가 사고나기 얼마 전에 이 근방의 한인교회에서 시무하던 정 목사님이 서부의 다른 도시로 전임이 되어서 트럭으로 이사를 가는 도중에 우리와 같은 자동차 사고가 났다. 불행하게도 운전석 옆에 타고 있던 목사 부인이 크게 다쳤는데 병원에 도착하기 전에 세상을 떠났다. 병원으로 가면서 남편인 목사에게 「저 세상에 가서도 다시 만나서 같이 살아요」 하는 마지막 말을 남겼다고 한다.

우리도 순간의 차이로 큰 사고가 나서 자동차가 대파되거나 전복되어 크게 다치거나 목숨을 잃었을는지도 모른다. 자동차가 조금 파손되었을 뿐 나나 아내는 조금도 다치지 않은 것에 감사했다. 왜 어떤 사람은 죽어야 하고 어떤 사람은 살아남는 것인가? 이것이 다 하늘의 섭리인가?

한밤중에 남의 차를 도와준다는 것은 위험한 일이다. 상대가 어떤 사람인지 전혀 모르기 때문이다. 아내가 우리를 도와준 백인 남자에게, 우리를 도와주려고 가까이 다가올 때 위험하다는 생각이 들지 않았느냐고 헤어지기 전에 물었더니, 이 남자의 대답이 「전조등에 비친 당신(나의 처)의 얼굴을 보니 위험한 사람이라고는 전혀 느껴지지 않았다」는 것이다.

성경에 나오는 「선한 사마리아 사람」 같은 이 백인 남자와 그의 가족이 베풀어 준 호의와 도움에 감사하기도 하고 한편으로는 마음이 흡족하기도 했다. 살벌한 세상에서 천사를 만난 것이다.

미국에는 아직도 이런 착한 사람이 많이 있을 것이다. 우리를 보고도 그냥 지나친 차들 중에는 우리가 동양 사람이기 때문에 그냥 지나쳐 버린 사람도 틀림없이 있었을 것이다. 우리를 도와준 백인 남자는 자기 두 딸에게 난처한 처지에 처한 사람을 행동으로 도와주는 좋은 모범을 보여주었다. 이 딸들도 아버지가 자랑스러웠을 것이다.

그 해 크리스마스 때 우리는 감사의 표시로 한국산 도자기와 사례금을 보냈다. 이 사고가 난 후부터는 여분의 자동차 키를 호주머니에 가지고 다니는 것을 잊지 않고 있다.

또 한번은 처형의 집에 갈 때 생긴 일이다. 그녀는 우리가 있는 그린우드에서 차로 세 시간 걸리는 조지아 주의 밀레지빌에 살고 있었다. 처형의 병이 위독하다는 전화를 받고 부랴부랴 집을 나섰다. 마지막 한 시간 가량은 집이라고는 찾아볼 수 없는 시골길이다. 이 길을 한참 달리는데 앞쪽에서 쾅 하는 소리가 나더니 차가 비틀거리기 시작했다. 차를 길가 쪽으로 멈추고 내려 보니 오른쪽 앞 타이어가 파열이 된 것이다.

나는 한두 번 타이어를 갈아 끼워 본 경험은 있지만 어두운 밤 시골길에서 그런 작업을 하는 데는 자신이 생기지 않았다. 할 수 없이 덜컹거리는 차를 몰고 민가나 가게가 있는 곳을 찾아 나섰다. 다행히 2, 3분 달리자 주유소가 보였다. 밤 아홉 시였다. 마침 차 한 대가 서 있었는데 그 안에 40 중반의 흑인이 앉아 있었다. 이 흑인은 이 주유소에서 일을 하는 딸을 태우러 와서 주유소 문을 닫는 아홉 시를 기다리고 있었다. 자동차 수리를 하지 않는 주유소였다.

아내가 이 흑인에게 도움을 청했다. 이 흑인은 쾌히 응낙하더니 금방 파열된 타이어를 예비 타이어로 갈아 끼우는 것이었다. 일하는 솜씨가 자동차 숙련공 뺨칠 정도로 재빠르고 정확했다. 시간도 많이 걸리지 않았다. 이 흑인을 만난 것이 정말로 다행이었다. 그렇지 않았으면 밤새도록 시골길에서 고생했을 것이다. 아내는 너무도 고마워서 사례금을 많이 주었다. 흑인은 너무 많다고 사양했지만 아내의 고집을 꺾지는 못했다.

내가 보기에도 좀 많은 액수라고 생각했지만 아무 말도 하지 않았다. 착한 사람을 만나서 어려운 일을 쉽게 해결했다. 이 흑인이 돈을 벌려고 타이어를 고친 것은 물론 아니다. 이 세상에는 드러나지 않은 착한 사람이 많이 있다. 정말로 기뻤고 감사했다. 이런 사정으로 밤늦게 처형 집에 도착했다. 휴대전화가 있었으면 그렇게 걱정을 하지 않았을 것이다. 그때 우리는 휴대전화기가 없었다.

이곳 그린우드에서 한 시간 남짓 걸리는 그린빌에서 한인교회에 출석할 때 있었던 일이다. 미국 사람과 결혼한 두 한국 여인이 교회에 참석하고 싶다고 해서 그들을 교회로 인도한 일이 있었다. 갈 때는 내 차가 앞장서고 올 때는 이 두 여성의 차가 앞장섰다. 올 때는 쾌청한 날씨의 오후였다. 일요일이라 국도였는데도 차들이 많지가 않았다.

한참 여인네들의 차를 뒤따라가는데 갑자기 앞차가 길옆으로 빠져 내려가는 것이었다. 한 3, 4미터 밑으로 가더니 차가 멎었다. 도로 옆은 포장되지 않은 풀밭이었다. 그녀들의 차가 고장이 난 것 같았다. 다행히 그녀들은 다치지는 않았다. 차가 굴러 밑으로 떨어졌다면 정말 큰일 날 뻔했다. 생각만 해도 아찔했다.

나도 차를 갓길에다 멈추고 그녀들의 차로 갔지만 어떻게 해야 좋은지 막막할 뿐이었다. 공연히 그녀들을 데려왔나 보다고 은근히 후회도 했다. 그나저나 빨리 어떤 조치를 취해서라도 고장 차를 국도 위에 올려놓아야 했다. 풀밭에서 차를 밀어 올릴 수도 없는 일이었다.

그런데 한 3, 4분 후에 차 한 대가 내 차 뒤에 멎었고, 또 2, 3분 있더니 두 대의 차가 또 멈췄다. 한 차에서 한 50여 세로 보이는 백인 남자가 가까이 다가와서는 여인네들의 차를 자세히 관찰해 보더니 나에게 차를 어떻게 하라고 설명해 주는 것이었다. 이 백인의 말을 그대로 그녀들에게 전했더니 여인네들은 지시받은 대로 차를 시동시켰다. 차에서 내린 백인들이 모두 차를 밀어 주었다. 그러자 차가 국도 상으로 천천히 움직여 올라오는 것이었다. 이 백인들의 도움으로 우리는 무사히 집으로 돌아올 수가 있었다.

백인들은 고맙다는 인사말에 가벼운 답례를 하고는 제 갈 길로 가버렸다. 이 백인들이 우리가 이 지방에는 흔하지 않은 동양 사람들이기 때문에 일부러 도움을 준 것인가? 그렇지 않으면 이 백인들이 워낙 착한 사람들이어서 어려움을 당한 사람이면 누구라도 도와주는 것인가? 오후의 맑은 날씨의 도움도 받았을 것이다. 비가 오는 밤이었다면 착한 사람들도 좀 주저했을는지도 모른다. 그러면 우리는 죽을 고생을 했을 것이다.

착한 백인들의 도움을 받아서 우리는 위기를 넘겼다. 착한 사람들의 도움을 받은 나의 마음도 한없이 기뻤다. 미국에도 착한 사람이 많이 있다. 이 세상에는 착한 사람이 많이 있는 것이다.

한국의 온천으로 휴가 온 한 일본 관광객이 택시를 타고 요금을 지불하려고 돈지갑을 찾다가 잃어버린 것을 알았다. 말이 통하지 않는 택시 기사에게 손짓발짓을 해가며 사정을 했다. 기사도 대강 알아차리고는 요금을 내지 않아도 된다는 의사 표시를 했다. 일본으로 돌아간 이 일본인이 관할 도청으로 지불하지 못한 택시 요금을 보내왔다.

다행히 이 일본 사람이 택시 넘버를 적어 갔기 때문에 도청 직원들이 수소문해서 요금을 택시 기사에게 전할 수 있었다고 한다. 택시 요금이 큰 돈은 아니다. 그러면서도 아름다운 한국 사람들의 마음씨를 보는 것 같아서 감동을 받았다. 이런 착한 사람들이 한국에는 많이 있다.

그러나 어느 나라에도 명암은 있는 것이다. 미국도 예외는 아니다. 미국 사람들은 중고차를 많이 사서 이용한다. 그러나 중고차를 살 때는 조심해야 한다. 중고차의 내력을 모르는 경우가 많기 때문이다. 어떤 중고차는 큰 사고가 나서 거의 폐차 처분해야 하는 것을 대충 수리해서 감쪽같이 날씬한 차로 둔갑시켜서 판다는 것이다. 외형은 그럴듯한데도 사고를 내거나 고장 확률이 많다는 것이다. 어떤 중고차는 두 대의 사고 차를 합쳐서 하나의 차로 개조한다는 것이다. 두 차를 땜질한 곳이 매우 위험하다는 것이다.

중고차들이 다 이렇게 나쁜 것은 아니다. 중고차 값이 새 차에 비해 월등히 싸서 소득의 재분배 역할을 하고 있으며 아무런 문제없이 중고차를 애용하는 미국 사람들이 허다하다. 그러나 우리같이 차에 대해서 잘 모르는 사람은 울며 겨자먹기 식으로 비싼 새 자동차를 산다. 사업하는 사람들은 영리를 추구해야 하는 것은 당연하다. 그러나 아울러 기업의 사회적 책임이 있다는 사실도 명심해야 하는 것이다.

미국에 오래 살면서 여러 가지 일을 경험했다. 그러나 착한 미국 사람들을 만나서 도움을 받을 때가 가장 인상적이었다. 한번은 여행 중 자동차 연료가 떨어져 주유소에 들렀다. 아내가 자기가 넣겠다고 하면서 휘발유 호스를 만지다가 우리 차에 연결시키기 전에 잘못해서 옆에 서 있던 나에게 휘발유를 퍼부었다. 휘발유 세례를 받은 것이다. 퍽이나 위험한 일이었다. 순간적으로 있었던 일이다. 남에게 뿌렸으면 어떻게 되었을까 하는 생각을 하니 몸이 오싹해진다.

다행히 나는 방수용 점퍼를 입고 있어서 휘발유가 옷에 배어들지는 않았다. 아내가 급하게 내 점퍼를 들고 주유소 안의 화장실로 달려가서 휘발유를 씻어내고 있는데 마침 화장실을 사용하려던 여직원이 아내가 고생하는 것을 보고 화장실을 들락거리면서 열심히 돕는 것을 밖에서 기다리고 있던 나도 목격할 수가 있었다. 추운 겨울 날씨에 점퍼를 못 입게 돼서 좀 고생은 했지만 이 백인 여자의 따뜻한 마음씨가 추위를 녹이는 것 같았다.

이 백인 여자가 무슨 큰 자선을 베푼 것은 아니다. 그러나 작은 일에 도움을 받는 것이 더 고마운 일이다. 이 도시는 백인만이 사는 도시처럼 보였다. 동양 사람인 아내를 정성껏 도와준 것이 너무도 고마웠다. 이 세상에는 착한 사람이 많이 있는 것이다.

네 노인

몇 년 전까지 우리가 살고 있는 동네에서 같이 지내던 앤드류 할아버지의 장례식에 참석하고 돌아오는 길이다. 암으로 고생하다 세상을 떠났지만 만 91세까지 살았으니 천수를 누렸다고 할 수 있겠다. 우리 동네에 살고 있을 때 칠순이 훨씬 지났는데도 외바퀴 자전거를 곡예사같이 몰면서 동네를 누비고 다니던 그 모습이 아직도 눈에 생생하다. 이 노인은 언제나 얼굴에 미소를 띠고 만나는 사람마다 인자스럽게 대했다.

이 동네에서 유일한 동양인인 우리 가족에게도 항상 따뜻하게 대해주었다. 여름이면 해마다 집 마당에서 가꾼 토마토나 야채를 우리 집 현관 앞에 놓고 가기도 하였다.

미국 사람들, 특히 백인들이 동양 사람들에게 다 친절하고 다정한 것은 아니다. 우리 집 건너편에 젊은 백인 부부가 살고 있었는데 남편은 내가 대학에서 가르쳤던 학생이었다. 이 미국인 제자는 만날 때마다 인사를 나누었지만 이 제자의 부인은 초등학교 교사를 지낸 지식층이었는데도 나와 마주칠 때마다 고개를 옆으로 돌리고 못 본 척하곤 했다.

내가 나가고 있는 백인 교회는 우리 식구만 빼면 다 백인들인데, 한 남자 백인 교우는 교회 안에서 마주쳐도 못 본 척하고 길에서나 가게에서 만나도 고개를 돌리고 지나친다. 그에게는 같은 기독교 교인이라는 것은 아무 상관이 없다. 단지 백인이냐 아니냐가 문제다. 우리가 보기 싫어서 그랬는지는 몰라도 이 백인은 얼마 안 있어 우리 교회를 떠났다.

내가 가르친 백인 학생들도 마찬가지다. 어떤 학생들은 나를 너무나 좋아하고 따르는 데 반해서 일부 학생들은 백인이 아닌 나를 싫어하는 내색을 감추지를 않는다. 나의 동료 교수나 대학의 직원들도 별 차이가 없다. 동양인인 나를 무척 좋아하는 사람이 있는 반면 끔찍이 싫어하는 사람도 있다. 그러나 한편으로 생각하면 우리가 영어를 미국 사람들처럼 구사하지 못해서 그러는 것이지 동양 사람이기 때문에 차별대우를 받는 것이 아니라는 점도 사실인 것 같다.

앤드류 할아버지는 자주 우리 집에 찾아와서는 세상 돌아가는 이야기를 나누곤 했다. 이 노인은 우리 동네에서 살고 있을 때 상처를 했다. 부부간에는 자식이 없었다. 부인을 저 세상으로 먼저 보낸 후 얼마 안되어서 자기가 다니던 대학교의 50주년 재상봉 행사에 참석했다. 이 대학교는 여기서는 멀리 떨어져 있는 미국 서부 애리조나 주에 있다. 거기서 이 노인은 대학교 재학시의 연인(sweetheart)을 만나게 되었다. 둘이 다 칠순이 훨씬 넘은 할아버지와 할머니로 변해 있었다.

　젊었을 때 이 두 연인은 각기 다른 사람과 결혼하게 되었다. 50주년 재상봉 때 이 노인은 남편을 잃고 미망인이 된 옛 애인과 문자 그대로 재상봉하게 되었다. 그 후 얼마 안 있다가 상처를 한 칠순이 넘은 홀아비와 남편을 저 세상으로 먼저 보낸 칠순이 넘은 과부 두 사람은 재혼을 했다.

　이웃동네 사람들을 초청해서 조촐한 결혼 피로연을 베풀었는데 이 신혼부부는 참으로 행복해 보였다. 칠순이 넘었다고는 믿을 수 없을 정도로 젊어 보이는 새 신부는 나와 아내가 진심으로 축하한다고 말하자 젊은 새색시같이 수줍은 미소를 띠면서 감사하다고 답례했다.

　앤드류 할아버지가 암으로 고생하게 되자 이 두 사람은 양로원과 같은 시설로 이주해서 살다가 몇 년 후에 별세했다. 이 두 부부는 10년이 훨씬 넘게 같이 산 셈이다. 장례식이 끝나고 참석한 조객들과 인사를 나눌 때 감사하다고 내 손을 꽉 잡던 이 할머니는 90이 넘은 사람이라고는 도저히 믿어지지 않을 정도로 정정했다.

　앤드류 할아버지의 전 부인은 우리와는 별로 교제가 없었다. 그러나 할머니가 오래도록 몸이 편찮은 것은 우리도 알고 있었다. 한번은 아내가 할아버지를 만났을 때「부인께서는 요사이 어떠십니까?」하고 물었더니 할아버지는 아내를 물끄러미 쳐다보면서「아내는 벌써 반 년 전에 세상을 떠났소」라고 대꾸하더라는 것이었다.

　그때 아내는 민망하기도 하고 당황스럽기도 했다. 바로 몇 집 건너에 사는 할머니가 타계한 것을 까마득하게 몰랐으니 몸둘 바를 몰랐다고 한다.

　아내가 솔직히「우리는 전혀 몰랐습니다」라고 고백하자 할아버지는 「나는 매일 신문의 부고 난을 자세히 살피고 있소」라고 간접적으로 아내에게 암시를 하더라는 것이다. 우리는 신문의 부고 난을 한번 훑어볼 뿐이지 자세히 읽지는 않는다. 우리는 여기서 아는 사람이래야 대학 관계자이거나 교회와 관계된 사람들이 고작이어서 신문을 보지 않아도 소식을 알게 된다. 그러나 미국 사람들은 부고 난을 매일 자세히 살펴보는 것 같다.

새삼 미국에 오래 살고 있으면서도 아직도 미국 생활에 대해서 모르는 일이 너무 많은 것 같아서 좀 불안한 감도 든다. 부고 난에는 자세한 내용이 다 보도되어 있어서 고인의 신상, 고인의 가족사항, 장례식 장소, 장례식 순서, 장례식 일정, 조위금을 교회나 학교 및 자선단체에 고인의 이름으로 낼 것을 안내하는 등의 소식은 부고 난을 보면 환하게 알 수 있다.

역사학을 가르친 나의 동료 교수인 리켓슨 박사는 원래 신학교를 나온 안수 목사였으나 역사학으로 전과해서 박사학위를 받고 대학 강단에 서게 되었다. 나와는 각별한 사이였다. 50이 훨씬 지났는데도 독신으로 살았던 노총각이었다. 혹 그의 마음을 상하게 할는지 몰라서 왜 결혼을 않느냐고 감히 물어보지는 못했다. 나는 나름대로 그를 독신주의자라그 단정하고 있었다. 그런데 갑자기 이 노총각 교수가 결혼을 한 것이다. 신부는 과거 대학시절 연인이었다.

신부는 어떤 사유인지는 몰라도 다른 남자와 결혼을 했다. 그런데 그녀의 남편이 세상을 떠난 것이다. 이 교수가 어떻게 해서 그녀가 과부가 된 것을 알고 또 어떻게 해서 그녀와 다시 만나게 됐는지 자세한 사연은 알 길이 없지만, 그를 독신주의자라고 단정했던 내 생각이 잘못이었다. 아마도 사랑하는 여자가 다른 사람과 결혼을 하니까 아예 결혼할 생각을 포기하고 독신으로 있었는지도 모른다. 결혼을 하고 나서 그들 부부가 다정하게 지내는 것을 동료 교수로서 감지할 수 있었다.

그리고 수년을 지났는데 리켓슨 교수가 갑자기 중환자실에 입원을 하게 됐다. 중환으로 고통을 당하는 이 교수를 찾아가서 「나 장 교수요. 나를 알아보겠소?」하고 자못 큰소리로 얘기했더니 알았다는 표시인지 얼굴 근육을 조금 움직일 따름이었다. 희미하게나마 의식은 있는 것 같았다. 그리고 며칠 안 가서 이 교수는 세상을 떠났다. 진지한 학자였던 리켓슨 교수가 타계한 것이 참으로 아쉬웠다.

현직 교수였기 때문에 학교 강당에서 엄숙한 추도식을 가졌고 그가 다니던 침례교회에서 장례식이 치러졌다. 교회 옆 묘지에 묻힐 때 인생의 무상함을 다시 한번 느꼈다. 그 후 리켓슨 교수의 미망인을 가끔 만나서 인사를 나누었다. 미망인은 아내와 일본어를 같이 청강하면서 친숙하게 지냈다. 요사이는 연락이 끊어져서 어떻게 지내는지 알 길이 없다.

또 한 노인 스나이더 씨가 우리 이웃에 살고 있었다. 이 노인은 바람기가 좀 심해서 젊어서 가정을 버리고 방탕생활에 빠졌다. 남편의 방탕한 생활을 견디다 못한 부인은 남편을 떠나서 멀리 떨어진 남쪽에 있는 주에 가서 살았다. 미용사로 일하면서 이 부인은 재혼을 하지 않고 혼자 지냈다. 그렇게 25년의 긴 세월이 흘러갔다.

스나이더 노인은 과거의 방탕생활을 차츰 후회하기 시작했다. 참회하는 심정으로 남쪽에 살고 있는 부인에게 연락해서 다시 같이 살 것을 간곡하게 제안했다. 놀랍게도 부인은 흔쾌히 승낙했다. 25년만에 이 두 부부는 재혼식을 올린 후 새살림을 차렸다. 재결합 후 얼마 안 있다가 아내와 같이 노부부를 찾아갔더니 부인은 알 수 없는 묘한 웃음을 띠면서 우리를 맞아 주었다.

미국에서는 부부간의 이혼이 다반사인데 이 부인이 바람을 피는 남편과 이혼도 하지 않고 혼자서 그렇게 오래 산 것도 미국식 사고방식으로서는 이해하기가 힘든 얘기지만, 25년 후에 바람둥이 남편이 다시 같이 살자고 제의하자 선뜻 응낙한 것은 더군다나 이해가 가지 않는다.

얼마 전에 어떤 사람의 호소문이 신문에 기사화되어 게재되었다. 47년이나 같이 지내던 자기 부모가 철천지원수가 되어서 이혼을 했다는 것이다. 그런데 문제가 생긴 것이다. 미국에서 가장 중요한 명절인 추수감사절에 부모님을 모시고 잔치를 해야겠는데 어머니는 그 잔치에 아버지가 참석하면 죽어도 가지 않겠다는 것이다. 그래서 생각다 못해 묘안을 냈는데 그것이 타당한 일인지 모르겠다는 것이다.

그 안이라는 것이, 한번은 아버지와 같이 감사절 잔치를 지내고 또 한번은 어머니를 모시고 잔치를 치른다는 것이다. 그러나 이 안도 문제가 있다는 것이다. 자기의 어린 자식들에게 체면이 서지 않을 뿐 아니라 그들이 이해하지도 못하리라는 것이다. 그래서 어떻게 하면 좋겠느냐는 하소연이었다.

우리 이웃 스나이더 노인같이 25년이나 떨어졌다가 재회해서 같이 사는 사람들과 47년이나 같이 살다가 철천지원수가 되어서 헤어지는 사람들을 어떻게 이해하여야 하는지 인생살이라는 것이 참으로 복잡하기만 하다.

팔순이 훨씬 지난 노인 한 분이 계신데, 이 할머니의 외아들이 대학교수이고 우리 대학에 결원이 생기자 지원을 하여 우리 대학으로 초청해서 면접을 했다. 왜 우리 대학에 지원했느냐고 질문하자, 이 교수는 지원 사유를 이렇게 이야기했다.

자기는 외아들이기 때문에 팔순이 넘은 어머니를 모시고 살아야 하는데 어머니가 원래 완고하셔서 지금 살고 계시는 콜럼비아(사우스 캐롤라이나 주)에서 절대로 움직이지 않겠다고 고집을 부리신다는 것이다. 자기는 지금 어머니가 사는 곳에서 자동차로 열 시간 넘게 걸리는 도시에 살고 있기 때문에 어머니를 자주 찾아뵙기가 어렵다는 것이다. 마침 어머니가 사는 도시에서 자동차로 한 시간 반 거리밖에 안되는 그린우드에 있는 우리 대학에서 교수를 모집한다기에 지원하였다는 것이다.

거의 50 정도 된 것 같은 이 교수는 우리 대학에 취직이 되면 자기 어머니를 자주 만나서 돌보겠다는 것이다. 효도라고는 전혀 강조하지 않고 있는 미국 사회에서 이와 같은 지극한 효자를 만난다는 것이 이상한 것 같다. 그러나 개인주의적인 사고방식에 젖어 있는 미국에서도 효도하는 자식이 적지 않은 것 같다.

이 할머니의 아들은 불행하게도 우리 대학에 직장을 얻지 못했다. 아직도 왕복 20여 시간을 들이며 노모를 자주 찾아뵙는지, 아니면 이 할머니가 왕고집을 꺾고 아들과 합쳤는지 무척 궁금하다.

나의 학생 중 하나가 제출한 논문에서 자기를 지극하게 돌보아 주신 부모님에게 평생 보답하는 것이 자기의 의무라는 글을 썼는데 이 글을 읽으면서 크게 감동을 받았다.

내가 재직했던 대학의 학사담당 부총장 스키너 박사가 다른 대학의 총장으로 피선이 되었다. 우리 대학을 떠나면서 이임인사 편지를 각 교수들에게 보냈는데, 다음과 같은 구절이 나의 관심을 끌었다.

「……이번에 제가 총장으로 피선되어 가는 대학은 마침 제 부모님이 살고 계시는 도시에 위치하고 있습니다. 언제나 부모님과 가까운 곳에서 사는 것이 저의 소원이었는데 이번에 그런 기회가 주어져서 참으로 다행스럽게 생각합니다……」

이 부총장도 50 안팎의 분이다. 자기 부모를 생각하고 걱정하는 착한 자식 상을 보는 것 같아서 마음이 흐뭇했다.

우리 대학에 근무하는 한 여교수의 남편은 약사인데 그는 한 주일에 한 번씩 좀 떨어져서 혼자 살고 계시는 노모에게 전화를 걸어 문안인사 드리는 것을 잊지 않는다.

이들 노인들의 모습에서 미국의 한 단면을 볼 수 있다. 한국에서 미국으로 건너온 지 30여 년이 되지만 내가 과연 미국을 얼마나 이해하고 있는지 의심할 때가 많다. 미국을 아직도 제대로 이해하고 있지 못하기 때문에 이 노인들의 모습이 내 눈에 남다르게 비쳐졌는지도 모르겠다. 한국에도 이들 노인네와 같은 일이 있는지 궁금하다.

미국의 노인들

얼마 전 85세의 남편과 89세의 부인이 크리스마스 다음날 함께 집에서 죽어 있는 것이 발견되었다. 이 노인은 크리스마스 때 온 식구를 집으로 불러서 즐겁게 크리스마스를 보내고 이튿날 부인과 함께 이 세상을 하직하기로 결정한 것으로 추정하고 있다. 89세의 부인은 오랫동안 병석에서 고생했다고 한다. 이 비극이 세인의 관심을 끈 것은 이 노인의 아버지가 2차대전 때 미국 태평양함대 총사령관을 지낸 유명한 제독이었으며, 노인 자신도 군 출신이기 때문이었다.

미국에서 나이 많은 노인들이 부인을 먼저 총으로 쏘고 자기도 그 총으로 자살하는 경우가 생소한 얘기는 아니다. 특히 부인이 병으로 장기간 고통을 받고 있는 경우에 이런 비극이 생기곤 한다.

몇 년 전, 우리가 살고 있는 그린우드에서 멀지 않은 호수에서 자동차 한 대를 건져 올렸다. 그런데 차안에서 노부부의 시체가 발견된 것이다. 경찰 당국의 조사 과정에서 이들이 멀리 북부지방에서 온 사람들이라는 것이 알려졌고 또「우리가 죽어도 찾을 생각을 하지 말라」는 가족에게 남기는 유서 비슷한 쪽지가 발견됐다고 한다. 수사 당국자는 다음과 같이 추측했다.

북부지방에 살고 있는 이 노부부가 가족과 멀리 있는 곳에서 자살하기로 결심하고 남쪽에 있는 우리 주까지 자동차를 몰고 와서 호수에 돌진함으로써 자살을 결행한 것이다.

왜 이 노부부가 이 같은 비장한 결심을 했는지 수사 당국자는 설명을 하지 않았다. 너무도 비통한 최후가 아닐 수 없다. 65세 이상의 미국 노인들이 1년에 약 5,500명이 자살을 한다고 보도되고 있는데 대부분이 백인들이라고 한다.

미국의 노인들이 다 이런 비참한 최후를 마치는 것은 물론 아니다. 그러나 이런 비극들이 심심찮게 발생하고 있다는 사실은 미국에서 노인문제가 예사롭지 않다는 사실을 시사하는 것 같다. 다른 선진국과 마찬가지로 미국에도 노인 인구가 전 인구에서 차지하는 비중이 증가하고 있는 추세다.

유엔도 세계 인구가 급속도로 노령화해 간다고 경종을 울리고 있다. 현대의학의 발달로 사람들의 수명이 현저하게 길어지고, 또 사람들이 건강에 신경을 많이 써서 음식을 조심스럽게 섭취하고 흡연 같은 건강에 해가 되는 습관을 멀리함으로써 건강이 증진되어 옛날에는 생각지도 못할 만큼 장수하게 되는 것 같다.

멀지 않은 장래에 미국에는 백 살이 넘는 노인 인구가 400만은 될 것이라고 추정하고 있다. 이제는 장수하려는 인간의 욕구가 많이 충족되는 것 같다. 인간이 얼마까지 살 수 있는지는 몰라도 현재로서는

150세까지는 연장될 수 있다는 전망이다. 인간이 오래 살 수 있다는 것은 반가운 현상이지만 한편으로는 이에 따르는 사회적 문제도 제기되고 있음을 간과할 수 없다.

노인들을 어떻게 봉양하고 보호해야 하는가의 문제는 노인 수가 증가함으로써 점점 심각해지는 것 같다. 노인문제는 각 가정의 문제가 되는 동시에 거시적으로는 정부 차원의 문제가 된다. 미국에서는 노인 인구의 증가가 노인들의 정치적인 세력을 확대시키는 새로운 현상을 초래했다.

소위 「백발 세력(grau power)」이라고 해서 정치인들이 이들 노인들의 선거를 통한 영향력을 무시할 수 없게 되었다. 많은 노인들의 한 표 한 표가 너무도 무서운 것이다. 이들 노인들에게 조금이라도 불리한 정책을 입안했다가는 노인들의 반발이 심해지기 때문에 후퇴할 수밖에 없으며, 반대로 이들의 복지를 증진시키는 정책은 박수갈채를 받는 것이다.

그러나 한 나라의 유용자원은 제한되어 있다. 노인 복지의 증진은 어떤 면에서는 자라나는 어린 세대의 복지 증진을 희생할 수밖에 없게 된다. 어린이들은 자기들의 권익을 증진시킬 수 있는 능력이 없다. 어른들의 자비심에 의존하는 수밖에 없다.

미국에서는 이런 현상을 세대간의 전쟁이라고 부르기도 한다. 미국에서 정치권에 영향력이 가장 강한 단체는 미국 노인단체 연합체인 "AARP"이다(나도 이 단체의 회원이다). 이 단체의 일거수일투족에 미국의 정치인들이 희희비비하고 있다.

노인의 세력은 이렇게도 강하다. 정치인들이 노인들에게 발목을 잡히고 있는 셈이다. 그리고 노인들은 육체적 정신적 제약 때문에 자기들의 이해관계에 예민한 반응을 보이고 있는 것 같다. 노인들의 이해관계와 직접적으로 연결되는 사회보장 연금문제라든지 노인들에게 정부가 지원하는 건강보험 혜택 같은 문제는 신성불가침이어서 이 문제를 잘못 건드리는 정치인들은 자칫 정치적 생명을 상실할 수도 있는 것이다. 장수하는 인간의 수명이 가져오는 불가피한 현상이다.

미국에서는 늙은 부모를 자식들이 모시고 있는 경우도 있지만, 일반적으로는 느부모가 자식들과 떨어져서 독자적으로 생활하는 경우가 흔하다. 딸이 노부모를 모시는 경우도 있고 며느리가 모시는 경우도 있다. 이들 딸과 며느리는 위로 노부모를 모셔야 하고 밑으로 자식들을 돌보아야 하기 때문에 육체적으로 정신적으로 피곤하다. 그래서 미국에서는 이들을 「샌드위치 세대(sandwich generation)」라고 부른다. 위에서 누르고 밑에서 치받아서 한시도 마음 편한 날이 없다는 것을 의미한다. 심각한 사회적인 문제로 되고 있다.

우리 가까이 살고 있던 한 한국인이 자기 부인에게 어머니를 모시자고 제안했더니 부인이 한마디로 「그러면 이혼하자」는 바람에 어머님을 양로원에 보냈다는 이야기가 자자하게 돌고 있다. 늙으신 부모님은 돌아가실 때까지 모셔야 한다는 문화권에서 살아온 한국 사람도 이럴진대 하물며 독립심이 강한 미국 사람들이 집에서 노부모님을 모시는 것이 쉬운 일이 아니라는 것은 불문가지다. 그래서 노부부들이 자식과 같이 살지 않고 따로 떨어져서 산다. 그러나 이들 부부 중에 하나가 병석에 누우면 문제는 심각해진다.

가까이 사는 밀러 할머니는 병석에 누워 있는 남편을 여러 해 동안 정성껏 집에서 간병했지만 이제 자신도 늙어서 돌볼 여력이 약해지기 시작하자 남편을 양로원에 보냈다고 한다. 노부인이 나의 아내를 보고는 「남편을 양로원에 보내니 그렇게 마음 편할 수가 없다」고 말하면서 홀가분해 했다. 부부는 같이 살아야 하지만 늙어··가면 사정이 그것을 허락하지 않는 것 같다. 자식들이 늙으신 부모님을 잘 모시지 않는 경우도 흔하다.

한 미국 할머니는, 자식과 며느리가 손자들도 돌볼 겸해서 같이 살 것을 권유받자 일하던 직장을 그만두고 아들과 합류했다. 아들네 집에서 손자들을 돌보고 집 청소를 하고 식사준비를 하는 등 문자 그대로 가정부처럼 일을 했다고 한다. 그런데 문제는 직장을 그만두고 나니 자기 화장품을 살 용돈도 없다는 것이다. 그래서 아들한테 호소했더니 아들과 며느리가 아무런 반응을 보이지 않더라는 것이다. 자식과 합류한다는 미명하에 어머니가 혹독한 노동의 착취를 당한 것이다.

미국에서 노인들이 처신하는 데는 여러 가지 방법이 있다. 자식들과 함께 살거나, 또는 노부부가 따로 사는 방법이 있다. 그런데 미국의 노인들은 부부끼리만 사는 경우가 흔하다. 그러나 이렇게 살려면 기본적인 건강이 보장되어야 한다. 자동차도 운전해야 하고 가사도 돌봐야 하기 때문에 활동하는 데 건강상 불편이 없어야 한다. 그러나 인생의 하향기에 들어서면 건강이 약화되는 것이 상례이다.

미국에는 독립적으로 생활하는 노인들을 위하여 소위 노인마을을 개발해서 이들의 욕구를 충족시켜 주고 있다. 그러다가 건강에 자신이 없어지게 되면 보조생활 주택(assisted living facility)에 들어가게 된다. 일종의 기숙사 생활이다. 이 주택에 가지고 갈 수 있는 가구는 간단한 것 한두 가지만 허용된다. 식사도 제공되고 빨래도 해

주고 방 청소도 다 해준다. 간단한 건강관리도 받는다. 아직도 자기 몸을 스스로 거느릴 수 있는 노인들에게는 매우 편리한 시설이다. 그러나 입주 비용이 엄청나서 이런 시설을 이용하는 사람은 제한되어 있다.

건강이 더 악화되어서 자기의 몸을 자신이 관리할 능력을 상실하게 되면 양로원에 들어가야 한다. 미국의 양로원에는 유료 양로와 정부가 보조하는 무료 양로가 있다. 무료로 양로원에 들어가기 위해서는 재산과 소득이 없어야 한다. 그래서 중산층의 미국 사람들은 무료로 양로 혜택을 받기가 매우 어렵다. 돈을 내고 양로원에 들어가려면 만만치 않은 비용이 든다. 1년에 5만 달러 이상을 지불해야 한다. 중산층의 미국 사람들이 1년에 5만 달러를 감당해야 한다는 것은 거의 불가능한 부담이다.

자산을 탕진하고 자식에게까지 누를 끼치는 불행한 사태를 초래하는 경우도 있다. 그래서 자족생활을 할 수 없는 중산층 노인들을 보호하는 문제가 시급한 정책으로 대두되고 있다. 인간이 오래 살 수 있게 되어 장수의 욕구가 어느 정도 충족되었지만 노인복지 문제가 심각하게 대두되는 것이다. 늙어 가면 심신이 허약해져서 도움을 받아야 하기 때문이다.

최근에는 양로원 생활의 경제적인 부담을 덜어 주기 위한 보험제도가 개발돼서 관심을 끌고 있다. 이 보험에 가입하면 종류에 따라서 3년부터 무기한으로 양로원에 수용될 수 있다. 편리한 방법이기는 하지만 보험료 부담도 만만치 않기 때문에 과연 중산층의 미국 사람들이 얼마나 호응할지 궁금하다. 하나의 대안으로 지금까지 들었던 생명보험을 해약하고 양로원보험으로 바꾸는 사람들이 있다고 한다. 늙어가면 생명보험의 의의가 감소하기 때문에 좋은 대안인지도 모른다.

　양로원에 들어가면 병원에 입원한 것 같은 생활을 하게 된다. 의사는 한 주일에 한 번 정도 들르고 간호사나 보조 간호사 등의 의료진들이 배치가 되어서 거동이 불편한 늙은이들을 24시간 돌보아주고 간호하고 있다. 그러나 일부 양로원에서는 노인들을 직원들이 학대한다는 사실이 전해져서 양로원에 늙으신 부모님을 보낸 가족들을 불안하게 하고 있다. 정신이 희미한 노인들을 돌보려면 짜증나는 일도 있을 것이다. 그러나 이들을 학대한다는 것은 언어도단이다.

　나와 아내는 이따금 우리 도시에 있는 양로원을 방문한다. 아내가 의료계에 종사하고 있고 또 학생들을 양로원에서 실습 지도하는 경우도 있기 때문에 양로원 사정에는 밝은 편이다. 양로원 문을 들어서면 로비에 할머니들이 의자에 앉아 있거나 휠체어에 앉아서 말없이 지나가는 사람들을 물끄러미 쳐다보고 있다.

　우리가 지나가면 평생 별로 보지도 못했던 동양 사람인 것을 알고서 더 유심히 쳐다본다. 단조로운 생활에서 우리 같은 사람을 보게 되면 잠시라도 단조로움에서 벗어난 것 같아 눈에 생기가 돌면서 눈을 크게 뜨고 우리를 쳐다본다.

　양로원에 수용되어 있는 노인들의 절대 다수가 할머니들이다. 여자들은 남자보다 수명이 길어서 양로원에서 지내는 비율이 할아버지들보다 훨씬 높다. 양로원에 수용되어 있는 할머니들은 남편들이 유산을 많이 남겨 놓아 인생의 황혼기를 양로원에서 편하게 보내는 것이다.

　우리들을 쳐다보고 있는 할머니들은 젊어서(?) 건강하게 걸어다니는 우리가 무척 부러운 듯이 느껴졌다. 그러면서 자기들의 젊었던 시절을 회상하는 것 같았다. 젊었을 때는 세상 부러운 것 없이 살았는데 이제 그 좋은 시절도 다 지나가고 조용히 인생을 마무리하는 단계에 이른 자신들의 인생행로를 되씹는 것처럼 보였다.

그러나 인생은 아무리 후회를 해도 돌이킬 수가 없는 것이다. 로비에 나올 수 있는 할머니들은 그래도 양호한 편이다. 몸이 불편해서 움직이지 못하고 침대에 누워 있는 할머니들도 많다. 어떤 할머니들은 하루종일 문 밖을 쳐다본다고 한다. 그리운 자식들과 손자들이 찾아오기를 손꼽아 기다리면서 그러는 것 같다고 양로원 관계자들이 우리에게 귀띔해 준다. 양로원에는 다양한 프로가 도입되어서 단조로운 양로원 생활에 활기를 띠게 하려고 고심들을 많이 하는 것 같다.

얼마 전「한국의 노인문제」로 한 학회에서 발표한 일이 있다. 발표가 끝나고 질의 시간에 들어가자 한 참가자가 한국의 노인문제를 들어보니 미국의 노인문제와 비슷한 것을 알게 되었다는 의견을 말했다. 한국도 노인문제가 심각하게 대두되고 있다. 노인 인구의 급속한 증가와 이에 따르는 여러 가지 문제점들이 야기되고 있다. 특히 한국은 전통적으로 노부모를 자식들이 모시는 문화적인 관습이 아직도 실행되고 또 장려되고 있어서 문제의 복잡성을 가중시키고 있다.

어떤 가정에서는 아버지를 장남이 모시고 있고, 어머니는 작은아들과 같이 살면서 일주일에 한 번씩 만난다고 한다. 그리고 만남이 끝나서 헤어질 때는 노부부가 서로 부둥켜안고 다시 헤어지는 것을 서러워한다고 한다. 자식들이 효도는 하지만 비극적인 효도이다. 이와 비슷한 슬픈 사연을 많이 찾을 수 있다고 생각한다.

이러한 문화적인 풍토에서 양로원 제도가 아직도 제대로 발전이 안되어서 노인문제를 더욱 어렵게 만들고 있다. 더욱이나 요사이는 노부모들도 자식들과의 동거를 기피하고 독립적으로 생활하기를 선호하고 있으며 자식들도 자기들끼리만 살기를 원하는 것 같다.

이와 같은 추세에서 한국 정부는 노인문제에 대해서 이중적인 정책을 쓰고 있는 것 같다. 한편으로는 재래식의 노부모 모시기를 장려하는 정책을 쓰면서 동시에 노부모가 따로 살 것에 대비해서 양로원제도의 도입과 확장을 적극적으로 권장하는 것 같다. 이것이 최선인지는 몰라도 이런 정책은 당분간 지속될 것 같다.

최근에는 고급 호텔과 같은 양로원이 세워지기 시작해서 일부의 부유층이 이용하고 있다고 한다. 이런 시설을 이용하는 부유층에 교수들도 포함되어 있다고 한다. 미국에서 대학교수로서 평생 빈털터리 생활을 하다가 은퇴한 후에도 겨우 생활을 유지하고 있는 나의 처지로서는 한국의 교수들이 부럽기만 하다. 물론 그들은 유명한 교수들일 것이고 나는 평생 무명교수로 일관했으니 불평할 처지도 못 된다.

미국에서 노인 인구의 증가 경향은 앞으로도 계속될 것이다. 이런 추세에 대비해서 정부에서도 바람직한 노후대책에 부응하는 정책을 시행하려고 노력하고 있으며 노인 각자도 인생의 마지막 단계를 유용하게 보내려고 여러 가지 방안을 강구하고 있다. 정부 지원으로 도시에는 노인센터가 마련되어서 노인들이 활용하고 있다. 점심도 실비 내지는 무료로 제공하고 있으며 각종 오락시설이 마련되어서 노인들이 즐거운 시간을 보내도록 유도하고 있다. 교통이 편하지 않는 노인들을 위해서 마이크로버스를 동원해서 이들의 어려움을 덜어 주고 있다.

여유가 있는 노인들은 노인들만을 위한 호화스런 주택가에 살면서 골프나 테니스를 즐기면서 나날을 보낸다. 그리고 개인적으로 또 그룹을 만들어서 여행들을 다니기도 한다. 제 2의 청춘을 만끽하고 있는 것이다.

우리 집에서 몇 집 건너에 살고 있는 키이스 할머니는 혼자 살면서 1년에 한 번씩 해외여행을 다녀온다고 한다. 그래서 가보지 않은 곳이 없는 것 같다. 한번 여행하는 데 적어도 5천 달러를 넘게 쓴다고 한다 (이 돈을 학생들의 장학금으로 쓰면 더 좋았을 것이라고 생각하기도 하지만 인생의 마지막을 즐기는 이 할머니를 탓할 수는 없다).

미세스 키이스는 항상 지역사회 활동에 관여해서 여러 가지로 공헌하고 있는 본받을 만한 할머니다. 그러다가 언젠가는 기력이 약해져서 골프나 테니스도 못하게 되고 여행도 하지 못할 때가 올 것이다. 그때에는 세상에서 거의 자취를 감추면서 인생의 최종 단계에 들어가는 생활을 해야 한다. 다른 사람에게 폐를 끼치지 않고 살 수 있으면 그야말로 복된 생활일 것이다.

우리 집에서 몇 집 건너 있는 집이 오래도록 비어 있다. 그 집에는 배그웰이라는 노부부가 살고 있었는데 남편이 죽고는 부인이 혼자 살다가 양로원으로 들어갔다. 자기가 살던 집은 너무나 추억거리가 많아서 팔지를 못하고 빈집으로 놓아두고 있다고 한다.

그전에는 사람들이 와서 집 마당을 깨끗이 치우곤 했는데, 요사이는 그것도 하지 않아서 잡초로 무성하다. 겨울이 되면 마당에 낙엽이 수북하게 쌓여서 을씨년스러울 뿐만 아니라 낙엽들이 바람에 날려서 옆집까지 어지럽히는 바람에 이웃들에게 폐가 되고 있다. 두 부부가 이 집에서 살 때는 그렇게도 깔끔하던 집이었는데 세월이 지나고 늙어가고 세상을 떠나게 되면 이런 모양으로 변모하는 것이다.

또 한 집은 사정이 완전히 다르다. 바로 길 건너에 있는 집이다. 이 집에 살고 있는 허카비 할머니는 교양있고 깔끔한 노인이었다. 남편이 죽은 후에도 계속 같은 집에서 살고 있었다. 정원을 얼마나 아름답게 가꾸는지 표창을 받기도 했다. 흑인 정원사가 와서 늘 정원을 깨끗하게 단장하곤 했다. 그런데 이 할머니도 치매에 걸려서 집을 팔지 않고 남쪽에 있는 동생한테로 갔다고 한다. 그런데 이 빈집에 한 주일에 한 번쯤 그 흑인 정원사가 와서 집 안팎을 깨끗이 청소하고 정돈하고 있다.

벌써 빈집이 된 지 2년은 된 것 같다. 그야말로 깨끗한 빈집이다. 병이 나으면 다시 와서 살려고 그러는지 모르겠다. 그러나 치매라면 회복하기가 힘들다고 한다. 많은 사람들이 집이 없어서 거리에서 기거하고 있는데 이렇게도 좋은 집들이 빈집으로 그대로 남아 있으니 이것이 세상 살아가는 데서 느끼는 모순이다.

늙은이 얘기가 이제는 남의 얘기가 아니라 내 자신의 이야기가 되어버렸다. 저 세상에서 나를 부를 때가 언제인지, 또 그때까지 어떻게 내가 살아가겠는지 나도 모르고 아무도 아는 사람이 없다. 한 가지 간절한 소원이 있다면 저 세상으로 가는 순간까지 남을 괴롭히지 않고 살다가 고생하지 않고 세상을 하직하는 것이다. 하지만 그것은 다만 복받은 사람만이 그렇게 살다가 또 그렇게 죽어가는 것이다. 나도 그런 복을 타고났는지 모르겠다.

그래서 많은 미국 사람들이 그러는 것처럼 나도 의식이 몽롱해져서 스스로 판단 능력을 상실했을 경우에는 인공적으로 나를 살리려고 노력하지 말라고 유언을 남겨 놓았다. 사람은 존엄성 있게 살다가 죽을 때도 존엄성 있게 죽어야 하는 것이다. 그래서 소위 안락사라는 개념이 심심찮게 거론되고 있다. 유럽의 어떤 나라에서는 안락사를 허용하고 있으며, 미국에서도 오레곤 주에서는 안락사제도를 채용하고 있다.

사람이 사람을 죽일 수는 없다는 종교관과 인간의 도의문제 등이 갈등이 되어서 안락사문제는 쉽게 해결될 수 없는 어려움을 안고 있다. 나도 이 문제를 어떻게 이해해야 할지 아직도 결정을 못 내리고 방황하고 있다. 미국에서는 유럽과는 달리 사람이 사람을 죽일 수 없다고 하면서도 사형제도는 공고히 유지하고 있으며, 그 제도를 더 강화하려는 움직임도 있다.

안락사문제와 사형제도는 본질적으로 다른 개념이라고 변명할는지 모르겠다. 안락사는 하늘의 뜻에 어긋나는 것이라고 당당히 주장하면서도 사형제도만은 그렇게도 고집을 부리는지 잘 이해가 가지 않는다.

사람을 죽이는 전쟁도 성전(聖戰)이라고 미화되고 있다. 다만 늙어가는 나로서는 하루 하루를 충실히 살아가려고 노력해야 할 것이고 불우한 사람에게 좀더 관심을 돌려야 하리라고 믿는다. 그런데 이제는 저 세상에서 언제 불러도 아무 불만 없이 조용히 수용하는 마음의 자세는 되어 있는 것 같다. 나도 이제는 도사가 다 됐다는 말인가? 그렇지 않으면 이 세상에 싫증을 느낀 염세자인가?

미국의 학생들

미국의 학생들

한 대학(랜더 대학교, Lander University)에서 비교적 오래 재직하면서 많은 미국 학생들을 가르쳤다. 대학생들이란 어느 나라나 공통점을 가지고 있다. 좋은 점수를 받아서 학과를 이수하고 제때에 졸업하는 것이 이들의 목표다.

어떤 때는 학점을 따기 위해서 비상수단인 부정행위도 불사하는 것 역시 어느 나라 대학이나 마찬가지다. 훌륭한 스승한테서 좋은 것을 많이 배우겠다는 욕망도 대학생들에게는 다 있다. 나도 과연 학생들이 흠모하는 스승이었던가? 나 스스로도 고개를 갸우뚱한다. 그랬으면 얼마나 좋겠는가.

고등학교를 졸업해서 우리 대학에 1학년으로 입학할 때는 아직도 어린애 티가 나서 아주 귀엽더니 4년이 거의 눈 깜짝할 사이에 지나가서 학위 수여식 때는 당당하게 성숙한 신사 숙녀가 되어서 교문을 나서는 것을 보면 이들의 생애에 조금이라도 관여했던 나로서도 큰 보람을 느낀다.

  미지의 세계인 사회로 진출한다는 불안감과 장래에 대한 희망으로 부풀어 있는 이들 졸업생을 지켜보면서 그들의 대성을 기원하곤 했다. 대학생이란 선택된 사람들이다. 모든 사람이 다 대학에 진학하는 것은 아니다 선택된 팔팔한 젊은 남녀와 평생 같이 지냈기 때문에 나 스스로도 이들의 일원인 것처럼 착각이 되어서 내 자신이 늘 젊어 보이는 것 같았다.

  학생들의 자질도 각양각색이다. 두뇌가 명석해서 공부를 많이 하지 않아도 시험 점수는 언제나 좋은 학생이 있는가 하면, 공부를 죽어라 하는데도 시험 성적이 썩 좋지 않아서 고개를 떨구고 실망하는 학생도 많이 있다. 나는 농담조로 이것이 다 유전에 입각한 조상 탓이니 자랑할 것도 없고 부끄러워할 것도 없다고 이야기하곤 한다.

  내가 언젠가 한 학생을 불러다가 시험 성적이 나빠서 내 과목을 제대로 이수할는지 걱정이 된다고 주의를 환기시켰더니 「나는 다른 학생과 같이 머리가 좋은 사람이 아닙니다」 라고 나에게 비관적인 어조로 말하는 것이었다. 참 안돼 보였다. 이것도 조상 탓이다. 다행히 이 학생은 테니스에 소질이 뛰어나서 졸업 후에 테니스 코치가 되어 사회에 잘 적응하고 있다. 더군다나 나의 학생이었던 두뇌가 명석한 미모의 여자와 결혼해서 잘 살고 있다.

  우리 대학의 학생들은 다른 대학의 학생과 마찬가지로 대부분 직장을 가지고 있다. 정규적으로 직장생활을 하는 학생도 있지만 대부분은 학교공부와 맞춰나가기 위해서 시간제로 일한다. 한 주에 20시간 일하는 학생도 있고 30시간 내지 40시간 일하는 학생도 드물지 않다.

학교 등록금과 기타 기숙사 비용 그리고 생활비를 벌어야 한다. 물론 부모들이 도와주어 일을 않거나 조금만 일을 해도 되는 학생도 있다. 그리고 정부의 학자금 융자도 이용한다.

어떤 학생들은 낮에 학교에 오기 위해서 야간에 일을 한다. 밤새 자지 않고 일을 했기 때문에 교실에서는 꾸벅꾸벅 존다. 가르치는 나로서는 보기가 좀 안됐지만 못 본 척한다. 학비와 생활비를 벌어야 하기 때문에 늘 바쁘고 피곤하다. 그러면서도 희망찬 미래를 위해서 열심히 준비하고 있다. 한 학생은 나에게 미소를 머금고 이렇게 말한 기억이 난다.

「장 교수님, 내가 부모의 도움을 받아서 학교에 다니느니 차라리 죽는 게 나을 겁니다」 이 학생은 막노동판에서 일하면서 학비와 기타 비용을 번다. 남성미가 철철 흐르는 그의 얼굴에는 언제나 투지가 만만해 보였다. 부모가 부유하다고 했는데 왜 그들의 도움을 거절하는지 궁금했지만 학생한테 묻지는 않았다.

대학시절이란 인생의 사춘기를 경험하는 시절이다. 낭만과 불안이 교차해서 즐겁기도 하고 쓰라리기도 한 인생을 경험하는 시기다. 대부분의 학생이 결혼을 하지 않았기 때문에 대학 재학 중에 배우자를 찾으려고 애들을 쓰고 있다. 그래서 남학생과 여학생의 교제가 활발하다.

어떤 학기에 한 학생이 나의 과목을 수강했다. 그전에도 내 과목을 취득했는데 아주 우수한 학생이었다. 그런데 두 번째로 내 과목을 수강할 때는 성적이 형편없었다. 그래서 내 연구실로 불러서는 「도대체 어떻게 된 일이냐?」고 호통을 쳤다. 그랬더니 금방 이 남학생이 엉엉 소리를 내며 우는 것이었다.

「교수님, 실은 제 애인이 절 버리고 다른 남학생과 교제를 시작했습니다. 정말 죽고 싶습니다」 그러면서 계속 울어대는 것이었다. 비통한 표정이 그의 얼굴을 감싸고 있었다. 그런데 자기 애인과 교제를 시작한 사람이 바로 자기와 같이 내 과목을 듣고 있다는 것이었다. 계속 울어댔다. 애인인 여자도 내 학생이었다.

이때 무슨 위로의 말을 해야 될는지 나도 캄캄했다. 당사자야 죽고 싶겠지만 나로서는 인생행로에 이런 일 저런 일 다 있는 것이니 너무 상심하지 말고 천천히 단념하고 마음을 가다듬으라고 조언할 수밖에 없었다. 감정이 가장 예민한 나이에 당하는 이런 충격을 이겨 나가게 하는 적절할 조언을 좀 알았으면 하는 마음이 간절했다.

한 미모의 여학생은 오래도록 한 남학생과 교제하더니 갑자기 다른 학생과 교제를 시작했다. 얼마 안 있다가 이들이 결혼해 버렸다. 아마 인연이 들어맞았는가 보다. 한번은 한 백인 여학생이 내 연구실로 들어오더니 큰 소리로 엉엉 울어대기 시작하는 것이었다. 나는 당황했다. 무슨 큰일이 이 여학생한테 생긴 것이 틀림이 없다. 또 애인이 배반했나? 왜 그러느냐고 이유를 물어 보아도 막무가내로 소리내서 울어대기만 한다.

그러더니 한참 있다가 내 방을 떠났다. 연구실 밖을 내다보니 조금 전까지 울어대던 학생이 친구들과 킥킥거리면서 웃고 있었다. 선생을 이런 식으로 골탕먹이려는 수작인 것을 나중에야 알았다. 학생의 교묘한 작전에 말려든 내가 오히려 처량해 보였다. 미국에도 이런 학생 저런 학생 다 있다. 아마 내가 동양 사람이기 때문에 골탕을 한번 먹이려고 한 것 같다. 그러나 20대에 들어선 대학생의 장난치고는 좀 유치해 보였다.

즐거운 대학생활이지만 어떤 때는 비통한 소식에 접해서 우울해지기도 한다. 30이 좀 지난 백인 학생이 있었다. 제대군인이라고 알고 있다. 몸집이 미국 사람 중에도 비대한 편이었다. 거의 매일 아침 나와 같이 일찍이 학교에 도착해서는 아침인사를 교환하곤 했다. 유쾌한 성격의 소유자였다. 그런데 우리 대학을 졸업한 지 석 달만에 세상을 떠났다는 소식이 학교신문에 실려 있었다. 심장병이 사인이라는 것이다. 너무도 억울한 일이다. 사람이란 언제 죽을지 모르지만 너무한 것 같다.

한 흑인 여학생이 있었다. 졸업학기에 내 과목을 청강했다. 전에도 내 과목을 들었기 때문에 잘 아는 학생이었다. 그런데 졸업을 두 주일 앞두고 이 여학생의 먼저 애인이 쏜 총에 맞아 죽었다는 신문 보도를 읽고서 한동안 정신을 차릴 수가 없었다. 한 젊은 인생이 세상을 비통하게 하직한 것이다. 너무도 애석했다. 사랑싸움의 희생자인 것이다.

또 한 흑인 여학생 역시 내 과목을 한 강좌 청강해서 나도 잘 알고 있었다. 한번은 학교 복도에서 나를 보더니 「장 교수님 다음 학기부터는 간호학과 과목을 청강합니다. 안녕하시지요?」라고 말하면서 명랑하게 웃는다. 내 아내가 간호학과 교수라는 것을 이 여학생은 잘 알고 있었다. 그런데 얼마 후 추수감사절 방학을 북쪽에 있는 집에서 식구들과 같이 보내려고 차를 타고 가다가 교통사고로 즉사했다는 것이다. 명랑한 웃음을 띠면서 나와 이야기하던 모습이 지금도 내 눈에 생생하다.

한 백인 학생은 우리 대학 바로 앞에서 주유소와 자동차 정비사업을 하는 아버지를 거들면서 학교에 다녔다. 미남에다 명랑하고 두

뇌가 명석한 모범적인 학생이었다. 이 학생이 졸업을 하고 반 년쯤 지나서 차를 수리하려고 이 학생 아버지의 정비소로 갔더니 그 학생이 보이지가 않았다. 직장이 생겨서 다른 지방으로 갔는가 하고 학생의 아버지한테 물었더니 두 달 전에 죽었다는 대답이었다. 깜짝 놀라서 어떻게 된 일이냐고 물었더니 아버지의 비통한 이야기는 다음과 같았다.

두 달 전에 자기 아들이 게임놀이 하는 데서 돈을 좀 딴 후 모텔에 가서 자려고 모텔 문을 여는데 뒤를 따라온 괴한의 흉기에 찔려서 비참하게 죽었다는 것이다. 참으로 아쉽고 안타까운 일이었다. 아마 신문에 크게 났을 터인데 기억이 나지 않는다.

집에 돌아와서 정중한 조의문을 써서 학생 아버지에게 우송했다. 왜 그렇게도 착하고 앞길이 창창하던 청춘들이 이렇게도 비참하게 세상을 하직해야 하는 것인가? 예정설에 따르는 것인가? 다만 이 학생들의 명복을 빌 따름이다.

미국 대학에서 교편을 잡고 있기 때문에 어떤 때는 이해할 수 없는 일에 직면하게 되어서 당황할 때도 가끔 있다. 나는 학생들의 출석에 엄격했다. 그래서 매시간마다 강의가 시작되기 전에 출석부를 보면서 학생들의 이름을 호명한다. 그런데 미국 학생들의 이름이 각양각색이고 발음도 통일되어 있지 않는 데다 공식적인 출석부에 나타난 이름 대신 다른 이름으로 불려지는 학생도 여럿이었다. 그래서 학생의 이름을 정확하게 부르려고 애를 많이 쓴다.

언젠가 내가 한 여학생의 이름이 「페이스티」라고 부르는 것이 정확할 것 같아서 그렇게 불렀다. 그 여학생이 조금 이상한 표정을 지었지만 별다른 반응이 없어서 강의 시간마다 그렇게 불렀다. 그렇게

약 석 달이 지났다.

그런데 어디선가 「페이스티」라고 쓴 이름을 「팻지」라고 불러야 한다는 것을 알게 되었다. 그래서 다음번 시간에 이 여학생의 이름을 「팻지」라고 불렀더니 이 여학생이 환하게 기뻐하는 모습을 볼 수가 있었다. 석 달 넘게 한 학생의 이름을 잘못 부른 것이다. 아니 한 학생의 이름을 석 달 동안 개명한 것이다.

그런데 왜 이 여학생이 이름을 부르는 첫 시간에 자기 이름이 「페이스티」가 아니고 「팻지」라고 불러야 한다고 나한테 정정해 주지 않았을까? 왜 석 달 동안이나 꾹 참았을까? 동양인인 내가 무안해 할지 몰라서 참았던 것인가? 여기에 우리가 잘 모르는 미국 사람들의 독특한 성격이 반영된 것 같다.

언젠가 졸업반 학생이 집으로 전화를 걸어왔다. 자기는 「스코필드」라고 했다. 「스코필드?」 아무리 생각해도 누군지 모르겠다. 나를 너무도 잘 아는 것같이 다정하게 이야기하는 것이 귀에 익은 목소리다. 학생도 내가 자기를 알아보지 못하는 것을 안타까워하는 것 같았다. 한참만에 이름이 「쇼필드」가 아니냐고 물었더니 그렇다고 대답하는 소리가 어정쩡하다. 「스코필드」라는 학생의 이름을 그때까지 「쇼필드」로 내가 불렀던 것이다.

이 남학생은 여러 과목을 나한테서 수강했다. 서로들 너무도 잘 아는 사이다. 2년 동안을 이 학생의 이름을 잘못 부른 것이다. 그런데 왜 이 학생은 내가 이름을 잘못 부른다고 2년 동안이나 교정해 주지 않았을까? 미국 사람의 불가사의한 행동양태에 어리둥절해지기도 하고 한편으론 겁도 난다. 남과 일대 일로 정면으로 대결하는 것을 가급적이면 피하는 미국 사람들의 행동양식에서 오는 것인지도 모른다.

한번은 한 여학생이 내가 강의하는 도중인데 내 발음이 틀렸다고 교정을 해주었다. 그랬더니 금방 사방에서 다른 학생들이 「쉬, 쉬!」 하면서 그 여학생의 말을 중단시켜 버렸다. 아무리 교수가 발음을 잘못 했더라도 여러 사람 앞에서 면박을 주는 것은 온당치 않다는 것을 그 여학생에게 오히려 경고하는 뜻으로 그런 것 같다. 이 여학생은 선의로 그런 것이었다. 그러면서도 정면 대결은 미국의 전통적인 행동양식과 어긋난다는 것을 환기시키는 장면이었다.

백인들이 대다수를 이루고 있는 이 대학에서 동양인으로서 교수생활을 하고 있는 나의 입장은 미묘하다. 우리 대학에는 동양인 교수가 나와 나의 처 그리고 미국 사람과 결혼한 필리핀 여교수가 고작이다. 인간은 다른 것, 예컨대 다른 인종 다른 종교 다른 문화 등과 접할 때 불편하게 느껴지도록 태어났나 보다. 바꾸어 말하면 인간이란 이질적인 것에 대해서는 전적인 거부에서 전면적인 수용 사이의 한 점에 낙점이 되는 것 같다. 나에 대한 학생들의 반응과 태도도 이런 면으로 이해할 수 있겠다.

오래 전에 한국에서 있었던 일이라고 한다. 한 여자가 동남아인 남자와 결혼을 하고 친정집을 찾았다. 여자의 아버지는 사위를 보자마자 문을 박차고 밖으로 뛰쳐나갔다고 한다. 사위에 대한 거부감의 표시다. 이질적인 것에 대한 전적인 거부감의 전형적인 예다.

동양인인 나에 대한 미국 학생들의 반응도 각양각색이다. 스승으로서 나를 좋아하는 학생도 많이 있다. 이들에게는 나를 동양인으로만 보는 것이 아니라 순수하게 학생과 교수라는 입장에서 이해하는 것이다. 존경할 만한 교수면 동양인이건 백인이건 상관이 없는 것이다.

매학기 말마다 실시되는 교수 평가에서 나를 「본받을 만한 스승」이라는 평을 하는 학생도 적지 않았다. 「내가 만난 교수 중에서 가장 훌륭한 교수」라는 평가도 심심찮게 받는다. 물론 나를 나쁘게 평가하는 학생도 있다. 「영어부터 잘 배우고 오라」 「장 교수는 점잖은 분이지만, 이제는 은퇴할 때가 온 것 같다」 등의 부정적인 평가도 여러 번 받았다. 「장 교수처럼 농담 많이 하는 사람 처음 보았다」 칭찬인지 욕인지 잘 모르겠다.

어느 해 졸업식이 끝나자 한 백인 중년신사가 나에게 다가와 장 박사냐고 묻더니 이번에 졸업하는 자기 아들이 내 이야기를 너무 많이 해서 만나서 인사할 기회를 찾았다는 것이었다.

그러나 내가 동양인이라는 것이 눈에 거슬리는 학생도 여럿이 있었다. 두뇌도 명석해 공인회계사 시험에도 어렵지 않게 합격한 한 미모의 백인 여학생은 나한테서 두 과목인가 세 과목을 좋은 성적으로 수강했다.

그런데 졸업 한 달 전쯤 되자 이 학생의 태도가 돌변했다. 나와 부딪칠 때 고개를 휙 돌리곤 못 본 척하고 지나쳐 버린다. 몇 번 그랬다. 인사를 하려던 내가 오히려 머쓱해졌다. 이 여학생은 나의 학생이었던 남학생과 결혼했다. 그런데 이 남학생은 나를 퍽 좋아했다. 언젠가 이 부부를 길에서 만났는데 남편은 나를 보더니 반갑다고 인사하는데 이 여자는 뒤에서 아무런 표정 없이 서 있었다.

또 한 여학생은 30 전후의 좀 나이가 든 학생이었다. 내가 지도교수를 맡고 있었는데 어느 사이에 다른 교수로 바꿔치웠다. 그리고 졸업할 때까지 내 과목은 한 과목도 안 듣고 졸업을 했다. 동양인인 내

가 정말 싫은가 보다. 나를 이리저리 피했다. 그래도 만날 때는 싱긋
이 웃으며 인사는 교환한다.

　동료 교수들도 마찬가지다. 몇 사람은 나와 마주쳐도 못 본 척하
면서 지나가 버린다. 사무직원 중에도 그런 사람이 좀 있었다. 내
가 동양인이어서 가까이하지 않으려고 그런 것 같기도 하다. 그러
나 내가 미국에 새로 정착해 살면서 영어도 서툴고 미국의 생활습
관도 제대로 익히지 못하여 나의 일상생활에서 여러 모로 어색한
점이 나타났기 때문에 인종문제와는 관계없이 나를 따돌림했는지
도 모른다.

　그러나 내가 동양인이기 때문에 오히려 학문적인 호기심으로 나한
테서 좀더 배워 보려는 학생도 많았다. 내가 국제경영학을 강의할 때
면 쉬운 한자를 학생들이 쓰고 의미를 알도록 했는데 어떤 학생들은
나보다도 더 한자를 잘 쓰는 것을 보고 내가 혀를 찬 경우가 한두 번
이 아니었다. 생전 처음 써보는 한자일 텐데 정말 놀라운 일이었다.
반대로 한자연습을 싫어하는 학생도 꽤 있었다.

　학생들이 졸업하고 학교를 떠난 후 어떤 모임에서 우연히 만나게
되면 반갑다고 나에게 인사하는 졸업생이 있는가 하면, 보고도 전연
모른 척하고 외면하는 졸업생도 있다. 나이 많은 학생들이 졸업하게
되면 학생시절의 학생과 제자간의 관계는 잊어버리고 전형적인 토종
백인과 새로 미국으로 이주한 동양인과의 관계에서 나를 취급하려 든
다. 어떤 학생은 옛날 10년 전에 한 과목 들은 것뿐이라면서 사제관
계 자체를 부정하려고 애를 쓰기도 한다.

　나의 아내도 우리 대학에서 여러 해 가르치고 있다. 한번은 은퇴한
총장인 잭슨 박사 부인으로부터 전화가 걸려왔다. 한 학생의 박사학

위 수여식에 갔다 왔다면서 이 학생의 이야기를 전하는 것이었다. 총장 부부와 이 학생은 각별히 친한 사이여서 자기 박사학위 수여식에 총장 부부를 초청했다. 이 학생은 우리 대학 간호학과 출신으로서는 첫번째로 박사학위를 받는 사람이었다. 다른 대학에서 석사학위를 받고 또 다른 학교에서 박사학위를 받았다.

총장 내외가 학위 수여식이 끝난 다음에「어느 간호교수가 가장 인상적이었느냐?」고 이 학생에게 물었더니「내가 여러 학교에서 많은 교수에게서 배웠지만 "난 챙" 교수가 가장 훌륭한 교수였다고 생각한다」라고 대답하더라는 것이었다. "난 챙" 교수는 내 처를 가리킨다 (아내의 한국 이름이 손난주다).

미국 사람들은 장을 챙이라고 부른다. 아내는 미국식대로 나의 성씨를 따라서 챙으로 불린다. 이 말을 전하기 위해서 총장 부인이 아내에게 전화를 한 것이다. 이 학생은 오래 전에 아내의 강의를 수강한 옛 제자다.

얼마 전에 어느 회의장에서 이 총장 부부를 만났다. 총장이 아내에게 언제 은퇴하느냐고 물었다. 아내가 2년 후면 은퇴한다고 대답했더니 잭슨 총장이 정색을 하면서「장 교수 은퇴하지 말고 계속해서 학생들을 가르치시오」라고 충고했다. 이 총장도 아내가 학생들의 인기와 존경을 받고 있다는 사실을 잘 알고 있었다. 내가 은퇴했을 때는 잘했다든지 못했다든지에 대해서 일언반구도 없었던 것과는 너무도 대조적이다.

간호학생들은 졸업식 전날 핀을 다는 식에서 자기들에게 핀을 달아 주는 교수들을 뽑는데 거의 매년 아내가 핀을 달아 주는 교수로 뽑혔다. 키가 작은 아내가 키가 너무도 큰 학생들에게 핀을 달아 주느라 무척 애를 쓴다. 아내는 최우수 교수로 선정될 때가 여러 번 있었다. 간호학과 교수들과 학생들이 학년 말에 뽑는다.

각 과에서 선정된 최우수 교수 중에서 대학 전체의 최우수 교수를 한 사람 미 학년 말마다 뽑는다. 나도 전에는 경영학과의 최우수 교수로서 심심찮게 선정되기도 하였으나 은퇴하기 전 몇 년 동안은 뽑힌 일이 없다.

어떤 해는 졸업반 학생이 돈을 모아서 아내에게 사은의 뜻으로 아내의 이름이 새겨진 돌로 만든 석판을 증정했다. 이 석판은 우리 대학에 있는 석판으로 된 오솔길(memoru walk)에 추가되었다. 영원히 남는 기념물이다. 우리 대학 간호학과 역사상 처음 있는 일이었다. 석판이 값진 것은 아니지만 학생들이 아내에 대한 사은의 표시였다.

간호학과 과장도 놀랬고 동료 교수들도 놀라고 또 부러워했다. 물론 이들 학생들은 미국 사람이고 아내는 동양 사람이다. 나한테 석판을 증정하겠다고 생각한 학생은 우리 경영학과에는 한 사람도 없었다. 아내는 교재를 준비하기 위해서 밤을 지새는 날이 한두 번이 아니었다. 그러한 노력의 대가인지도 모른다.

아내가 칭찬만 들은 것은 물론 아니다. 나의 경우와 같이 아내의 영어 문제를 가지고 비판하는 학생도 언제나 있었다. 간호학의 이론을 설명할 때 자기들이 명석하지 못해서(?) 이해 못하는 것을 아내의 영어에다 트집을 잡고 서툰 영어 때문에 이해를 못했다고 불평하는 학생도 심심찮게 있었다고 한다.

최근에 간호학과에 교수 한 분이 새로 부임했다. 병원에서 학생들을 실습시키는데 일들을 너무나 잘하는 데 감탄해서 학생들더러 어떻게 그렇게 일들을 잘하느냐고 물었더니 학생들이 「장 교수님(아내를 가리킴)이 지난 학기에 우리를 너무도 잘 가르쳐 주셔서 우리가 일을 잘하는 겁니다」라고 대답했다는 것이다. 이 교수가 학생들의 이야기를 간호학과 교수회의에서 털어놓았다. 사람이란 경쟁심리가 있어서 동료의 칭찬을 공개석상에서 잘 하지 않는 것은 미국도 마찬가지인데도 공식석상에서 아내를 칭찬하더라는 것이었다.

아내의 강의를 들은 졸업반 학생들이 앞으로 아내의 강의를 들을 3학년 학생들에게 「장 교수한테 잘해야지 그렇지 않으면 장 교수가 학교를 그만둘는지도 모른다」고 충고한다고 한다. 그래도 아내가 학생들에게 「내가 너희들과 다르냐?」라고 물으면 하나같이 「예, 장 교수님은 우리와는 다릅니다」라고 대답한다고 한다. 학생들은 대부분이 백인이고 아내는 한국 사람인 것이다. 다른 것은 다른 것이다. 솔직한 대답이다.

언젠가 아내가 학회에 참석하기 위해서 비행기로 여행한 일이 있었다. 자기 옆에 백인 신사가 앉아 있었다고 했다. 어떻게 이야기를 나누면서 아내가 한국에서 온 사실을 알자 그 신사가 「내가 대학 다닐 때 한국에서 온 교수님이 한 분 계셨는데 이름은 챈섭 챙입니다. 내가 존경하는 아주 훌륭한 교수님이었습니다」라고 말하더라는 것이다.

물론 아내가 바로 그 사람이 나의 남편이라고 일러주었다고 한다. 그리고 그 신사가 헤어질 때 명함을 자기에게 주었다고 했다. 아내가 그 명함을 나에게 내밀었는데, 명함의 이름을 뚫어지게 보았지만 아쉽게도 옛 제자의 기억이 되살아나지 않았다. 정말 안타까웠다. 그러나 기분은 흐뭇했다.

얼마 전 식당에서 아내와 저녁을 먹다가 바로 옆자리에 나보다 훨씬 전에 은퇴한 동료 교수인 보로 박사 부부를 만났다. 이 교수는 은퇴하고 나서 자기 고향으로 이사 갔는데 거기서 우리 대학을 졸업한 한 학생과 만날 기회가 있었다고 했다. 이 졸업생이 은퇴교수를 만나자 「장 교수는 훌륭한 교수였으며 많은 것을 장 교수한테서 배웠다」는 이야기를 자기한테 했다면서 식당에서 나에게 전해 주는 것이었다. 나는 이 학생이 누구인지 모른다. 그렇지만 기분은 좋았다.

작년에 세금을 신고해야 하는데 내용이 좀 복잡해서 공인회계사에 의뢰하기로 했다. 마침 제자 중 한 사람이 공인회계사였기 때문에 부탁하기로 했다. 약속한 시간에 그의 사무실로 찾아갔더니 그 회사에서 일하는 나의 제자 네 명을 대동하고 나를 기다리고 있었다. 나에게 인사시키기 위해서였다고 한다. 스승으로서의 보람을 다시 한번 느꼈다. 제자인 공인회계사가 나의 세금 수속을 무료로 해드린다고 고집하는 것을 내가 우겨서 수수료를 지불했다.

「한 사람의 고객을 새로 만드는 것도 자네의 업적에 들어가는 것이 아닌가?」나의 제자도 고개를 끄덕이며 수긍하는 것 같았다. 나로서도 제자를 이용해서 도움을 받을 생각은 추호도 없었다.

어떤 때는 졸업하고 나서 학교를 다시 찾아오는 옛 제자도 가끔 있다. 어떤 제자는 학교에 왔던 차에 자기가 존경하는 옛 교수를 찾아 뵙고 싶어서 내 연구실 문을 두드렸다고 하면서 나를 찾아온 제자들을 볼 때마다 내 자신 감격하기도 했다. 한 가지 특이한 것은 나를 따르고 좋아했던 학생들은 남학생이건 여학생이건 모두가 다 백인 학생들이었다. 물론 나를 싫어하는 백인 학생도 많았지만.

어느 나라 학생이건 좋은 점수를 따려고 거의 필사적인 노력을 한다. 성적이 나쁘면 낙제할 수도 있고 졸업을 못하는 수도 있다. 인생 행로에 대한 원대한 포부에 결정적인 영향을 주게 된다. 오래 전에 동료 교수인 싱 박사의 부인이 내 과목을 수강했는데 학기말에 C 학점을 받았다. 그때는 교수 경력도 얼마 되지 않아서 사물을 판단하는 능력이 좀 둔했던 것 같다. 머리도 좋고 열심히 노력한 학생이었는데 C 학점을 받아서 본인도 실망했으리라 생각한다.

지금 생각하면 내가 참 어리석었다. 동료 교수 부인인데 적어도 B 학점은 주었어야 했다. 그 후 이 학생을 동료 교수의 부인으로 수없이 만났는데 그때마다 나는 미안해서 얼굴을 들지 못했다. 공교롭게도 어느 해 여름방학 때 우리 집 아이가 이 동료 교수의 강의를 한 과목 수강했는데 A 학점을 받았다. 이 동료 교수의 부인 생각이 나서 더욱이나 미안스러웠다.

이따금 졸업생들을 만나게 되는데, 오래 전에 내 과목을 이수한 학생도 내가 점수를 자기에게 나쁘게 주었다고 노골적으로 불평을 드러내는 학생도 있다. 두고두고 원을 품은 것 같다. 어떤 때는 참 미안하다는 생각이 든다. 그 후부터 우리 대학의 사무직원들이 내 과목을 수강하게 되는 경우에는 최대의 편리를 보아주려고 노력했다. 나도 능구렁이가 다 되었는가 보다.

미국 사람들은 예의바른 사람들이다. 「감사합니다」 「실례합니다」 라는 말을 시도 때도 없이 하는 사람들이다. 남에게 결례가 되지 않도록 신경을 많이 쓴다. 내 학생들도 예외는 아니었다. 내 연구실로 와서 이야기하고 난 후 떠날 때는 하나같이 「좋은 조언을 해주셔서 감사합니다」 라는 말을 하고 나서 방을 떠난다. 그렇지 않으면 「저 때문에 이렇게 시간을 내주신 것을 감사드립니다」 라는 인사치레를 꼭 한다.

시간을 내서 학생들에게 조언을 해주는 것은 나의 당연한 직무에 속한다. 일부러 꾸며서 하는 인사말이 아니다. 몸에 배었기 때문에 저절로 나오는 말이다. 집에서 배우고 학교에서 배웠는지 미국 사람들의 품위있는 이와 같은 행동을 볼 때마다 부럽기도 하다. 물론 예외적인 행동도 가끔 볼 수 있다. 몰상식한 행동을 하는 학생도 가끔씩은 있다.

한번은 한 학생의 영어작문이 너무도 엉성해서 불러다가 주의를 주었더니 「당신이 영어선생이오?」 하면서 대드는 것이었다. 영어도 잘 못하는 교수가 미국 사람인 자기더러 영어작문이 엉터리라고 말하는 것에 비위가 몹시 상했던 모양이다. 또 한번은 A 학점을 받으리라고 기대했던 한 학생이 B 학점을 받자 돌려받은 숙제 노우트를 내 앞에서 북북 찢어버리고 내 연구실을 나가려는 것을 보고는 나도 자제력을 상실해서 「X 같은 놈」 이라고 소리쳤다.

미국 사람들은 자제력이 강한 사람들이다. 그러한 자제력을 잃고 학생의 신분에 어긋나는 행동을 한 것은 있을 수 없는 일이다. 내가 동양인이어서 더 그랬는가? 그러나 나도 너무했다. 그래서 이 학생에게 정중하게 사과했다. 교양있는 교수의 말일 수 없기 때문이다. 나로서는 전무후무한 행동이었다. 그런데 이들도 다 착한 학생이라는 것을 내가 잘 안다. 다만 일시적인 충동 때문에 그런 행동을 취한 것뿐이다. 그러나 사회에 진출해서는 좀더 자제하면서 신분에 어긋나는 행동은 삼가야 할 것이다.

한번은 베트남에서 온 학생이 내 과목을 수강했는데 A 학점을 받을 것을 기대했는데 B 학점을 받았다. 성격도 온화하고 열심히 공부했는데 A 학점을 받지 못한 것이 못내 아쉬웠던 모양이다. 나에게 점잖게 불평을 했지만 점수를 바꿀 수는 없었다. 모든 학생에게 공정해야 하는 것이 교수의 기본적인 의무이기 때문이다. 그렇지만 내가 처음 미국에 와서 공부가 잘 안돼서 고생하던 때가 생각나서 지금도 그 베트남 학생한테 미안한 생각이 든다.

대학교수들은 맡은 바 직무가 많지만 학생을 격려하는 것도 그 중의 하나라고 생각한다. 내 학생 중에 말을 더듬는 학생이 있었다. 보통 과목들은 학생이 말을 하지 않아도 좋은 성적을 얻을 수 있지만, 팀을 만들어서 주어진 과제를 발표해야 하는 과목을 수강하게 되면 어려움을 겪게 된다. 이 과목은 필수과목이기 때문에 누구나 수강해야 한다.

이 말더듬이 학생은 한 학기에 네 번쯤 자기 팀 멤버와 같이 발표해야 한다. 마침 이 학생이 발표할 차례가 되었다. 준비를 충실히 한 것 같았다. 말을 하기 시작하는데 발음이 잘 안돼서 자꾸만 더듬었다. 한 마디 하는데 10분은 걸리는 것 같았다. 점잖은 대학생들이지만 웃음을 견딜 수 없는 모양이다. 여기저기서 킥킥거리며 웃는 소리가 들린다. 나도 웃음을 참느라고 고생했다. 이 말더듬이 학생의 얼굴이 빨개지기 시작했다.

이래서는 안되겠다고 생각했다. 내가 큰 소리로 이 말더듬이 학생에게 「학생, 발표가 훌륭하다. 아주 발표를 잘했다」 하고 큰 소리로 격려했다. 학생들도 웃음을 멈추었다. 말더듬이 동료 학생을 동정하는 분위기가 흐르는 것 같았다. 나는 몇 번이고 이 학생을 격려했다. 그래서 발표는 무사히 끝났다. 내가 박수를 치기 시작했다. 학생들도 나를 따라 박수를 쳤다.

한번은 같은 과목을 다른 학생이 수강했다. 건장하게 생긴 백인 학생이었다. 이 학생도 팀 멤버로 강단에서 발표해야 한다는 것을 잘 알고 있었다. 이 학생이 내 연구실로 찾아와서「장 박사님, 저는 죽어도 대중 앞에서는 이야기를 못합니다. 전 발표를 못하겠으니 그만큼 점수에서 삭감해 주십시오」라고 애걸하는 것이었다.

그때 나는 이 학생에게 단호하게 말했다.「이 과목은 누구나 발표해야 해. 학생이 대중 앞에서 이야기하는 것이 어렵겠지만 용기를 내서 한번 강단에 서 봐. 발표를 하지 않으면 과목 점수를 받을 수 없어」

자기 차례가 되어 이 학생이 주저주저하면서 발표를 시작했다. 그리더니 발표를 아주 잘하는 것이 아닌가! 발표가 끝나자 안도의 한숨을 내쉬는 것 같았다. 내가 발표를 아주 잘했다고 학생들 앞에서 칭찬해 주었다. 학생들은 왜 그 학생만 칭찬하는지 이해를 못했을 것이다.

이런 과정이 이 학생으로 하여금 자신감을 갖게 하는 계기가 되었으면 한다. 학생들이 졸업하면 사회의 지도자가 될 것이며 대중 앞에서 이야기해야 하는 경우가 많을 것이다. 설득력있게 연설할 수 있도록 준비를 단단히 해야 할 것이다.

학생들이 팀을 만드는데 백인 학생은 백인 학생끼리, 흑인 학생은 흑인 학생끼리 팀을 형성한다. 간혹 흑인 학생이 백인 학생 팀의 멤버가 되는 수는 있지만 백인 학생이 흑인 학생 팀에 가담하는 경우는 극히 드물다. 이것은 인종차별과는 전혀 별개의 현상이다. 자연적으로 그렇게 되는 것이다. 나로서는 백인 학생과 흑인 학생을 혼합해서 팀을 만들 것을 항상 권하지만 그렇게 잘 안된다. 인종 통합의 문제가 얼마나 어렵다는 것을 새삼스럽게 실감한다.

학생들이 교실 밖에서 휴식할 때도 백인 학생은 자기들끼리 흑인 학생은 또 자기들끼리 모여서 시시덕거린다. 누가 그렇게 하라고 해서 그런 것이 아니다. 자연적으로 그렇게 된 것이다. 끼리끼리 모이면 마음이 참 편안한 것은 누구도 경험하는 일이다.

이것이 우리 대학에만 있는 현상은 아니다. 미국의 모든 대학에서 동양 학생은 또 자기들끼리 히스패닉(남미 계통의 사람들) 학생은 또 그들끼리 모여서 서성거린다. 중류층 이상의 흑인들이 백인 주택 지역에 들어가지 않고 자기들이 자진해서 흑인만의 주택단지를 만들어서 사는 곳도 있다고 한다. 연방정부가 인종간의 주택 통합을 법으로 강조하는 것과는 역현상이다. 이유는 단지 끼리끼리 사는 것이 훨씬 마음 편하다는 것이다. 나도 무슨 도움이 필요할 때는 언제나 이 도시에 사는 몇 분 안되는 한인 동포에게 부탁한다. 인종문제란 참 어려운 문제인 것 같다.

한번은 퇴근해서 내 자동차가 있는 곳으로 갔더니 한 학생이 내 차 옆에 서 있었다. 왜 여기 있느냐고 물었더니 나를 기다리고 있는 중이라고 대답했다. 여기서 얼마나 기다렸느냐고 재차 물었더니 한 시간 좀 넘게 기다렸다는 것이다. 그는 다음 학기에 수강할 과목을 상의하려고 했던 것이다. 나는 정말 놀랐다. 그래서 왜 내 연구실로 찾아오지 않았느냐고 또 물었더니 미안해서 그랬다는 것이다. 미국 학생으로서는 너무나 이상한 행동이었다.

우리 교수들은 학생과 상담하는 시간을 연구실 문에다 표시하고 있다. 그 시간에는 아무나 예약 없이 교수와 만날 수 있다. 긴급한 일일 경우에는 언제든지 교수가 만나주어야 한다. 신입생이 아니라 3학년생이기 때문에 이 학생도 이런 내용을 잘 알고 있다. 그런데도 미안해서 밖에서 한 시간 이상이나 나를 보려고 기다리고 있었다. 도리어 내가 화가 났다. 이 학생을 이렇게 밖에서 기다리게 한 것이 마치 내 잘못인 것같이 생각되었다. 내가 이 학생한테 언짢은 표정을 지어 보였다.

내가 오래 전 한국에 있을 때 한 회사 사장의 운전기사가 사장을 집에다 모셔다 놓고 자기 집에 갔다가 부인이 아픈 것을 발견하고는 여러 의사들을 잘 알고 있는 자기 사장의 도움을 청하려고 사장 집 앞에 다시 와서는 문을 두드리지 못하고 누가 나오기만 무작정 기다리는 것이었다.

문을 두드릴 용기가 나지 않았다. 한 시간을 기다렸는지 두 시간을 기다렸는지 모른다. 마침 사장 식구 중 한 사람과 그때 그 사장 집을 방문했던 내가 같이 집 밖으로 나왔다가 이 운전기사와 마주쳤다. 그래서 이 운전기사는 도움을 받게 되었다. 이 미국 학생의 경우와 비슷해서 한국에서 있었던 일이 기억에서 다시 되살아났다.

미국에도 기자들이 유명 인사의 동정을 보도하려고 명사들의 집 앞에서 무작정 기다리는 것이 보도되기도 한다. 그러나 이것은 그들의 직업상의 일이니까 이해가 간다. 또 한국에서 자기 상사를 식당까지 모시고 가서 그 상사가 식당에서 나올 때까지 밤 늦도록 여러 시간을 헛되게 기다리는 운전기사들을 많이 보아 왔다. 이것도 그들의 업무 중 하나이니까 어쩔 수 없다.

그냥 내 연구실 문을 두드리면 되는데, 이 미국 학생의 행동이 지금도 이해가 가지 않는다. 감히 문을 두드리지 못하고 무작정 기다려야 하는 인생이 이 세상에 많이 있는 것 같아 마음이 퍽 무겁다.

　미국 학생을 가르치면서 실수한 때도 가끔 있었다. 책을 출판하느라 매우 바쁠 때였다. 기한 내에 출판사에 원고를 보내야 하기 때문에 원고 교정에 정신이 없었다. 그런데 학생들이 내 연구실로 몰려오더니 「장 박사님, 어떻게 된 겁니까?」라고 의아하다는 듯이 물었다.

　「무슨 일인데?」하면서 내가 학생들의 동정을 살폈더니, 한 학생이 「교수님 수업 시간인데 왜 수업을 하지 않으십니까?」「뭐라고? 무슨 수업인데?」하고 반문했더니 학생들이 어이없다는 듯이 「이번 시간이 교수님의 경영학 시간이 아닙니까?」라고 일러주는 것이었다. 이 학생들을 잠시 쳐다보고 있다가 「아차!」했다.

　내가 강의 시간을 깜빡한 것이다. 원고 교정을 하느라 수업이 있다는 것을 까마득하게 잊어버린 것이었다. 그러나 이미 때는 늦었다. 대학 교칙에 강사가 수업 시간이 시작되고 15분이 지난 후에도 강의실에 나타나지 않으면 강의가 없는 것으로 인정되기 때문에 학생들이 수업이 없는 것으로 간주하고 자유로이 당당하게 그리고 즐거이(?) 강의실을 박차고 나올 수 있다. 다른 학생들은 다 뿔뿔이 흩어졌는데도 몇 학생이 궁금해서 내 연구실에 들른 것이었다. 은퇴할 때까지 생전 처음 있었던 불상사였다.

　또 한번은 시험을 감독할 때 일이었다. 교단의 책상의자에 앉아서 시험을 감독하고 있는데 나도 모르는 사이에 내 체내에 있던 가스가 묘한 소리를 내면서 몸 밖으로 탈출해 나왔다. 시험을 보느라 정신이 없던 학생들이 히히덕거리면서 웃기 시작했다. 남학생도 그렇고 여학생도 웃음을 참느라 애를 쓰는 모습이 보였다. 나 자신은 그 묘한 소리를 듣지 못했는데 그 소리가 크게 교실로 퍼진 것 같다.

한참 후에야 학생들이 웃는 이유를 알아차리고 몸들 바를 몰랐다. 그래도 학생들이 성숙한 대학생이어서 잘 이해해 주는 것 같았다. 정말로 무안했다. 나야 무슨 죄가 있는가? 나도 모르게 나온 소리인데! 하여튼 나에게 창피를 준 고약한 가스였다. 시험이 끝날 때까지 좀 참아 주지 못하고!

학생들은 한국 사람도 생리현상이 자기들 미국 사람과 같은 것을 확인하는 계기가 되었다. 미국 학생들도 이따금 수업 도중에 나와 같은 실수(?)를 해서 서로들 쳐다보면서 웃기도 한다. 서울에서 중학교에 다닐 때 별명이 스컹크라는 친구가 있었다. 수업 시간에 수시로 유독가스를 소리를 내며 방출해서 반 학생들이 지어 준 별명이었다. 캐나다로 이딘 가서 산다고 들었는데 나와 같이 이제는 칠순 노인이 되었을 게다. 한번 만나보고 싶다.

학생들이 어떤 때는 민감한 반응을 보일 때가 있다. 미국 남부지방 그린우드에 있는 우리 대학에 부임하고 나서 얼마 후에 있었던 일이다. 우리 대학의 대다수 학생은 이 지방 근처에서 온 골수 남부 사람들이다. 남부 사람으로서의 대단한 자긍심을 가지고 있다. 그런데 어느 날 내가 남부 사람들을 신랄하게 몰아붙였다. 노예해방에 반대하고 시민의 동등한 인권을 보장하는 인권법에 반대했던 남부 사람들을 상기시키면서 혹독한 비판을 했다. 학생들의 반응은 심각했다. 노기 찬 얼굴 표정을 곧 알 수 있었다. 나중에 나는 이런 말을 한 것을 후회했다.

내가 미국 역사를 얼마나 깊이 안다고, 지성인에 어울리지 않게 정확한 사리에 입각하지 않고 감정에 좌우돼서 흥분하는 것은 정말로 어리석은 행동이다. 남부에는 자기들대로의 독특한 역사와 깊은 전통이 있다. 그것을 완전히 이해하고 소화하지 않고 정치가들처럼 선동하는 것은 비 학자적인 행동이다. 정확한 사실에 근거해서 건설적인 비판만이 학자들이 해야 할 일이다.

나의 제자 중에 흑인 학생으로 농구선수였는데 학교를 졸업하자 호주로 건너가서 직업 농구선수 생활을 얼마 동안 했다. 미국으로 돌아와서 학교를 찾아왔는데 나를 보자, 호주 사람들이 한국 사람에 대해서 좋은 인상을 가지고 있지 않더라고 일러주었다.

이 말을 듣는 순간 기분이 몹시도 상했다. 왜 호주에서 한국 이야기가 나왔는지 모른다. 거기 가서 한국 사람인 내가 떠올라서 이야기가 시작됐는지도 모른다. 물론 한국인에 대해서 호감을 갖고 있지 않은 사람도 있을 것이다. 그러나 한국인에 대해서 호감을 갖고 있는 호주 사람도 얼마든지 있을 것이다. 하여튼 남의 이야기는 정확한 사태 분석이 있기 전에는 조심해서 거론해야 한다.

나의 학생 중에는 여학생도 많다. 내가 처음 가르칠 때는 여학생 수가 손으로 꼽을 정도였는데 내가 은퇴할 당시에는 경영학 강좌를 듣는 학생의 절반 이상이 여학생이었다. 여자들도 직장인으로서 사회에 진출해서 공헌하겠다는 희망에 부풀어 열심히 공부하고 있었다. 언젠가는(내가 죽은 후인지도 모른다) 이들 여학생들이 훌륭한 경영인으로 대성해서 여성의 힘을 과시할 날이 올 것이다. 그래서 여학생한테 실례되는 말이나 행동을 하지 않도록 각별히 조심해야 한다. 어떤 때는 농담을 좀 하려고 해도 혹시 여학생들한테 실례가 될까봐서 주저하기도 한다.

「내가 이야기를 좀 하고 싶은데 여학생들한테 실례가 될는지 몰라서 말을 못하겠다」고 말하면 남학생들은 어서 말을 하라고 조른다.

무슨 말을 내가 하려고 하는지 몹시 궁금한 모양이다. 아내도 학생들의 반응에 신경을 많이 쓴다. 간호학생은 대부분이 여학생이지만 여자이기 때문에 신경을 써야 할 일도 있다.

미국 여자들은 약혼을 하면 남자로부터 다이아 반지를 받아서 왼손 둘째손가락에 끼고 다니는 것이 풍습으로 되어 있다. 결혼식에서는 신부와 신랑이 결혼 밴드라는 은반지를 서로 끼워 준다. 따라서 결혼한 여자는 약혼식 때 받은 다이아 반지와 결혼식 때 받은 은반지 두 개의 반지를 끼고 있다. 나와 아내는 한국에서 결혼했기 때문에 결혼 반지 하나만 받았다. 어쩌다가 행사가 있을 때는 투자(?)용으로 사두었던 진짜 다이아 반지(우리 집 재산목록 1호)를 낄 때도 있다. 알이 비교적 큰 진짜 다이아 반지이고 색깔도 있다.

한번은 시험 보는 날에 무슨 행사가 있기 때문에 다이아 반지를 끼고 가서 시험감독을 했는데 학생들이 시험을 보면서도 아내의 반지를 주시하곤 했다고 한다. 시험이 끝나자 한 학생이 아내에게 「교수님이 끼고 계신 반지가 진짜입니까?」 라고 정색을 하고 묻더라는 것이다. 그래서 「그렇다」 고 대답했다고 한다.

미국 사람들은 비교적 일찍 결혼하기 때문에 경제 기반이 확립되지 않은 남자 약혼자로부터 작은 다이아 반지를 받는 것이 상례다. 그래서 결혼한 간호학생도 있으며 약혼한 학생도 많은데 이들은 대부분 조그마한 다이아 반지를 받는다. 아내의 큼직한 다이아 반지를 보고는 놀라는 것은 이해할 수 있으며 자기들이 낀 작은 다이아 반지에 실망했을는지도 모른다. 아내가 오히려 학생들을 실망시킨 것 같아서 걱정을 많이 했다.

며칠 후 아내가 학생들한테 「나도 결혼할 때 눈곱만한 다이아 반지를 받았는데 결혼하고 오래 있다가 다시 하나 산 것입니다」라고 반지의 역사를 설명해 주었다고 한다.

결혼할 당시 내가 너무 가난해서 눈곱만해도 다이아 반지를 장만하느라 혼이 다 빠진 것을 학생들이 알 리가 없다. 남학생들은 아내가 무슨 반지를 껴도 상관하지 않을 텐데 여자들은 참으로 세심하다. 하여튼 어떤 경우라도 교수는 학생들을 실망시켜서는 안되는 것이다. 그래서 신경 쓸 일이 많다.

학생들의 부정행위는 동서고금을 막론하고 마찬가지인 것 같다. 엄격하기로 유명한 미국의 사관학교에서도 학생들의 부정행위로 퇴교당했다는 기사도 읽은 적이 있다. 우리 대학도 예외는 아니다. 대학 학칙에 부정행위를 엄격하게 처벌한다는 규정이 있을 뿐만 아니라, 나도 학생들에게 부정행위를 하지 말라고 간곡히 당부한다. 교수의 임무는 잘 가르치고 연구 업적을 많이 올리는 외에 코잭의 임무도 수행한다고 농담도 한다(코잭은 미국의 텔레비전 프로에 나오는 탐정 이름이다).

그러나 학생들의 부정행위는 여러 가지 형태로 계속된다. 한번은 한 남학생의 학기말 논문을 읽었는데 논리가 정연해서 호감이 갔다. 그런데 결론을 다음과 같이 마감했다. 「나는 학교에서 배운 것과 앞으로의 경험을 통해서 훌륭한 **여성** 경영인이 될 것이라고 확신한다」 내 과목을 앞서 수강한 여학생 것을 이름만 바꾸어 제출한 것이다. 컴퓨터의 이용으로 이름만 바꾸고 자기가 작성한 논문인 것처럼 제출하는 것은 너무도 쉬워졌다. 그래도 남의 것을 베끼더라도 여자를 남자로 고치는 수고쯤은 했어야 할 것이다.

다음 학기에 내가 학생들에게 이 사실을 이야기하면서 「이 학생이

(이름은 밝히지 않았다) 바이섹슈얼(bisexual, 남녀 양성을 가진 사람)인지는 몰랐다」고 빈정거리면서 학생들의 주의를 환기시켰다. 학생들도 한바탕 웃었다. 남의 것을 이름만 바꾸어서 내더라도 한 번쯤은 읽는 노력은 있어야 한다고 꼬집으면서 학생들을 재차 경고했다. 나도 코객의 역할을 훌륭하게 수행한 셈이다.

학생들의 이런 부정행위를 취급하다 보면 심신이 너무 피곤해진다. 근절되어야 하겠는데 묘책이 있는지 모르겠다. 대부분의 학생이 정직하게 열심히 공부하고 있는데 한두 학생이 분위기를 혼탁하게 만드는 것이 참으로 마음 아프다. 이따금 학생들에게「학교 공부를 하면서 완전히 백 퍼센트 정직하게 공부하는 사람은 손을 들어 보라」고 하면 손을 드는 학생이 하나도 없다. 정직한 학생들이다. 완전히 정직하다는 것은 있을 수 없는 일인 것 같다.

가르치는 사람으로서「너는 완전히 정직한가?」라고 나에게 묻는다면 아마도 머리를 긁적이면서 주저주저할 것이다. 은퇴하는 해의 마지막 학기에 학생들에게「이제 나는 학생들의 부정행위에서 영원히 해방되었습니다. 그래서 이제부터 나는 천국에서 살게 됩니다」라고 말한 적이 있다.

많은 학생들을 가르쳤기 때문에 학생들을 다 기억할 수 없다. 별로 내 눈에 띄지 않게 조용히 내 과목을 수강한 학생일수록 더욱 그렇다.「장 박사님, 저를 기억하시겠습니까? 제가 여러 해 전에 박사님의 강의를 들었습니다」어떤 장소에서 이런 인사를 받을 때가 가끔 있다. 아무리 머리를 짜도 생각이 안 난다. 참 안타깝고 미안한 일이다.

졸업생들도 내가 학생을 많이 가르친 것을 알기 때문에 나의 기억

상실증을 그냥 이해해 준다. 그래도 나로서는 나를 알아보고 인사를 하는 옛 제자들을 만날 때마다 반갑다. 아무쪼록 사회에 공헌하는 사람이 되기를 기원할 따름이다.

프랑스에서 온 한 축구선수 학생은 졸업할 때 나에게 진담 반 농담 반으로「장 교수님, 이 다음 천당에서나 다시 뵙게 되겠습니다」라는 작별인사를 하는 것이었다. 사실이다. 이 학생이 프랑스로 돌아가게 되면 이 세상에서 다시 만날 수 있는 기회란 거의 없을 것이다. 지금 프랑스에서 무엇을 하고 있는지 궁금하다.

내 방 책장에 자그마한 상자가 하나 있다. 그 안에는 내가 기억하고 싶은 제자들의 이름을 쓴 카드가 있다. 이 학생들의 대부분은 공부를 최고로 잘하지는 않았지만 나의 관심을 끌었고 장래성이 있어 보이는 학생들이다. 내가 죽을 때까지 이들의 이름을 기억하고 이들의 모습을 내 머릿속에 쉽게 회상할 수 있도록 노력할 것이다.

며칠 전에 졸업생 한 사람을 만났다.「장 박사님, 은퇴하신 후에 어떻게 지내십니까?」하고 인사를 했다. 잘 있다고 대답한 후「언제 은퇴하느냐?」하고 농담조로 물으니「이제부터 시작입니다」하고 한마디 한다. 시작하는 사람과 끝낸 사람과의 대면이었다. 또 한 번은 어떤 사무실에서 옛 제자를 만났다. 내가 은퇴를 했다니까 「벌써 했어야 했지요!」하고 한마디 한다. 무슨 뜻일까? 의미심장한 말이다.

미국 학생들은 대학의 여러 위원회를 통해서 학교의 학사에 참여한다. 학교의 각종 위원회는 교수와 교직원 그리고 학생으로 구성되어 있다. 위원회의 멤버로서 학생들은 당당하게 투표권을 행사한다. 내가 속했던 위원회에 신입생 여학생이 멤버로 있었다. 미모의 이 백인 여학생은 어떻게 똑똑한지 위원회를 마치 혼자서 리드하는 것 같았다. 나를 비롯한 교수들도 이 여학생의 지도력에 감탄했다. 이 여학생은 3학년으로 진학하면서부터 나의 과목을 수강해서 나와는 친숙하게 지냈다.

학교를 졸업하고 좋은 직장을 가지고 나의 제자였던 남학생과 결혼했다. 학생들은 신임 총장 심사위원회나 교과과정 위원회 같은 중요한 위원회에도 멤버로 참가해서 투표권을 행사한다. 이들 학생들은 대학의 총학생회에 위원회의 의결사항을 보고함으로써 전체 학생이 학교의 동향에 친숙하게 한다.

내가 가르친 많은 학생 중에 한 학생이 유독 기억에 남는다. 내가 대학에 부임한 지 얼마 되지 않았을 때다. 이 학생은 학교 농구선수로서 활약하고 있었다. 어떤 기회에 이 학생과 사적으로 이야기를 나눈 적이 있다. 생명보험에 대한 이야기였다. 이 학생은 결혼해서 아이도 하나 있었다.

「장 교수님, 저는 생명보험에 절대로 들지 않을 것입니다. 제가 죽은 다음에 제 처가 보험금으로 다른 남자와 결혼해서 잘 살 것을 생각하면 보험에 가입할 생각이 없어집니다」

정색을 하고 말하는 이 학생의 말을 나는 가만히 듣고만 있다가 죽은 후에 자식의 장래도 생각해야 하지 않느냐고 점잖게 한마디 했다. 이 학생은 학교를 졸업하고 나서 고향인 켄터키 주로 돌아가서 착실한 사업가로 성공을 했고 또 교회의 장로로서 성실한 삶을 살고 있었다.

그런데 대학 학보에 이 졸업생이 **38**세의 젊은 나이에 요절했다는 기사를 읽고서는 아연했다. 그렇게도 건강했던 사람이 그렇게도 일찍이 세상을 하직할 수가 있는 것인가? 그러면서도 문득 생명보험 생각이 머리에 떠올랐다. 이 졸업생이 생명보험에 가입하고 세상을 떠났는지, 그렇지 않으면 학생시절의 고집을 그대로 관철해서 생명보험에 들지 않고 세상을 떠났는지 참으로 궁금하다.

요사이 일부 늙은 노인들이 항공편 여행을 선호한다고 한다. 비행기 사고가 나서 불행한 경우가 생기더라도, 어차피 갈 때가 되었으니 그다지 억울해 할 것도 없고, 또 자식들이 항공사로부터 보상금을 받아낼 수 있는 데다 보험회사로부터 보험금도 탈 수 있으니 자식들한테 좋은 일 한다는 이론을 내세우면서 항공여행을 즐긴다고 한다. 사실인지는 몰라도 보험의 중요성을 일깨워 주는 일화임에는 틀림없다. 생명보험이 필요없다고 고집했던 내 학생도 마음을 돌이켜서 보험에 가입했을 거라고 믿고 싶다.

내가 가르친 학생들이 사회에 공헌하는 바가 많기를 기원할 따름이다. 이것이 은퇴한 교수의 유일의 소원이다. 내가 동양인이고 영어도 서툴기 때문에 나를 좋게 생각하지 않았던 학생들도 나의 간절한 소원에 다 포함되어 있다.

은퇴

오랫동안 봉직했던 대학(랜더 대학교)에서 은퇴를 했다. 한국의 대학에서 가르친 것까지 합산하면 30년만에 은퇴하는 셈이 된다. 나로서는 감개가 무량하다. 다만 무사히 마칠 수 있었다는 사실에 감사할 따름이다. 미국의 대학에는 정년퇴직이라는 제도가 없기 때문에 건강이 유지되고 계속 가르칠 의사만 있으면 은퇴하지 않고 학교에 계속 남을 수 있다. 그래서 어떤 교수들은 90이 넘었는데도 아직도 강단에 선다고 한다. 사람마다 제각기 입장이 다르기 때문에 왈가왈부할 수는 없다.

그러나 나는 미련은 좀 있었지만 은퇴하기를 잘했다고 생각한다. 6·25 동란 때 악화된 건강이 평생토록 나를 괴롭히고 있다. 나만큼 몸에 칼질(수술)을 많이 당한 사람도 많지가 않을 것이다. 나는 이미 20대에 병약한 몸 때문에 의사로부터 사형선고를 받았다. 그런데 목숨이 질겨서 그런지 칠순을 바라보는 오늘까지 명을 유지하고 있다.

덤으로 인생을 살고 있는 것 같다. 앞으로 언제까지 살 것인지는 하늘만이 아신다. 부르실 때까지 살다가 미련 없이 세상을 하직하려고 한다.

우리는 2층집에서 살 엄두를 내지 못했다. 계단을 매일 오르내리는 것이 나에게는 너무 무리이기 때문이었다. 오래 전에 아내가 어떤 학회에 참석했다가 건강관리의 권위자에게 나의 건강이 걱정이 되어서 이야기를 자세히 했더니 얘기를 다 듣고 난 그 권위자가 아내에게 「당신의 남편은 보통사람의 30퍼센트밖에 기능할 수가 없으니 거기에 적응이 되도록 일상생활을 조절해야 할 것입니다」라고 충고하더라는 것이었다. 그 말을 듣고 아내는 몹시 실망했다고 한다.

그렇다 나는 30퍼센트 인간이다. 게다가 미국에 와서는 영어문제까지 겹쳐서 10퍼센트(30퍼센트에서 서툰 영어에 대한 핸디캡 20퍼센트를 뺀 수치) 인간으로 전락해서 살아온 것이다. 미국에 와서 10퍼센트 인간으로 학위도 받고 또 교수생활도 제법 오래 했으니 어떻게 보면 나는 역설적으로 초인간이라고 할 수도 있겠다.

30퍼센트 인간이란 외부의 변화에 전연 적응을 못하는 육체를 가진 사람을 말하는 것이다. 날씨가 좀 추워지면 다른 사람들은 그 추위를 이겨낼 수 있도록 몸이 적응을 하는데, 내 몸은 그런 적응을 전혀 하지 못한다. 그래서 늘 감기에 시달린다.

다른 사람은 감기에 걸려도 한두 주 치료받으면 완쾌되는데 내 몸은 한번 감기에 걸릴라치면 기관지염으로 확대되어서 적어도 2, 3개월은 걸려야 간신히 회복된다. 기침과 가래가 끊이지를 않아 그 고통이란 이루 말로 다 할 수가 없다. 멀리 떨어져 있는 학과 사무실의 비서에게까지 내 기침소리가 들려서 걱정을 하기까지 한다. 옆

방에 있는 동료 교수가 달려와서 내 고통을 위로하면서 안쓰러워할
정도다.

추운 날 외출하려면 완전무장을 해야 한다. 목도리로 입을 꼭 막아
야 하고 남보다 두터운 옷을 입어야 한다. 다른 사람들에게는 좀 이
상하게 보일는지도 모른다. 그러나 할 수 없다. 나도 살아야 하지 않
는가? 그러나 이렇게 무장해도 보장이 없다. 거기다가 교수직이란 늘
강의를 해야 하기 때문에 말을 해야 한다. 그러나 30퍼센트 인간에게
는 이것도 무리다. 하루의 강의가 끝나면 목이 너무 아파진다. 거기다
가 백묵가루까지 몸에 악영향을 끼쳐서 기후의 변화가 오면 틀림없이
기관지염이 생겨서 죽도록 고생한다.

오래 전 내가 한국에서 대학에 다닐 때 한 교수가 「나에게는 내
몸이 유일한 재산이기 때문에 나는 백묵을 절대로 쓰지 않습니다」
라는 말이 아직도 기억에 생생한데, 그 교수의 예지에 감탄하곤 한
다. 나도 백묵을 쓰지 않으려고 애도 많이 썼지만 문제는 그대로 남
아 있다.

왜냐하면 미국에서는 강의를 끝낸 교수들이 칠판에 쓴 것을 지우지
않고 나가기 때문에 다음에 쓰는 강사가 칠판을 지워야 한다. 고약한
버릇이다. 그래서 내가 강의하러 강의실에 들어가면 먼저 교수 것을
지워야 하고 또 한국 사람 양반 체면에 내가 칠판에 쓴 것을 그냥 둘
수가 없어서 지우고 나온다. 결국 한 시간에 두 번 백묵가루를 마시
는 꼴이다.

건강한 사람에게는 이 백묵가루가 영향을 별로 주지 않지만 30퍼센
트 인생에게는 큰 타격을 준다. 그래서 미국 학생들에게 내가 백색
폐(white lung) 때문에 고생한다고 농담을 한다. 광부들은 검은 폐

(black lung)로 고생하고 방직공장에서 일하는 사람들은 갈색 폐 (brown lung)로 고생하는 것은 학생들도 잘 알고 있지만, 대학교수의 백색 폐는 금시초문이라는 것이다. 그것도 그럴 것이 백색 폐는 내가 만들어낸 용어다.

내가 미국 교수들이 왜 칠판을 지우고 나오지 않는지 잘 모르지만, 나의 경우에는 동양인이 되어서 그러기도 하지만, 내가 쓴 것을 다른 교수가 보는 것이 쑥스러워서 일부러 지우고 나온다. 그런데 미국인 교수들은 이에 개의치 않는다. 다른 교수가 보는 데 대해 조금도 신경을 쓰지 않는다. 오히려 내가 이렇게도 잘 가르치는 것을 한번 보시오 하는 태도 같다.

동양 사람과 미국 사람과의 차이가 칠판에서도 역력히 나타난다. 미국 사람들은 외향적이고 동양 사람들은 내향적인 성격이 있어서 그러는지 잘 모르겠다. 그래서 기침으로 고생할 때는 말 안하는 직장을 가졌으면 하고 중얼거리기도 한다.

은퇴하기 전부터 호흡장애가 있어서 산소호흡기를 항상 사용해야 한다는 의사의 진단까지 받았다. 보통사람들은 고무로 된 몸을 가지고 있어서 항상 탄력성을 보일 수 있는 데 반해서 30퍼센트 인간이란 조금만 다쳐도 깨져버리는 유리로 된 몸을 가진 사람을 말한다. 하루하루가 살얼음을 걷는 것 같은 생활이었다.

은퇴하기 2년 전인가 보다. 나와 아주 가까이 지내던 동료 교수인 헤어 박사가 후두암으로 오래도록 고생하다가 세상을 떠났다. 세상을 떠나기 직전까지 좀 흉한 목의 상처가 보이는 모습으로 학생들 앞에서 모기소리 같은 쉰 목소리로 강의를 계속했다. 이 동료 교수가 왜 후두암에 걸렸는지는 잘 모르겠지만 혹시 교수라는 직업과 관련이 있는 것은 아니었던가 짐작해 보기도 했다.

그래서 기관지염으로 항상 고생하던 나도 좀 불안해지기도 했다. 나 자신 목이 완전히 쉬어 한 주일 내내 소리가 안 나와서 강의를 못한 적도 있었다. 그때는 정말 벙어리가 되는 줄 알고 겁이 덜컥 났다. 왜냐하면 강의를 못하면 밥줄이 끊어지기 때문이다. 다른 재주란 아무것도 없는 한 인간의 비애다.

내가 미국에서 평생 봉직했던 랜더 대학(당시에는 대학교가 아니라 대학이었다)에 취직이 결정되었을 때 아내는 몹시 실망했다. 대학도 별것 없었지만 대학이 소재한 도시인 그린우드도 너무 작은 것이 큰 불만이었다. 게다가 무엇보다도 한국 사람이 없는 데 불안했다.

그러나 오랜 세월이 지난 지금은 작은 도시로 이사오고 작은 대학에서 근무하게 된 것이 너무나 다행이었다고 감사하고 있다. 큰 도시에 있는 큰 대학에서 시달리면 나의 병약한 몸이 견딜 수 없었을 것은 당연한 일이다(하긴 나를 오라는 큰 대학도 없었지만).

조용한 작은 도시에 사는 것은 여러 가지 단점도 있지만 오히려 나에게는 많은 도움을 주었다. 조용한 시간을 가질 수 있었던 것이 큰 장점의 하나였다. 그리고 작은 대학에서 크게 시달리지 않고 지낼 수 있었던 것도 내 병약한 몸을 그나마 유지하는 데 결정적으로 도움이 된 것 같다. 더군다나 아내는 이곳으로 이사와서 자기의 적성인 교수 생활을 하게 된 것도 큰 이득 중의 하나였다.

내가 봉직했던 대학도 그간 발전을 많이 해서 견실한 대학으로 변모했고, 도시도 그런 대로 착실하게 발전했다. 무엇보다도 기후가 온화해서 은퇴 생활하는 데는 안성맞춤이다. 지금은 한국 사람도 몇 가족 있고 한 시간 정도 운전해 가면 한인들이 많이 살고 있어서 한인 교회도 있고 한인회도 있어서 마음이 흐뭇하다. 한인들끼리 가끔 다투기도 하지만 서로 의지하면서 잘 살고 있다.

은퇴를 하고 나니 갈 데가 없어졌다. 아내는 아직도 근무를 계속하고 있으니까 텅 빈집에서 하루 종일 혼자 지내야 한다. 하루 종일 말 한마디도 않고 지낸다. 저녁이면 아내가 돌아와서 대화를 하지만 몇 마디 주고받곤 그만이다. 평생 말을 하면서 살아온 내가 이제는 거의 벙어리 생활을 하면서 나날을 지낸다. 너무도 큰 변화다. 은퇴를 하면 새로운 생활을 모색하면서 여생을 의미있게 보내려고 애들을 쓰고 있지만 나로서는 새로운 생을 모색하는 데 별로 흥미가 없다.

나로서는 집에 혼자 있는 편이 훨씬 편하다. 어떻게 보면 형무소의 독감생활을 하는 것 같지만 나는 이것을 절간에서의 스님생활이나 카톨릭교의 신부들의 생활과 같은 것이라고 은퇴생활을 승격시키고 있다. 하루 종일 집에 혼자 있으면서 수양생활을 하는 것이라고 자위하고 있다. 이런 생활을 죽을 때까지 계속하면 그야말로 무아지경에 이를 수 있을 것이라고 자위하고 있다.

어떤 사람들은 은퇴 후에 봉사활동에 참여하면서 의미있는 생활을 보내기도 한다. 나도 그런 생활을 생각해 보곤 하지만 나의 병약한 육체적인 조건 때문에 감히 참여할 생각도 못한다. 한국에 가서 대학에서 영어로 강의할 생각도 가끔 해보지만 그것도 몸 때문에 포기해야 한다. 요즈음 한국 대학에서는 영어로 하는 강의가 장려되고 있다고 하는데, 나의 서툰 영어도 다소 도움이 될 것 같은데 몸이 말을 듣지 않는 것이 안타깝다.

사교성이 없는 사람으로 평생 살아왔기 때문에 찾아갈 사람도 없고 찾아오는 사람도 없다. 평생 친구가 몇 사람 있는데 중 고등학교의 동기 동창들이다. 대학에서는 병 때문에 2년이나 늦게 졸업하는 바람에 한두 분의 존경하는 친구를 만드는 데 그쳤다. 나의 친구인 중 고등학교의 동창들이 지금까지 앞에서 끌어주고 뒤에서 밀어주면서 나를 격려하고 있다. 이들의 고마운 우정을 한시도 잊을 수가 없다. 몇 명의 평생 친구들 때문에 천하에 두려울 것이 없다는 생각도 든다.

이 동창 친구들은 미국에도 한국에도 살고 있다. 미국에는 그렇게도 오래 살고 있는데도 아주 가깝게 친교를 맺고 있는 미국 사람은 아직까지 없다. 미국의 대학에서 가르치면서도 수업이 끝나고 학생과의 상담 시간이 끝나면 내 연구실 문을 꼭 닫고 의자에 기대서 휴식을 취해야 하기 때문에 다른 동료들과 사귈 시간이 없다. 그리고는 집으로 돌아와서 푹 쉬어야 다음날을 살아갈 수 있었다.

아내는 좀 다르다. 중 고등학교 동창뿐만 아니라 대학 동창들과도 가깝게 지내면서 연락을 계속하고 있다. 나는 어떤 때는 일부러 사람들을 피할 때도 있다. 학교 주차장에서 차를 주차시키고 교실로 걸어갈 때 동료 교수를 만나면 일부러 피한다. 만일 동료 교수와 교실까지 동행할라치면 다리가 긴 미국인 동료 교수의 빠른 걸음에 내가 숨이 차서 따라갈 수 없을 뿐만 아니라 걸어가면서 이야기하게 되면 숨이 너무 가빠져서 허덕거려 동료 교수가 이상하게 생각할 것 같아 아예 동료 교수를 일부러 피해서 혼자서 천천히 교실로 걸어간다.

또 굳이 그러는 이유는 사교성이 없는 성격에다 육체적인 핸디캡까지 합세해서 나는 평생 사람과 교제하는 것을 삼가면서 살아왔다. 사람과 교제하지 않기 때문에 오는 손해는 이루 말할 수 없다. 우선 정보 수집이 불가능하거나 극히 제한되어 있다. 사람을 사귀면서 이야기하는 중에 입수하는 새로운 소식들은 어떤 때는 결정적인 중요한 정보일 수도 있다.

사람들이 골프를 즐기는 이유도 이런 면에서 이해할 수가 있겠다. 그래서 이런 핸디캡 때문에 세상 살아가는 데 언제나 한 걸음 뒤진다. 생존경쟁에서 치명적인 타격을 받는 셈이다.

아내가 나에게 이것저것 물으면 나는 아는 것이 없어서 대답을 못한다.「왜 그렇게 모르는 게 많으냐?」고 핀잔을 늘 듣고 있지만 사교성이 없는 사람이 지불해야 하는 대가다.

그러나 반면 혼자 사는 데서 오는 희열도 있다. 혼자서 조용히 있게 되면 명상의 경지에 빠져들어 하늘과 통하는 것 같은 만족감도 일어난다. 불교의 스님과 같이 좌선은 하지 않지만 혼자서 조용히 있으면 도통(道通)한다는 착각이 들기도 한다. 뿐만 아니라 혼자 있으면 세상을 객관적으로 조명하려는 태도가 점진적으로 증가하는 것 같기도 하다.

이 모든 것이 갈 곳이 없어서 집에 혼자 있을 수밖에 없는 가련한 한 늙은이의 자가당착적인 자기 합리화인지도 모른다. 그러나 언제나 마음에 거리끼는 것이 하나 있다. 한국에 있을 때 의사 한 분이「정신병자는 외로운 것을 느끼지 못한다」라고 말하는 것을 들은 일이 있는데, 혼자 사는 생활에 별로 고통을 받고 있지 않는 나도 정신병자가 아닌가 하고 생각할 때가 있다. 그러나 정신병자라도 좋다. 내 생활에 만족하면 되는 것이 아닌가?

대학에서 은퇴를 하니 우선 스트레스가 없어져서 머리가 가벼워진 것 같다. 물론 인생은 고해라서 고단한 일이 없을 수야 없겠지만, 가르치는 데서 오는 스트레스는 없어진 것 같다. 재직시의 동료 교수를 만났더니 「장 교수, 매일 매일이 토요일의 연속인 생활을 해서 아주 부럽습니다」라고 말하는 것을 들었다.

미국 대학에서는 특수한 경우를 제외하고는 토요일에 수업이 없다. 아직도 대학에서 계속 가르치고 있는 아내가 학교 일로 스트레스가 많아서 고통을 당하고 있을 때는 미안하기도 하다. 빨리 아내도 은퇴를 해야 하는데 말이다. 그러나 젊은 학생들과의 관계가 없어진 것이 못내 아쉽다.

20대 전후의 젊은 남녀와 평생 같이 살아왔기 때문에 나도 항상 젊은이의 한 사람이라고 생각하면서 살아왔다. 그래서 육신은 늙어가지만 마음은 언제나 젊게 느꼈다. 무엇보다도 이제는 영영 미국 학생들에게 한국에 대해서 이야기를 못하게 된 것이 아쉽기만 하다.

미국 학생들이 일본과 중국은 비교적 아는 것이 많지만 한국에 대해서는 아는 것이 별로 없다. 강의 시간에 나나 아내는 한국에 대해서 자주 이야기한다. 아내는 매 학기마다 동료 교수의 부탁을 받아서 한 시간씩 한국의 문화와 보건문제에 대해서 특강을 하는데 한국 물건들을 많이 가져가서 소개하기도 한다.

간호학생들에게는 기본적인 인사말을 한글로 가르쳐서 익히게 하고 학기말 시험 때는 「안녕하세요」라든지 「감사합니다」 또는 「내 이름은 아무개입니다」라고 쓰게 해서 가산점을 주기도 한다. 어떤 학생은 아내가 쓴 한글을 그럴듯하게 베껴 쓴다고 한다. 학생들은 한 점이라도 더 얻으려고 진지하다. 학생들이 졸업을 해서 간호사가 된 다음에 한국인 환자를 만나서 「안녕하세요」라고 한마디 하면 환자와의 관계가 훨씬 더 부드러워 질 것이다.

아내의 연구실에는 큰 한국 달력이 걸려 있다. 나는 주로 학생들에게 한자를 익히도록 권장했다. 한참 한자를 늘어놓으면 미국 학생들이 싫증을 느끼지만 일부의 학생들은 아주 진지하다. 평생 처음이자 마지막으로 한자를 써보는 것이다. 그래서 나나 아내는 미국에서 비공식적인 한국의 명예대사라고 자부하고 있다. 좋은 일 나쁜 일 할 것 없이 한국 사람의 입장에서 미국 학생들에게 한국을 알리려고 노력했다. 아직도 아내는 이 과업을 계속하고 있다.

동료 교수들도 우리가 한국 사람이라는 것을 잘 알고 있다. 우리를 보면서 한국을 보는 것 같다. 우리들이 미국 사회에 완전히 동화되지 못하고 언어장벽 때문에 고통을 당하고 있는 줄을 잘 알고 있지만 성실하고 진지하게 살아가려고 부단히 노력하고 있는 점은 인정하는 것 같다. 아내의 동료 교수들은 한국 이야기를 하도 많이 들었기 때문에 한국을 한번은 꼭 방문하고 싶다고 벼르고 있다.

우리뿐만 아니라 미국 대학에서 가르치고 있는 한인 교수들도 모두가 한국을 위한 전권대사의 역할을 충실히 하고 있는 것 같다. 장래의 미국을 계승하고 지도자가 될 대학생들을 가르치고 있기 때문에 한인 교수들의 영향이 한국과 미국의 우호 증진에 기여하리라고 확신한다. 미국인 동료 교수 한 분은 박사학위의 지도교수가 한국인 교수였다는 사실을 항상 나에게 말했다.

교수뿐만 아니라 미국에서 한국을 인식시키는 데 공헌하는 한국 사람들이 많은 것으로 알고 있다. 그 가운데서도 태권도는 가장 두드러진 경우다. 미국의 태권도 도장에서 한인 사범들이 한국말로 구호를 부르면서 미국 사람들을 훈련시키고 있다. 한국을 한국식으로 미국 사람들에게 알리는 데 한인 사범들의 공로가 크다고 생각한다. 미국

의 중 고등학생들이 태권도장에서 육체적인 면만 단련하는 것이 아니
라 정신적으로도 혹독한 훈련을 쌓기 때문에 학부형들의 찬사를 받고
있다.

　미국에는 사춘기의 젊은이들에게 마약 같은 여러 가지 유혹이 많
은데 태권도장에서는 건전한 정신과 강인한 체력을 길러 주어 올바
로 살아가는 법을 가르쳐 주기 때문에 학부형들이 너무도 좋아한다
고 한다.

　오랜 교직생활을 마감하고 집에서 은둔생활을 하면서 가끔 과거를
회상할 때가 있다. 대학교수로서 잘한 때도 있은 것 같고, 잘못한 일
을 뉘우치는 경우도 있다. 교수의 기본적인 역할이 무엇인가라는 문
제도 다시 생각해 보기도 한다.

　교수의 기본적인 임무란 실존하고 있는 지식을 전달함과 동시에 새
로운 지식 개발에 공헌하는 데 있다고 본다. 이런 과정을 통해서 진
리를 규명하는 것이 학자로서의 교수의 임무라고 생각한다. 그러나
구체적으로 교수들은 학생들이 전문지식을 습득하면서 진실한 인간으
로 살아가는 법을 터득하는 데 가교의 역할을 하는 것이라고 항상 믿
고 있었다.

　나로서는 전문지식도 중요하지만 진실한 인간으로서 살아가기 위한
노력을 게을리하지 말 것을 항상 당부했다. 그래서 나는 강의 시간에
성경말씀을 자주 인용했다. 어떤 학생은 무슨 성경공부냐고 불평하기
도 했다. 미국에서는 정교분리(政敎分離)가 엄격해서 잘못하다가는 문
제가 될 소지도 있다.

　구약성서 <출애굽기> 18장(13~26절)은 경영학과 학생들이 꼭 읽
어야 하는 성경 말씀이라고 강조했다. 이 성경 말씀을 읽지 않으면

천국에 가지 못한다고 공갈까지 했다. 여기에는 경영학의 여러 개념이 아름답게 진술되고 있다.

변화와 적응은 경영학에서 중요한 개념이다. 변화함으로써 항상 변하는 환경에 적응해야 회사 같은 조직체가 생존할 수 있다는 사실을 신약성서의 <사도행전> 10장(9~23절)과 15장(7~11절)에 그 모형이 정묘하게 진술되어 있다. <고린도전서> 12장(12~26절)에는 System's Approach가 너무도 분명하게 잘 설명되고 있다. 그 외에도 성경 말씀을 여러 곳에서 인용해서 경영학과 연결시키면서 설명을 하였다.

동양 성현들의 말씀도 전했으면 했지만 나의 지식이 부족할 뿐만 아니라 미국 학생들의 수용도도 미지수이기 때문에 가끔 언급할 뿐이었다. 그러나 성경은 미국 학생들이 다 아는 경전이기 때문에 별 저항 없이 전달할 수가 있었다. 동양인인 내가 자기들보다 성경 지식이 많은 데 놀라는 학생도 있다. 매 학기 마지막 시간이면 학생들에게 이 성경 한 구절을 읽어 주었다.

> 천하에 범사가 기한이 있고
> 모든 목적이 이룰 때가 있나니
> 날 때가 있고 죽을 때가 있으며
> 심을 때가 있고 심은 것을 뽑을 때가 있으며
> 죽일 때가 있고 치료시킬 때가 있으며
> 헐 때가 있고 세울 때가 있으며
> 울 때가 있고 웃을 때가 있으며
> 슬퍼할 때가 있고 춤출 때가 있으며

돌을 던져 버릴 때가 있고 돌을 거둘 때가 있으며
안을 때가 있고 안는 일을 멀리할 때가 있으며
찾을 때가 있고 잃을 때가 있으며
지킬 때가 있고 버릴 때가 있으며
찢을 때가 있고 꿰맬 때가 있으며
잠잠할 때가 있고 말할 때가 있으며
사랑할 때가 있고 미워할 때가 있으며
전쟁할 때가 있고 평화할 때가 있느니라

구약성경의 전도서(제 3장 1~8절)에 있는 말씀이다. 내 강의를 여러 과목 택한 학생들은 두세 번 이 성경말씀을 억지로라도 들어야 한다. 들어서 도움이 될 터이니 나로서는 상관 않고 읽어 나간다. 이 성경말씀을 읽고 나서 학생들에게 이제는 닥터 챙(장 박사)의 성경말씀을 들으라고 한다.

신입생 될 때가 있고 졸업할 때가 있으며
속일 때가 있고 정직할 때가 있으며
직장을 가질 때가 있고 직장에서 해고될 때가 있으며
결혼할 때가 있고 이혼할 때가 있으며
합격할 때가 있고 낙제할 때가 있으며
장 박사에게 아부할 때가 있고 등을 돌릴 때가 있으며
고무적일 때가 있고 실망할 때가 있으며
칭찬할 때가 있고 저주할 때가 있으며
침착할 때가 있고 미칠 때가 있으며
시간을 지킬 때가 있고 시간을 어길 때가 있으며

근무할 때가 있고 은퇴할 때가 있으며
오는 때가 있고 가는 때가 있느니라

마지막 두 줄은 은퇴하기로 결정한 다음에 첨가한 것이다. 졸업 학년이 될수록 닥터 챙의 성경말씀을 더 경청하는 것 같았다. 험한 세상으로 진출하는 데서 오는 긴장감과 기대감이 교차해서 더 진지해지는 것 같다. 어떤 학생들은 내가 다 읽고 나면 박수를 치기도 했다. 또 어느 성경 구절을 인용했느냐고 물어보는 학생도 가끔 있었다.

성경말씀의 교훈과 나의 유머가 혼합해서 학생들이 진지하게 경청하는 것 같았다. 학교를 졸업하고 직장생활을 할 때 문득문득 이 말씀이 기억나기를 바라고 있다.

그러나 한 가지 아쉬운 것이 있다. 13세기 성 프랜시스의 기도를 학생들에게 읽어 주지 못한 것이 참으로 유감이었다. 특히 기도의 후반부를 학생들에게 강조했어야 했는데 이제는 은퇴했으니 후회를 해도 별수가 없다. 후반부를 번역해 보았는데 잘되었는지 모르겠다.

오 주님!
남에게서 위로받기보다 위로하게 하소서
이해해 주기 바라기보다 이해하게 하소서
사랑해 주기를 바라기보다 사랑하게 하소서
주는 것이 곧 받는 것임을 알게 하소서
용서해 주는 것이 곧 용서받는 것임을 알게 하소서
죽는 것이 곧 영생으로 태어나는 것임을 알게 하소서

그리고 내가 또 닥터 챙의 기도를 첨가했어야 했던 것이다.

오 주님!
내가 가르친 경영학과 학생들을 축복하여 주시고
앞으로의 인생길이 성공할 수 있도록 인도하소서
그래서 언젠가는 장 박사에게 햄버거 한 조각을 살 수 있도록
해주소서
아멘!

내가 학생들에게 좋은 직장을 얻어서 안정이 되면 나한테 햄버거 한 조각을 사내라고 당부한다. 물론 농담이다. 그런데 한번은 졸업반 학생 몇이서 학기의 마지막 시간이 끝나자 햄버거 몇 개를 나에게 건네는 것이었다. 「장 박사님! 햄버거 받으세요」 나는 잠시 당황했다. 그러나 학생들에게 졸업하기 전에 주는 햄버거는 무효라고 엄격하게 선언했다. 그러면서도 학생들이 준 햄버거를 연구실에서 감개무량하게 맛있게 먹었다.

이 세상에는 공짜(free lunch)라는 것이 없음을 학생들에게 골백번 강조하면서 공짜 햄버거를 맛있게 먹은 것이 좀 꺼림칙했다. 이 세상은 주고받는 「퀴드 프로우 코우(quid pro quo, 대가성)」 세상이지 공짜라는 것은 없다는 것을 항상 강조해 왔다. 엄격한 의미에서 모든 종교도 주고받는 범주에서 벗어나지 않는 것 같다. 종교에도 공짜는 없는 것이다. 자식에 대한 부모의 사랑이 그래도 주고받는 것이 최소화된 범주에 드는 것 같다.

요즈음 한국에서 만삭에 가까운 여자들이 미국으로 와서 아이를 낳는 현상이 늘어나고 있다고 한다. 미국 법에 의하면 미국에서 난 아기들은 자동적으로 미국 시민이 된다. 이들 미국 시민권자는 언제든

지 미국으로 올 수 있으며 또 미국에서 학교에 다닐 권리도 있다. 자식들의 장래를 생각해서 비용이 많이 들어도 미국에서 출산한다고 한다. 맹모(孟母)의 삼천지교(三遷之敎)가 정말로 무색할 지경이다. 그래서 나도 감탄한다.

그런데 여기에 하나의 꼬리가 붙는다. 이들 시민권자인 자식들이 나중에 부모를 미국으로 용이하게 이민시킬 수 있다는 것이다. 자식의 장래를 장만해 주면서 동시에 부모인 자신들에게도 크게 도움이 되는 것이다. 일종의 주고받는 대가성의 발로인지도 모른다. 이 세상에는 무조건적이라는 것은 있을 수가 없는 것이다. 저 세상은 어쩐지 모르지만 이것이 이 세상의 특징이다.

내가 대학교수로 재직하는 동안 평생의 꿈이었던 유명한 학자가 되지 못한 것이 아쉽기는 하지만 후회하지는 않는다. 원래 나는 큰 그릇으로 태어나지 못했다. 그릇도 작은 데다 육체적인 핸디캡까지 겹쳐서 고생을 많이 했지만 그래도 할 일을 해보고 무사히 은퇴할 수 있었던 것이 너무도 감사할 따름이다.

그래도 앞으로의 계획은 많다. 우선 영어로 출판되었던 《한국 경영론(The Korean Management System)》의 개정판을 냈으면 하는 것이 첫 욕망이다. 그리고는 영어로 나의 미국생활 체험기를 준비하려고 한다. 한국에 있는 학자와 공저로 《한국 경영학》을 출판했으면 하는 욕심도 있지만 가능할지 모르겠다. 게다가 한국에 있는 학자들을 내가 모르니 일은 더 어려워지는 것 같다.

그리고 평생 소원이던 《재미 한국 기업인》을 출판했으면 하지만 쉽지 않을 것 같다. 이런 일을 다 성취하려면 내가 백 살은 더 살아야 할 것 같다. 시간이 없다. 빨리빨리 뛰어야 한다. 물론 이런 웅대한 계획과 희망이 다 이루어지리라고는 생각지 않는다. 그래도 여력이 있는 한 노력해 보려고 한다. 그러나 목이 아파서 강의를 더 이상할 수 없는 것이 못내 아쉽다. 이제는 벙어리 생활이다. 그런데 벙어리도 이 세상에 공헌하는 것이 많이 있다.

아내가 은퇴하면 평생 못했던 세상 구경을 하기 위해 여행을 좀 해봤으면 하는 것도 큰 계획의 하나다. 호흡기 장애로 추운 겨울에는 여행을 못하고 높은 곳을 오르내릴 수도 없어서 여행도 제약을 받겠지만 몸이 허락하는 대로 둘이서 여행 경험을 좀 하고 싶다.

내가 학생들에게 언제나 질문하는 것이 있다.

「여러분들은 진지합니까?」

「여러분들은 성실합니까?」

「여러분들은 조금이라도 사회에 독특한 공헌을 하려고 노력합니까?」

내가 가르쳤던 학생들이 기나긴 인생을 살아가면서 매일매일 내 질문에 응답하기를 이 은퇴교수는 은근히 기대하고 있다. 나 자신 이세 가지 질문에 얼마나 자신있게 대답할 수 있겠는지 모르겠다. 은퇴하기 전 마지막 강의가 끝나자 한 학생이 나에게 쪽지 한 장을 건네주었다. 거기에는 다음과 같이 짤막하게 적혀 있었다:

"Dr. Chang,

I enjoyed your class and learned a lot. Lander University is losing a wonderful asset. I wish you the best and hope you enjoy your retirement."

학생의 이름은 생략한다. 은퇴해서 섭섭하다는 말과 앞으로의 은퇴

생활을 즐기라는 것이었다. 나는 이 학생이 건네준 쪽지를 내 책장에
붙여 놓고 매일 한 번씩 읽는다. 인생의 기나긴 한 장이 닫히고 미지
의 새로운 장이 열리고 있다. 은퇴를 하고 나니 지난 10년 동안 매
학기마다 나를 그렇게도 괴롭히던 기관지염이 싹 가셨다.

「진작 은퇴했어야 했지요」하던 학생의 얼굴이 떠오른다.

미국 사람들

미국에 온 지가 어제 같은데 벌써 **40**년이 가까워 온다. 이쯤 되면 미국 사람이 다 됐어야 하는데 그렇지가 못한 것 같다. 한 가지 다른 것이 있다면 그동안 영어는 별로 늘지 않고 한국말은 많이 서툴어진 것이다. 미국에 와서 그렇게 오래 살았으면서도 영어를 별로 쓰질 않았다. 영어를 쓸 기회라는 것이 대학교수로서 강단에 서서 서툰 영어로 강의하고 일요일에 교회에서 한 시간 성경을 가르치는 것이 고작이다.

집에 와서는 물론 한국말을 쓴다. 영어를 익히기 위해서 집에서도 영어를 써야 하는 것이 도리인 것 같은데 그렇게 되지 않는다. 더군다나 아내도 같은 대학에서 교편을 잡고 있는데 학교에서 아내와 이야기하거나 전화를 할 때도 우리는 한국말로 한다. 직장에서도 한국말을 쓴다. 다른 미국인 교수가 같이 있으면 할 수 없이 영어를 쓰기는 한다. 그러면서도 우리 부부는 영어를 못해서 오는 고통을 지금까지 참아오고 있으며 안타까워한다. 나는 사회활동이라는 것이 전혀 없기 때문에 영어를 쓰고 배우는 기회가 더욱이나 없었다.

미국에 오래 살면서 그래도 많은 미국 사람과 접촉하고 그들의 생활과 행동을 관찰할 기회가 많이 있었다. 처음에 우리와 접촉할 기회가 있을 때 대부분의 미국 사람들은 좀 불안하고 긴장하는 것 같았다. 왜냐하면 자기들은 토종 백인이고 우리는 미국에 새로 정착하는 동양 사람이기 때문이다. 더욱이나 내가 사는 미국 동남지방의 조그마한 도시 그린우드에는 동양 사람이 거의 살지 않는다. 동양 사람에 대한 사전 지식이란 거의 없으며 있다고 해도 극히 초보적이거나 왜곡되어 있었다.

우리가 다른 동네로 이사가면 미국 사람들은 관례대로 인사를 하러 온다. 그리고는 이웃으로서 같이 지내게 된다. 한번은 한 동네에서 2년쯤 살다가 다른 동네로 이사가기로 결정을 했다. 우리가 이사가려는 사실을 알고는 옆집 부인이 나의 아내를 붙잡고 다른 데로 이사가지 말고 자기들과 같이 오래도록 살자고 애원하는 것이었다. 2년쯤 이웃으로서 같이 살면서 동양 사람인 우리 식구가 자기들이 보기에도 착실하게 생활하는 데 대해 감동한 것 같다.

착한 이웃을 갖는다는 것은 미국에서도 정말 중요한 일이다. 이쯤 되면 우리를 자기들과 다른 사람으로 보지를 않는 것이다. 인간의 진실성이 노출되면 인종의 벽, 종교의 벽, 문화의 벽이 완전히 붕괴되는 것은 아니겠지만, 적어도 해빙이 되는 징조는 보이는 것 같다. 그러나 이 이웃집 부인이 우리를 자기와 완전히 같은 부류에 속한다고는 생각지 않을 것이다.

어쨌든 우리는 다른 동네로 이사를 했다. 이사를 하고 나서 앞집에 사는 밀링 가족들과 가깝게 지냈다. 그러다 이 이웃이 다른 도시로 이사를 갔는데 크리스마스 때면 어김없이 카드를 보내옴으로써 우리와의 관계를 계속 유지하고 있다.

미국 사람들은 집안에서 화초를 많이 가꾼다. 우리 집에도 화초가 제법 있다. 적어도 한 주일에 한 번씩은 물을 주어야 한다. 그런데 한 주일 이상 집을 비우고 여행하는 경우에는 화초에 물을 줄 믿을 만한 사람을 찾아야 한다. 옆집에 사는 하이디네 식구들이 긴 여행을 떠날 때 우리 집에다 열쇠를 맡긴다. 그러면 나나 아내가 옆집 문을 열고 들어가 화초에다 물을 주고 난 다음 문을 단단히 잠그고 나온다.

우리가 긴 여행을 떠날 때도 마찬가지다. 빈집이기 때문에 정말 믿고 맡길 만한 이웃이 있어야 한다. 이웃도 우리를 철저하게 믿고 우리도 이웃을 믿는다. 이웃집에서 같은 백인 가정에 부탁하지 않고 우리한테 부탁한다.

오래 전 우리 학과에 새로운 여비서가 부임해 왔다. 그때 이 여비서 식구들을 한 식료품 가게에서 만났다. 여비서는 나에게 가벼운 인사표시를 하면서 지나갔다. 그런데 나중에 이 여비서의 남편이 내가 누구라는 것을 알고는 자기 처인 여비서에게 그때 왜 소개시키지 않았느냐고 나무랐다는 것이다.

학교도 아닌데 동양 사람에게 남편을 소개하고 인사시키는 것이 어색했던 모양이다. 작년에 내가 은퇴하고 나서 그녀를 한 가게에서 다시 만났는데 그녀는 나를 보자마자 큰 헉을 하는 것이었다. 헉이란 미국 사람들이 반가운 사람을 만날 때 애정의 표시로 서로 껴안고 인사하는 관습이다. 오랫동안 같은 직장에서 지내다 보니 이렇게 달라지는 것이다.

　나도 이 백인 여자를 나와 부류가 다른 사람이라고는 생각해 보지 않았고 그녀도 나의 서툰 영어만 빼놓으면 내가 동양 사람이라는 사실을 잊어버리는 것 같았다. 인간의 이해 증진은 지속적인 서로의 솔직한 상호 교류가 필수 조건인 것 같다.

　언젠가 우리 학과의 여직원에게, 눈에 무엇이 들어간 것 같으니 눈을 좀 봐달라고 부탁했다. 그녀는 잠시 내 눈을 들여다보더니「챈(그들은 나를 챈이라고 부른다), 당신 눈이 너무나 작아서 볼 수가 없네요」하는 것이었다. 생전 처음 동양 사람의 눈을 자세히 본 것이다. 백인들의 동그랗고 큰 눈만 보아오다가 가늘고 찢어진 동양 사람의 눈을 보고는 좀 놀란 것 같다. 내 눈이 한국 사람으로서는 그렇게 작은 것도 아닌데 말이다.

　얼마 전 아내가 손녀딸의 사진을 자기 학과의 동료 교수들한테 보여주었다. 예쁘게 생겼다는 찬사를 은근히 기대했는데, 한참 사진을 들여다보더니 이구동성으로 한다는 소리가「전형적인 동양 아이로군요!」라는 반응만 보이더라는 것이었다. 이 백인들의 눈에는 예쁜 애와 밉게 생긴 애가 전혀 구별이 안되는 것 같다.

　언젠가 여기서 멀지 않은 도시 콜럼비아의 한 호텔에서 재미 한인 교수들의 학회가 있었다. 마침 그때 우리 학과의 학생들이 자기들의 졸업을 축하하기 위해서 같은 호텔에서 축하 파티를 가졌다. 몇 학생이 나를 보자 반갑다고 인사를 하는 것이었다. 그런데 그 학회에 참석했던 이 박사라는 분이「여러 젊은이가 나를 장 박사라고 부르면서 인사합디다. 장 박사가 여기서도 그렇게 인기있는 교수인 것을 전혀 몰랐소」하는 것이었다.

　이 박사는 나와 나이나 키가 비슷하고 게다가 나처럼 안경을 쓰고 있다. 나의 학생들이 이 박사와 나를 구별할 수가 없었던 모양이다. 비슷하게 생긴 동양 사람이니 그들 눈에는 분간이 가지 않는 모양이다.

　아내도 같은 경험을 하고 있다. 우리 대학에 필리핀 출신의 여자 교수가 있다. 이 필리핀 교수와 아내가 나이나 키도 비슷하고 안경도 쓰고 있기 때문에 미국 학생들한테 혼란이 생기는 것 같다. 아내에게 필리핀 교수의 이름을 크게 부르며 인사하는 학생도 많고, 이 필리핀 교수에게 「장 교수님 안녕하세요?」 라고 상냥하게 인사하는 학생도 많다고 한다. 비슷하게 생긴 동양 사람을 구별하기가 힘든 모양이다.

　그냥 웃어넘길 수도 있는 일이지만 자칫 큰 오해의 소지도 될 수 있는 것 같아서 마음이 개운치가 않다. 얼마 전에 중국 여자 체조선수들이 대회에 참석하기 위해 미국으로 온 일이 있다. 이 중의 한 선수가 연습하는 도중에 떨어져서 하반신 마비라는 불상사가 생겼다. 중국으로 돌아가기 전 얼마 동안 미국 병원에서 치료를 받았다. 미국에서 투병생활을 하는 동안 많은 미국 사람들이 병원으로 찾아와서 위로하고 격려하였다.

　나중에 이 중국 체조선수가 「여러분이 나를 위로하기 위해서 병원을 찾아 주셨는데 미국 사람들은 다 똑같이 생긴 것 같다」 라고 말하면서 싱긋이 웃는 모습이 텔레비전에 소개된 일이 있었다. 한국을 방문했던 한 미국 사람이 한국 사람은 다 똑같이 생겼다는 말을 던진 일이 기억난다. 생소한 다른 인종을 한번에 많이 만날 때 생기는 혼동인 것 같다.

미국 학생들을 여러 해 가르치다 보니 이런 혼동은 생기지 않는다. 학생 하나 하나가 독특한 개성을 가진 사람으로 나한테 비쳐진다. 매력적인 개성을 가진 학생, 좀 아둔하게 생긴 학생들을 몇 시간 가르치고 나면 확연하게 구분할 수 있다. 학생 하나 하나의 얼굴 생김새나 몸가짐도 틀림없이 구분할 수 있다. 어떤 학생들은 남학생이건 여학생이건 지적인 면에서나 인물에 있어서 너무 매력적이다.

미국 사람들은 서로의 이름을 (성이 아닌) 부르는 것이 관습으로 되어 있다. 특별한 경우를 제외하고는 서로가 이름을 부른다. 물론 부부간에도 이름을 부른다. 한국에서는 부부간에 이름을 부르지 않는다고 말했더니 학생들이 의아해 하며 어떻게 부르는지 질문을 받을 때가 있는데「여보」또는「여보 당신」이라는 말을 어떻게 영어로 표현해야 할는지 모르겠다.

미국 사람들은 부부간에 서로「하이, 하니(꿀)」라고 달콤하게 부르는데「여보, 당신」은 꿀보다도 더 단맛이 나는지도 모른다. 그래서 내가 학생들에게 한국에서는 부부들 사이에서 부를 때「핫 앤 하니」(hot 'n' hot honey, 열정적인 단 꿀)이라고 부른다고 농담삼아 이야기하면 학생들도 재미있다고 깔깔대고 웃어댄다. 그래서 학생들은 날더러 생전 처음 보는 만담꾼이라고 꼬집기도 한다.

한국에서는 윗사람이나 친한 친구만이 나의 이름을 부를 수 있다. 이름을 부른다는 것은 가깝고 다정하다는 표시다. 우리 학과에서도 동료 교수와 과장 그리고 비서 모두가 서로의 이름을 부른다. 학생들은 교수의 이름은 부르지 않지만 나는 학생들에게 제발 나를 부를 때는 장 박사라고 부르라고 애원하다시피 미리 경고한다.

이름으로 통하는 사회가 되어서 그런지 미국 사람들은 남의 이름을 곧잘 외운다. 혀를 찰 정도이다. 나를 만나면 오래 전에 한번 만났던 미국 사람들도 「하이, 챈」 하고 나의 이름을 불러댄다. 「하이」는 다정한 뜻을 나타내는 것이다. 나는 그런 사람들의 이름을 벌써 잊어버리고 전혀 기억을 할 수가 없는데 말이다. 아무리 애를 써도 이름이 생각나지 않는다. 안타까울 정도다. 미국의 루즈벨트 전 대통령이 2만 명이 넘는 사람의 이름을 외고 있었다니 놀랍지만 있을 수 있는 일이라고 생각된다.

아내도 마찬가지다. 아내를 만나는 사람이면 오래 전에 한번 만났던 사람들도 「하이 낸」 이라고 아내의 이름을 부른다는 것이다. 「낸」 은 아내의 영어 이름이다(어떤 사람들은 「난」 이라고 부르기도 한다). 아내도 나와 마찬가지로 이들의 이름이 생각나지 않아서 다만 「하이」 하는 인사말로써 대신한다.

오래 전에 졸업한 학생들이 미국식대로 「하이 낸」 하고 아내를 부를 때는 기절을 할 지경이지만 꾹 참고, 만나게 되어서 반갑다고 인사한다고 한다. 미국은 이런 식이다. 그리고 우리는 지금 미국에 살고 있다. 이름으로 부르는 사회는 위계질서가 약하고 덜 권위주의적이다. 이래서 미국에서 민주주의가 만발했는지도 모른다.

미국 사람들은 매우 애국적이다. 너무 애국적이어서 다른 나라 것에 대한 거부감이 남다른 것 같다. 그런데 이해 못할 일이 있다. 미국 사람들이 일본 자동차는 미치도록 좋아한다. 일본 사람들을 동양인으로 경원시하면서도 말이다. 일본 자동차를 갖지 않은 가정은 미국에서 우리밖에 없을 정도다. 토요다 와 혼다는 미국 사람들이 아주 아끼고 좋아하는 차다(이 차들이 하도 유명하고 보편화돼서 미국 차로 믿고 있는 미국 사람도 있다고 한다).

미국 사람들은 일제 차가 성능이 미국 차보다 월등해서 일본 차를 산다는 것이다. 자동차의 성능을 평가하는 기관에서도 공정하게 일제 차의 우수성을 보도한다. 애국심과는 아무 상관이 없다. 값싸고 물건만 좋으면 어느 나라 물건이건 개의치 않는다.

미국에서는 애국심과 실용주의가 묘하게 조화를 이루면서 공존하고 있다. 일제 차들이 미국 시장을 성큼성큼 잠식하기 때문에 미국제 자동차들의 고전이 말이 아니다. 자동차업계가 수입을 억제하라고 정부에 호소하고 있지만 지금까지 연방정부의 반응은 매우 소극적이었다.

물론 이런 미온적인 정책의 배후에는 미국의 국가적인 측면과 정책적인 측면이 고려됐겠지만 여기서는 언급을 하지 않겠다. 경제적인 측면만 보자. 자본주의 사회에서는 소비자가 원하는 좋은 상품을 적절한 값으로 시장에 내놓는 회사만이 생존하고 번영할 수 있다. 이것이 시장경제의 알파와 오메가이다. 물론 각 회사의 경영정책이 소비자 선호도에 영향을 주는 것은 사실이다.

자본주의 시장경제는 적자생존의 원칙이 엄존한다. 일본 자동차들이 미국 시장으로 물밀 듯이 쳐들어올 때 미국 자동차업계에는 비상이 걸렸다. 업계에서는 일본 자동차의 수입 억제를 정부에 강력히 요구했다. 그러면서도 경쟁력이 뒤지는 공장들은 줄지어 문을 닫았다.

실업자들이 홍수같이 넘쳐났다. 미국 자동차공업의 메카인 디트로이트에서는 일제 자동차를 망치로 때려부수는 사태까지 발생했다. 일부 국수주의자들은 일본차 수입을 금지하자는 주장까지 했다. 미국의 주산업인 자동차공업이 멸망하는 것 같은 위기감이 감돌았다.

학자들은 미국의 쇠퇴를 예견했고, 일본이 넘버원이라는 책이 하버드 대학교수에 의해서 출판되기도 했고, 일본계 학자가 저술한 《Z이론》이 베스트 셀러가 되기도 했다(Z이론은 일본식 경영을 미국식 경영에다 접목시키면 효과적이라고 강조하고 있다). 그리고 다가오는 21세기는 일본의 세기가 될 것이라고 주장하기도 했다.

그런데 미국 정부의 반응은 의외로 미온적이었다. 뿐만 아니라 미국의 소비자들은 일본 차의 선호도가 극에 달해 너도나도 일본 차만 매입했다. 애국심은 적어도 자동차에는 적용되지 않는 것 같았다. 80년대의 미국경제의 위기였다.

그러는 동안에 미국의 자동차업계는 문자 그대로 피눈물나는 고생을 하면서 일본 자동차에 대한 경쟁력을 높이기 위해서 자동차의 품질 개선에 전력을 다했다. 많은 대가를 지불하면서 일본의 도전에 과감하게 정면 대결을 시도한 것이다. 그래서 성공을 거두었다. 미국 자동차의 품질이 눈에 띄게 향상되었고 미국 소비자들도 미국 자동차에 대해서 호감을 갖게 되었다. 자동차뿐만 아니라 다른 상품도 마찬가지였다.

그래서 90년대에 들어서서는 미국 경제가 다시 주도권을 잡기 시작했다. 일본식 경영방식을 그렇게도 찬양하던 경영학 교과서의 저자들이 슬그머니 그 대목을 교과서에서 삭제해 버렸다. 이제는 일본이 미국의 제자가 됐다고 야단들이다. 돌고 도는 세상이다.

미국 사람들이 일본 자동차를 선호하는 것이 발단이 되어 마침내는 전혀 다른 결과를 초래하기에 이른 것이다. 미국 정부의 의식적인 미온정책도 긍정적인 면으로 작용을 한 것이다. 도전을 피하지 않고 정면 대결함으로써 도전을 극복하고자 노력한 것이다. 이것이 미국 사람들이다.

일본 자동차의 미국 시장 잠식은 또 하나의 효과를 가지고 왔다. 일본 자동차 회사들이 미국에 직접 투자해서 자동차 조립공장을 많이 세웠다. 그래서 많은 미국 사람들이 이들 공장에 취업함으로써 직장을 얻게 되었다. 고용창출인 셈이다. 외국의 직접투자로 인한 새로운 고용창출은 많은 미국 사람으로 하여금 일자리를 얻게 하였다.

내가 살고 있는 사우스 캐롤라이나 주의 지사는 거의 1년에 한 번씩 해외로 나가서 우리 주에 투자할 것을 설득시킨다. 우리가 살고 있는 조그만 도시 그린우드에 일본의 후지필름이 공장을 설립해서 천오백 명 이상의 미국 사람이 직장을 얻어서 일하고 있다. 이것은 작은 일이 아니다. 더욱이나 우리 동네에서는 일본 사람 덕택에 동양 사람에 대한 인식이 조금은 변한 것 같다.

미국 사람들은 자기 나라 국기를 너무도 사랑한다. 미국 사람만큼 자기 나라 국기를 흔들어대는 나라도 별로 없을 것이다. 상당수의 국기가 중국에서 만들어진 것이지만 상관할 것 없다. 그것이 미국기면 사랑하고 흔들어대는 것이다. 내가 살고 있는 곳은 자그마한 소도시여서인지는 몰라도 성조기를 매일 게양하고 있는 집이 많이 있다. 여러 나라에서 이민 온 사람들로 이루어진 나라이기 때문에 성조기를 통해서 미국에 대한 애국심을 고취시키기 위한 노력에 그 근거를 두고 있는지도 모른다.

그런데 재미있는 일이 있다. 국기를 그렇게도 사랑하는 미국 사람들이지만 국기를 불태우는 사람들도 있다. 국기를 태우는 것도 헌법이 보장하는 자유행동에 속한다는 것이다. 헌법이 보장하는 자유이기 때문에 법으로 처벌도 안되는 모양이다. 참으로 재미있는 사람들이다.

　이에 격분한 일부 의원들이 성조기를 불태우는 행위를 처벌하는 법을 미국 의회에 상정했지만 헌법이 보장하는 기본적인 자유에 대한 유린이라고 해서 통과가 어려워지는 것 같다. 미국 사람들에게는 헌법이 보장하는 기본적인 자유가 이렇게도 소중한 것이다.

　미국 사람들은 법원을 배심원제로 운영하고 있다. 배심원은 보통 시민으로 구성한다. 법정에 선 피고인의 장래는 전적으로 이 배심원의 결정에 좌우된다. 배심원이「유죄」라고 결정하면 재판장이 죄상에 따라서 형을 언도한다. 배심원이「무죄」라고 결정하면 피고인은 곧바로 석방되어 자유의 몸이 된다.

　나같이 법원제도에 대한 지식이 빈약하고 또 한국에서 온 사람에게는 이 배심제도가 생소하면서도 아주 인상적이다. 문자 그대로 미국의 재판제도는 인민재판이다. 배심제도의 기원을 나는 잘 모르지만 아마도 영국에서 전래된 것 같다. 배심원의 결정이 이렇게도 중요하기 때문에 배심원 선정에는 신경을 많이 쓴다.

　배심원으로 최종 선택되기 전에 각 배심원의 후보자가 피고인에 대해서 어떤 주관적인 편견을 가지고 있는지를 확인한다. 배심원은 피고인의 죄상을 객관적으로 검토하고 판단할 수 있어야 한다. 그렇지 않으면 잘못된 판단이 내려질 수 있기 때문이다.

　배심원은 피고인의 변호사와 검사가 합의해서 선정한다. 배심원은 일반 시민으로 구성된다. 그래서 배심원이 되어야 하는 것은 미국 국민들의 기본적인 의무이다. 배심원 선택은 원칙적으로 추첨으로 이루어진다. 배심원이 되어야 하는 것은 시민의 기본적인 의무이기 때문에 추첨으로 배심원으로 뽑힌 사람들은 이에 응해야 하는 것이 법으로 규정되어 있다. 특별한 사유가 있어서 배심원 되는 것을 원치 않을 경우에는 법원의 허가를 받아야 한다. 이유 없이 기피하면 위법행위가 된다.

나도 오래 전에 배심원으로 소환장을 받은 일이 있다. 영어도 그렇고 미국의 법 제도에도 익숙지 않아서 퍽 주저했지만 용기를 내서 소환에 응했다. 그리고 배심원 자격 심사에도 통과되어서 한 절도사건에 배심원이 되었다. 생전 처음 해보는 경험이다.

피고인의 변호사와 검사의 논술을 나는 주의깊게 경청했다. 이들은 배심원들이 앉아 있는 좌석을 바라보면서 우리를 설득시키려고 최선을 다하였다. 이들의 논술이 끝난 다음에 우리는 다른 방으로 가서 유죄인지 무죄인지를 결정하기 위해서 토의를 했다. 이 토의는 배심원 반장이 주도했다.

우리는「유죄」결론을 내렸다. 오후에 속개된 법정에서 재판장이 배심원에게「결정을 하셨습니까?」하고 물어왔다. 그때 배심원 반장이「유죄」라고 쓴 쪽지를 법정 서기한테 건네주고 서기가 재판장에게 보여주었다. 그러자 재판장이「이제 배심원의 결정이 있겠습니다」라고 선포했다. 재판정은 엄숙해졌다. 한 인간의 운명이 결정되는 순간이다. 그러자 배심원 반장이 큰 소리로「유죄」라고 발표했다.

이렇게 해서 우리 배심원의 의무는 끝났다. 각 배심원에게는 일당이 주어졌다. 나도 돈을 받고 법정을 떠났다. 시민으로서의 나의 의무도 깨끗하게 끝났다. 피고인이 판결에 불만이 있으면 상급 법원에 상고할 수 있는 것은 물론이다. 배심원의 결정은 전원 일치 가결을 요구하고 있다. 전원 일치의 결정이 불가능할 때는 재판장이 재판을 해산하고 새로운 재판을 명령하기도 한다. 물론 새로운 배심원이 선정된다.

배심원은 객관적으로 사태를 판단하는 것이 절대적으로 요구된다. 그러나 인간에게 주관적인 입장을 완전히 배제한다는 것은 불가능하다. 여기에 배심원제도의 문제점이 있다. 언젠가 미국에서 너무도 유명한 미식축구 선수가 재판을 받은 일이 있다. 일종의 국민적인 영웅이다. 선수에서 은퇴한 다음에는 각종 광고에 출현해서 더 유명해졌다. 흑인인 이 은퇴선수는 백인인 부인과 이 부인의 남자 친구를 살해했다는 혐의로 기소되어서 재판을 받게 되었다.

미국 사람들은 이 선수가 죽였다고 믿고 있었다. 그런데 배심원은 「무죄」 판결을 내렸다. 이 재판 과정은 텔레비전으로 중계되어서 많은 사람들이 관심을 가지고 지켜보고 있었다. 무죄 판결이 나자 각기 다른 반응이 나타났다. 흑인들은 일제히 환호했다. 백인들의 반응은 고개를 갸우뚱거리면서 침묵으로 일관했다.

배심원들이 대부분 흑인이었다. 피고인의 유명한 변호인들이 인종 문제로 연결시키면서 무죄 방향으로 유도한 것도 주효했지만, 배심원들이 대부분 흑인으로 구성된 것이 무죄 확정에 결정적인 역할을 했으리라는 것이 일반적인 여론이었다.

판정이 나기 훨씬 전에 한 백인 학생이 나에게 「아마도 무죄로 판결날 것입니다」 라고 속삭이는 것이었다. 의미있는 말이었다. 피고인이 유명한 흑인이기 때문에 흑인 배심원들이 동정을 했을 가능성도 있다. 그래서 배심원제도에 대한 우려도 거론되었다.

어떤 재판이건 배심원이 어떤 사람으로 구성되었는지가 큰 관심거리가 된다. 그러나 인간사회에서 완전한 제도를 요구하는 것은 무리인 것 같다. 불완전하지만 보통 인간의 객관적인 판단을 신뢰하면서 진행되는 배심원제도는 모범적인 제도라고 생각된다. 문자 그대로 인민의, 인민에 의한, 인민을 위한 재판인 것이다.

배심원제도는 우여곡절이 있지만 건전하게 유지되고 있다. 이것이 미국 사람들이 믿는 민주주의다. 이런 제도가 미국의 민주주의를 건전하게 발전시키는 데 결정적인 역할을 한다고 생각된다. 민주주의는 보통사람의 상식적인 판단을 믿고 그에 의존하는 데 기초를 두고 있다고 믿는다.

그리고 배심원제도는 미국 사람으로 하여금 객관적인 가치판단을 함양시키는 기회를 제공하는 좋은 계기가 된다. 얼마 전, 배심원으로 추첨되었으니 지정한 날짜에 출두하라는 고지서가 날아왔다. 그런데 65세 이상은 면제받을 수 있기 때문에 이번에는 사양을 했다.

미국 사람들은 개인의 자기 공간을 아주 중요시한다. 남의 공간을 침범하는 것을 삼갈 뿐 아니라 남이 자기의 공간 침범을 참지 못한다. 클린턴 전 대통령의 부인이 뉴욕 주에서 민주당 후보로 상원에 출마를 했는데, 상대방 공화당 후보와 공개토론을 한 적이 있었다. 이때 젊은 공화당 후보가 클린턴 부인이 서 있는 곳으로 바짝 다가와서 서명하라고 종이 한 장과 펜을 내밀었다. 이것이 공화당 후보의 치명적인 실수였다.

많은 미국 사람들이 이 광경을 텔레비전으로 보면서 고개를 저었다. 아마도 클린턴 대통령을 철저하게 싫어하던 사람들도 그랬을 것이다. 이 공화당 후보는 미국의 기본적인 철칙을 깜박 잊은 것이다. 이 공화당 후보가 남(클린턴 부인)의 공간을 침범한 것이다.

그 후에도 공개토론이 있었지만 이때의 실수를 만회할 수가 없었다. 단지 이 사건만이 유일한 이유는 아니겠지만 이 일이 선거에 큰 영향을 미쳐서 클린턴 부인은 상원에 여유있게 당선되었다. 미국 사람들에게는 개인의 공간이 이렇게도 중요한 것이다.

남의 개인적인 공간을 잘못해서 침범했을 경우에는 백번 사죄를 해야 한다. 어쩌다가 남의 어깨를 치거나 스쳤을 때도 반드시 「실례했습니다」 라는 사과의 말을 해야 한다. 그렇지 않을 경우에는 무뢰한 취급을 받는다.

언젠가 우리 학과의 여직원이 딸과 사위까지 대동하고 온 식구가 유람선 여행을 다녀온 일이 있다. 나를 보자 그 유람선에 탔던 동양 사람들의 무례한 행동을 보고 기분을 상했다고 불평을 하는 것이었다.

가만히 얘기를 들어보니 이 동양 사람들이 그녀의 어깨를 치면서 지나갔는데 아무런 사과의 말이 없어서 화가 났던 것 같다. 실로 사소한 일이다. 그러나 자기의 공간을 중요시하는 미국 사람들에게는 심상찮은 일이다. 이 동양 사람들의 무례한(?) 행동을 보고 언뜻 내가 생각났는지도 모른다.

동양인은 개인의 공간을 미국 사람들처럼 그렇게 중요시하는 것 같지 않다. 남의 어깨를 탁 치고 지나가면서도 미안한 감이 크게 들지 않는다. 그까짓 일 가지고 사과를 해?

한국이나 일본에서 통근 시간에 입추의 여지도 없이 들어찬 지하철 안을 보게 된다. 개인의 공간이란 생각도 할 수 없다. 밀고 밀리더라도 이번 차를 놓쳐서는 큰일이다. 미국에도 통근열차는 역시 바쁘다. 그러나 일본이나 한국 같지는 않다. 그렇게 되면 미국에서는 폭동이 일어날는지도 모른다.

나의 학생들도 어쩌다가 나의 어깨를 스쳤을 때는 「미안합니다」 라는 말을 잊지 않는다. 그러나 내가 학생들의 어깨를 스쳤을 때에는 미안하다는 말을 잊어버릴 때가 있다. 학생들이 뒤에서 실컷 욕했을 것이다.

흡연이 몸에 해롭다는 사실이 자꾸만 홍보되면서 담배를 끊는 미국 사람들이 두드러지게 늘어났다. 놀라운 일이다. 담배는 중독성이 있다고 하는데 오래도록 피워 온 습관을 중단하기란 그리 쉽지 않을 것이다. 우리 대학에서도 벌써 오래 전에 대학의 모든 건물 안에서는 담배를 필 수 없다는 것을 교수회의에서 의결했다. 벌칙 규정이 없기 때문에 담배를 피워도 제재를 가하지는 않지만 학교의 건물 안에서 담배를 피우는 사람을 보지 못했다. 미국 사람의 공중도덕심이 들여다보이는 것 같다.

그러나 이 금연조항은 애연가들에게는 많은 고통을 주었다. 건물 안에서 피울 수 없으니까 교사 밖에서 담배를 피운다. 담배 피우는 교수들끼리 모여서 문 밖에서 담배를 피운다. 비가 오는 날이면 비를 피하려고 고생을 하면서도 피워댄다. 보기에 참 안됐다. 비가 오면 귀찮아서라도 안 피울 것도 같은데 그들은 개의치 않는 것 같다.

담배가 몸에 해로운 것은 사실이지만, 사람들이 담배를 피울 때 스트레스 해소 효과도 있는 것 같다. 담배를 피울 때면 마음의 안정을 가져다 주는 효과도 있는 것 같다. 그래서 담배를 끊지 못하는 것 같다. 그러나 병원에서 학생들을 지도하면서 오랜 흡연의 결과로 오는 증세로 고통당하는 환자들을 너무 많이 보아온 아내에게는 이런 논리가 통하지 않는다.

그래도 막무가내다. 겨울이면 찬바람을 맞으면서 몸을 웅크리고 피워대는 담배에 만족해 하는 동료 교수들을 언제나 본다. 이 교수들끼리 삼삼오오 모여서 담배를 피우면서 정담을 나눈다. 추위쯤은 아랑곳하지 않는다. 이때가 이들에게는 가장 행복한 시간인 것처럼 보였다.

이들이 부러울 때도 있다. 나를 볼 때마다 쑥스럽게 싱긋이 웃는다. 이들 역시 흡연이 가져오는 해독을 누구보다도 잘 알고 있다. 그러나 중독되어 있기 때문에 죽어도 담배를 끊을 수 없다는 것인가? 그렇지 않으면 흡연이 가져오는 해독과 이득을 잘 분석해서 이득이 더 많다는 결론이 내려져서 담배를 계속 피우는 것인가? 아니면 아무 생각 없이 습관적으로 피워대는 것인가? 애연가들을 만날 때면 항상 궁금하지만 감히 묻지는 못했다.

그러나 담배를 피우는 학생들을 보면 측은한 생각도 든다. 피우지 말라는 담배를 이 학생들은 왜 끊지 못하는 걸까? 중독증세는 아닐 것이다. 30년이나 40년 후에 닥쳐올 일들은 너무 멀어서 생각을 못하는 건가? 스트레스 해소인가? 나의 폐는 강철로 되어 있다고 믿고 있는 것인가? 담배를 피우지 말라고 권하고 싶은데도 말을 못했다.

간호과 학생들은 흡연의 해독을 누구보다도 더 잘 알 터인데도 건물 밖에서 피워댄다. 인간생활이 그렇게 간단치가 않다는 사실을 새삼 실감케 한다. 나는 평생 담배를 피우지 않았다는 사실과 담배를 삼가도록 교실에서는 항상 강조해 왔다. 미국에서는 어떤 이유이든 차별을 하면 법에 저촉된다.

그런데 이들 애연가들은 엄격한 의미에서는 차별을 받고 있는 것이다. 그렇게 되면 데모라도 해서 항의해야 한다. 그런데 지금까지 애연가들이 차별대우를 받으면서도 데모를 하지 않는다. 자기 권리를 찾는 데는 만사를 제쳐놓고 발벗고 나서는 미국 사람들인데 말이다. 「애연가에 대한 차별을 철폐하라!」 하고 데모를 해봤자 대의명분이 서지 않아 국민의 호응을 받을 수 없을 게 빤해서 그러는 것인가? 아직도 흡연은 위법행위가 아니라는 것은 이들이 잘 알고 있다.

미국 정부가 한국 정부에 대해서 미국산 담배를 더 많이 수입하라고 압력을 넣는다는 기사를 읽은 적이 있다. 자기 나라 국민에게는 금연을 권장하면서 남의 나라에는 담배를 더 사가라는 행위는 미국 정부의 윤리성을 의심케 한다.

상도덕은 어느 나라에도 적용된다. 그런데 문제가 있다. 한국 사람들이 담배를 너무도 많이 피우는 것 같다. 그리고 미국 담배에 대한 선호도가 좋은 것 같다. 수요가 있으면 수출시장의 좋은 대상이 된다. 더욱이나 협소해지는 국내 시장을 해외 시장을 확장함으로써 해결하려는 시도는 어느 나라나 추구하는 정책이다.

미국 기업도 다른 나라 기업과 마찬가지로 이윤의 극대화가 큰 목적 중의 하나이다. 이윤을 창출하지 못하면 기업으로서의 존재가치를 상실하는 것이다. 물론 유해한 담배라는 상품이기 때문에 논란의 소지는 얼마든지 있다. 한국 정부가 적절한 대응책을 세워야 하겠지만, 한국 사람들이 담배를 덜 피우는 것이 문제 해결의 첩경이다. 담배 소비량이 줄어들면 미국산 담배에 대한 수요도 적어질 것이다. 그렇게 되면 미국 담배업자들이 압박을 더 이상 가할 수 없게 될 것이다.

나는 미국 학생들에게 이 문제를 늘 제시한다. 학생들도 두 갈래로 나뉘어진다. 미국 측에서 담배의 문제점을 고려해서 남의 나라에 강요해서는 안된다는 윤리파 학생들이 있는가 하면, 상대국의 수요가 있는 한 수출을 해도 괜찮다는 경제논리파 학생들이 있다. 요는 담배가 건강에 나쁘니까 피우지 말아야 문제가 해결되는 것이다. 요사이 금연운동이 한국에서 크게 일어나고 있다는 소식을 듣고 갈채를 보낸다. 그러면 그렇지 !

미국 사람들의 교육관은 내가 보기에는 좀 색다르다. 지정학적인 환경이 다른 나라와 달라서 그런지도 모른다. 물론 미국에도 좋은 학군이 있어서 부모들은 자기 자식들을 좋은 학교에 보내려고 애쓴다. 여기도 「치맛바람」과 비슷한 「사커 맘(soccer mom, 축구 엄마)」이라는 것이 있어서 자식들 교육시키는 데 관심이 크고 극성이다. 그러나 아내가, 애들이 고등학교에 다닐 때 「하루에 네 시간 이상은 자지 말고 공부하라」고 독촉하는 것과는 비교가 안된다. 더욱이나 한국의 어머니들이 자식들을 좋은 학교에 보내기 위해서 돌봐주고 모든 것을 희생하는 것과는 차원이 다른 것 같다.

한국에서 입학시험 날 대학 정문 앞에서 자식들의 입학을 간절히 기원하면서 기도 드리는 어머니들(기독교 신자건, 불교 신자건)의 기도만큼 절실하고 진실한 기도는 없는 것처럼 보인다. 자식들이 우선 좋은 대학에 입학하는 것이 앞으로의 성공적인 인생행로의 보장이라고 믿는다. 어떤 면에서는 죽기 살기의 문제다. 문자 그대로 자식과 어머니 두 사람 사이의 이위일체(삼위일체가 아닌) 현상이 빚어지고 있다.

그런데 미국은 그렇지 않은 것 같다(미국에 있는 한국 어머니들은 여기서 제외된다). 집의 큰애가 미국의 명문 사립대학인 아이비리그에 지원해서 입학이 되었어도 이 지방 사람들의 반응은 별로 신통치가 않다. 물론 몇 사람은 명문대학에 입학이 되어서 기쁘겠다고 축하를 했지만 나머지 사람들은 무관심이다. 오히려 왜 학비가 비싸고 멀리 있는 대학으로 보내느냐고 의아해 하는 사람들이 더 많았다. 큰아이가 다니던 고등학교에서 아이비리그에는 2, 3년에 한두 명 정도 진학하는 것이 고작이다.

미국에서는 출세하려면 (특히 정계에서) 자기 주에 있는 대학을 나와야 한다. 우리가 사는 사우스 캐롤라이나 주에도 미국에서 손색이 없는 주립대학이 두 개나 있고 그 외의 주립대학이 여러 곳에 있으며 좋은 사립대학도 몇 군데가 있다. 주립 의과대학과 치과대학이 있고 또 법과대학도 있다. 우리 주뿐만 아니라 미국 각 주마다 유명한 대학들이 다 있다.

우리 주에 남아서 살려면 우리 주에 있는 대학을 졸업하는 것이 요긴하다. 우리 주에 있는 대학을 다녀도 얼마든지 좋은 교육을 받을 수 있다. 게다가 주립대학에 다니면 아이비리그의 명문대보다 등록금이 훨씬 싸다. 그런데 왜 하필 아이비리그의 명문 대학으로 보내느냐는 것이다. 지당한 말이다. 우리 두 아이도 의과대학은 우리 주의 대학을 다녔다. 등록금이 사립 의과대학보다 훨씬 싸기 때문에 나나 아내가 숨을 돌릴 여유가 있었다(미국에서는 4년제 대학을 이수하고 학사학위를 취득해야 4년제 의과대학으로 진학할 수 있다).

아이비리그의 명문대를 졸업하고 다시 자기 주로 돌아와서 활동하려면 여러 가지 지장이 있어서 출세하는 데 오히려 장애가 될 수도 있다. 아이비리그를 나오면 연방정부의 공무원이 되거나 미국 전체에서 재계나 정계 등에서 지도자가 되기를 원하는 사람들에게는 적당한 대학인 것 같다.

예전에는 미국 사람들이 대학 진학을 별로 하지 않았다. 고등학교만 나와도 직장을 쉽게 구할 수 있었기 때문이다. 그러나 지금은 사정이 달라졌다. 많은 직장들이 대학 수료를 요구하고 있기 때문이다. 물론 고등학교만 나와도 직장을 구할 수는 있다. 그런데 미국에는 자기 적성에 맞는 대학들이 많다. 무리를 하면서까지 (가장) 좋은 대학에 다닐 필요가 없다. 자기 적성에 맞는 대학을 다니고, 적성에 맞는 직장을 가지고, 적성에 맞는 인생길을 가면 되는 것이다. 누가 뭐라고 하지도 않는다.

그런데 미국 학생들도 자기 적성을 찾으려고 방황하기도 한다. 우리 대학에서 공부하다가 다른 대학으로 전학하는 경우도 있으며 그 반대의 경우도 있다. 학기초가 되면 전학생을 처리하느라 대학마다 바쁘다. 우리 학교에 계속 남아 있어도 처음에는 전공과목을 결정하지 않고 2년 동안 기초과목을 수강하고 나서 전공을 결정하는 학생도 있으며, 전공을 확정했다가도 바꾸는 학생도 있다. 졸업한 후에도 전공을 바꾸는 사람도 드물지 않다.

내가 가르친 학생이 경영학을 전공하고 졸업해서 직장에서 일하다가 간호학생이 되는 경우도 여러 명 있다. 남학생도 있고 여학생도 있다. 그래서 이들은 나의 제자이면서 또 아내의 제자가 된다. 간호학 학위를 받기 위해서 2, 3년 또 고생을 하는 것이다. 어떤 학생은 간호학을 전공하다가 적성에 맞지 않는다고 집어치우기도 한다. 적성에 맞는 대학과 전공과목을 찾으려고 많은 학생들이 방황하고 있고 또 각 대학들은 이들을 성의껏 도와주고 있다.

학생들은 이런 과정을 통해서 인생을 배우며 자기 적성을 찾아간다. 한 마디로 미국 대학은 경직되어 있지 않고 매우 유동적이다. 경제적인 사정도 학교 선정에 한몫 한다. 학비가 아주 저렴한 2년제 대학을 수료하고 4년제 대학으로 진학하는 학생도 많이 있으며 장학금을 많이 주는 학교로 진학하는 학생도 많다. 미국 사람들은 소위 일류대학에 들어가지 못하면 인생의 낙오자가 된 듯한 사회에서 살고 있지는 않은 것 같다. 그래서 이런 데서 오는 스트레스는 없어 보인다.

언젠가 내가 가르친 졸업생을 만났다. 우리 대학을 졸업하고 다른 도시에 있는 큰 대학인 클렘슨 대학교(Clemson Universitu)의 대학원으로 가서 회계학으로 석사 과정을 마치고 공인회계사 시험에도 합격해서 우리 도시의 공인회계사 사무실에서 근무하고 있다.「장 박사님, 제가 우리 대학에서 잘 배웠기 때문에 큰 대학에 가서도 아무 무리 없이 해낼 수 있었습니다」우리의 작은 주립대학 학생도 남부럽지 않은 자존심을 가지고 공부하고 있다.

미국 사람들의 감정표시는 내가 보기에는 좀 독특한 것 같다. 슬플 때 그 슬픔을 노골적으로 표출하지 않고 슬픔에서 오는 감정을 자제하고 억제한다. 반면에 반갑거나 기쁜 일이 생겼을 때는 기쁜 감정을 노골적으로 표출한다. 사람이 죽었을 때 상가(喪家)에서 울음소리를 들을 수가 없다. 가족 중 한 사람이 죽었으면 슬픈 것은 당연하며, 슬프면 자연적으로 통곡하게 마련이다. 다른 사람들이 없을 때 식구들끼리 통곡하는지는 알 수 없지만 우는 소리는커녕 우는 흉내도 보지 못한다.

장례식 전날 대개는 장의사에서 죽은 사람의 관을 옆에다 두고 가족들에게 조의를 표하는 것이 관례인데, 이때 우는 사람을 볼 수가 없다. 예사 모임에 온 것 같은 착각을 하기 십상이다. 이튿날은 교회나 장의사에서 장례식을 거행하는데 여기서도 우는 사람이 없다. 장례식이 끝나고 묘지로 가서 관을 묻을 때도 울지 않는다.

슬플 때 그 감정을 노골적으로 밖으로 드러내지 않고 억제하며 자중하는 미국 사람들을 보면서 왜 그런 습관을 기르게 되었는지는 몰라도 이런 경우를 접할 때마다 이상할 때도 있으며, 한편으로는 깊은 인상을 받기도 한다. 문화인은 울음을 남에게 보여서는 안되는 건가?

기쁠 때는 이와는 정반대다. 예를 들어 아주 반가운 사람을 오랜만에 만나기라도 하면 야단이 난다. 천지가 떠나갈 듯 소리를 지르면서 오래도록 껴안고 반가워한다. 시끄럽다고 제재하는 사람도 없다. 오히려 이 광경을 지켜보는 사람들이 즐거울 정도다. 감정표시가 노골적이고 자연발생적이다. 자기의 솔직한 감정을 아무 거리낌없이 표출시킨다. 헤어졌던 가족이나 친지들이 공항에서 다시 만나 반갑다고 소리지르며 부둥켜안는 모습을 심심치 않게 볼 수 있다.

이런 노골적인 감정을 표시하지 않고 나나 아내와 같이 손이나 흔들고 눈인사나 하면서 반갑다고 인사한다면 미국 사람들에게는 이해가 되지 않을 것이다. 자기의 기쁜 감정을 다른 사람들이 동조 내지는 동감하는 것을 무의식중에 바라는 것 같다. 아내나 나나 미국 사람들의 흉내를 내보려고 한두 번 시도해 보았지만 어쩐지 쑥스럽고 어색해서 포기해 버렸다. 한국의 관습에 젖어 있는 우리로서는 미국으로의 토착화가 이렇게도 어려운 것이다.

미국 사람들은 애완동물을 많이 기르고 있다. 애완동물의 종류도 다양하지만 주로 개와 고양이다. 개와 고양이를 기르지 않는 집을 찾아볼 수 없을 정도로 보편화되어 있다. 두세 마리의 개와 고양이를 기르는 집도 흔히 볼 수 있다. 그래서 미국에는 애완동물 시장 규모가 엄청나다.

고양이도 그렇지만 개는 특히 한가족처럼 대한다. 어린애들은 개와 함께 잠을 자기도 한다. 혼자 외롭게 사는 노인들에게는 둘도 없는 좋은 친구이고 반려자이다. 잘 돌보아주기만 하면 특히 개들은 절대

적인 충성심을 보인다. 자식들은 불효도 하고 배반도 하지만 개들은
천생 반려자이다.

　미국 사람들이 애완동물에 쏟는 관심 또한 대단하다. 식료품 가게에
가면 애완동물의 먹이가 한 코너를 차지하고 있다. 포장 모양도 사람이
먹는 것과 별다를 것이 없다. 또 병이 나면 가축병원에 가서 치료를 받
는다. 가축병원은 어느 나라나 있기 때문에 이상할 것이 없는데, 애완
동물을 위한 미용실은 좀 낯설다. 이곳에서는 목욕도 시켜 주고 털도
가위로 맵시있게 잘 다듬어 준다. 여행을 떠날 때는 차에 태우고 가기
도 하지만 애완동물을 보살펴 주는 곳이 있어서 돈을 지불하고 맡길
수가 있다. 한국에서도 애완견 미용실이 성황하고 있다는 얘기를 듣고
있다. 애완동물을 기르는 비용도 만만치가 않다.

　미국 사람들의 애완동물에 대한 일화도 많다. 얼마 전에 한 할머니
가 기르던 애완견을 큰 개가 물어뜯었다. 자기 개를 살리기 위해서 이
할머니는 다른 도리가 없었는지 자기 입으로 큰 개를 물어뜯어서 자기
개를 구했다는 사실이 크게 보도되었으며 한국에도 소개되었다.

　개들이 문제가 되는 경우도 있다. 사나운 개를 애완동물로 기르는
사람도 있는데 이런 개들이 문제를 일으킨다. 얼마 전에 사나운 개
두 마리가 젊은 여자를 물어뜯어 죽인 참극이 발생했다. 이 개의 주
인이 재판을 받았다. 개의 주인은 부부가 모두 변호사인데, 여자는 2
급 살인죄의 선고를 받았지만 나중에 감형되었다. 또한 남편도 유죄
판결을 받았다.

　또 한번은 자동차를 운전하던 한 젊은 사람이 무슨 이유에서인지
옆차의 작은 개를 낚아채서 길바닥에 던졌는데 반대쪽에서 오는 차에
치어 즉사한 사고가 있었는데, 이 젊은이는 동물학대 죄로 3년의 징

역선고를 받았다. 동물학대 반대운동은 미국에서는 무시 못할 세력이다. 실험실용 쥐들이 학대받는다고 항의하는가 하면 털옷을 입는 것도 동물학대라고 반대하고 나선다.

하여튼 미국은 애완동물의 천국인 것 같다. 그래서 한국의 보신탕도 심심찮기 미국 사람들에게 화제가 되기도 한다. 한가족과 같은 개가 식용으로 이용된다는 것은 미국 사람들로서는 상상도 할 수 없는 일인 것이다.

보신탕 문제만 나오면 심기가 편치 않다. 보신탕을 반대하는 외국인들이 야만적인 행위라고 비난하면 격분해서 남의 나라의 고유한 음식문화에 간섭하는 것은 무례라고 반발하며, 보신탕을 이해하는 외국사람의 발언은 대서특필해서 환영하는 것을 보고 우울해진다.

외국사람으 말 한마디 한마디에 일희일비하는 것이 이해가 가지 않는다. 보신탕은 예외적인 음식이다. 일부의 한국 사람들이 즐겨 먹고 있다. 한국 사람 전체가 왜 보신탕의 과녁이 되어야 하는지 전혀 이해할 수가 없다.

한국에서는 개의 입장이 애매하다. 개는 가축에 속하지도 않고 그렇다고 해서 엄격한 의미의 애완용 동물에 속하지도 않는다. 가축과 애완용 동물으 사각지대에 머물고 있다. 그래서 보신탕도 될 수가 있는 것이다. 그러나 이제는 한국이 보신탕의 질곡에서 해방되어야 하리라고 믿는다

한국은 서구화하는 과정에서 많은 것을 버리고 또 수정하였다. 상투도 잘라 버리고 양복으로 복장도 완전히 바꾸었다. 소위 양장화의 과정을 거쳤다. 집의 평수를 재는 것을 제외하고는 모든 재래식 측정법이 서구식의 미터법으로 통일되었다(미국도 미터법으로 전환하려고

지금도 애를 쓰고 있다). 그러나 음식물은 고유의 전통을 지켜야 한다고 주장할는지도 모르겠다.

그런데 보신탕은 극히 일부의 사람들이 소위 보신을 위해서 즐기는 것뿐이다. 대부분의 한국 사람과는 무관하다고 믿는다. 이제는 개를 가축으로 법제화시켜서 보신탕을 합리화시키든지, 아니면 애완동물로 규정해서 보신탕을 금지시키든지 해야 하리라고 믿는다. 보신탕 때문에 한국 사람들이 세인의 구설수에 더 이상 올라서는 안되리라 생각한다.

그런데 개를 가축으로 규정하는 것은 아무래도 무리인 것 같다. 가축으로 규정하기 위해서는 가축에 속하는 개와 애완용에 속하는 개를 구분해서 정의를 내려야 한다. 그런 정의를 내릴 수 있는지 모르겠다. 한국에도 애완견을 기르는 사람이 늘어난다고 한다. 이런 현상이 앞으로 지속되면 한국에서도 스스로 보신탕을 금지하자는 운동이 일어날는지도 모른다.

미국 사람들의 행동에 이해가 가지 않아 혼돈을 일으킬 때가 가끔 있다. 우리 집 아이의 대학 졸업식 때 나와 아내가 참석했다. 식이 끝나고 학교에서 마련한 음식을 먹고 있을 때, 우리 집 아이와 가장 친하게 지내던 백인 학생의 어머니가 우리 집 아이에게 다가와서는 조용히 「존(백인 학생의 이름)이 졸업하고 나서 무엇을 하겠다고 이야기한 적이 있었느냐?」고 묻는 것이었다. 그래서 우리 아이가 「존은 법과대학에 가겠다고 했어요」 라고 일러주었다. 존의 어머니는 우리 아이가 의과대학에 진학하는 것을 알고 있었다.

자기 아들의 친구는 의과대학으로 가는데 자기 자식은 무엇을 할 것인가가 몹시 궁금했던 것 같다. 존은 유력 인사의 집안이다. 소위 미국의 양탄 집인 것이다. 존의 아버지는 유명한 심장병 의사이다. 그런데 좀 이상하다. 왜 존의 어머니가 아들이 졸업 후에 무엇을 할 것인지를 직접 자식에게 물어보지 않은 것인가? 다른 어머니들도 다 존의 어머니처럼 그런가? 대학을 졸업할 나이면 성인이 다 되었으니까 성인으로서 자신이 앞날을 스스로 개척할 일이지 부모가 관여할 일이 아니어서 그랬는가?

나나 아내의 경우에는 자식의 졸업 후 진로에 대해서 골백번 의논했으며 싫은 소리도 많이 했다. 우리는 그것이 부모의 의무라고 생각한다. 우리 아이의 대답을 듣고 나서 존의 어머니는 자식에 대한 궁금증이 풀렸고 또 법과대학으로 진학한다니 마음도 놓였을 것이다.

맞는지는 모르지만 나의 추론은 이렇다. 성인이 다 된 자식은 스스로 자기가 앞날을 결정해야지 부모가 관여해서는 안되는 것이다. 자주정신과 독립정신이 미국 사람에게는 철저하기 때문이다.

존은 졸업 1년 뒤에 법과대학으로 진학했다. 지금은 중견 변호사로서 활약하고 있다. 존은 자기의 앞길을 스스로 잘 결정했다. 미국 사람의 사고방식이 맞는지도 모른다. 그런데 존은 왜 우리 집 아이와 단짝친구가 됐는지도 궁금하다. 지금도 둘은 변호사와 의사로 일하며 서로 멀리 떨어져 살고 있으면서도 친형제와 같이 가깝게 지내고 있다.

미국 사람들은 덩치가 크다. 키가 크고 어깨가 떡 벌어졌다. 한마디로 어른스러워 보인다. 그런데 일반적으로 동양 사람은 왜소하다. 미국 사람에게는 작은 체구를 가지고 있는 동양 사람이 어른스러워 보이지가 않는 모양이다. 육체적인 차이는 미국에서 사는 동양 사람이 당하는 가장 큰 불리한 점이다. 이것은 인종차별에서 오는 악의적인 것이 아니라 육체적인 차이에서 오는 선의(?)의 차별의식인 것 같다.

오래 교제해서 나를 잘 아는 사람들은 그렇지 않지만, 낯선 미국 사람을 만났을 때는 이런 인식을 거의 다 가지고 있다는 것을 느낄 수 있다. 그래서 인간의 골격 차이로 동양 사람이 미국에서 어른 대접을 받기가 힘든 것 같다. 이와 같은 문제점을 극복하는 방법이 어떤 것인지 잘 생각이 나지 않지만 시급한 문제이다.

선진 8개국 정상회담(G8 Summit)에서 백인 영수들의 골격은 대부분 큰데 유일한 동양 사람인 일본 수상은 왜소해 보인다. 그래서 이들이 사진촬영을 할 때 일본 수상은 언제나 제일 가장자리에 서서 사진을 찍는다. 그래야 균형(?)이 잡히는 것 같다.

육체적 차이에서 오는 부작용도 있다. 백인들이 동양 사람의 나이를 알아보지 못하는 것이 그 중의 하나이다. 오래 전 아내가 미국에 처음 와서 앞일을 걱정하면서 공원 벤치에 앉아 있는데 백인 어른 한 사람이 옆에 앉아서 말을 거는데 아내를 열 댓 살밖에 안된 소녀로 보더라는 것이었다.

전에 내가 병원에서 조직검사를 받은 일이 있는데, 나를 처음 보는 이 의사가 침상에 누워 있는 나를 가리키며 옆에 있는 간호원들에게 「이분이 67세라고 믿을 수가 있겠소?」라며 고개를 젓는 것이었다. 동양 사람의 나이를 미국 사람이 헤아리기가 거의 불가능한 것 같다. 자기가 보기에는 40도 안된 젊은이로 보였나 보다. 그랬으면 오죽이나 좋겠는가. 이 의사는 50 전후였는데 골격이 크고 건장했다. 내가 조직검사를 받은 지 몇 달 후에 이 의사는 체육관에서 운동 도중 심장마비로 급사했다. 참 아까운 사람이 세상을 떠난 것이다. 온 도시가 슬픔에 잠겼다. 만물의 영장이라고 호언은 하면서도 겨우 몇 달 후의 앞일을 내다보지 못하는 것이 인생이다.

언젠가 하와이에서 회의가 있어 참석한 일이 있다. 내가 발언을 하고 나자 그 회의에 참석했던 하와이 대학의 부총장이 나를 가리키며 「이제 말한 젊은이가……」 하는 것이었다. 이 부총장이 무슨 악의가 있어서 그런 게 아니라는 것은 나도 다 알았지만 슬그머니 부화가 나서 「나를 젊은이로 보아 주셔서 감사합니다. 그런데 내 아들이 지금 대학에 다니고 있습니다」 라고 점잖게 일침을 놓았다. 회의에 참석했던 이 대학의 동양인 교수들이 안절부절 못했다. 백인인 부총장은 아무 죄도 없다. 동양 사람인 내가 그렇게 보였던 것이 죄라면 죄다.

이제는 동양 사람들의 체격도 많이 향상되어서 미국 사회 진출에 지장을 덜 받는 것 같다. 한국 출신을 비롯해서 일본 사람들이 미국의 실업 야구팀에서 맹활약을 하고 있는 것은 주지의 사실이다. 언젠가는 체격 때문에 오는 선의의 차별도 많이 없어질 것이다.

내가 은퇴하기로 결정한 뒤 동료 교수나 사무직원들이 내가 왜 은퇴하는지를 궁금해 했다. 한 동료 교수가 솔직하게 질문하기에 나이 때문이라고 대답했다. 그러자 그는 「백인들이 동양 사람보다 더 일찍 늙어 보이는 것 같소」 라고 응답하는 것이었다. 내가 그렇게 늙었다고는 도저히 믿어지지 않는 모양이다. 우리 학과의 여직원 하나도 나더러 「그렇게 나이를 잡수셨는데도 얼굴에 주름살 하나 없네요」 하면서 동양 사람의 나이에 혼돈을 일으키는 것 같았다.

간호학생들이 아내의 나이에 대해서 궁금증을 가지고 있다. 그래서 아내가 육십이 넘었다고 했더니 학생들이 머리를 흔들면서 「그럴 수가 없습니다. 40대 중반으로밖에 보이지 않습니다」 라고 대답하더라는 것이다. 아내는 기분이 좋아서 나한테 이 낭보를 전한다.

미국 사람들에게 있어서 동양인은 영원히 신입생이고, 영원히 손님이고, 영원히 외국인이다. 동양 사람이 자기들과 같은 이 나라의 주인이라는 생각을 하지 못한다.

언젠가 미국에서 마케팅학으로 권위인 인도 출신의 교수가 주 연사가 돼서 모이는 회의에 참석한 일이 있다. 여러 말을 하다가 이 교수가 「(미국) 사람들이 처음 나를 만나면 언제나 대학원학생이냐고 묻는다」고 한숨을 쉬는 것이었다. 미국에서도 유능한 권위자인데도 불구하고 말이다.

동양 사람을 처음 만나는 사람은 동양 사람을 모두 미국에 방금 온 신입생으로 보는 것이다. 내가 병원에 가면 처음 만나는 간호원들은 대뜸 나더러 영어를 할 줄 아느냐고 정색해서 묻는다. 나도 조금은 한다고 정색하고(?) 빈정댄다. 나를 미국에 금방 온 사람으로 취급하는 것이다.

나 같은 사람이야 영어도 잘 못하고 미국의 풍습에도 아직 서툴지만 이것은 그냥 웃고 넘어갈 일이 아니다. 미국에서 나고 자란 동양 사람들에게는 심각한 문제다. 토종 미국 사람보다 더 교육을 받았고 더 고급스런 영어를 구사하고 미국 역사나 풍습에는 자기들이 혀를 내두를 정도로 통달했는데도 자기들과 다르게 생긴 것 때문에 선의(?)의 차별대우를 받는 것 같다. 앞으로 동양 사람들이 각계에서 두각을 나타내고 미국 사회에 널리 알려지게 되면 사정은 다소 호전될 것이다.

요사이 한국 사람을 포함한 동양계 미국 사람들이 텔레비전의 아나운서로 활약하기 시작했는데 이 문제를 해결하는 데 이들의 공헌이 크다고 믿는다. 왜냐하면 이들의 얼굴이 화면에 자주 비쳐져 미국 사람들에게 익숙해지기 때문이다. 익숙해진다는 것은 문제 해결의 시작이다. 그러나 시간은 많이 걸릴 것이다.

열 길 물 속은 알아도 한 길 사람 마음은 모른다는 속담이 있다. 내가 미국 사람과 대할 때 이런 문제에 부딪친다. 약간 야위고 깐깐하게 생긴 동료 교수였던 스트워트 박사가 좋은 예다. 나와 만날 때는 고개만 끄덕이고 지나간다. 나 같은 다른 인종과 가까이하는 것을 꺼리는 사람처럼 보였다.

이 교수의 딸이 우리 집 아이와 고등학교 동급생이었다. 둘이서 사귀기 시작하더니 깊은 관계로 들어간 것 같았다. 이 교수 부부도 자기 딸과 우리 아이가 교제하는 것을 알고 있었던 것 같다. 그러더니 한번은 이 교수 부부가 우리 가족을 자기 집에 초대해서 저녁식사 대접을 했다. 물론 우리 집 아이도 포함됐다.

여자 쪽에서 남자 쪽 식구를 초청해서 저녁을 대접하는 것은 자기 집 딸과 우리 아들의 교제를 정식으로 승인하는 관습적인 행사라고 한다. 이런 관습도 우리 집 아이가 나중에 가르쳐 주어서 알았다. 깐깐하게 생긴 이 백인 교수가 어떻게 그렇게도 쉽게 자기 딸이 인종이 다른 우리 아이와 교제하는 것을 승낙했는지 도무지 헤아릴 수가 없다. 단번에 다른 인종과 교제하는 딸에게 호통을 쳤을 것 같은데 말이다. 장래의 결혼까지도 승낙을 암시하는 것이다.

사람의 마음은 정말 알 수가 없다. 이 교수가 그렇게도 도량이 넓은 사람인 줄은 몰랐다. 이 교수의 딸이 죽겠다고 졸라서 그랬는가? 그런데 둘은 고등학교를 졸업하고 각각 다른 대학으로 진학했기 때문인지 교제가 시들해지더니 이 교수의 딸은 후에 딴 남자와 결혼했다.

이 교수 집에서 대접을 받은 다음에 우리 쪽도 답례 형식으로 상대방을 초청해야 한다고 우리 아이가 귀띔했지만 어물쩍 지나가 버렸다. 그 후 이 교수의 부인은 늦게 간호학을 공부하고 나서 나의 처 밑에서 실습 강사로서 오랫동안 같이 일했다.

우리 가정을 잘 아는 주위의 미국 사람들은 우리 두 아들이 어떤 사람들과 교제하고 결혼하는지에 관심을 가지고 있다. 한국이라면 아무런 문제가 없는데 여기 미국에 사는 한국 사람들에게는 참으로 중대한 문제다. 대부분 미국에 사는 한국인들끼리 결혼하지만 선택의 범위가 적어서 여러 가지 어려움을 겪고 있다. 한국 사람들이 백인을 비롯해서 다른 인종의 사람들과 결혼하는 것도 심심찮게 볼 수 있다.

우리도 두 아들이 한국인 처녀와 결혼하기를 원했다. 학교의 동료 교수 특히 아내의 동료 교수들과 교회 여신도들이 우리 아이들이 어떤 여자를 찾느냐고 물어볼 때가 가끔 있다. 그때마다 나나 아내는 한국인 여자를 찾는다고 대답한다. 그런데 아내의 동료 교수 중 한 사람은 「왜 꼭 한국 여자만 찾느냐?」고 좀 실망스러운(?) 어조로 되묻는다는 것이다. 아내는, 한국계가 아닌 여자도 착한 사람이 많지만 문화적인 차이 때문에 한국인 여자와 결혼하는 것이 좋다고 대답한다.

사실 아내가 가르치는 간호학생 중에 며느리 감으로 적당한 학생이 여럿이 있다는 것이며, 내가 가르치던 경영학과 학생 중에도 참한 며느리 감으로 여겨지는 학생이 여럿 있었다. 그러나 이들 학생들에게 우리 아이와 교제하고 결혼까지 할 의사가 있느냐고 묻는다면 과연 몇 명이나 적극적으로 응답할는지 모르겠다.

우리 아이가 같은 고등학교의 백인 여학생과 꽤 오래 교제한 것을 우리는 나중에 알았다. 그러다가 한번은 이 백인 여학생이 우리 집을 찾아왔다. 나와 아내가 동양 사람이라는 것을 이 백인 여학생도 물론 잘 알고 있었지만 두 동양 사람 어른과 직접 대면하게 되자 순간적인 충격을 받은 것 같았다.

우리 아이하고만 교제할 때는 동양 사람이라는 생각이 부각되지 않았지만 나와 아내를 실제로 만나보자 충격을 받은 모양이다. 자기가 다른 인종에 속하는 사람과 교제한다는 사실을 새삼스럽게 의식한 것 같았다. 그러더니 교제가 시들해지기 시작했다. 단순히 인종이 다르다는 이유로 백인과 동양 사람의 만남과 헤어짐이다.

학교에서 한국인과 친하게 지내던 백인 어린이들이 한국인 학생의 부모를 보자마자 「네 부모는 동양 사람이야!」라고 놀란다는 일화는 심심치 않게 듣고 있다. 같이 노는 단짝 친구는 다 자기와 같은 사람이라고 인정하고 포용하는데, 어른들을 보면 생각에 변화가 생기는 것 같다. 요사이는 다른 문화권에서 온 사람들에 대한 이해증진에 각급 학교에서 역점을 두고 있기 때문에 이런 충격이 줄어들었는지도 모르겠다.

한 한국인 남자와 백인 여자가 오랜 교제 후에 결혼까지 약속했다. 결혼하기 얼마 전에 남자의 식구와 친척들과 대면하는 기회가 있었다. 이 만남에서 백인 여자가 이 많은 사람 중에 자기만 외톨이라는 사실을 새삼스럽게 발견했다. 너무나 큰 소외감을 느낀 것 같았다. 이 백인 여자가 한국 청년에게 자기의 심정을 솔직하게 털어놓았다. 그 후에 두 사람은 헤어졌다.

그러나 한국 사람이 다른 동양 사람이나 백인을 비롯한 다른 인종의 사람과 결혼해서 행복하게 사는 경우도 얼마든지 볼 수 있다. 앞으로는 한국 사람이 한국계가 아닌 다른 사람들과 결혼하는 경우가 많아지리라 생각된다. 벌써 그런 추세에 들어간 것 같다. 마침내 미국에 사는 한국 사람들도 미국의 인종 용광로에서 용해가 돼서 근본적인 체질 변화를 하는 것인가?

미국 사람의 결혼에 내가 이해 못하는 점이 가끔 있다. 남녀공학이기 때문에 중고등학교 때부터 애정관계에 들어가서 계속하다가 고등학교를 졸업하거나 대학 재학 중에 결혼하는 것은 이해할 수가 있다. 그러나 여자들이 자기보다 학력이 낮은 남자와 결혼하는 것은 다소 이해가 가지 않는다. 죽도록 사랑하면 됐지 학력이 무슨 관계냐고 반박할는지 모르겠다. 그러나 결혼이란 이상적인 세계와 현실 세계를 모두 충족해야 하기 때문에 현실적인 여건을 무시할 수가 없는 것이다.

티파니라는 여자는 부잣집 외동딸에다 수의과대학을 나와서 수의사 생활을 하고 있는데 그녀의 남편은 고등학교밖에 나오지 않았다. 그녀는 대학 다닐 때 이 남자를 만나서 오래 교제하다가 결혼을 했다. 성대한 결혼식에 우리도 참석해서 축하해 주었다. 그러나 이 여인이 결혼한 후에 좀 후회하는 것 같았지만 결혼생활은 계속 유지하고 있다. 물론 학력이 남편을 고르는 데 유일한 잣대는 아니지만 그래도 나는 이해하기가 어려웠다.

또 한 여자는 내가 봉직했던 대학에서 가르치고 있는데 박사학위가 있는 분이다. 그런데 그녀의 남편은 고등학교 출신으로 오래 같이 살다가 얼마 전 이혼했다. 이혼한 이유가 학력 차이인지는 확실치 않다. 그리고 재혼을 했는데 새 남편 역시 고학력자같이 보이지는 않았다. 여자들은 자기와 학력이 동등하거나 더 많은 교육을 받은 남자들을 남편감으로 선호하는 것이 관례화(?)되어 있는데 일부 미국 여자들은 이에 전혀 개의치 않는 것 같다.

일요일에 배달되는 신문에 그 주에 결혼한 사람들에 대해서 자세히 보도하는 기사에는 신랑이 신부보다 학력이 낮은 경우를 심심찮게 발견할 수 있다. 이렇게 결혼한 가정들은 어떻게 보면 다소 불안해 보이기도 하지만, 한편으로는 찬사를 보내고 싶기도 하다.

민족에 따라서 또 문화에 따라서 식사법이 다른 것을 우리는 잘 알고 있다. 미국 사람들도 자기들 특유한 식사법을 가지고 있다. 영화에서 미국인들이 식사하는 장면이 자주 나와서 한국에서도 익히 알고 있을 것이다. 그런데 서유럽 사람과 미국 사람의 식사법이 좀 다르다. 포크를 유럽 사람들은 왼손에 쥐는 데 반해서 미국 사람들은 오른손에 포크를 쥐고 먹는다.

나는 미국에 오래 살고 있지만 미국식 식사법이 아직도 서툴다. 그저 흉내를 내고 있을 뿐이다. 그런데 미국 사람들은 음식이 입안에 있을 때는 절대로 말을 하지 않는다. 입안에 있는 음식을 상대방에게 보이는 것은 상대방에게 큰 실례다. 음식이 입안에 있는데 상대방이 말을 걸거나 하면 상대에게 음식이 입에 있다는 것을 손짓으로 알리고 음식이 목구멍으로 다 넘어간 뒤에야 입을 연다. 상대방은 좀 답답하지만 참아야 한다.

나도 그렇게 하려고 노력하지만 식사 때 입안에 음식이 있는데 아내가 뭘 묻기라도 하면 대답하기에 바빠서 입안에 음식이 있는 것을 깜빡 잊어버린다. 그래서 아내에게 또 핀잔을 듣는다. 고치기가 참 힘들다. 미국 사람들은 조용히 식사를 한다. 음식물을 씹거나 먹을 때도 절대로 소리를 내지 않는다. 한마디로 해서 쩝쩝거리지 않는 것이다. 그리고 또 입안에 있는 음식물을 남에게 보이지 않도록 대단히 조심한다. 게다가 식사 중 큰 소리로 말하는 것은 절대 금물이다.

식당에 가보면 식사하면서 조용히 소곤거리면서 이야기하는 것을 흔히 볼 수 있다. 큰 소리로 말하는 것은 용납이 되지 않는다. 식사 시간이 무슨 의식을 치르는 시간 같다. 자기가 먹을 음식을 자기 접시에다 덜어다 먹는다. 한 그릇의 음식을 다른 사람과 같이 공동으로 나누어 먹는다는 것은 상상도 못한다. 자기가 먹던 포크나 스푼으로 다른 음식그릇에는 절대로 건드리지 않는다.

그래서 카톨릭교에서 거행하는 성찬식에 교인들이 같은 잔을 계속 쓰고 있는 것이 이상하게 보인다. 한 교인이 잔을 마시면 신부가 잔을 닦기는 하지만 계속 같은 잔을 쓴다. 개신교에서는 교인 한 사람 한 사람에게 잔이 돌아가는 것과는 아주 대조적이다.

같은 잔을 나눈다는 것은 종교적인 의미는 있겠지만 위생상의 문제도 있을 수가 있겠다. 교인이라고 하더라도 다 성자는 아니다. 그러나 미국의 식사법도 조금씩 변하는 것 같다. 그전에는 식당에서 정장을 요구했는데 요사이는 많이 관대해진 것 같다.「미국 사람 집에 초청받아서 음식을 먹으면 소화가 안된다」고 언젠가 한인 교포가 나에게 말한 적이 있다. 미국인들의 식사법을 완전히 터득하지 못한 데서 오는 불안과 긴장이 가져온 결과인 것 같다.

아직까지 나도 마찬가지다. 문화인의 척도가 여러 가지 있겠지만, 요사이 미국에서는 젓가락질을 할 수 있으면 문화인으로 인정을 받는 것 같다. 중국음식점이나 한국음식점에 가보면 젓가락으로 먹는 미국 사람들을 흔하게 볼 수 있다. 텔레비전에도 배우들이 젓가락으로 음식을 먹는 장면이 심심찮게 비쳐진다.

　서양문화에 속한 것이 아니면 모든 것이 야만적이라는 공식을 지켜 왔던 미국 사람들에게는 젓가락은 혁명적인 변화의 상징이다. 세계가 끊임없이 작은 하나의 마을로 변해 가는 모습을 이 젓가락에서도 볼 수 있다. 나나 아내도 학생들에게 젓가락을 나누어주고는 그것으로 음식 먹는 법을 가르쳤다. 「젓가락으로 먹을 줄 모르면 야만인이다」 라고 내가 엄포를 놓기라도 하면 학생들도 재미있다고 웃어댄다.

　미국 사람은 정면 대결을 되도록 피하려는 것 같다. 이웃집에 개가 너무 시끄럽게 짖어대서 참을 수 없는 경우에 옆집 사람에게 개 단속을 잘하라고 꾸짖는 대신 경찰에 신고해서 경찰이 해결하도록 한다. 옆집과의 사이가 나빠질 것을 걱정해서 그러는 것 같기는 하지만 잘 모르겠다.

　한번은 내가 강의하다가 동성애자들을 가볍게 비판한 적이 있었다. 몇 시간 후에 학장이 보자고 해서 갔더니 한 학생이 나의 동성애자들에 대한 언급에 대해서 학장에게 불평을 했다는 것이다. 그래서 나는 나의 입장을 설명해 주었다. 이 학생이 나에게 곧바로 불평을 하지 않고 간접적으로 학장을 통해서 불평하고 사태를 해결하려고 한 것이다. 나에게 불평을 하면 학기말 성적에 영향을 받을지도 모른다는 걱정에서 그랬는지도 모른다.

　그러나 이 학생의 방식은 미국이면 어디서나 볼 수 있는 간접 대응법 내지는 우회적인 해결방책이다. 교통경찰에게 벌과금 딱지(티켓)를 받을 경우에도 교통경찰과 승강이를 해봤자 조금도 도움이 되지 않는다. 법정에서 호소를 해야 한다.

　한번은 내 연구실 문을 여니까 봉투 하나가 있었다. 뜯어보니, 내가 강의 중에 기독교에 대해서 너무 많이 이야기한다는 것이다. 이 학생은 점잖게 미국에는 정교분리 정책이 있다는 사실을 나에게 강조했다.

마지막으로 자기는 교수님을 존경하기 때문에 이 글을 썼다고 부언했다. 이것도 편지라는 편법을 써서 문제를 해결하려는 간접방법이라고 할 수 있겠다. 물론 미국 사람들이 직접대결이라는 방법도 쓰고는 있지만 간접방법이 더 선호되는 것 같다. 어느 편이 더 효과적인지는 나도 잘 모르겠다.

내가 미국에 처음 와서 겪은 쓰라린 경험이 하나 있다. 어느 날 밤에 잠옷바람으로 기숙사 로비에서 다른 학생들과 이야기하고 있었다. 그런데 조금 있다가 기숙사 감독관이 와서는 조용한 말로 「여학생도 왕래하는 홀인데 잠옷으로는 곤란하니 다른 옷으로 갈아 입으라!」는 충고를 받았다. 아차 했지만 이미 때가 늦었다.

문화인의 세계에서 졸지에 야만인이 되어버린 것이다. 홀에 있던 많은 사람들이 잠옷차림의 나를 보고 눈살을 찌푸렸을 것이다. 그러나 누구 하나 직접 나에게 충고하는 사람이 없었다. 누군가가 감독관에게 연락해서 사태를 처리하게 한 것이다. 직접적인 대결을 피하는 미국 사람들을 이때 이미 경험한 것이다. 그때 일을 생각하면 지금도 창피해서 몸이 오싹해진다. 적어도 지식인으로 자처하면서 말이다.

미국 사람들의 생활방식도 많이 변한 것 같다. 내가 미국에 처음 와서 교회를 가보니 여자 교인들이 한결같이 머리에 각양각색의 모자를 쓰고 있었다. 그런데 지금은 모자를 쓴 여신도를 볼 수가 없다. 학생들한테 물어봐도 시원한 대답을 듣지 못한다. 단장한 머리 모양을 보이기 위해서 그런지 모른다고 한 여학생이 말했지만 맞는 얘긴지 모르겠다.

가장 눈에 띄는 변화는 미국 사람들의 탈 격식화 경향이다. 교수들 가운데 강의실에 들어갈 때 정장을 하는 사람이 거의 없다. 썸머스쿨 때는 더하다. 다 그렇지는 않지만 어떤 교수는 상의는 반팔 노타이에 반바지를 입고 농구화를 신고 강의한다. 아내가 우리는 좀 다른 사람이니까 정장을 해야 한다고 귀띔해서 그렇게 해보았지만 다른 교수들을 자꾸 닮아가게 된다.

나도 미국화해 간다. 강의실에서는 넥타이를 매어 본 지가 오래다. 교회도 마찬가지다. 정장을 하고 교회에 오는 사람은 나 외에 한두 사람뿐이다. 다 간단하고 편한 옷을 입고 교회에 온다. 한국에서 온 사람이 우리 교회에서 베푸는 성찬식 예식을 보고 많이 놀라워했다. 성찬식에서 목사를 돕는 신도가 노타이 바람으로 잔을 교인들에게 돌리고 있었다. 나는 많이 보아와서 이상하지 않지만 한국에서 온 사람에게는 정말 이상하게 보였는가 보다.

얼마 전에 텔레비전을 보니 흑인 교회에서 예배보는 장면이 나왔다. 젊은 여신도들은 그렇지 않았지만 나이가 지긋한 여신도들이 대부분 모자를 쓰고 있는 것이 놀라웠다. 그리고 남자 신도들도 모두 정장을 하고 있었다. 어느 것이 진짜 미국인지 어리둥절해진다.

탈 격식화 경향은 장례식에서도 볼 수 있다. 장례식에는 검정 양복에 검정 넥타이를 매고 가는 것이 관례로 되어 있다. 이따금 우스개 소리가 나오지만 장례식도 엄숙하게 진행된다. 그런데 요사이는 남자들의 옷이 통일되지 않고 있다. 각양각색의 양복을 입고 또 넥타이도 검은색만은 아니다.

미국에서 왜 이런 탈 격식화 경향이 생기는지 그 이유를 잘 모르겠다. 그러나 리바이진 바지와 같은 입기 편한 옷이 나오기 시작하고 햄버거 같은 패스트 푸드가 나오면서 간편한 것이 편리하다는 사실을 미국 사람들이 터득해서 이런 현상이 일어나고 있는지도 모르겠다. 또는 하도 격식에 시달리다 보니 싫증이 났는지도 모른다. 앞으로 미국은 엄격한 격식과 탈 결식이 공존하는 사회로 나아갈 것 같다.

이따금 초청장을 받게 되면 어떤 옷을 입고 가야 하는지가 명시되고 있다. 정장이 필요없을 때는 캐주얼(casual), 정장을 꼭 해야 할 경우에는 포멀(formal)이라고 명시되어 있다. 어떤 때는 무슨 옷을 입고 가야 할지 갈피를 못 잡을 때도 있다. 미국 사람도 그럴 때가 있겠지만 옷 때문에 나나 아내는 신경을 써야 할 때가 많다. 그런데도 옷을 잘못 입고 갈 때가 종종 있다. 미국생활에 적응하기란 쉽지가 않은 것 같다.

몇 년 전에 오클라호마 시의 연방정부 청사가 폭파당한 참사가 발생했다. 많은 사상자가 나왔다. 불행하게도 이 청사 안에 보육원이 있어서 많은 어린아이들도 희생되었다. 그런데 부상당한 한 흑인아이가 소방대원에 안겨 가는 장면이 텔레비전에 비쳐졌는데 이 아이가 울지도 않고 낯선 사람한테 조용히 안겨 가는 모습이 참으로 신통했다.

또 한번은 다른 도시에 있는 유치원에서 총격사건이 발생했다. 그런데 이 어린아이들이 손에 손을 잡고 선생님과 같이 질서정연하게 길을 건너가는 모습을 텔레비전이 보여주었다. 당황하는 기색이 전혀 보이지 않았다. 선생님을 따라가니까 아무 무서울 게 없어서 그랬는가?

나는 미국에 온 후 미국 어린이들의 행동양태를 유심히 관찰해 왔다. 대체적으로 미국 어린이들은 공공장소에서 소란을 피우며 큰 소리로 떠들어대지 않는다. 물론 어린애이기 때문에 칭얼거리는 경우는 많이 보았지만 아기 엄마가 손을 입에 대고 「쉿」 하면 대부분의 아이들은 조용해진다. 여기서는 엄마의 권위가 대단하며 또 아이들도 잘 순종한다.

「점잖게 행동해!(Behave yourself!)」 라는 말을 미국 부모들은 자주 한다. 더욱이나 가정이나 학교의 환경이 공공질서 유지를 항상 주입시키기 때문에 어린아이들이 작은 어른으로서 문화인답게 행동하는 것 같다.

오래 전 워싱턴 DC에서 살 때 나는 한인교회에 다녔다. 오후 예배가 끝나고 교인들이 친교실에서 음식을 나누며 교제하는 시간을 가졌을 때 어른들을 따라온 아이들이 큰 소리를 지르며 친교실을 뛰어다니는 광경을 볼 수 있었다. 어떤 때는 너무 시끄러워 정신을 차릴 수가 없을 정도였다. 그런데 누구도 말리는 사람이 없다. 한국의 부모들은 아이들이 「기(氣)」가 살도록 기르는 것이 중요하다고 믿고 있는 것 같다. 따라서 그런 행동을 억제하는 것은 아이들의 「기」를 죽이는 것이라고 생각하기 때문에 아이들의 소란한 행동을 그대로 방치한다.

한국 사람들은 문자 그대로 「자연인」을 배양하는 데 정성을 다한다. 그러나 사회생활에는 질서가 유지되는 자제력도 강조되어야 한다. 이것은 주로 학교 교육을 통해서 형성되는 인간상이다. 이 「자연인」상과 공공질서를 유지하기 위해서 행동을 절제해야 하는 「절제인(節制人)」상과를 어떻게 조화시켜야 하느냐가 문제가 될 것이다. 이 두 인간상을 적절히 조화시키면 훌륭한 인간상이 한국에서 만들어질 것이다. 아직까지도 한국의 공중 목욕탕에서 아이들이 뛰어다닌다는 소식을 듣고 「기」와 「공공질서」의 조화가 강조되어야 되겠다고 느꼈다.

이따금 어린아이들이 자기 집 마당에 가게를 차려 놓고 음료수를 파는 광경을 볼 수가 있다. 가게라야 책상 하나 달랑 갖다 놓고 그 위에 음료수통과 컵이 전부이다. 음료수를 판다는 간단한 광고표지도 이따금 볼 수 있다. 길가는 사람에게 드링크를 사라고 소리지르는 구 두 광고도 들을 수 있다. 한 잔에 25센트를 받는다.

요사이는 사람들이 다 자동차를 이용하기 때문에 이 간이 상점에 들르기가 힘들어져서 장사가 잘 안된다. 몇 시간 영업을 하다가 가게 를 걷어치운다. 대개의 경우 영업 실적이 신통치가 않다. 그래도 즐겁 기만 하다. 그리고는 장사를 다 잊어버리고 집 마당에서 뛰놀기 시작 한다.

이런 장사가 언제부터 생겼으며 왜 생겼는지 그 이유를 나는 모른 다. 아이들이 용돈을 벌기 위해서일는지도 모른다. 그러나 짐작키로는 돈버는 일이 얼마나 힘이 드는 것이며, 그래서 돈이 얼마나 귀중한가 를 아이들에게 실제로 장사를 시켜 봄으로써 몸소 터득하게 하려는 어른들의 실제 교육방법이 아닌가 생각된다.

돈이라는 것이 거저 얻어지는 것이 아니라 땀흘리는 노력의 대가 임을 가르치기 위한 것인지도 모른다. 그래서 노동은 신성한 것임 을 주입시켜 주려고 하는 것 같다. 내 짐작이 옳다면 이 간이 상점 은 교육적인 면에서 참 좋은 착상이라고 생각된다. 성실하게 인생 을 살아가기 위해서는 노동(정신적이든 육체적이든)을 해야 한다는 사실을 미국의 어린이들은 어릴 때부터 배우는 것 같다. 요사이는 간이 상점을 별로 볼 수 없는 것이 참으로 안타깝다. 이것도 다 시대의 조류인가?

한국에도 이와 비슷한 간이 상점이 있었다. 그 옛날 내가 고향에 살 때 예닐곱 살 난 계집아이가 자기 집 앞에서 과자 몇 개를 벌여 놓고 팔고 있었다. 얼마나 파는지 모르지만 그와는 상관없이 그 과자가 먹고 싶어서 나는 그 계집아이 가게주인 앞에서 오래도록 앉아 있었다. 내 나이 다섯 살 때였던 것 같다. 이 간이 상점은 교육적인 목적이 아니라 실제로 한 가정의 생계를 돕기 위한 생활전선의 한 장면이었다.

다시 미국에서의 일이다. 어떤 때는 초인종 소리가 나서 문을 열면 앳돼 보이는 학생이 물건을 사라고 한다. 주로 학교에서 모금운동의 일환으로 물건을 팔아오라고 학생들에게 부과하는 일종의 활동과제인 것이다. 부모들이 따라오는 경우도 있다. 파는 물건은 주로 과자 종류인데 대개의 경우에는 돈을 먼저 받아간다. 몇 주 후에 물건이 왔다고 또 초인종을 누른다. 어떤 때는 물건을 가져오면서 예약한 돈을 받아가기도 한다. 학생뿐만 아니라 소녀단의 어린 단원들도 모금운동에 참가한다.

이와 같은 과외활동을 부과함으로서 학생들에게 돈의 중요성을 어릴 때부터 인식시키고 또 학교를 위해서 뭔가 공헌한다는 자부심을 심어 주는 교육적인 효과를 달성하려고 하는 의도인 것 같다. 학생들은 어김없이 우리가 주문한 것을 가져다 주었다. 그러나 단 한 번의 예외가 있었다.

초인종 소리에 문을 여니 예쁘게 생긴 한 백인 여학생이 모금운동을 한다면서 물건을 사라고 했다. 중학교 3학년 학생이라고 하면서 돈을 받아갔다. 물건이 오면 가져다 주겠다고 다짐했다. 나도 이 여학생을 믿었다. 그러나 그 후에 이 여학생으로부터 아무런 소식이 없다.

이 여학생이 우리를 속였다고는 믿고 싶지 않다. 실수로 잊어버렸거나 무슨 사정이 있어서 그랬을 거라고 자위한다. 그러나 이런 경우에도 찾아와서 사유를 말하는 것이 미국 사람들의 관례다. 참으로 아쉬웠다. 그러면서도 나는 이 여학생이 찾아오기를 학수고대하고 있었다.

그런데 거의 두 달이 지나 그 여학생의 일을 잊고 있었는데 초인종이 울렸다. 문을 여니 그 여학생이 풀이 죽은 목소리로 「늦어서 죄송합니다」 하면서 내가 주문했던 초콜릿을 내밀었다. 그러면 그렇지. 두 달이나 걸린 것이 좀 이상했지만 이 여학생을 잠시라도 의심했던 내가 오히려 부끄러웠다. 마음이 가벼워졌다.

나는 학생들에게 건전한 가정이 건전한 사회의 토대라고 항상 강조해 왔다. 아직도 이 신념에는 변함이 없다. 그런데 건전한 가정이 어떤 것인가 하는 문제가 제기된다. 요사이 미국에는 가정의 형태가 각양각색이다. 아버지와 어머니 그리고 자식들이 있는 소위 전통적인 가정 구조에 많은 변화가 생겼다. 어머니와 자식들로만 이루어진 가정이 큰 비중을 차지하고 있으며 또 동성애자들로 이루어진 가정도 증가 추세에 있다. 이혼하는 가정도 수를 헤아릴 수 없이 많다.

미국에서 전통적인 가족제도가 무너져가고 있는 징조 같기도 해서 걱정하는 사람들이 많다. 몇 해 전, 두 아들이 있는 젊은 애덤스 씨 가족이 앞집으로 이사를 왔다. 정말 건전한 가족의 모범이라고 할 수 있을 정도로 건실하게 살아가고 있다. 그런데 얼마 전 이 집 주인의 어머니가 길 건너 다섯 번째 집에 살고 있는 사실을 알게 되었다. 내 짐작으로는 어머니가 사는 곳에서 가까이 있는 집이 나니까 그 집을 사서 이사온 것 같다.

작년에 애덤스 씨 집 바로 옆집이 판다는 표지가 나붙었다. 그러더니 얼마 후에 새 가정이 이사를 왔다. 그래서 아내와 같이 가서 인사를 했더니 바로 애덤스 씨의 누이라고 해서 놀랐다. 이 여인은 우리 집에서 걸어서 5분도 안 걸리는 가까운 데서 살았다고 한다. 그런데 동생 집 바로 옆집을 판다는 소식을 듣고 자기가 살고 있는 집을 내놓지도 않고 그 집을 사기로 결정했다고 한다. 이유는 간단했다. 가족끼리 더 가까이 있는 것이 바람직해서 그랬다고 한다. 자동차로 가면 1분도 안 걸리는 집을 팔기로 하고 동생 집 바로 옆집으로 이사 온 것이다.

미국 가족제도가 분열 과정에 있는 듯한 인상을 받고 있는 이때에 애덤스 씨 가족들을 보면서 잠시 어리둥절해진다. 아들과 딸이 어머니와 몇 집 건너서 살기로 한 것이다. 미국에서 이 가족들만 예외인가? 그렇지는 않은 것 같다. 이런 가정들이 아직도 미국에 건재하고 있다. 미국 사회를 이해하기가 참으로 어렵다. 무엇이 참 미국인가?

미국 사람들은 색깔에 대해서 놀라울 정도로 예민한 감각을 가지고 있는 것 같다. 따라서 색깔의 조화에는 신경을 많이 쓴다. 여성의 복장을 보면 미국 사람들이 색의 조화에 대해서 얼마나 신경을 쓰는지 잘 알 수 있다.

머리 꼭대기서부터 발끝까지 색깔이 조화되어야 한다. 옷의 색깔에 맞추어 귀걸이와 목에 두르는 목도리를 장만해야 하며, 구두 색깔도 거기에 맞춰야 한다. 옷을 자주 갈아입기 때문에 거기에 맞는 구두도 있어야 한다. 그래서 미국 여자들은 구두가 많다. 색깔의 조화를 위해서 여러 가지를 장만하려면 돈도 많이 든다. 그래서 보통의 미국 여성들은 비교적 값싼 것으로 장만한다. 아름다운 색깔의 조화를 큰 부담 없이 성취하는 것이다.

일부 부유층을 제외하고는 대부분의 미국 여자들은 비싸지 않은 옷을 한번 사서 입고는 대개는 다시 입지 않는 것 같다. 남자의 경우도 마찬가지다. 와이셔츠와 넥타이의 색깔이 옷 색깔과 맞아야 한다. 미국 사람뿐만 아니라 유럽의 백인들도 색깔의 조화에 대해서 신경을 많이 쓰는지는 잘 모르지만, 그래서 동양화는 흑과 백의 색깔로 표현되는 반면 서양화는 다양한 색깔을 이용하고 있는지도 모르겠다.

그러나 한국의 전통적인 치마 저고리가 화려한 색으로 조화된 것을 보면 한국 사람도 색조에는 신경을 많이 썼던 것 같다. 6·25 사변 때 녹색 넥타이가 하나 생겨서 그것을 매고 학교에 갔더니 교수 한 분이 「넥타이가 화려하군!」 하면서 이상한 반응을 보이던 생각이 난다. 내가 입은 옷과 넥타이 색깔이 보기에도 흉하게 조화가 안되었던 모양이다.

색깔의 조화야 어쨌든 그것이 내 유일의 넥타이였으니 누가 뭐래도 할 수가 없었다. 미국 사람들은 빨간 펜을 잘 쓴다. 크리스마스 카드를 보낼 때도 빨간 잉크로 주소와 내용을 써서 보낸다. 이런 카드를 받으면 심신이 좀 편치 않다. 빨간 잉크로 글씨를 쓰는 것은 한국 사람에게는 터부시되어 있기 때문이다. 우리의 이러한 심기를 아는 미국 사람은 거의 없다.

물론 미국 사람도 검은색이나 청색 잉크를 주로 사용하지만, 빨간 잉크를 사용하는 데 별다른 의미를 부여하고 있지는 않다. 작은 일이지만 여기에서도 묘한 차이점을 보게 된다. 문화가 다른 사람끼리 상대방을 이해하는 것이 이렇게도 힘들다. 자그마한 일에도 신경을 써야 할 경우가 많은 것이다.

한국 사람들이 왜 빨간 잉크를 기피하는지 그 이유를 잘 모르지만, 한국 사람들이 기피하는 「피」와 혹시 연관이 있는지도 모르겠다. 피를 기피하는 한국 사회에서는 전통적으로 피를 보는 사람들을 천시해 왔다. 양반시대에 「백정」이 사회의 가장 천박한 직업인 것도 여기에 기인한다는 생각이 든다. 그러면서도 왜 한국 사람들이 「피」를 금기시하는지에 대한 연구가 한국 학자들간에 거의 없다는 것에 서운함을 느낀다.

1982년 서울에서 있었던 한 학회에서 내가 이 문제를 처음으로 제기했는데, 어떤 진전이 있는지 잘 모르겠다. 한국 사람들의 가치관을 이해하는 데 필요한 요건이라고 생각하는데, 동조하는 학자들이 있었으면 한다.

언젠가 강의를 하고 나오는데 한 남학생이 내게 다가오더니 고개를 설레설레 흔들면서 웃고 있었다. 마치 「장 교수님, 넥타이와 옷의 색깔이 전혀 조화가 되지 않아서 기분이 언짢습니다」라고 비웃기라도 하는 것 같았다. 가만히 훑어보니 색깔의 조화가 안된 것을 나도 인정하지 않을 수 없었다.

미국 사람들은 색의 조화가 안된 것을 보면 안절부절 불안감을 느끼는 것 같다. 미국에는 이른봄에 발렌타인데이가 있다. 사랑하는 사람에게 선물을 하는 날이다. 주로 초콜릿과 장미꽃을 카드와 같이 보낸다. 한국에도 발렌타인데이가 있다니 놀랍다. 미국화가 세계화로 직결되는지 모르겠다. 이런 과정을 통해서 취사선택을 하면서 한국이 세계 사회로 발돋움하는 것이다.

그런데 이 날에는 주홍색 옷을 입어야 한다. 언젠가 아내가 집으로 전화를 걸어왔다. 빨리 장 속에 있는 주홍색 옷을 학교로 가져오라는 것이었다. 나는 옷을 가지고 헐레벌떡 학교로 달려갔다. 내가 주홍색의 여자 옷을 들고 달려오는 것을 보고 간호학과 교수들이 웃었다. 이 날이 발렌타인데이라는 것을 알면서도 습관이 안돼서 아내가 깜빡 잊은 것이다. 색깔이 미국에서는 이렇게도 중요한 것이다.

또 세인트 패트릭 데이(St. Patrick's Day)에는 초록색 옷을 입어야 한다, 미국 곳곳에서 초록색 옷을 입은 사람들이 이 날을 기념하며 시가행진하는 광경을 볼 수가 있다. 그럴 때면 나는 한국동란 때 유일한 넥타이였던 초록색 넥타이를 회상하면서 잠시 향수에 빠져들곤 한다.

선물을 주고받는 것은 어느 나라에나 있는 아름다운 풍습이다. 미국 사람들도 크고 작은 일에 선물을 주고받는다. 미국 사람들은 선물을 받으면 선물을 준 사람 앞에서 선물 꾸러미를 끌러보고 무슨 선물을 받았는지를 먼저 확인한다. 그리고는 받은 선물을 주위 사람에게 자랑스럽게 보이면서 선물을 준 사람에게 감사한다.

한국에서 온 나에게는 이런 관습에 익숙지가 않다. 한국 사람들은 선물을 받으면 선물 내용이 어떻든 간에 선물 받은 것 자체에 대해서 감사하는 것이다. 무슨 선물을 받았는지를 확인하기 위해서 선물 꾸러미를 끌러본다는 것은 퍽 무례한 행동인 것이다. 그런데 미국 사람들은 다르다. 선물을 받은 것은 감사하지만 무슨 선물을 받았는지를 알아보고 받은 선물 내용에 대해서 이런 선물을 받아서 감사하다고 말한다.

　이를테면 선물상자를 뜯어보고 그 안에 넥타이가 있다면 그 넥타이를 주위 사람에게 보이면서 넥타이가 참으로 잘 어울린다고 칭찬한다. 그리고는 넥타이를 준 사람에게 이렇게 아름다운 넥타이를 선물로 받아서 감사하다고 인사한다.

　한국 사람들은 선물 내용과는 관계없이 선물 받은 것 자체에 대해서 선물을 준 사람에게 사의를 표하는 데 반해서 미국 사람들은 받은 선물의 내용에 대해서 감사하는 것이다. 그러기 위해서는 선물상자를 뜯어서 그 안에 무엇이 있는지를 확인해야 한다. 선물을 주고받는 데 있어서 한국 사람들은 포괄적이고 미국 사람들은 구체적인 태도를 보이는 것 같다.

　나도 미국에 살면서 미국 사람들로부터 선물을 좀 받아 봤지만 선물상자를 뜯는 것이 아직도 어색하다. 그래도 그렇게 해야 한다. 그렇지 않으면 미국 사람들이 어리둥절해 할 것이다. 여기는 한국이 아닌 미국이기 때문이다.

　언젠가 미국을 처음 방문한 한국 여자가 나에게 들려준 말이 있다. 「미국 사람들은 왜 다들 그렇게 뚱뚱해요?」 한국에서는 보지 못했던 미국의 기현상에 놀라워했다. 많은 미국 사람들이 비만증에 걸려 있는 것이 사실인 것 같다. 정부도 「비만은 만병의 근원」으로 규정하고 국가적인 보건문제 차원에서 그 심각성에 우려를 표명하고 있다.

　최근에는 비만이 암보다도 더 무섭다고 경고하고 있다. 그래서 미국에서는 살을 빼는 여러 가지 묘안이 상술화되고 있다. 식이요법에서부터 수술요법까지 각양각색의 묘책이 소개되고 있다. 「다이어트」라는 용어는 미국 사람들에게 신비스러울 만큼 매력적이다.

　나의 학생들 중에도 몸이 비대한 학생들이 더러 있다. 한 여학생은 너무나 비대해서 몸을 움직이는 것 자체가 부자유스러웠다. 그러나 성격은 명랑해서 언제나 얼굴에 미소를 띠고 있다. 그래서 강의시간에 농담을 잘하기로 소문난 나로서도 이 문제는 조심스럽게 다루었다. 이들 학생들을 실망시켜서는 절대로 안되기 때문이다.

미국 사람들은 비만이 체질적인 것 같기도 하다. 그리고 서양 음식이 비만에 기여하고 있는지도 모른다. 미국 사람들은 한국 사람에 비해서 대체적으로 비만에 기여하는 지방질과 기타의 음식물을 많이 섭취하는 것 같다. 그래서 요사이는 지방질을 줄인 음식물이 인기를 끌고 있다.

지방질이 없는 우유가 유통된 것은 벌써 옛이야기다. 상품화된 모든 음식물에 지방의 함유량과 칼로리의 양이 다 명시되고 있다. 그러면서도 맛있는 음식물에 미련을 계속 느끼고 있는 것 같다. 인간은 어떤 의미에서는 먹기 위해서 이 세상에 태어났는지도 모른다.

동서고금을 막론하고 날씬한 몸맵시는 여자들의 평생 소원이다. 미국 여성들도 예외는 아니다. 서양 음식이 비만에 공헌하고 있는 것을 잘 알고 있기 때문에 미국 여자들은 채식으로 살이 찌는 것을 방지하고자 노력한다. 맛있는 음식을 제쳐놓고 소위 채식 다이어트를 한다. 그래서 음식점에서는 샐러드가 인기 식품이다.

살을 찌지 않게 하는 음식의 대표적인 표현인 소위 「다이어트」라는 용어가 상품화돼서 위력을 발휘하고 있다. 다이어트 콜라가 그 좋은 예다. 미국 사람들은 남녀노소 할 것 없이 다이어트 콜라를 마신다. 뿐만 아니라 굶는 방법으로 날씬한 몸매를 유지하려 하기도 한다. 그러나 이 방법은 위험이 따른다. 결식(缺食)을 오래 계속하다 보면 식욕이 없어져서 거식증에 걸려 먹지를 않게 된다. 가끔 젊은 여자들이 이 방법을 쓰다가 죽었다는 비보가 전해지기도 한다. 날씬해지려다 목숨까지 잃은 것이다.

미국 사람들은 살이 찌지 않는 음식에 관심이 많다. 그래서 동양 음식에도 관심을 돌린다. 내가 식료품 가게에서 두부를 사면 미국 여자들이 다가와서 두부를 어떻게 요리해서 먹느냐고 묻곤 한다. 두부가 영양분이 있으면서도 살찌지 않게 한다는 사실을 그들도 잘 알고 있다. 두부찌개의 묘미를 어떻게 미국 사람들에게 전달할 수 있는지 묘안이 떠오르지 않는다. 반면에 인기가 있는 중국 음식에는 기름기가 너무 많다고 경고를 내리기도 한다.

「켄터키 프라이드 치킨(Kentucky Fried Chicken)」이 「케이에프씨(KFC)」로 상호를 바꾼 것도 미국 사람들이 보여주고 있는 비만에 대한 우려를 불식시키기 위한 한 전략적인 대응임은 주지의 사실이다. 튀긴다(프라이 fry)는 표현은 비만과 직접적인 관련이 있는 인상을 주기 때문이다.

자라나는 미국 아이들의 비만에 각계의 관심과 우려가 크다. 그래서 미국 정부는 비만을 야기하는 음식물을 삼가도록 주의를 환기시키고 있다. 주로 설탕이 주성분인 음료수를 멀리하고 우유를 마시라고 권하고 있으며, 소위 「정크 푸드(junk food)」를 삼가라고 권고하고 있으며, 각 학교에서 제공하는 급식도 비만에 유의한 건강음식에 중점을 두라고 지시하고 있다(그러나 우유의 영양가에 대해서는 찬반의 논란이 있기도 하다).

한국에서도 어린이들의 비만에 경계하는 것 같다. 살기 좋은 나라가 된 징후이기도 하지만 거기에 따르는 부작용도 있음을 잊어서는 안되겠다. 얼마 전 병원에서 있었던 일이다. 나의 체중을 재던 간호사가 내 체중이 8파운드(약 3.6kg)나 줄었다고 부러워하는 것이었다. 자기들은 체중을 줄이려고 그렇게도 고생을 하는데도 효과가 없어 고민을 하는데 체중이 준 사람들을 보면 신기해 보이는 것 같다.

인간의 건강은 인종 개개인의 체질이나 환경 및 음식 등에 의해서 좌우되는 것 같다. 미국 남자들은 전립선암(prostate cancer)에 많이 걸려서 고통을 당하기도 하고 죽기도 한다. 그래서 1년에 한 번씩 비뇨기 전문의를 찾아가서 진단을 받아야 한다. 나도 조심하느라고 매해 검진을 받고 있다. 내가 검진을 받을 때마다 나를 검진하는 의사는「한국 사람 중에 전립선암에 걸린 사람을 본 적이 있느냐?」고 물으면서 한국 사람을 비롯한 동양 사람들은 전립선암에 걸리는 경우가 거의 없다고 한다.

그러나 미국에 오래 살면서 미국 음식을 먹으면 걸릴 수 있을지도 모른다는 단서를 붙인다. 왜 동양 사람들이 전립선암에 걸리지 않느냐는 나의 물음에 시원한 대답을 하지 못한다. 음식관계라고 딱 잘라 말하지는 않지만 음식과 병과는 상관관계가 있음을 시사한다.

한국 사람이 위암에 많이 걸린다는 것은 주지의 사실이다. 짜고 매운 음식을 선호하는 한국 사람들에게 오는 질환인 것인지도 모른다. 그러나 요사이는 한국 사람들의 식단도 많이 달라졌기 때문에 이에 따라 병의 형태도 달라졌으리라 생각된다. 한국에는 암의 발병도 선진국형을 닮아간다고 한다. 잘 살기 때문에 오는 병이다. 또 식생활의 서구화와 고령화가 원인이 되어서 당뇨 대란이 머지않아서 올 것이라고 경고하고 있다.

아프리칸-아메리칸(미국의 흑인)들이 세 사람 중에 한 사람 꼴로 고혈압환자라고 한다. 흑인들의 큰 체격과 음식관계가 그 원인일지도 모른다고 의학계에서는 추측하고 있다. 같은 고혈압으로 고통을 받고 있는 나로서는 이들을 진심으로 동정한다.

모든 문화가 가족제도를 중요시하며 가문을 자랑하려고 한다. 한편으론 가문에 흠이 될 만한 것은 되도록 노출시키기를 꺼린다. 동양문화권에서는 이런 경향이 특히 심한 것 같다. 일본에서는 가족 중의 한 사람이 나병에 걸렸을 경우 거의 가족관계를 단절하고 그런 사람이 없었던 것처럼 행세한다는 말을 들은 적이 있다. 가문에 흠이 되는 것은 용납 못한다는 전통의 한 단면이다.

한국에서도 가문에 누를 끼치는 사람이라고 낙인이 찍히면 용납이 되지 않는다. 우리도 요행히 두 아들이 다 의사가 된 것을 기회가 있을 때마다 이야기하기를 좋아한다. 지금은 시세가 많이 떨어지고 격이 낮아졌지만 미국에서는 의사를 거의 신같이 대우하던 시대가 있었던 것처럼 의사를 존경하고 부러워한다.

우리는 아이들을 훌륭하게 키웠다는 찬사를 듣기 기대하면서 두 아이가 의사가 된 것을 이야기한다. 그런데 미국 사람들은 좀 다르다. 언젠가 아내의 친구가 이야기 도중 자기 가족 이야기를 했다. 그녀의 오빠는 술주정뱅이며 길거리에서 노숙생활을 한다는 것이다. 졸업은 못했지만 대학 교육도 받았다고 한다. 술에 취해 있는 것이 발견되면 유치장에 수용되어서 살다가 또 풀려 나와서 노숙생활을 한다는 것이다.

무더운 여름이면 술을 더 마신다고 한다. 그러면 또 철창신세다. 그러나 유치장은 냉방장치가 되어 있어서 바깥보다는 시원해 지내기가 편하다고 해서 여름에 술을 더 마시는 것이다. 가문의 큰 흠이 되는 오빠의 사정을 스스럼없이 털어놓는 이 백인 여자의 이야기를 들으면서 우리는 놀랐다. 사실을 사실대로 인정하려는 미국 사람들의 단적인 표현 같다.

이런 말을 듣는 우리의 반응에 대해서도 새로운 것을 발견했다. 그녀의 가문을 격하하려는 생각은 조금도 들지 않고 다만 이 여자의 솔직한 이야기에 오히려 존경심마저 드는 것이다. 교회에서도 어떤 여자교인은 나를 붙잡고 「장 박사님, 내 딸이 큰 문제가 있으니 기도 좀 해주세요」 라고 부탁하면서 딸의 사정을 나한테 자세히 털어놓는다.

한국 사람인 나에게도 가족의 부끄러운 일을 개의치 않고 이야기하는 미국 사람들을 보고 어떤 때는 당황하기도 한다. 미국 문화와 동양 문화의 차이를 보는 것 같다.

미국 사람들은 정신과 의사도 자주 찾는다. 정신과 질환도 내과 질환이나 외과 질환과 똑같은 차원에서 이해되고 있다. 자신의 정신과적인 문제를 전문의와 상담해서 적절한 치료를 받고 건강을 회복하기 위해서 자기의 정신질환을 스스럼없이 전문의에게 이야기한다. 물론 병세가 심한 환자들은 집단 수용해서 치료를 받게 한다. 이들을 경멸하는 사회풍조가 아니기 때문에 이들 환자들도 떳떳하다.

나는 미국의 자그마한 도시에 살고 있다. 소도시가 진짜 미국을 상징한다는 사실을 미국에 오래 살면서 이해하게 되었다. 그런데 우리 도시의 시장은 아프리칸-아메리칸(흑인) 이다. 시민 절대다수가 백인인데도 흑인이 공정한 선거를 통해서 당당하게 선출되었다. 미국에서는 시장의 권한이 막강하다. 뉴욕이나 시카고 그리고 로스앤젤레스의 시장들은 한 나라의 원수가 부럽지 않을 정도로 권세가 당당하다.

미국에서는 시장이 경찰도 관장하고 있다. 그러나 이곳은 작은 도시이기 때문에 큰 권한은 없지만, 그래도 미국의 시장이다. 그런데 이 시장의 본직은 중학교 교사다. 교사라는 직업을 전업으로 하면서 시장 일은 파트타임으로 하고 있다. 이 교사 시장은 중학교에서 오래 가르쳐서 우리 집 두 아이가 그에게서 배웠다. 그래서 어쩌다 만날 기회가 있으면 우리 아이들의 안부를 묻기도 한다.

물론 시청에는 전임 사무장이 있어서 매일 매일의 시 업무를 관장하고 있다. 이 교사 시장은 많지 않은 보수를 받는다고 한다. 그러나 주 소득원은 교사직에 있다. 왜 이런 제도가 생겼는지는 잘 모른다. 이 시장이 지금은 교사직을 사임하고 비영리단체에서 일하고 있다고 한다. 도시의 시장뿐만 아니라 주 의회 의원들도 본직을 다 가지고 있으며 주 의원으로서는 약간의 보수를 받을 뿐이다.

얼마 전 북부지방에서 19세 된 대학생이 자기 도시의 시장으로 당선되어서 화제가 되고 있다. 대학생 시장이 미국에 탄생한 것이다. 공식행사에는 여자친구를 대동한다고 한다. 미국은 참으로 재미있는 나라다. 그러면서도 민의를 수렴해서 지구상에서 가장 모범적인 민주주의를 꽃피우고 있는 것이다.

미국에는 인권법이 엄존해서 모든 차별을 제거하려고 애쓰고 있다. 남녀평등도 이런 관점에서 이해되고 있다. 남녀평등에 어긋나는 모든 일들을 불식시키려고 한다. 그런데 이를 달성하기 위한 표현 문제가 대두되고 있다.

영어로는 의장이나 사회자를 「체어맨(chairman)」이라고 하는데 이 표현이 남녀평등 정신에 어긋난다는 것이다. 그래서 「체어퍼슨(chairperson)」으로 하든지 여자가 의장이나 사회자의 역할을 할 때는 「체어레디디(chairladu)」라든지 「마담 체어(madam chair)」라고 불러야 한다. 이래야 남녀평등이 표현을 통해서도 실현되는 것이다.

그런데 문제가 간단치가 않다. 영어에는 3인칭 단수 대명사를 성별로 표시한다. 남성인 경우에는「he」로 표현하고 여성인 경우에는「she」로 표현한다. 그러나 대개의 경우「he」를 사용한다. 그러나 이것도 남녀평등 원칙에 어긋난다. 공평성을 이루기 위해서 포괄적인 3인칭 단수 대명사를 표현할 때는「he / she」라고 표현한다.

이 영어 표현이 기독교의 성경에도 비화되었다. 하나님을 3인칭 대명사로 표현할 때 대문자로 남성을 표시하는「He」로 표현하는데, 여성들이 왜 하나님을 남성으로만 표현해야 하느냐는 것이다. 그러나 별 뾰족한 대안이 없어서 전통적인 표현을 그대로 유지하는 것 같다. 그러나 성경에서「he」대신에 성의 구별이 없는「they」를 가끔 사용함으로써 공평성을 기해 보려고 하는 것 같다.

여성 차별이 용납되지 않는 시대정신에 따라서 성경도 한바탕 홍역을 치르는 것 같다. 시대정신이란 성경에도 큰 영향을 줄 만큼 무시할 수 없는 대세인 것이다. 성경이 시대정신을 지배하는지 시대정신이 성경을 지배하는지 머리가 어지러워진다. 아마도 성경과 시대정신이 상호 작용하는 것 같다.

한국에서는「하나님」은 성의 구별을 초월한 호칭이다. 언제나「하나님」이라고 부르지 3인칭 대명사로 부를 필요도 없으며 그렇게 부르는 대명사도 없다. 미국 사람들이 용어의 사용에서도 성차별을 두지 않으려고 애쓰는 모습을 보면서 한국에서 온 나로서는 여러 가지로 감회가 깊다.

한국에서는 의장이나 사회자를 부를 때도 남성과 여성이 다 포함되는 「의장」이나 「사회자」라고 부르면 된다. 그런데 미국 사람들이 한국 사람이 표현하는 식으로 자기들 영어를 고치려고 애쓰고 있다. 앞서가는 사람이 뒤지게 되고 뒤진 사람이 앞서가는 실상을 이런 영어 표현으로 보는 것 같다. 성의 표현법에 있어서의 남녀평등은 한국이 한 발 앞선 것 같다.

언젠가 미국 여성들이 결혼할 때 남녀 동등권을 부르짖으며 결혼 후에도 한국식으로 남편의 성을 따르지 않고 처녀 때의 성씨를 그대로 유지할 날이 올는지도 모른다. 미국과 같이 여자들이 결혼하면 남편의 성을 따르게 되어 있는 일본 역시 결혼한 후에도 여자들이 처녀 때의 성을 그대로 유지할 수 있도록 하는 운동이 활발하다고 한다. 「한국을 따라가자!」는 열풍이 불고 있는 것 같다.

한국은 이래저래 뒤진 듯하면서도 앞선 나라인 것 같다. 그러나 영어에서는 상대방을 호칭하는 2인칭 대명사가 「you」 한 가지인 데 반해서 한국에서는 상대에 따라 다양한 존칭을 쓰기 때문에 외국인들이 한국말을 배우는 데 다소 어려운 점이 있다.

세태의 변화가 언어의 표현 방법을 바꿀 것을 요구하는 현상이 미국에서 다른 형태로 나타나고 있다. 영어 편지에서 남자를 호칭할 때는 언제나 「Mr.(미스터)」인 데 반해서 여자는 사정이 좀 다르다. 기혼 여성은 「Mrs.(미시즈)」로 표현하고 처녀인 경우에는 「Miss(미스)」로 표현한다. 이에 대해서도 미국 여성들의 반발이 심하다. 왜 여자의 경우만 기혼과 미혼을 구분해서 부를 필요가 있느냐는 것이다. 그래서 최근에는 결혼 여부에 관계없이 「Ms.(미즈)」로 통일하는 것 같다.

미국 사람과 한국 사람이 꼭 들어맞는 것이 한 가지가 있다. 욕설이다. 한국에서 「개자식」이라는 욕설 표현을 미국에서는 「son of a bitch」(약해서 s.o.b.)라고 한다. 이 욕설 표현이 두 나라가 어떻게 그렇게 흡사한지 감탄할 지경이다. 동양이나 남미 및 유럽에서 온 학생들에게 이와 똑같은 욕설이 있느냐고 물으면 없다고들 대답하는데, 정확치는 않다.

　나는 이 에스오비를 많이 쓴다. 우리 대학에서는 경영학과를 영어로 「School of Business」라고 부르는데 세 단어의 첫글자만 따면 에스오비(s.o.b.)가 된다. 그러나 학생들은 듣기가 싫은 모양이다. 다른 나라 사람이 예를 들기 위해서 「개자식」을 자꾸 반복하면 듣기 싫은 것과 마찬가지다. 누가 나에게 에스오비라고 해도 한국말로 듣는 「개자식」이 주는 충격의 10분의 1도 안될 것이다. 아직도 영어가 내 몸에 한국말과 같이 완전히 배어 있지 못한 증거다.

　그러나 한국 사람과 미국 사람은 여러 면에서 다르다. 그래서 나는 미국 사람들은 네모난 사각형의 인생을 살아가고, 한국 사람들은 둥근 원형의 인생을 살아가는 것이라고 주장하고 싶다.

　네모난 사각형의 인생살이에는 격식과 형식이 엄격하다. 미국 군인들의 공식행사를 보면 미국 사람들의 생활양태의 일면을 볼 수 있는 것 같다. 항공사의 조종사들이 파업으로 시위를 하면서 피켓을 들고 행진할 때도 90도 각도로 정확하게 돌려고 노력하는 것을 볼 수 있다. 결혼식 때도 마찬가지다. 결혼식의 격식과 형식은 한국에서 온 나에게는 너무도 인상적이다.

　예식이래야 30분 정도면 끝난다. 이 짧은 시간을 위해서 신랑 신부를 위시해서 여러 사람들이 동원되어 격식과 형식에 맞추어서 그야말로 엄격하게 거행된다. 장례식도 격식과 형식이 장엄하다(요사이는 미망인이 검은 복장을 하고 얼굴을 검은 망사로 가리는 격식은 많이 없어진 것 같다). 장례식도 30분 정도로 끝난다.

교회에서 헌금(연보라는 말이 나에게는 더 익숙하다)을 걷는 교인들도 엄격한 격식과 형식에 맞추어 진행된다. 나도 한번 헌금위원이 되어 미국의 격식을 따랐지만 미국 교인들한테는 아무래도 어색해 보였는지 그 다음부터는 나를 시키지 않는다. 중요한 공식적인 회식이나 집회에서 남자들이 턱시도 차림으로 참석하는 것을 흔히 볼 수 있다. 일반 가정의 저녁 식사 때도 거의 정장을 하고 식사하는 장면을 영화를 통해서도 익히 보고 있다.

정원을 가꾸는 데도 네모진 사각형의 형식이 그대로 적용되고 있다. 콘크리트 길과 잔디 사이를 항상 기구를 사용해서 완전하게 구분한다. 그렇지 않으면 네모진 사람들이 참지를 못하는 것 같다. 그러나 나는 좀 다르다. 잔디가 콘크리트 길을 좀 침범해도 그렇게까지 신경을 쓰지는 않는다. 나는 둥근 원형의 인생살이를 하는 사람이다. 미국 사람들이 보면 좀 마땅치 않겠지만 도리가 없다. 나는 네모진 사각형의 사람이 되기는 틀렸는가 보다.

한국도 서구화의 물결을 따라서 미국 것을 많이 도입하고 모방하고 있다. 결혼식도 마찬가지다. 전통 한국식 혼례도 있지만 대부분 미국식의 결혼식을 한다. 그러나 한국의 결혼식이나 장례식에 가보면 미국에서 경험하는 것 같은 장엄함을 경험할 수가 없다. 한국에는 미국의 격식이 없기 때문이다. 형식은 따랐지만 격식은 따를 수가 없다. 왜냐하면 한국 사람들은 둥근 원형의 생활을 하기 때문에 미국의 네모난 엄격한 격식을 따를 수가 없을 뿐만 아니라 그럴 필요도 없는 것이다.

　한국사람에게는 격식보다도 비 격식의 둥근 원형의 생활을 해야 마음이 푸근해지는 것이다. 이런 생활에서 한국 사람들은 삶의 참맛을 추구하는 것이다. 한국에도 전통적인 격식과 형식을 복고해 보고자 많은 노력을 하고 있는데 이런 노력도 중요한 것이다. 그러나 한국의 격식과 형식은 둥근 원형의 생활철학에서 이해해야 하리라 믿는다.

　한국에는 한국 사람의 체질이나 문화에 알맞는 둥근 원형질의 격식과 형식이 있는 것이다. 내놓고 자랑할 것도, 그렇다고 부끄러워할 것도 없는 우리만의 고유 문화인 것이다. 사각형과 원형 이것이 미국 사람과 한국 사람의 같은 점과 다른 점이다.

　네모진 사각형의 사람(미국 사람)과 둥근 원형의 사람(한국 사람)은 상징(sumbolism)에 있어서도 차이가 있는 것 같다. 네모진 사각형의 사람들은 상징의 중요성을 잘 인식하는 것 같다. 내가 다니는 교회에서는 크리스마스 트리에 갖가지 기독교의 상징물을 수십 개나 달아 놓고 축하를 한다. 상징물을 중요시하는 사람들의 단적인 표현이다.

　국기는 한 나라를 상징하는 가장 대표적인 예다. 미국 사람들이 국기인 성조기를 거의 광적으로 사랑하는 것은 주지의 사실이다. 한국 사람도 태극기를 사랑한다. 그런데 좀 문제가 있었다. 2002년 동계 올림픽에서 한국 선수가 첫째로 골인해서 금메달을 탈 것을 기대하면서 태극기를 들고 기뻐했는데 실격으로 판정되어 아깝게 금메달을 놓치게 되었다.

　상상 외의 실격 판정에 너무도 충격을 받아서 들고 있던 태극기를 빙판에 떨어뜨린 모양이다. 그런데 이 선수가 빙판에 떨어져 있는 태극기를 빤히 보면서 집어들 생각을 않는 것이었다. 태극기가 한참 동안이나 빙판에 떨어져 있었다. 이 광경을 텔레비전으로 보면서 나의 마음도 착잡해졌다.

금메달을 놓친 실망이야 충분히 이해가 가지만 빙판에 던져져 있는 태극기는 떨어지는 순간 집어 올렸어야 하는 것이다. 이 광경을 본 세계의 관중들이 어떻게 생각했을지 모르겠다. 심판의 오심과 태극기와는 별개인 것이다.

지난번 삼일절 기념행사에서 비슷한 일이 생겼다. 종로 탑골공원에서 열린 3·1 만세운동 재연행사가 끝난 뒤 계단에 태극기가 무더기로 버려졌다는 것이다. 가끔 성조기를 태우는 백인들이 있기는 하지만, 미국에서는 상상도 할 수 없는 일이다. 태극기가 한번 쓰면 버리는 것으로 취급되는 것 같아 마음이 아프다. 상징에 대한 미국 사람과 한국 사람의 인식 차이에서 오는 것 같다. 이것도 네모진 사람과 원형의 사람과의 다른 점인지도 모르겠다.

미국에서는 생일을 맞으면 어떤 집에서는 갖가지 색색 풍선을 달아 놓아 이 집에 생일을 맞은 아이가 있다는 것을 표시하기도 한다. 생일을 맞으면 또래의 아이들을 초대해서 생일 파티를 연다. 어떤 집들은 가게에서 여러 가지 놀이기구를 빌려다가 아이들을 한층 즐겁게 해준다. 부모들이 생일을 맞은 아이를 즐겁게 해주기 위해서 여러모로 신경을 쓴다. 그래서 미국 사람들은 「Happy birthday!」라는 의미가 무엇인지 어릴 때부터 터득한다.

딸아이를 낳으면 연분홍색 리본을 대문에 달아 놓고, 사내아이를 낳으면 푸른색 리본을 문에다 달아 놓는다. 이런 관습이 왜 생겼는지 잘 모르지만 한국에서도 아기를 낳으면 이와 비슷한 관습이 있었다.

악귀나 잡신이 들어오지 못하게 하는 방책으로 사용되고 있었다. 새로 태어난 아기가 건강하게 장수하기를 간절히 기원하는 것은 어느 나라나 마찬가지다.

며칠 전 앞집 아이의 생일잔치가 있었다. 풍선이 매달리고 요란스런 놀이터가 만들어졌다. 앞집 부인이 아이들이 시끄럽게 소리지르며 놀 것이라고 미리 아내에게 양해를 구했다. 요사이는 풍선을 달지 않고 생일을 축하하는 집도 있는 것 같으며, 출산해도 리본을 달지 않는 집도 늘어나는 것 같다.

미국에는 가정학교(home schooling)라는 것이 있다. 일부의 미국 부모들은 자식을 학교에 보내지 않고 집에서 직접 가르친다. 대부분 초등학교와 중학교 과정을 집에서 가르친다. 고등학교 과정까지도 집에서 가르치는 부모도 있다. 집에서 교육을 받은 자녀들도 대학은 일반 대학으로 진학한다. 가정학교를 마친 학생들을 집중적으로 수용하는 대학도 있다.

집에서 교육받은 이들 학생들의 대학 진학률이 높다고 한다. 집에서 가르치는 부모들은 교사 자격증이 없어도 된다. 이들 가정학교를 관장하는 기관이 있어서 시험을 치르고 가정교육의 효과를 판정한다. 가정학교의 교과 과정도 이들 기관에서 제공하고 있으며 여러 가지 교과서도 이들 기관에서 구입해서 사용한다.

가정학교를 정식으로 졸업하면 일반학교의 졸업생과 동등한 자격이 주어진다. 가정학교에 대한 비판적인 견해도 많지만, 가정학교는 계속 늘어나는 추세라고 한다. 모든 인종이 다 모여 있는 미국의 학교 환경에 대한 일부 부모들의 부정적 관념이 자식들을 학교에 보내는 것을 단념하는 것 같다. 그러나 인생행로에는 다른 사람과의 상호 교류가 절대로 필요한데 가정학교의 부모들이 이 면에서는 어떻게 생각하는지 궁금하다. 그러나 나 자신도 평생 다른 사람과의 교류가 별로 없이 인생을 살아왔으니 이들은 나 같은 사람을 모델로 삼는지도 모르겠다.

미국에는 또 기독교 학교(Christian school)가 있다. 교회에서 운영하는 소규모 학교에서 독자적으로 큰 규모로 운영하는 학교도 있다. 이들 학교는 한국에서도 흔히 볼 수 있는 미션스쿨과 비슷하지만 다른 점도 있다. 한국의 미션스쿨에는 기독교 신자가 아닌 학생도 받지만 미국의 기독교 학교는 기독교인이어야만 들어갈 수 있다. 기독교인이 아니면 기독교 정신과 성경을 믿는다는 서약을 해야 입학이 허락된다.

이 지방의 한 기독교 학교는 유태교를 믿는 유태계 학생 역시 수용한다고 하며, 카톨릭교 신자는 아무런 문제가 없다고 한다. 기독교 학교에 보내는 부모도 주로 공립학교의 문제점을 피해서 기독교 정신에 입각해서 자식들을 교육시키려고 학교에 보내는 것 같다. 이들 기독교 학교를 졸업한 학생들이 사회에 진출해서 어떻게 처세하는지 아직은 자세한 통계자료가 없는 것 같다.

나에게 자식을 기독교 학교에 보낼 것이냐고 물으면 아마도 주저할 것이다. 그런데 나도 착실한 기독교인이 되려고 나름대로 평생 노력하고 있다. 나의 동료 교수 한 분은 이 기독교 학교에 자녀들을 보내고 있다.

미국 사람들이 무례해진다는 통계가 발표되었다. 그렇게도 예의바른 미국 사람들이 왜 무례하여지는지 그 이유를 좀 추상해 본다. 그 전에는 기독교라는 종교와 여기서 유래하는 도덕관이 절대가치를 형성해서 미국 사회에 절대적인 영향을 미쳤는데, 미국의 이 절대가치가 균열이 생기기 시작하면서 미국 사람들의 가치 관념에 혼란이 생기고 행동양식에 부정적인 영향을 미쳐서 생기는 현상이 아닌가 생각된다.

미국인의 절대가치가 왜 균열이 생겼는지(실제로 균열이 생겼는지) 그 이유를 추구하기는 용이치 않다. 그러나 그전에는 흑백논리(천사 아니면 악마라는 논리)로 모든 사회현상이 설명되고 또 설득력이 있었으나 이제는 흑백논리로는 설명할 수 없는 회색지각이 너무도 뚜렷하게 부각되고 있기 때문에 흑백논리의 효용이 무력화되어 절대가치에 균열이 생기는 것이 아닌가 짐작이 된다.

그전에는 간통을 하면 십계명에 입각해서 엄격하게 다스려졌으나, 요즈음에는 간통을 다스린다는 소식을 들을 수가 없다. 오히려 간통을 하면 더 유명해질 수도 있다. 이것은 하나의 예로서 흑백논리로 설명할 수가 없다.

뿐만 아니라 세계가 지구촌화하고 다른 종교 및 다른 문화와 접촉하는 기회가 많아지면서 절대적이라고 믿었던 자기의 종교(기독교)와 자기의 문화(서구문화)가 절대적인 것이 될 수 없다는 인식이 생기고 상대적인 개념에 설득력이 생기면서 절대가치관에 균열이 생기는지도 모른다. 이런 현상으로 인해 미국 사람들의 행동양식에 혼란이 생기고 나아가 무례한 행동으로까지 이어지는지도 모른다.

최근 미국의 카톨릭교가 위기에 봉착하고 있다. 어린 소년들에게 성적인 추행을 저지르는 신부들의 수가 늘어나면서 미국의 카톨릭교가 홍역을 치르고 있다. 이들 피해 신자들에게 카톨릭교에서 막대한 보상금이 지불되고, 추행을 한 신부들이 유죄로 철창신세를 지고 있다(이 보상금의 대부분이 신도들의 헌금으로 지불될 것이다).

이런 부도덕한 신부가 미국 카톨릭교의 극히 일부에 국한되고 있는지도 모른다. 그러나 나는 다르게 해석한다. 신부들의 부도덕한 행위는 종교 내부에 잠재하고 있는 일부 허구성이 노출되고 있는 현상인지도 모른다. 이것은 미국의 카톨릭교에 국한되지 않고 모든 종교에 적용될 것이다. 앞으로 이런 허구성의 노출이 가속화될는지도 모른다.

지금 미국의 카톨릭교인들은 방황하고 있다. 절대적인 개념이 눈앞에서 너무도 뚜렷하게 허물어지고 있는 현상을 목도하고 있기 때문이다. 이런 혼란 현상이 사람들로 하여금 무례하게 만드는 것인지도 모른다. 이밖에도 경제 사회적인 요건과 인구 동향의 요건들도 기인하겠지만, 이들의 상관관계를 구체적으로 설명할 수는 없다.

미국에서 직업야구팀의 거구의 백인 투수가 마누라한테 얻어맞고 부상해서 다음 경기에 출전을 하지 못했다는 뉴스가 화제가 되고 있다. 또 한 중년의 백인 남자는 오랜 동안 아내에게 맞아오다가 더는 참지를 못해서 경찰에 고발했다고 한다. 한번은 부인이 때려서 코뼈가 부러져 병원 응급실에서 치료를 받았지만 차마 아내에게 맞았다는 이야기는 할 수 없었다고 텔레비전에서 고백했다.

이런 등등의 것들이 미국 사람을 무례하게 만드는 것과 상관관계가 있는지도 모른다. 그런데 놀랍게도 한국에도 마누라한테 얻어맞는 남자가 늘어난다고 한다. 한국과 미국이 어쩌면 이렇게도 닮은꼴이 되어가는지 놀랍기만 하다.

이 혼
이 혼

　미국 사람들은 이혼을 많이 하는 것 같다. 언젠가 학생들에게 강의 도중 정색을 하고 미국 사람들은 이혼하기 위해서 결혼하는 것 같다고 말한 적이 있었다. 그리고 나서 한국에는 이혼이라는 것이 거의 없다고 말해 주었다. 그러자 한 여학생이 반사적으로「교수님, 그건 아주 나쁜 제도인 것 같습니다. 이혼해야 할 사유가 있으면 당연히 이혼을 해야 하지 않습니까?」라고 말하는 것이었다.

　요사이는 한국에도 이혼하는 사람들이 많아진다는 소식을 듣고 있다. 미국에서는 이혼이 아주 흔하니까 근래에 와서는 결혼식과 같이 이혼식도 엄숙하게 거행하는 것이 좋겠다는 비아냥이 나오기까지 하고 있다.

　내 주위에도 이혼한 미국 사람을 얼마든지 볼 수 있다. 우리 경영학과의 예를 들어보자. 한 교수는 북부지방인 펜실베이니어 주에서 남부에 위치한 우리 대학으로 부임해 왔다. 부임한 지 얼마 되지 않아 부부

동반 회식에 이 교수 부부도 참석했다. 그런데 어쩐지 이 교수 부인은 수심이 가득 차 있었다. 그리고 얼마 안 있다가 이 교수의 부인은 자기 남편과 자식들을 버리고 훌쩍 이 고장을 떠나버렸다.

사람들의 말로는 이 부인은 우리 대학이 소재하고 있는 도시가 너무도 작은 데 실망해서 자기 가정을 버리고 혼자서 다른 곳으로 갔다고 한다. 그러나 진짜 이유는 아무도 모른다. 이 교수는 갑자기 홀아비 신세가 되어 어린 자식들을 돌보며 직장생활을 계속했다. 그리고는 얼마 안 있다가 이 교수는 우리 대학 출신의 젊은 여자와 재혼했다. 그리고 우리 대학을 사임하고 개인 사업을 시작했다.

또 한 교수는 동료 교수와 학생들로부터 신임과 존경을 받고 있었다. 슬하에는 아들과 예쁘장한 딸을 두고 있었다. 이 교수의 부인도 여러 차례 만날 기회가 있었다. 아주 수수한 전형적인 중년의 가정부인이었다. 직장도 갖지 않고 가정에만 충실했다. 이 교수는 오랫동안 우리 대학에서 근무하고 있었다. 그런데 이 부인이 느닷없이 남편과 두 자식을 버리고 하루아침에 집을 나간 것이다.

왜 이 교수의 부인이 자기 가정을 버리고 떠났는지 그 이유를 백방으로 알아보았지만 신통한 이야기를 들을 수가 없었다. 이 교수가 외도를 한다는 얘기도 들어본 적이 없다. 이 교수도 내가 은퇴한 직후 다른 대학으로 전임해 갔다. 이곳을 떠날 때까지 재혼을 하지 않았다.

우리 과에 학생 상담역 여직원이 있다. 40 안팎으로 슬하에 아들 하나를 두고 있다. 남편은 우리 대학 교수다. 우리 대학에 부임한 지도 오래되었다. 그런데 이 교수가 두뇌에 종양이 생겨 처절한 투병생활을 했다. 부인의 시종 헌신적인 간호를 옆에서 지켜보면서 동정심과 아울러 존경심이 들기까지 했다. 멀리 타지방에까지 가서 치료를 하느라고 학교를 임시 휴직하기까지 했다. 다행히 병이 나아 정상적인 가정생활을 계속할 수가 있었다.

이들은 학교에서 꽤 멀리 있는 곳에 살고 있다. 이 여직원은 파티를 좋아해서 교수들과 학생들을 자기 집에 초청해서 음식을 대접하기도 했다. 우리 부부도 참석해서 대접받기도 했다. 남편도 파티 때마다 부인을 정성껏 돕고 있었다. 그런데 느닷없이 이 교수 부인이 학교 가까이에 있는 아파트에서 혼자 산다는 이야기를 들었다. 이유를 알 수가 없었다.

주위 사람들은 별로 놀라지도 않고 다 그런 것이 아니냐는 식으로 이상하게 생각하는 사람이 없었다. 결국 이 부인은 교수인 남편과 이혼한 것이다. 원만한 가정이었는데 무슨 일이 생겼는지 내 소견으로는 도무지 짐작을 할 수가 없다. 남편은 여전히 대학에 재직하고 있으며 부인도 계속 우리 과에서 근무하고 있다.

아내가 소속해 있는 간호학과에 40이 좀 넘은 미모의 여교수가 있다. 동료 교수들과 학생들로부터 호감과 존경을 받고 있었다. 의사인 남편과의 사이에는 명석한 두 아들을 두고 있다. 누가 보더라도 남부럽지 않은 모범적인 가정이다. 그런데 남편이 하루아침에 자기에게 다른 여자가 생겼으니 이혼하자는 것이었다. 청천벽력 같은 소리였다.

학기 도중이니 학기가 끝난 다음에 이혼 수속을 하자고 부인이 애걸했지만 남편은 막무가내였다. 일이 급했던 모양이다. 이런 사연도 모르고 나의 아내는 이 미모의 여교수가 갑자기 자기 직무에 태만한 이유를 이해할 수가 없었지만 누구에게도 말을 하지 않았다. 나중에

우연히 아내가 자기 과의 과장과 이야기하다가 과장으로부터 이 여교
수가 이혼 수속을 하고 있는 중이라는 이야기를 듣고서야 모든 일을
이해할 수가 있었다.

이 여교수는 전혀 예상치 않았던 돌발사태로 극심한 정신적인 상처
를 받은 것이다. 일 처리가 원만할 수 없는 것은 당연지사다. 그런데
반 년이 좀 지나자 이 여교수의 얼굴이 환해지고 화기가 가득 차기
시작했다. 동료 교수와도 전과 같이 즐겁게 대한다. 그러더니 얼마 있
다가 약혼했다면서 약혼반지를 아내를 비롯한 동료 교수들에게 자랑
하면서 환하게 웃더라는 것이다. 오래 전에 이혼한 남자를 만나서 교
제하다가 서로 결혼하기로 했다고 한다.

얼마 전 이들의 결혼축하연에 초대되어서 아내와 같이 참석했다.
결혼식은 자기가 살고 있는 작은 도시에서 올리고 피로연은 좀 떨어
진 큰 도시에서 치렀다. 이 여인은 결혼식 때 면사포를 쓰지 않는다.
처음 결혼식 때는 여자들이 면사포를 쓰지만 재혼 때는 면사포를 쓰
지 않는 것이 미국의 관례이다. 평생 한번 쓰는 것으로 충분하다는
논리인지, 아니면 순결의 상징인 면사포를 재혼 때는 쓰지 않는 것이
당연하다는 것인지 잘 모르겠다.

대부분의 손님은 피로연에만 초청된 것 같다. 환하게 웃으면서 손
님을 맞는 이들 새 부부에게 진심으로 축하한다는 인사를 했다. 활짝
웃으면서 내 손을 꽉 잡는다. 얼마 전까지만 해도 인생의 낭떠러지에
떨어진 것 같았던 아내의 이 동료 여교수는 이제는 이 세상이 전부
자기 것인 양 자신에 찬 듯 보였다. 40 중반에 접어든 이 새 신부에
게 웃음과 행운의 천사가 다시 찾아온 것이다. 이혼하면 또 재혼하면
되는 것이다. 이제는 인생이란 이렇게 간단한 공식에 입각해서 맴돌

고 있는 것처럼 보인다.

신혼여행에서 돌아온 재생 신부는 아내에게 결혼선물을 주어서 감사하다는 정중한 답례 카드를 보내왔다. 미국에서는 선물을 받으면 반드시 답례 카드를 보내는 것이 관례다. 이 신부의 성은 벌써 새 남편의 성씨로 바뀌어 있었다.

간호학과 교수 한 분은 결혼해서 오래도록 남편과 같이 살았다. 남편은 이곳에서 멀지 않은 대학 미식축구 팀의 광적인 팬이었다. 그는 이 팀이 토요일이면 다른 대학 팀과 경기를 벌일 때마다 자기 대학 팀을 열렬히 응원했다. 심지어 이 팀이 하와이에서 경기를 할 때도 그곳까지 비행기를 타고 가서 응원을 할 정도의 광적인 팬이었다. 그의 부인인 간호교수도 남편과 함께 하와이까지 따라갈 정도로 열렬한 미식축구 팬이 되었다.

이들 부부 사이에는 자식이 없었다. 그런데 어쩌다가 이 여교수가 한 남자와 눈이 맞아 부부 사이가 차츰 멀어지더니 급기야는 본 남편과 이혼하고 새 남자와 결혼해서 살고 있다. 새 남편은 미식축구라면 질색하는 사람이었다. 여교수도 이 남자와 결혼하고 나서는 미식축구는 입 밖에도 내지 않는다.

한 간호학과 교수는 이혼을 하고서 우리 대학으로 부임해 왔다. 주위 사람들에 의하면 이 여교수가 너무도 잘나고 여장부 같아서 남편은 늘 열등의식에 사로잡혀 있었다고 한다. 그러다가 이 남편에게 고분고분하고 진짜 여성미가 풍기는 여자가 나타나서 교제하기 시작하면서부터 이 여교수와 이혼을 했다고 한다. 이 여교수는 자기가 살던 곳이 싫어져서 아이들을 데리고 우리 대학으로 오게 되었다.

미국에서의 관습대로 여교수는 자기가 이혼을 먼저 제기하지 않았기 때문에 자식들과 같이 있게 되었다. 얼마 뒤 이 여교수는 이곳에서 새 남자를 만나 재혼을 했다. 교회에서 성대하게 혼례식을 올렸다. 그러나 재혼생활도 오래 가지 못했다. 이 여교수가 직업상 너무 바쁘기 때문에 새 남편이 주로 그녀의 자식들을 돌봐야 했다.

아이나 보는 남편으로 전락한 데 화가 치밀었다. 「내가 애나 보기 위해서 결혼했나?」 출세한 명사 아내를 가진 남편의 비애였다. 결국 이 여교수는 재혼한 남편과 다시 이혼하고 지금은 혼자서 살고 있다. 직업여성으로서는 크게 성공했지만 가정생활은 평탄치 못했던 것이다. 직업과 가정은 서로 보완관계가 되지 못하고 갈등관계로 치달을 수도 있다. 이런 가능성을 나는 항상 내가 가르치던 여학생들에게 환기시키곤 했다.

여성의 사회 진출이 활발해서 그런지 요사이는 여자의 직장에 따라서 다른 지방으로 이동하는 가정이 미국에서는 점점 늘고 있으며 집에서 아이들을 돌보며 남자 주부로서의 새 역할을 하는 남편들이 늘고 있다. 남자가 아니라 여성이 한 가정을 주도하는 가정이 미국에는 늘어나고 있는 것 같다.

남자로서의 자존심에 상처를 안길 수는 있어도 이것도 하나의 해결 방법이다. 남녀평등이 아니라 여성 위주의 사회로 미국이 치닫고 있는지도 모르겠다. 그런데 한국에도 남자 주부가 있다고 하니 놀라지 않을 수 없다(여기서는 主婦의 「婦」가 「夫」가 되어야 하겠다). 세상이 모두 닮아가는 것 같다. 여성사회가 되는 징조를 보이는 것인가?

간호학과의 한 여직원은 아주 얌전한 40 전후의 여자였다. 오랫동안 아무 탈 없이 결혼생활을 해오더니 남편이 다른 여자와 교제하면

218

서 하루아침에 가정 파탄을 초래했다. 결국 이 부부는 이혼했다. 이 여비서는 그 후 남자친구를 사귀면서 몇 년 동안 동거생활을 하더니 결혼해서 살고 있다.

간호학과를 졸업한 학생들 중에 이혼한 사례를 간호학과 교수인 아내는 이따금 말하곤 한다. 이 간호사들은 남편이 바람을 피워서 가정 파탄을 초래하는 경우도 있고, 간호사들 자신이 문제를 일으켜서 이혼하는 경우도 있다.

우리 교회에 한때 여자 목사를 모신 때가 있었다. 여목사의 남편도 목사였다. 부부가 다 목사라는 것이 좋지 않다고 해서 이 목사 부부는 이혼을 했다. 우리 교회를 사임하고 나서 이 여목사는 목사 아닌 사람과 재혼했고 또 성직도 떠나서 어느 회사의 여직원으로 일한다는 말을 들었다.

우리 교회로 부임해 온 다른 한 분의 목사는 교인들의 존경을 받는 훌륭한 분이었다. 그런데 불행하게도 밤중에 차를 운전하던 중 깜빡 실수로 정지 신호에서 차를 계속 몰다가 다른 차를 들이받았다. 상대 차의 운전사는 현장에서 즉사했다. 목사는 다치지 않았으나 부인은 중상을 입고 입원했다. 이 사모님은 한국말 찬송 한 구절을 어디서 배웠는지 나만 보면 이 찬송가를 부르곤 했다.

이 사건 후 오랫동안 목사 내외는 많은 시달림을 받고 고통도 당했다. 그리고 얼마 안 있다가 우리 교회를 사임했다. 몇 년 후에 이 목사 부부가 이혼한 사실을 알게 되었다. 자동차 사고로 너무나 많은 고통을 받으면서 둘 사이에 메울 수 없는 간격이 생긴 것 같다.

또 한 목사는 지명도가 높은 명망있는 분이었다. 이 목사의 부인은 우리 대학의 교수이다. 큰아들은 고등학교에서 최우수 성적으로 졸업한 수재였다. 두 분의 사이가 어땠는지 자세한 것은 모르지만 이 목사한테 다른 여자가 생겼다. 그래서 이 부부는 이혼했다. 이 목사는 아직도 교회에서 목회자로 시무하고 있다.

목사의 이혼은 여기서 끝나지 않는다. 한 감리교 목사가 이 지방에서 목회를 하고 있었다. 이 목사의 부인이 명문대 간호과 출신으로 아내와 같은 간호학과에서 강사로 근무했기 때문에 우리와 가까이 지냈다. 미국 감리교 목사들은 4년마다 다른 교회로 파송되기 때문에 간호사인 부인은 한 직장에서 오래 근무할 수가 없어서 직장인으로 많은 어려움이 있었다.

얼마 전 아내가 한 학회에 참석했다가 이 부인을 만났다. 그녀는 한 병원의 간호부 부원장으로 근무하고 있다고 했다. 그녀가 아내에게 남편과 이혼했다는 이야기를 들려주었다. 그러면서도 자기와 목사인 전 남편과는 친구로서의 관계를 유지하고 있다고 했다. 이 간호사 부인은 재혼하지 않았다.

이혼이 가져오는 부작용도 다양하다. 미국의 관례대로 여자가 결혼하면 남편의 성씨로 바뀌게 된다. 물론 유명한 배우와 같이 자기 성을 결혼한 후에도 그대로 유지하는 경우도 있기는 하다. 클린턴 전 대통령의 부인이 결혼한 후에도 자기의 결혼 전 성씨를 고집하다가 한참 후에야 남편의 성씨로 바꾼 것은 널리 알려진 일이다.

대학의 등록처가 이름 바꾸는 일로 바쁘다. 여학생이 재학 중 결혼하면 남편 성으로 바꿔야 한다. 이런 경우를 내가 가르친 여학생 중에서 여러 번 보아왔다. 여자가 결혼한 후 남편의 성으로 바꾸고 유명한 인사가 된 다음 다시 이혼을 하는 경우가 흔하다. 이들은 이미 남편의 이름으로 유명해졌기 때문에 이혼한 후에도 전 남편의 이름을 그대로 유지한다. 결혼하기 전의 본 이름으로 바꾸면 사람들이 알아보지 못해서 혼선이 생기기 때문이다.

그러나 재혼을 하는 경우에는 사정이 달라진다. 미국의 어떤 여인은 성씨가 네 개다. 첫째 남편과 사별하고 재혼을 했다. 그리고 얼마 안 있다가 이혼하고 다른 남자와 결혼했다가 다시 이혼하고 또다시 재혼을 했다. 이 여인은 자기의 이름을 적을 때 첫째 남편 둘째 남편 셋째 남편 그리고 현재의 남편의 성씨를 다 적는다. 자그마치 네 개의 성씨를 적는 것이다.

어떤 여자는 결혼했다가 이혼하고 재혼했다. 첫번째 남편과 현재의 남편의 성을 자기의 성씨로 쓴다. 왜냐하면 첫번째 남편 이름으로 알려졌기 때문이다. 그러다가 2, 3년 뒤 첫번째 남편 성은 빼버리고 현재 남편의 성만 쓴다. 그동안에 현재의 남편 이름이 많이 홍보됐다고 믿기 때문이다.

워커 전 주한 미국대사의 회고록 《한국의 추억》 이라는 책자에 미국의 여자들이 결혼하면 남편의 성씨로 이름을 바꾼다는 사실에 익숙지 않아서 잘못 번역된 것을 볼 수 있다. 미국의 유명한 아역 배우 출신으로 가나 주재 대사를 지낸 셜리 템플 이야기가 잠깐 소개되는데 이 책의 역자는 셜리 템플을 흑인이라고 번역하고 있다. (200 쪽)

멀쩡한 백인 여자가 그것도 너무도 유명한 백인 여자가 갑자기 흑인으로 둔갑한 것이다. 사실은 셜리 템플은 성이 블랙(Black)이라는 남자와 결혼한 다음 관례대로 남편의 성을 따라 셜리 템플 블랙이 되었다. 역자는 블랙을 고유명사로 해석하지 않고 보통명사로 해석해서 흑인이라고 번역한 것 같다.

내가 가르치던 백인 학생 중에 블랙(Black)이란 성을 가진 학생이 여럿 있었는데 반대로 흑인 학생 중에 화이트(White)란 성을 가진 학생도 여러 명 있어서 나를 어리둥절하게 만들기도 했다.

여자의 경우 이혼한 전 남편과의 관계도 다양하다. 한 여성은 이혼한 후에 재혼을 하지 않고 살던 곳에서 멀리 떨어진 우리 지방으로 이주해 왔다. 직장 여성이기 때문에 출장을 자주 간다. 대개의 경우에는 아이들을 보는 사람을 구할 수가 있다. 그러나 그렇지 못할 경우에는 멀리 타지방에 살고 있는 전 남편에게 부탁해서 아이들을 돌보게 한다. 물론 전 남편은 재혼을 했다. 전 남편의 현재의 부인도 이해를 한다는 것이다.

내가 다니는 교회에 한 이혼한 여자가 있었는데 재혼을 하지 않고 두 딸과 같이 살고 있었다. 그녀의 큰딸이 얼마 전에 결혼을 했는데 오래 전에 이혼한 전 남편이 딸의 아버지로서 신부인 딸을 데리고 웨딩마취에 따라 입장했다. 그런데 좌석 배치가 재미있다. 신부의 어머니는 이혼한 전 남편의 오른편에 앉았고, 전 남편의 왼편에는 재혼한 현재의 부인이 앉았다.

이들의 서먹서먹한 얼굴 표정을 누구나 쉽게 알 수 있었다. 결혼식을 마치고 피로연이 끝날 때까지 이들은 서로가 외면했다. 그러나 오래 전에 이혼했어도 어머니와 아버지로서 딸의 장래를 축복하는 데는 한마음이었을 것이다.

자식이 있는 이혼 여자나 미망인이 역시 자식이 있는 이혼한 남자나 상처한 남자와 재혼했을 때는 또 다른 후유증이 생긴다. 여자가 데리고 온 자식과 남자가 데리고 온 자식은 아무런 혈연관계가 없으면서도 형제자매가 돼서 한지붕 아래 산다.

신경이 예민한 사춘기의 여자아이들은 자기 친형제가 아닌 법률상의 형제와 화장실을 같이 쓸 수 없다고 난리를 치기도 한다. 극단적인 경우에는 혈연관계가 없는 자식들이 사춘기에 접어들면서 이상한 남녀관계로 발전되는 집안도 있다. 그러나 대부분의 가정이 상호의 이질관계를 잘 극복하면서 한가족 의식을 유지해 가고 있다.

이혼한 아버지와 어머니 때문에 이들의 자식들은 남다른 어려운 환경에 처하기도 한다. 자식이 있는 남자나 여자가 재혼하는 경우 의붓어머니와 자식간의 관계, 의붓아버지와 자식간의 관계가 원활치 않아 여러 가지로 문제가 되고 있다. 이들 자식들이 이혼한 부모 때문에 여러 가지로 상처를 입는 것만은 사실이다. 특히 사춘기에 접어든 자식들은 탈선하는 경우도 있다.

한 고등학생은 부모가 이혼한 데 실망해서 집을 뛰쳐나가 마약중독자가 되어 병원에서 치료받고 있다. 남편 때문에 이혼한 경우에는 아내가 자식을 데리고 산다. 아내가 재혼을 않고 자식들을 부양하는 경우 집을 나간 아버지는 자식들이 18세가 될 때까지 부양 책임을 진다.

물론 미국 사람들이 다 이혼하는 것은 아니다. 부부가 착실하게 자기 분수를 지키면서 모범적인 가정을 꾸려 가는 사람들을 얼마든지 볼 수 있다. 그러나 어떤 이유이든 간에 같이 살 수 없을 바에야 어차피 헤어져야 한다는 것이 미국 사람들의 사고방식인 것 같다. 적어도 사별하기까지는 백년해로하겠다고 맹세를 했지만 이혼하는 부부들이 많아지고 있다.

이른바 연분이 있어서 (미국 사람들은 이것을 케미스트리 chemistry라고 한다) 결혼을 했더라도 소용이 없다. 도저히 같이 살 수가 없다는 것이다. 이혼에서 오는 정신적인 충격과 마음의 고통은 말할 것

도 없다. 그러나 같이 살 수 없는 사람과 함께 사는 고통에 비할 것
이 못된다는 것이다.

대개의 경우 1년 동안 별거생활을 하고 나면 정식으로 이혼 수속을
밟을 수 있다. 이혼이 가져오는 사회적인 영향도 주시해야 할 것이다.
적어도 미국에서는 전통적인 결혼 내지 가정제도에 경종이 울리고 있
는 것 같다.

미국에서는 어머니와 자식만이 사는 가정, 아버지와 자식만 사는
가정이 늘어나고 있다. 뿐만 아니라 정식으로 결혼식을 하지 않고 동
거하는 남녀 또한 늘고 있다. 여기에 더해서 미국 일각에서는 어머니
날과 아버지날을 없애자는 말까지 나오고 있다. 동성애자들이 이룬
가정에는 어머니가 없으며(동성연애하는 두 남자가 아이들을 입양해
서 가정을 이룰 때) 아버지가 없는 가정(동성연애하는 두 여자가 아
이들을 입양해서 가정을 이룰 때)도 있다. 이들 가정에서 자라나는 아
이들에게는 어머니나 또는 아버지가 없기 때문에 이 아이들을 존중해
서 어머니날과 아버지날을 없애야 한다는 것이다.

그리고 유타 주에는 모르몬교의 영향으로 아직도 일부다처제가 존
재하고 있어서 문제가 되고 있다. 이런 것으로 미루어 보아서 미국의
가정제도에 많은 혼란이 일어나고 있는 것은 사실이다.

이혼이 단순히 전통적인 결혼제도의 오차에 불과한지, 그렇지 않으
면 전통적인 결혼제도를 궁극적으로 파괴하는 공룡으로 변할 것인지
는 잘 모르겠다. 미국의 몇 개 주에서는 이혼을 보다 어렵게 하는 제
도를 시도하고 있다. 그러나 사회가 보다 개방적으로 탈바꿈해 가고,
또한 종교의 절대적인 계율의 영향력이 약화되며, 또 여성들의 지위
가 향상되기 때문에 이혼은 앞으로도 계속 사회적인 문제로 남을 것

이다.

특히 여성들의 교육 수준 향상, 탄탄한 경제력, 여성들의 대거 사회 진출 등등으로 남성들과 같은 장소에서 동료로서 매일같이 무릎을 맞대고 일하게 되면 전통적인 가정제도에 여러 가지로 영향을 미칠 수 있는 일들이 생길 것은 쉽게 상상할 수 있다.

또한 부부가 모두 고도의 전문직업을 가지고 있으면 정상적인 가정을 유지하기가 어렵다. 소위 주말부부가 이런 경우이다. 한 예를 들어 보면, 남편은 중부인 오하이오 주의 콜럼버스 시에서 산부인과 의사로 근무하고 있으며 부인은 동부의 뉴욕에서 유명한 잡지사의 편집인으로 근무하고 있다. 이들 부부는 주말에 한 번씩 만나고 있다.

내가 재직하고 있는 대학에도 주말부부가 있었다. 여자는 우리 대학의 교수인데 남편은 여기서 자동차로 열 시간이 걸리는 곳에 있는 대학에서 가르치고 있다. 이 여교수는 두 주에 한 번씩 북쪽으로 다섯 시간 차를 몰고 가고, 남편은 남쪽으로 다섯 시간 차를 몰고 와서 중간 지역 도시에서 만났다가 헤어진다.

우리 대학의 한 여교수 남편이 멀리 떨어진 도시로 전근 발령이 났다. 그전 같으면 부인이 남편을 따라서 새 도시로 이사해야 하는데 부인도 교수로서의 전문직에 종사하기 때문에 쉽사리 남편을 따라갈 수가 없게 되었다. 그래서 부부가 따로따로 살고 있다. 마침 남편이 새로 근무하는 도시가 우리집 아이가 살고 있는 내쉬빌이어서 나에게는 낯익은 도시다. 아내와 나도 1년에 두 번쯤 아이에게 가는데 일곱 시간을 넘게 운전하려면 지쳐버린다.

그런데 이 여교수 남편은 한 달에 두 번씩 가족을 만나려고 우리 도시를 찾는다고 한다. 고단한 생활이다. 이에 비하면 우리는 참으로 다행한 편이다. 같은 대학에서 나는 경영학 교수로 재직하다 은퇴했고, 아내는 간호학 교수로 아직도 근무하고 있다.

미국의 경우와는 사정이 좀 다르지만 이 주말부부나 월말부부는 한국에도 존재하고 있다. 남편이 지방으로 전근 발령을 받는 경우 자식들의 교육을 위해서 가족은 서울에 남겨두고 남편 혼자서 지방으로 부임하는 것이다. 한 주에 한 번이나 한 달에 한 번 서울이나 남편이 근무하는 도시에서 가족이 만난다.

최근에는 아이들에게 조기 영어교육을 시켜 주기 위해서 가장인 아버지를 한국에 남겨두고 가족이 미국으로 와서 사는 한국 사람들이 점점 늘고 있다. 자녀들의 교육이 중요한 것은 사실이지만 이것은 좀 지나치지 않는가 걱정이 된다. 가능한 한 가족들은 같이 살아야 한다.

미국에서는 이혼이 기정 사실화된 것은 누구도 부인할 수 없다. 결혼이 하늘이 정해 준 것인지, 하늘과 인간의 협약인지, 아니면 인간의 단순한 결정 사항인지 잘 모르겠다. 인간의 결정 사항이라면 결정이 잘못 이루어졌을 때는 취소될 수 있으며, 잘된 결정이라도 시간이 지나면서 결과가 나빠질 수도 있는 것이다. 이런 경우에도 결정 사항은 취소되어야 하는 것이다. 이혼도 이런 관점에서 접근해야 되는 것은 아닌가?

그러나 이런 경우에도 이혼을 단순히 인간의 결정 사항 내지는 결정의 취소 사항으로만 접근하기에는 너무도 복잡한 문제가 생긴다는 데 그 심각성이 있다.

한국에서는 이혼이라는 것을 상상도 못했다. 미국에 오기 전 옛날에 있었던 일이다. 볼일이 있어서 구청에 들렀는데 마침 이혼청구서를 내는 한 젊은 여자가 있었다. 구청 직원은 물론이거니와 거기 있던 모든 사람들의 눈길이 이 여자한테 집중되었다. 이들의 눈은 호기심과 일종의 연민으로 가득 차 있었다. 나도 예외는 아니었다.

그런데 요사이는 한국에도 이혼율이 매년 높아진다고 한다. 한국의 통계청에 의하면 2001년에 하루 평균 370쌍이 이혼했다고 한다. 이것은 보통 일이 아니다. 이혼은 죽는 것이라고 믿고 있는 가족 위주의 한국 사회가 아니었던가? 이런 사회에서 이혼이 는다는 것은 한국 사람도 자연의 섭리보다도 인간의 계약관계로 결혼을 이해하려는 데서 오는 한 현상이다.

계약관계라면 언제든지 계약을 취소할 수 있고 또다시 새로운 계약을 할 수가 있는 것이다. 언젠가 한국에서도 백년해로한다는 말은 옛날 고리짝에나 있었던 일로 치부할 날이 올는지도 모르겠다. 한국에도 요사이는 「재혼식」이라는 행사가 있다고 한다. 두 번째 결혼하는 사람들이 일가친척과 가까운 친지들을 초청해서 행하는 결혼식이다. 세상은 많이 변한 것 같고 또 변하고 있는 것이 놀랍기만 하다.

이혼을 「최후의 탈출」이 아니라 「발전적인 삶을 위한 선택」으로서 이해하려 하고 있으니 한국도 너무 달라지는 것 같다. 일본에서도 매 1분 49초마다 한 쌍의 부부가 이혼을 한다니 그저 놀랍기만 하다. 그렇다면 이혼은 시대정신의 순리적인 과정인가?

1964년 미국 대통령 선거 때에 있었던 일이다. 공화당 전당대회에서 대통령 후보인 록펠러가 연단에 올라가서 연설을 시작하려고 하자 참석했던 많은 대의원들이 일제히 일어나서 「당신은 배신자요! 배신자요!」라고 소리를 질렀다고 한다. 나라를 팔아먹어 배신자가 된 것이 아니다. 이 입후보자가 32년이나 같이 살던 본 부인을 저버리고 여비서와 부적절한 관계를 가져 이혼했다는 것이었다. 그때는 저명인사가 이혼을 하면 치명적인 상처를 입을 때였다.

록펠러는 부인과 이혼했기 때문에 배신자의 낙인이 찍히게 된 것이다. 거의 40년 전에 있었던 일이다. 그동안 미국사회가 너무도 많이 변한 것이다. 지금은 이혼한 사람에게 소리를 지르기는커녕 전혀 신경도 쓰지 않는 시대가 된 것 같다.

나는 천문학에 대해서는 아는 것이 없다. 그러면서도 밤하늘 처다보기를 즐긴다. 시간이 나면 맑게 갠 날 밤 집 밖에 나와서 밤하늘 쳐다보기가 취미가 되었다. 밤하늘을 쳐다보고 있으면 내가 우주와 통하는 사람이 된 것 같은 착각마저 들 때가 있다. 그렇게 많은 별들에게 이름이 다 있다고 하지만 나에게는 다 같은 별로만 보인다. 그래도 북두칠성만은 식별할 수가 있다. 북두칠성을 오래 쳐다보고 있노라면 고향생각이 나고 한국 생각이 절로 난다.

내가 한국에 있을 때도 밤하늘의 북두칠성을 바라다보곤 했다. 그때나 지금이나 같은 북두칠성일 것이다. 그리고 밤에 잠잘 때에 멀리서 기적소리가 들리면 문득 한국 생각이 난다. 한국에 있을 때도 똑같은 기적소리를 밤에 잠들 때면 수없이 듣곤 했다.

나의 고향 평안북도 신의주는 다른 고향과 좀 다르다. 한반도와 중국 대륙을 압록강을 사이에 두고 갈라 놓는 국경도시다. 신의주에서

나고 신의주와 인접한 의주에서 열 한 살까지 살다가 남으로 내려왔
다. 그때까지 신의주는 나의 세계의 전부였다. 내가 들어본 다른 도시
이름이라고는 신의주 부근의 몇 개 도시가 그 전부였으며, 압록강 건
너로는 단동(丹東 : 중국 요령성의 安東을 1965년 이후로 이렇게 불
렀다), 그리고 외가가 있는 유초 도(신의주 북쪽의 압록강 사이에 있
는 작은 섬인데 우리는 누추라고 불렀다. 지금은 어느 쪽에서 관할하
고 있는지 모르겠다)가 전부였다.

　나는 많은 월남인이 당한 고통을 경험하지 않았다. 해방되기 1년
전 부친이 경기도 평택에 직장을 얻어 나는 신의주 역에서 기차를 타
고 서울로 왔다. 오후 두 시쯤 신의주역을 떠났다고 생각되는데, 밤
아홉 시쯤에 창 밖을 내다보니 한자로 씌어진 평양 역이라는 표지판
이 눈에 띄었다. 그리고 이튿날 아침에 일어나 보니 내가 탄 기차가
신촌 역 부근의 터널을 지나고 있었다. 정말 너무도 싱겁게 월남을
한 것이다.

　그리고 칠순이 다 된 지금에도 옛 고향에 가보지 못하고 미국 남
부의 조그마한 도시에서 여생을 보내고 있다. 죽기 전에 고향산천을
한 번만이라도 가봤으면 한이 없겠다. 요사이는 미국에 사는 동포들
도 많이 북한을 방문하는데 나는 그런 재주도 없어서 한숨만 쉬고
있다.

　신의주에서 태어났지만 어릴 때는 의주에서 살았다. 의주 동 교회
에서 추수감사절에 큰 엿을 선물로 받아 기뻐했던 기억이 아직도
생생하다. 의주에는 통군정(統軍亭 : 관서 팔경의 하나로 압록강변 高
臺에 있는 정자로 경치가 썩 좋다. 조선 왕조 中宗 때와 純祖 때 개
축과 보수가 있었다)이라는 것이 있는데, 내가 거기 올라가서 파랑

게 펼쳐지는 압록강 물을 멀리서 내려다본 것이 아직도 눈에 선하다.

소학교(초등학교)는 신의주에서 다녔다. 2학년인가 3학년 때 일본인 여선생이 우리 반을 담당했는데 어린 마음에도 참으로 예쁘다는 생각이 들었다. 이 선생님은 마침 압록강 건너 단동에 살고 계셨는데 일요일이면 이따금 선생님 댁에 찾아가서 놀다 오곤 했다. 선생님이 결혼을 하지 않은 걸로 기억이 되는데 확실치 않다.

단동으로 가려면 압록강을 건너야 한다. 그때는 자동차라는 것이 없었으니 걸어가거나 기차를 타야 했다. 기차를 타고 간 기억은 나지 않지만 다리 위를 걸어서 건너간 기억은 난다. 신의주 쪽의 압록강에는 엄하기로 유명한 일본인 세관원들이 있었는데 나와 내 친구들이 검색을 당한 기억은 나지 않는다.

우리는 별 조사도 받지 않고 압록강을 건너다니곤 했다. 일본인 세관원들이 우리에게 거칠게 대한 것 같지는 않았다. 조선 사람이기는 하지만 순진한 어린 학생들이라는 것을 그들도 잘 알고 있었을 것이다. 압록강을 건널 때 무섭다는 생각이 든 것 같지는 않았다. 압록강 다리에서 밑에 보이는 물까지 거리가 얼마나 되었는지는 잘 모르지만 압록강 물이 멀리 발 밑으로 내려다 보였지만 현기증이 난 기억은 없다.

다리는 콘크리트가 아니라 나무로 만든 다리라고 생각되는데 정확치가 않다. 신의주 쪽에서 단동까지 압록강 다리를 건너는 데 시간이 얼마나 걸렸는지도 기억이 나지 않는다. 단동은 전혀 기억에 없다. 지금 생각하면 그렇게 먼 곳을 다녀오게 허락하신 부모님이 이해가 잘 가지 않는다. 일본의 통치하에 있었지만 우리 어린이들에게는 별 통제가 없었던 것 같다.

압록강가에는 혼자서 가기도 했다. 소학교 2, 3학년 때의 일이다. 한 번은 강가에 나가 앉아 있는데 강물에 사과 한 개가 둥실둥실 떠내려오는 것이 보였다. 강물에 뛰어들어가 그 사과를 건졌으면 하는 욕망이 일어났던 일도 기억이 나며 조그마한 배들이 많이 있었던 기억도 난다.

신의주는 제방으로 둘러싸여 있었다. 우리는 그 제방을 동말레(표준말은 동막이다)라고 불렀다. 왜 제방이 필요했는지 잘 모르지만 도시가 간만의 차가 심한 서해안에 위치해서 그랬는지, 아니면 도시를 지을 때 지대가 너무 낮아서 제방이 필요했는지도 모른다.

이 제방을 건너야 학교로 가거나 집으로 올 수 있기 때문에 학교가 파하고 집으로 돌아올 때면 제방에서 친구들과 같이 공기놀이를 하면서 즐거운 시간을 보냈다. 이 제방에는 사람의 통행만 허락되고 일체의 차량은 통행이 금지되어 있었기 때문에 마음놓고 제방에서 놀 수가 있었다.

신의주의 겨울은 매섭게 춥다. 내가 살던 집이 학교에서 10리쯤 남쪽에 있었기 때문에 학교까지 가려면 거의 한 시간이 걸렸던 것 같다. 집에서 학교까지 가는 도중에는 집이라고는 찾아볼 수 없는 논밭 사이의 신작로를 걸어가야 하기 때문에 겨울에 학교에 가려면 살을 에는 듯한 심한 추위에 시달려야했다. 그래도 매일 즐겁게 학교에 다니던 기억이 아직도 새롭다. 가끔 지나가던 버스 운전사가 내가 측은하게 보였든지 차를 멈추고 태워준 일도 기억에 남는다.

신의주는 또 서해안에 위치했기 때문에 조기잡이 철이 되면 집집마다 조기를 빨랫줄 같은 데다 말려서 저장했다가 1년 내내 가장 요긴

한 반찬이 되었다. 우리 집에도 2, 3백 마리의 조기가 빨랫줄에 널려 있던 기억이 난다. 그리고 이름은 잊었지만 뱀장어 같은 해산물도 조기와 같이 말려서 반찬으로 먹던 기억이 난다. 그 해산물의 이름을 잊어버린 것이 아쉽다.

나의 말소리를 듣고는 사람마다 나보고 이북 사람이냐고 묻는다. 고향을 열 한 살에 떠나서 서울에서 표준말을 쓰면서 소학교부터 대학원까지 다니면서 교육을 받았는데도 내 말투에서 이북 사투리가 나오는 모양이다. 칠순이 가까운 지금에도, 또 미국에 그렇게 오래 살면서도 나는 서울의 표준말을 쓰고 있다고 자부한다. 그러나 젖 먹으면서 배운 말투는 없어지지 않는 모양이다.

고향에서(그리고 그때 전국에서) 유명했던 「조 고약」을 서울에 와서도 「됴 고약」이라고 늘 발음했던 생각은 난다. 피부에 염증이 생기면 늘 발랐던 이 「조 고약」이 지금도 한국에서 애용되고 있는지 궁금하다. 심리적으로 「됴 고약」은 「조 고약」보다 더 효과가 있는 것 같다.

나는 이북 사람이라는 것을 한 번도 자랑해 본 일이 없다. 반면에 이북 사람이라는 것을 부끄러워해 본 적도 없다. 나는 그저 이북 사람이다. 그것도 서부 국경도시 신의주와 압록강의 토박이 이북 사람이다. 그런데 나는 안동 장씨다. 안동은 경상북도에 소재하고 있다. 그리고 중국에서 한반도로 이주한 우리의 원래 조상의 묘는 강원도 강릉에 있다. 족보를 따지면 내가 누구인지가 좀 복잡해지는 것 같다.

내가 멍청한 사람이어서 그런지 남들이 다 가보는 북한을 다시 가보지 못했다. 북한뿐만 아니라 내가 살고 있는 미국도 가보지 못한 데가 여러 군데 있다. 한국 사람이 자주 드나드는 라스베가스나 그랜

드캐년도 아직까지 가보지 못했으며, 심지어는 내가 살고 있는 주에 있는 힐튼헤드 아일랜드에도 가보지 못했다. 겨울에는 한국에서도 골프를 치러 일부러 온다는데, 이 주에 30년을 살면서도 아직도 가보지 못했다.

그러나 나에게는 하나의 큰 꿈이 있다. 내가 죽기 전에 내 고향(신의주와 의주 그리고 나의 진짜 고향인 의주군 고성면)을 한번 찾아가는 것이 바로 그것이다. 언젠가 경의선이 다시 개통되면 서울에서 기차를 타고 신의주까지 가는 것이다. 내가 탄 기차가 평양역에 도착하면 기차에서 내려서 역 표지판을 유심히 보려고 한다. 열 한 살 때 보았던 한자로 된「평양 역(平壤驛)」이라는 표지판은 한글과 영어 그리고 한자로 표시되어 있을 것이다.

신의주역에 내리면 우선 시내를 한번 돌아볼 것이다. 물론 신의주 시가 내가 알고 있는 신의주 시와는 전혀 다른 모습으로 변모했을 것이다. 신의주는 평안북도 도청소재지였기 때문에 그때도 큰 도시라고 생각된다. 그때 인구가 10만이었다고 알고 있는데 자신이 없다. 도 청사와 시 청사는 여러 번 봤을 터인데 전혀 기억이 없다. 그러나 신의주 역은 아직도 내 기억에 생생하고 그 당시 한국에서 가장 큰 교회의 하나인 신의주 제2장로교회도 다시 가보고 싶다(이 교회는 해방 후 서울에 세워진 영락교회의 모 교회라고 해도 과언이 아니다). 교회가 그대로 건재하고 있는지 정말 궁금하다.

내가 다니던 소학교(일본말로 후다바라고 했는데 우리말로는 이엽 소학교이다)도 그대로 있는지 확인해 볼 것이다. 내가 다니던 교회들(신의주 제5교회와 남쪽으로 올 때까지 다녔던 기역자로 된 옛날식 교회)은 아마도 없어졌을 것이다. 그리고는 어릴 때 놀던「동말레」

(제방)에 가서 혼자서 공기놀이를 할 것이다. 그리고는 평생의 소원인 압록강변으로 발길을 돌릴 것이다.

사정이 허락하면 압록강을 걸어서 단동까지 가봤으면 한다. 압록강 다리가 6·25 동란 때 폭격으로 파괴된 것으로 알고 있는데 복원이 되었는지 모르겠다. 지금은 신의주가 북한 정부 관할에 있고 단동은 중국 영토에 속하기 때문에 압록강 다리를 건너기가 쉽지 않으리라는 생각이 든다.

인도교도 복원이 되었는지 궁금하다. 새 다리는 콘크리트로 만들어졌을 것이다. 압록강을 건너면서 다리가 강에서 얼마나 높이 있는지 이번에는 자세히 살필 것이며 압록강을 걸어가는 시간이 얼마나 되는지도 정확하게 측정할 것이다. 그리고는 의주로 발길을 돌려서 통군정에 올라가서 압록강의 파란 물을 다시 한번 바라보는 것이다. 그래서 그것이 환상이 아니라 사실이었다는 것을 다시 한번 다짐하고 싶다.

여기서 나는 소학교에 들어가기 전 어릴 때의 나 자신과 70이 다 된 늙은이가 된 지금의 나와 감격의 재회를 하게 된다. 압록강이 보이면 「압록강아, 60년이 지나서 다시 돌아왔네! 나를 알아보겠나? 정말 반갑네. 그동안 잘 있었나? 그동안의 나 개인의 변화와 한반도와 세계의 변천사를 잘 지켜보았을 것이네. 분단된 한반도가 아직도 통일이 되지 못해 가슴이 터질 것 같네. 그러나 이제는 마지막 작별인사를 할 때가 되었네.

내 여기 다시 찾을 날이 언제 또 있겠는가. 부디 한반도의 영원한 번영을 위해서 끝없이 기원해 주기 바라네. 압록강이여 잘 있게나! 내가 저 세상으로 간 다음 통일이 되면 그날 나에게 하늘이 찢어질 듯 소리질러 주게. 나도 저 세상에서 기쁨의 눈물을 흘릴 테지. 부디 잘 있게나!」

그리고는 나의 마지막 본적지인 의주군 고성면 용산동을 찾아서 선조들의 흔적을 찾아보는 것이다. 고향방문이 끝나면 신의주 역에서 다시 기차를 타고 서울까지 와서는 내가 살고 있는 미국의 조그마한 도시 그린우드로 다시 돌아와 여생을 보내는 것이다. 이것이 나의 평생의 꿈이다. 이 꿈이 이루어지는 날 나는 죽어도 여한이 없을 것이다.

이 꿈이 현실로 다가올 그날이 언제쯤일지, 정말 그날이 오기는 하는 건지 나로서는 짐작이 가지 않는다. 중대한 역사적 사건이 있지 않으면 가능할 것 같지 않다. 그러나 역사는 인간이 만드는 것이다! 그리고 인간의 역사는 시대적인 요청이라는 것이 있다. 남북의 화해가 시대적인 요청인지도 모른다. 통일이야 하루아침에 이루어지지는 않겠지만, 남북간의 꾸준한 대화가 그 전제조건으로 될 것이다. 대화와 화해를 통해서 문제를 하나씩 하나씩 풀어 나가다 보면 통일과 같은 역사적인 지각변동이 도래해도 거부감 없이 수용할 수 있으리라고 믿는다.

대화와 화해는 당사자간의 양보와 희생정신이 없으면 불가능하다. 지금까지는 남북간의 이념적 격차가 이런 대화와 화해에 결정적 장애 요인이 되어왔다. 그러나 이데올로기가 절대시되던 시대는 지났고 모든 것이 상대적이라는 역사적인 시점에 있다는 사실을 남북의 지도자와 민초들이 너무도 잘 알고 있다. 이것이 역사의 시대적 요청인 것이다.

이 시대적인 요청을 거스르면 역사의 큰 죄인이 될 것이다. 나는 이 역사적인 요청에 부응하려는 모든 사람들의 노고에 동참하지 못하는 것을 부끄럽게 생각한다. 이들의 노고로 이루어지는 경의선의 복원에 어부지리로 신의주까지 갔다오는 것을 너그럽게 이해해 주리라고 믿으며 한 멍청한 인간의 평생 소원을 풀어주는 데 자기들이 큰 공헌했다는 사실에 만족해 할 것으로 믿는다. 그러나 서울에서 기차로 고향 신의주까지 간다는 것은 아무래도 실현되지 않을 꿈이야기인 것만 같아서 마음 졸여진다.

<h1>변형을 생각한다</h1>

변형! 지금 어디에 살고 있소? 북한에 살고 있소, 그렇지 않으면 러시아나 구 소련 지역 어느 곳에 살고 있소? 내가 형을 마지막 본 것이 아마도 1948년이라고 기억하고 있소. 그러니 반 세기를 훨씬 지나도록 형과의 연락이 끊어져 있었소. 그러면서도 늘 형의 소식이 궁금했소. 이제 우리도 칠순의 고비에 들어서고 있소. 형도 많이 늙었겠구려.

형이 남한에 살고 있으면 간접적으로라도 소식을 알았을 게요. 그러나 아무도 형에 대해서 말하는 사람이 없었소. 단지 6·25 동란 때 인민군들이 서울을 점령하자 형이 잠시 모교에 들러서 동창들을 만났다는 이야기는 들은 적이 있소. 내 추측으로는 형은 지금도 이북에서 살고 있을 것 같소. 그러나 남북간의 이산가족 상봉 때도 형을 보았다는 사람이 없었소. 6·25 동란 때 모든 식구가 이북으로 올라가서 남쪽에는 가족이 전혀 없는 거요? 정말 궁금하군요.

변형! 지금 어디에 살고 있소? 해방 후 처음 같은 중학교에 입학하면서 나는 형을 알게 되었소. 우리가 중학생일 때 한반도의 사회질서는 걷잡을 수 없는 혼란상태였소. 해방의 기쁨은 만끽해 보지도 못한 채 한반도는 남북으로 분단되고, 한민족은 좌익과 우익으로 갈라져서 이념적 갈등으로 어지러운 상태에 있었소. 상대방을 때리고 맞고 죽이고 죽음을 당하는 비극이 끊임없이 반복되고 있었소.

우리가 다니던 중학교(그때는 고등학교 제도가 없이 5년제 중학교 제도였으나 나중에 학제가 변경되어 중학교와 고등학교로 분리됐다)에도 예외는 아니었소. 학생들도 좌익과 우익으로 갈라져 심한 갈등이 빚어졌소.

그런 가운데도 우리는 소년기의 인생으로서 즐겁게 학교생활을 했다고 믿소. 나는 그때 몇몇 학생과 사귀면서 그들과 평생의 친구가 되어 지금까지 우의를 다지고 있소. 내 평생에 그때 사귄 친구가 내가 가진 친구의 거의 전부요. 물론 대학에 진학해서도 친구를 사귀었지만 고작 한 둘에 지나지 않고 중학교 친구가 평생 친구가 되었소. 형은 나와 가까운 친구는 아니었지만 학우로서 가깝게 지냈다고 생각하오.

변형! 지금 어디에 살고 있소? 아마도 중학교 3학년 때라고 기억하고 있소. 그때 형은 마르크스 주의의 혁명투사로 변신한 것 같았소. 우리가 공부하고 있을 때 형이 각 반을 뛰어다니며 공산주의 구호를 큰 소리로 외치며 전단을 교실 안으로 휙 뿌리곤 잽싸게 살아지곤 했소. 한번은 형이 전단을 우리 교실에다 뿌렸을 때 나는 교실 밖으로 뛰어나가 형의 뒷모습이라도 보려고 했소. 그러나 허사였소. 형의 자취는 찾을 수가 없었소. 너무나 재빠르게 행동하는 것 같았소.

형이 마르크스 주의 혁명투사가 된 것은 이해가 되겠소. 당시 좀 똑똑하다는 인텔리들은 많이 그쪽에 심취되어 있었소. 형도 영리한 사람이라고 생각되오. 내 기억으로는 2학년 때 형은 반장인가 부반장을 한 것이 생각나오. 형이 혁명투사로 변신할 때쯤 서울 갈월동에 있는 형의 집을 방문했던 기억이 나오. 그때 형의 형님들이 무슨 책인가 열심히 읽고 있었소. 그들도 대학에 다니는 인텔리였소. 그들도 형과 같이 좌익사상에 심취한 걸로 알고 있소. 집안의 이런 영향을 받아서 형도 좌익사상에 물든 것 같소.

나는 형의 좌익 사상에는 전혀 동조할 수가 없었소. 나는 독실한 크리스천이 되려고 나름대로 노력하고 있었소. 마르크스 주의를 나는 기독교인으로서 도저히 용납할 수가 없었던 거요. 그러면서도 나는 형을 몹시도 존경했소. 자기의 이념을 위해서 그렇게도 용감하게 활동하던 그 점이 나의 존경의 대상이 되었소. 나에게는 형이 가지고 있는 용맹성이란 조금도 없소. 겁이 많고 수줍은 학생이었소. 이런 성품으로 평생을 살아오고 있소.

변형! 지금 어디에 살고 있소? 형이 얼마 동안 학교에서 전단을 뿌리고 다니더니 그 후로는 형의 행적을 알 수가 없었소. 내 생각으로는 아마도 학교 당국으로부터 퇴학을 당하지 않았나 짐작하고 있소. 나는 평범한 학생으로서 계속 학교에 다니다가 6·25 사변을 맞았소. 인민군이 서울을 점령하자 나는 가족과 함께 피난하느라 정신이 없었소. 학교에 가볼 생각은 할 수도 없었소. 그런데도 몇 명의 학우가 학교에 가서 형을 만나보았다고 하오. 이 소식을 후에 서울이 수복되고 나서 학교에 들렀더니 학우들이 내게 알려주었소.

서울이 공산화가 되자 형은 열렬한 공산분자로서 인민군과 같이 당당하게 서울로 입성했을 거라 생각되오. 개선장군으로서 말이오. 그런데 서울이 수복되자 형은 북쪽으로 후퇴했으리라고 믿소. 어디까지올라갔소? 혹시나 후퇴하면서 희생이 된 것은 아닌지? 그렇지 않으면빨치산으로 남쪽에 남아서 후방 교란에 일익을 담당했소?

변형! 지금 어디에 살고 있소? 형이 북으로 갔으면 지금까지 어떻게 살고 있소? 계속해서 혁명투사로서 이념에 살고 이념에 죽는 사람이 되었소? 그렇지 않으면 명석한 두뇌를 살려 학문의 길로 돌아섰소? 거기에서 대학을 다니고 유명한 석학이 되어서 나같이 대학교수가 되었든지, 연구소에서 연구의 길로 전념했는지도 모르겠소. 모든것이 참으로 궁금하오.

한 가지 확신하고 있는 것은 거기서 무엇을 하든 자기 분야에서 두각을 나타냈을 거요. 그렇지 않으면 공산치하의 북한의 현실에 혹 회의를 느낀 것은 아닌지? 10대의 순진했던 이념학생으로부터 나이가들고 더 성숙해지면서 세상을 비판적으로 볼 수 있는 사람으로서의발전적인 변형이 형에게도 있었으리라고 믿소.

남한에 있을 때 좌익사상에 심취하여 모든 것을 거기에다 바쳤는데 실상 북한의 현실을 실제로 경험하고 나서는 많이 실망했으리라고 믿소. 이상과 현실의 괴리로 형은 많이 고통을 받았으리라고 짐작이 되오. 특히 한 사람을 절대 우상화하는 사회에 살면서 형의 신념에 동요가 왔을 것이오. 그러나 많은 지식인들이 그렇듯이 현실과타협해서 자기 자신을 합리화시키면서 모호하게 안주하고 있는지도모르겠소.

변형! 지금 어디에 살고 있소? 공산주의 체제하의 소련이 하루아침에 와해되어 버렸소. 70여 년에 걸친 공산주의 이론의 실험이 실패로 돌아갔소. 이데올로기에 입각했던 소련이 탈 이데올로기의 러시아로 탈바꿈했소. 새로운 질서를 확립할 때까지는 많은 시간이 필요하며 또 많은 어려움이 따르리라고 믿소. 혼란이 따르겠지만 언젠가는 안정된 강대국으로 정착할 것이오.

뿐만 아니라 중국대륙에도 회오리바람이 불기 시작하더니 재주 많은 중국 사람들이 새로운 사회를 건설하고 있소. 공산주의적인 요소와 자본주의 요소를 적당히 섞은 비빔밥식 체제를 희한하게 만들어 놓았소. 그러나 탈 이즘적인 사회라는 것은 자타가 공인하는 사실이오.

중국의 이 비빔밥식 체제가 대성공을 거두어 이제 중국은 초강대국으로 탈바꿈하고 있는 사실을 형도 알고 있을 것이오. 미국이 벌써 경계심을 가지기 시작했고 또 강대국으로서의 중국이 한반도에 미치는 영향에 대해서 한국에서도 촉각을 세우고 있소.

그런데 이 역사적 대 변천을 형은 북쪽에서 어떻게 보고 있으며, 이런 현실을 어떻게 이해하고 있소? 올 것이 마침내 왔구나 하고 긍정적으로 해석하고 있는지, 아니면 사회주의 이념에 위배되는 행위라고 역사적인 사실을 부정하고 있는지? 지성인인 형의 생각이 궁금하오.

북쪽의 공식적인 입장은 이 역사적인 변천을 완전히 부인하지는 않지만 부정적인 입장에서 이를 해석하려는 경향이 있는 것 같은데 형도 여기에 동조하고 있는지 궁금하오. 이 세상의 마지막 사회주의 국가라고 주장하는 북쪽의 주장에 형도 동조하고 있는지 궁금하오.

변형! 지금 어디에 살고 있소? 나는 형과 같이 다니던 학교를 졸업하고 나서는(우리는 학제 개혁으로 고등학교 제1회 졸업생이 되었다) 대학과 대학원을 마치고 대학에서 몇 년 가르치다 미국으로 건너와 공부를 계속해서 박사학위를 받은 뒤 대학에서 오래 가르치다가 그만두고 지금은 미국의 한 소도시에서 조용히 은퇴생활을 하고 있소.

이제 몇 년 있으면 미국에 온 지도 40년이 되오. 미국에 와서 회오리바람같이 변천하는 미국 사회의 달라지는 모습을 몸소 경험했소. 베트남전을 힘겹게 수행하는 미국 사회를 볼 수 있었고, 흑인들의 인권운동을 인상깊게 관찰했소.

미국에 살면서 내가 얻은 교훈이 하나 있소. 역사는 발전적으로 변천해 간다는 사실이오. 물론 비효율적인 변천도 보아왔소. 발전적으로 역사가 변천하기 위해서는 모든 것이 상대적이라는 개념의 인식이 그 전제조건이 되고 있다는 사실도 깨달았소. 상대적이지 않으면 변할 수 없을 뿐 아니라 변한다 하더라도 변질적이 되는 것 같소.

슘페터의 「창조적 파괴」 대로 역사가 발전하든, 헤겔의 정반합(正反合)의 변증법으로 역사가 진행하든 역사는 변하면서 발전하는 것 같소. 여기에는 모든 것이 상대적이라는 개념이 전제되고 있소. 절대 개념만을 고집하게 되면 역사 발전에 정체성을 초래하고, 발전한다고 하더라도 변칙적으로 변하는 것 같소.

미국의 역사도 고쳐야 될 것이 있다는 상대적인 개념에 입각해서 진행되고 있는 것 같소. 남북전쟁을 통해서 노예해방이 실현되어 흑인 노예도 독립된 인간으로 취급받게 되었소(그렇다고 해서 백인과 동등한 위치에 있다는 이야기는 아니오). 그리고 처절한 흑인들의 인권운동도 미국의 역사를 바꾸어 놓았소. 한국 사람을 비롯한 동양 사람들이 백인 사회에서 그래도 대접받는 데는 흑인들의 공헌이 크다고 하겠소.

융통성을 발휘할 수 있는 상대적인 개념이 아니었더라면 미국 역사의 발전적인 변화에 차질이 많았을 것이라고 믿소. 그러나 상대적인 개념에도 문제는 있는 것 같소. 가치판단의 기준이 모호해서 결정을 제대로 내리지 못하고 갈팡질팡하는 것이 그것이오. 이것이 지식인의 고민이오. 그러나 고민한다는 것은 지식인의 특권이라고 믿소. 「나는 의심하고 고민한다. 고로 나는 지성인이다」라는 명제가 있을 수 있는 게 아니겠소?

나는 기독교인으로서 기독교에 대해서 의심과 고민이 많소. 그래서 《한국 기독교의 확신과 고민》이라는 제목으로 한국에서 설교집을 낸 일이 있소. 한국에는 전혀 알려져 있지 않은 내가 저술한 설교집이기 때문에 거의 팔리지는 않았지만 재미 동포로서 활동을 많이 하고 계시는 여교수 한 분이 「장 박사님, 박사님의 설교집을 성경 다음으로 애독하고 있습니다」라는 말을 내게 하는 것을 듣고는 천하에 일인독자를 얻은 기분이어서 마음이 흐뭇했었소.

고민이 있기 전에 확신이 있을 수 없다는 것이 지성인의 태도라고 믿고 싶소. 기독교인도 고민하기 전에는 확신을 가질 수 없다는 점을 나는 강조하고자 했던 거요. 미국의 트루먼 전 대통령이 「스티븐슨(Adlai Stevenson, 미국의 민주당 대통령 후보로서 아이젠하워 공화당 대통령 후보와 대결했던 사람)은 화장실에 가야 할지 말아야 할지도 결정짓지 못하는 사람」이라고 꼬집은 적이 있소. 스티븐슨 씨는 지성적인 정치인인 것 같았소. 그러나 이런 비난을 받는다고 하더라도 역사 인식에 대한 상대적 개념에 입각한 유연성을 유지하는 것이 전제조건이 되어야 하리라고 믿소.

변형! 지금 어디에 살고 있소? 형은 역사의 변천 현상을 어떻게 인식하고 있소? 사람을 우상화시키고 이데올로기의 절대성만을 강조하고 있는 사회는 역사 인식에 문제가 있다는 사실을 명석한 형은 잘 알고 있을 거요. 그런 사회는 시대의 요청에 부응해서 역사를 발전시키는 원동력이 없는 것 같소. 혁명투사였던 형도 이 점에는 동의하리라 믿소. 그런데 지식인으로서의 형의 상대성 이념과, 절대성만을 강조하는 사회에서 형이 어떻게 살아가고 있는지 몹시 궁금하오.

공산주의 이념이 지식인들에게 매력을 가졌던 시절에는 그래도 지식인으로서의 형이 이념상의 차이를 합리화시킬 수 있었는지 모르겠소. 그런데 그 절대성의 개념이 역사 앞에서 완전히 무너져 버렸소. 합리화시킬 수 있는 명분이 전혀 없게 된 것이오. 그런데 그런 역사적인 변천을 부정하거나 과소 평가하려는 사회에서 형은 어떻게 하루하루를 살고 있소? 그저 궁금하기만 할 따름이오.

형 역시 지성인으로서 할 말이 많으리라고 믿소. 어서 말 좀 해보시오. 나는 미국에 살고 있으면서 종교에 깊은 관심을 가지고 살아왔소. 형도 알다시피 종교의 전제조건은 절대성이오. 자기의 종교는 절대적이고 따라서 남의 종교는 아무것도 아니라고(아닐 수 있다고) 세뇌하고 있소. 이 때문에 불화가 생기며 분쟁이 일어나고 또 급기야는 전쟁도 일어나기도 하고 있소. 북 아일랜드의 신교와 구교(카톨릭교)의 분쟁이 이를 증명하고 있으며, 중동에서 일어나고 있는 비극에는 종교문제가 깊이 관여하고 있음을 부인할 수 없소.

그렇다고 해서 종교가 인류 복지에 끼친 지대한 공헌을 무시하려는 의도는 조금도 없소. 그러나 종교 고유의 절대성 때문에 감당하기 어려운 문제들을 인류에게 제기해서 사람들에게 고통을 주고 있는 현상도 간과해서는 안되리라고 믿소. 사상이나 이데올로기의 절대성과 종교의 절대성이 인류 역사에 끼친 공(功) 과(過)는 냉철하게 분석할 필요성이 있소.

모든 것이 상대적이어야 하는 것이 시대적인 요청이오. 그래서 모든 것이 재조정되어야 하는 것이오. 상대적이어야 하는 역사적인 요청에 절대적인 공산주의 이념은 설 자리가 없어서 이 세상에서 자취를 감추었소. 그렇다면 상대적이어야 한다는 역사적인 요청에 절대적인 종교의 장래가 어떻게 될는지 모르겠소.

상대성을 포섭하는 순간 종교는 그 존재의 의의를 상실해 버리고 말 것이오. 그래서 종교가 생존하기 위해서는 자체 내에서는 절대성을, 밖으로는 상대성을 유지해야 하는 자기 모순적인 가치 체계를 유지해야만 존속할 수 있다고 믿소.

세계가 너무나 좁아지고 있는 오늘날에 있어서는 종교의 전면적인 재정비가 심각하게 요청되고 있소. 카톨릭교의 교황이 자주 과거의 죄과를 나열하면서 용서를 비는 것을 이런 맥락에서 이해해야 하리라고 믿소. 물론 광신자들은 앞으로도 늘어날 수 있겠지만, 상대성의 세계에서는 전반적으로 종교의 영향은 감소하리라 추측되오.

상대성의 세계라고 해서 신념이나 가치체계가 상실되는 것은 아니오. 자기의 신념이나 가치체계는 유지하되 언제나 이를 수정할 수 있는 융통성을 인정하고 행사하는 것이 상대성 세상의 요체인 것이오.

변형! 지금 어디에 살고 있소? 형이 아직도 북한에서 살고 있다면 바깥세상 돌아가는 것을 얼마나 볼 수 있소? 구 공산권 세계의 변화 현상을 형이 어떻게 이해하고 있는지 몹시 궁금하오. 지식인으로서의 나약함을 한탄하면서 자포자기하고 있는지도 모르겠소. 그러나 나는 아직도 형이 투사이며 용감한 지성인이라고 굳게 믿고 있소. 그래서 형의 처신이 더욱 궁금하오.

공산주의 이론의 현실 적응은 오래 성공할 수 없다는 사실을 역사가 준엄하게 가르치고 있소. 형도 인정하리라고 믿소. 그리고 세계가 새로운 차원인 상대성의 세계로 역사적인 변천을 하고 있다는 엄연한 사실을 형도 알고 있으리라 믿소. 나는 공산주의가 와해되기 오래 전부터 미국 학생들에게 좌든 우든 극단적으로 치닫지 말라고 항상 충고해 왔었소(미국 남부에 있는 우리 대학의 학생들은 보수성이 아주 강하지요).

한번 극단적인 것에 고착하게 되면 마비상태가 되어서 거기서 헤어날 길이 없는 것이라고 강조했소. 그래서 늘 중간에 서서 어떤 때는 왼쪽으로 또 다른 때는 오른쪽으로 움직이면서 적응성을 보이는 융통성이 있어야 한다고 목청을 높이곤 하였소. 학생들이 얼마나 내 뜻을 이해했는지 모르겠소. 이것이 소위 상대성의 세계요. 형이 북에서 나처럼 대학 강단에 섰다면 학생들에게 무어라 가르쳤을지 궁금하오.

변형! 지금 어디에 살고 있소? 이제 우리도 칠순에 접어들고 있소. 형도 결혼했으면 자식들도 있겠고 손자들도 있겠죠. 혹시 지금은 나처럼 은퇴해서 조용한 여생을 즐기고 있는지도 모르겠구려(그래도 지식인의 고민을 안고 있으면서 말이오). 무엇보다도 지금까지 생을 유지하게 하신 조물주에게 감사하고 있으리라고 믿소(형은 무신론자일지 모르겠지만).

서울에서 보내오는 동창 명단을 보면 벌써 타계한 동기동창이 60명은 넘는 것 같소. 그 사망자 명단의 첫머리에 있어야 할 병약한 내가 아직도 생명을 유지하고 있으니 무슨 조화인지 알 수가 없구려. 물론 형은 제적을 당했기 때문에 생사를 안다고 하더라도 동창 명단에는 실리지 못했을 테지만.

물론 형의 사상과 이념에 전혀 동의하지는 않지만 그래도 형은 나의 영원한 동창이오. 잘 있기를 머나먼 이국 땅 작은 도시에서 기원하고 있겠소. 가능성이 있을까마는 언젠가 만날 기회를 학수고대하면서 말이오. 혹시 타계라도 했다면 형의 명복을 빌겠소. 정말 궁금하오. 그런데 형의 이름을 잊어버렸소. 정말 미안하오. 서울에 있는 동창들에게 수소문해서 형의 이름을 꼭 되찾고 말겠소.

변형! 지금 어디에 살고 있소? 한반도의 어느 한 곳에서 살고 있소? 아니면 다른 나라에서 살고 있소? 형은 아마도 내가 누구인지 잘 모를지도 모르겠소. 내 이름조차 기억에 없을지도 모르죠. 세월이 너무도 오래 흘렀소. 그나저나 살아 있다면 부디 여생을 행복하게 보내시오. 혹시라도 나는 언제나 옳았고 형은 언제나 틀렸다고 내가 고집을 부린다고 형이 생각하지나 않을지 걱정이오. 그런 말을 하려고 형을 불러낸 것이 아니라는 것을 형은 잘 알고 있으리라고 믿소. 부디 안녕히 계시오.

대한항공기 납북사건

대한항공기 납북사건

1969년 12월 11일, 서울을 향해서 강릉 공항을 이륙한 대한항공기가 납치된 사건이 발생했다. 그 후 30여 년의 세월이 흘러 세인들의 기억에서 사라졌다가 2001년 다시 관심을 끌게 되었다. 북으로 납치된 이 비행기 여승무원 중 한 사람이 남북 이산가족 상호 방문 계획에 따라 평양으로 찾아간 어머니와 눈물의 재상봉을 했다는 기사가 크게 보도되었다. 32년만에 어머니와 딸의 만남이었다.

북에서 이 여승무원은 결혼을 해서 가정을 이루고 산 것이다. 서울에서 간 어머니는 처음 대하는 사위와 손자들과도 반갑게 만났다. 20대의 젊은 나이에 납북되어 반백이 훌쩍 넘어서 팔순에 가까운 어머니를 다시 만난 것이다. 누구도 탓할 수 없는 한민족이 당하는 비극의 한 장면이다. 그래도 살아서 한 번이라도 서로 만날 수 있었으니 불행 중 다행이라고나 할까.

나와 아내는 이 비행기 납치사건이 일어났을 때 미국의 수도인 워싱턴에서 살고 있었다. 우리 집 네 식구가 한국과 미국에서 세 곳으로 흩어져 살다가 워싱턴에서 3년만에 다시 만나서 아내가 일하는 병원의 한간 방 아파트에서 살 때였다(아내와 나는 미국에 와서도 아내의 직장관계로 따로따로 헤어져서 살아야 했다). 가난하지만 식구가 다시 한곳에 모여서 산다는 기쁨으로 어려움을 극복해 나갈 수 있었다.

우리는 대한항공기 납북사건 소식을 듣고 아연실색하였다. 우리는 미국으로 오기 전 강릉에서 3년을 살았다. 이 3년이 우리의 일생에 있어서 가장 소중한 기간이었기에 강릉이 고향은 아니지만 고향 이상의 큰 의미가 있었다. 나는 생전 처음으로 가진 직장인 강릉에 있는 관동대학의 전임강사로 취임하였고, 아내는 마침 강릉에 신설된 간호학교의 교사로서 신설 학교의 토대를 굳건히 하는 데 일익을 담당했다.

결혼식은 서울에서 올렸지만 신혼생활을 미국 올 때까지 강릉에서 보냈다. 지금은 의사로서 미국에서 기반을 굳히고 살고 있는 두 아들도 모두 강릉에서 태어났다. 그래서 관동지방의 「동」 자를 큰애 이름에 넣었고, 대관령에서 「대」 자를 따서 작은아이 이름에 넣었다. 난생 처음 아버지가 된 기쁨도 강릉에서 경험했다. 그래서 강릉은 우리에게는 잊을 수 없는 곳이다.

나는 서울에서 강릉에 있는 대학으로 부임할 때 대한항공을 탔다(하긴 그때는 대한항공뿐이었기도 했지만). 아마도 한 시간이 좀더 걸렸다고 기억된다. 생전 처음 타보는 비행기였다. 내가 돈이 많아서 비행기를 탄 것은 아니다. 나는 그때 큰 수술을 두 번이나 한 후였고, 심신이 대단히 피로한 상태에 있었다. 그때는 기차로 청량리역에서 중앙선을 타고 강릉까지 갈 수 있었지만 시간이 열 시간 넘게 걸리고 또 기차가 강릉까지 완전히 연결이 안되어서 도중에 하차해서 다음 역까지 산길을 타고 한참 걸어가야 강릉 가는 기차를 갈아탈 수 있었다(강릉으로 이주한 지 약 1년 후에 험준한 산곡을 뚫고 철도가 부설되어 서울과 강릉의 직통 철도가 완성되었다. 이 사업이 한국 기술진의 개가라고 해서 그때 크게 보도되었다).

물론 시외버스로 강릉까지 갈 수도 있었지만 그때는 포장이 제대로 되어 있지 않아 흔들리면서 여덟 시간 이상을 버스를 타는 것은 나로서는 자살행위나 다름이 없었다. 그래서 팔자에 없는 비행기를 탄 것이다. 이런 경험이 있었기 때문에 비행기가 강릉에서 서울로 비행하다 북으로 납북된 소식을 미국에서 접하고는 아연실색을 했던 것이다. 지금도 그때의 강릉 비행장과 김포 비행장이 눈에 선하다.

그런데 그 납치된 비행기에 강릉에서 개업하고 있던 의사 한 분이 포함되어 있는 것을 알고는 아내가 대경실색했다. 얼마 후 북한 당국은 납북 승객들 중 여자들은 남으로 돌려보냈는데 승무원과 남자 승객은 보내주지 않았다. 그리고 나서는 억류된 이들의 소식은 단절되었다.

이번에 어머니와 만난 여승무원의 소개 기사에도 다른 승무원과 억류된 남자 승객에 대해서는 전혀 보도된 것이 없다. 이 의사는 북에서 월남해서 의사가 되었다. 우리가 강릉에 살 때는 개업한 지 얼마 안되었지만 병원이 잘 운영되고 있었다고 한다. 이 병원의 의사는 같은 의료계에 종사한다고 해서 아내가 아이들이 아파서 찾아가면 특히 친절하게 대해 주었다고 한다. 의사의 부인과도 인사를 나누었는데 젊고 정숙한 여자라고 나에게 일러주었다.

아내는 사회에서 존경을 받고 돈을 많이 버는 이 의사 가족을 부러워했다. 가난한 남편의 얄팍한 월급봉투에만 의지할 수가 없어서 아내도 일을 하지 않을 수 없었던 우리의 처지와 너무도 대조적이었다. 그런테 하루아침에 이 의사의 가정이 풍비박산이 난 것이다. 아무런 잘못이 없는 이 사람들이 넉넉한 형편에 시간을 절약하기 위해서 값비싼 비행기를 탄 것이 죄라면 죄라 하겠다. 이 의사의 부인은 하루아침에 생과부가 된 것이다. 누구를 탓할 것인가? 남과 북으로 갈라진 한반도의 현실이 초래한 비극을 누구에게 하소연하겠는가?

워싱턴에 살면서 아내는 이 의사 가족들에 대해서 늘 얘기했다. 북에 살고 있을 강릉의 의사는 아마도 거기서도 의사로서 계속 활동했을 것이며, 또 새 장가도 들었을 것이다. 그렇지 않으면 탄광노동자로 강제노동을 강요당하고 있는지도 모른다. 남쪽 강릉에 남아 있는 이 의사의 부인은 어떻게 되었는지 우리는 미국에 살고 있기 때문에 알 길이 없었다. 비극이 이 의사 가정에만 국한된 것은 아니지만, 선망의 대상이던 사람들이 이렇게 한 순간에 몰락하는 것을 보며 인생이란 도대체 무언지 되묻게 된다.

강릉은 영동지방의 중심지다. 그러나 우리가 강릉에서 살 때는 조그마한 소도시에 지나지 않았다. 그러면서도 강릉은 주위에 빼어난 자연환경을 소유하고 있다. 동해안 최고의 해수욕장 경포대가 있고, 금강산과 견주어도 손색이 없는 설악산과 대관령이 유명하다. 주위 환경이 적절히 갖춰진 도시가 강릉이다. 그래서 강릉에 살 때 해수욕도 하고 유명한 산도 가끔 타봤다.

그때는 별로 시설이 없었지만 경포대에 관광호텔이 하나 있었다고 기억한다. 그러나 강릉 역에 내리는 순간 느끼는 것은 공기가 너무도 신선해서 향내를 들이마시는 기분이었다. 서울의 탁한 공기를 마시다가 강릉으로 오면 제일 먼저 느끼는 것이 향긋하고 신선한 공기 맛이다. 이것이 강릉의 선물이었다. 지금은 관광객이 1년 내내 밀려오고 대도시로 발전해서 공기가 오염되었는지도 모르겠다.

내가 근무하던 대학으로 가려면 남대천을 건너야 한다. 남대천은 강이라기보다 큰 개천이라고 부르는 것이 더 적합할 것 같다. 그런데 다리가 멀리 있어 개천을 걸어서 건너는 편이 시간이 많이 절약되었다. 개천을 건너려면 신발을 벗어들고 바지를 걷어올리고는 얕은 곳을 찾아 건너야 했다.

대학교수의 하루는 이렇게 시작되었다. 장마철이나 추운 겨울이면 어쩔 수 없이 멀리 있는 다리를 이용할 수밖에 없었다. 자전거를 이용해 보았지만 오히려 더 힘이 들어서 포기했다. 학교 가는 데 약 30분이 좀 더 걸렸다. 신선한 공기를 마시면서 매일 한 시간 넘게 걸어야 했다. 내가 강릉을 떠나 미국에 올 때까지 3년 동안 계속 이렇게 걸었다. 지금 생각하면 이때 걸은 것이 그나마 나의 건강에 크게 공헌한 것 같다.

지금 나는 은퇴하고 나서 거의 매일 건강을 유지하기 위해서 대학 체육관에서 한 시간씩 걷는 운동을 계속하다가 요사이는 집 앞에서 30분 정도씩 걷는다. 내가 봉직하던 관동대학은 다른 큰 교육재단이 인수하면서 우리나라에서 가장 작은 대학의 기록을 깨고 지금은 의과대학까지 있는 큰 종합대학교로 발전했다.

강릉에서 나는 아버지가 되는 법을 경험을 통해서 터득했다. 한번은 큰애가 밤에 자꾸 울어댔다. 아내는 마침 입학기가 되어서 밤늦게까지 학교에서 일하고 있었기 때문에 집에 없었다. 그때는 전화가 없어서 아내와 연락할 수도 없었다. 울어대는 아이를 진정시키려고 온갖 수단을 다 써봤다. 과자도 줘보고 우유도 줘보았지만 본 척도 않고 그저 울기만 한다. 도대체 왜 우는지 이유나 알았으면 시원하겠다.

이것저것 다 해보다가 우연히 물을 주니 왜 이제야 주느냐는 듯이 두 손으로 주전자를 왈칵 움켜쥐더니 벌컥벌컥 마시는 것이었다. 그리더니 씩씩거리며 자기 시작한다. 이렇게 해서 두통거리는 싱겁게 해결되었다. 아이가 심한 갈증상태에 있는 것을 알아차리지 못한 것이다.

한번은 서울 가는 비행기에서 한 아이가 계속 울어대고 있었다. 아기 엄마가 진정시키려고 무척 애를 쓰고 있었다. 그때 문득 강릉에서 있었던 아이 일이 생각나서 아기에게 물을 주어보라고 일러주었다.

또 한번은 큰애가 마당에서 놀다가 넘어져서 팔을 다쳤는지 자꾸 울어댔다. 뼈가 부러졌는가 해서 아내가 아이를 들쳐업고 병원으로 달려가서 엑스레이를 찍었는데, 의사는 검진해 보더니 아무런 이상이 없다는 것이다. 그런데도 아이는 아프다고 계속 울어댔다. 아프다는 아이를 어루만지면서 어쩌지도 못하는 부모로서 정말 가슴이 아팠다. 아픈 팔을 만지지도 못하게 했다.

이튿날, 내가 학교에 가서 이 딱한 사정을 이야기했더니 옆에서 듣고 있던 우리 대학의 유도사범이 자기가 한번 아이를 보고 싶다는 것이었다. 그래서 수업이 끝나고 사범과 같이 집으로 왔다. 아이는 계속 울고 있었다. 사범은 잠시 우리 아이의 팔을 만져보더니 팔을 잡고 앞으로 당기자 아이가 울음을 뚝 그치는 것이었다. 그러더니 언제 아팠냐는 듯이 팔을 흔들면서 장난을 치기 시작하는 것이다.

정말 신기하다. 조금 전까지만 해도 아파서 발을 동동 굴렀는데 말이다. 유도사범이 아이의 팔을 만진 시간이라야 겨우 2, 3분에 지나지 않는다. 그런데 감쪽같이 아이의 팔이 나은 것이다. 그의 말로는 아이의 팔이 탈골되었다는 것이다. 유도선수들에게는 흔히 있는 일이라는 것이다. 현대의학도 못 고친(?) 아이를 이 유도사범이 한 순간에 거뜬히 고친 것이다. 아버지 되는 법을 또 배웠다.

몇 년 전 통풍이 와서 고생을 한 적이 있다. 오른쪽 발이 너무 아파서 지팡이를 집고 절뚝거리면서 교실에 들어가곤 했다. 병원에 가서 전문의의 치료를 받았지만 계속 통증이 나를 괴롭혔다. 어떤 때는 왼쪽 발에도 통증이 오곤 했다. 그러다가 우연히 근방에 사는 한국 사람의 말을 듣고 발만 취급하는 의사(의과대학 출신이 아니어서 정식 의사는 아니다)를 찾아갔더니 단번에 「통풍」이라는 진단을 내리며 내가 복용하는 혈압약의 부작용 같으니 약을 바꾸라고 처방했다.

이 미국 사람은 한국 사람을 너무 좋아해서 자기 사무실 직원 둘이다 한국 사람이다. 그래서 약을 바꾸고 「통풍」에 듣는 약을 복용했더니 그렇게도 심하던 통증이 거짓말처럼 사라져 버렸다. 의과대학 출신의 전문의가 고치지 못한 나의 고통을 의과대학에 다니지도 않은 사람이 거뜬히 해결해낸 것이다.

환자에게는 병을 고치는 것이 문제이지 의과대학 출신 여부가 상관이 되지는 않는다. 지금은 지팡이 없이도 잘 걸어다닌다. 그 후 이 미국 사람은 심장병이 심해져서 병원 문을 닫아버렸다. 참으로 안되었다. 나에게는 은인인데 말이다. 지금도 경험 많은 전문의들이 내 병을 「통풍」이라고 진단을 내리지 못한 이유가 무엇인지 참으로 궁금하다.

병의 원인도 하도 많아서 전문의라 하더라도 올바로 진단하기란 쉽지 않은 경우가 있는 모양이다. 50대에 들면서 심한 기관지염으로 1년에 한두 번은 심한 고통을 받아야 했다. 아내는 내가 복용하던 고혈압약이 가져온 부작용인지도 모른다고 추측하고 있다. 요사이 고혈압 약 중에서 간을 상하게 하는 약이 있다는 경고를 하고 있다.

우리 교회에서 임시 목사로 시무했던 은퇴 목사를 가게에서 만난 적이 있다. 나를 보자 맞지 않는 약을 복용했더니 그 부작용으로 고생하고 있다고 불평을 털어놓았는데, 그런 지 얼마 후 목사가 별세했다는 소식에 접했다.

얼마 전 새로운 당뇨병을 치료하는 약을 복용한 사람 중에 60여 명이 사망했다는 끔찍한 보도가 있었다. 이 약이 나왔을 때 모두 신통한 효험에 찬사를 보냈다고 한다. 사망자가 생기자 미국 정부는 이 약의 판매 금지령을 내렸다. 이 새로운 약을 먹고 효과를 본 사람도 많았기 때문에 판매 금지령이 내리자 약의 효과를 본 사람들이 심하게 반발했지만 정부는 판매 금지령을 고수했다. 약이라는 것은 병을 고치기도 하지만 병을 주기도 하는 것 같다.

강릉에 살고 있으니까 이따금 서울에서 손님들이 찾아온다. 한번은 서울에 사는 동생이 찾아왔다. 고등고시 출신으로 외무부에서 일한 지 얼마 되지 않을 때였다. 그래서 나와 둘이서 설악산을 찾았다. 그런데 가는 날이 장날이라고 그때 마침 공비가 침투했다고 해서 경계가 삼엄하고 일반인의 출입이 금지되었다.

하는 수 없이 가까운 절간에서 쉬고 있는데 주지의 밀고(?)가 있었는지 장교 한 사람이 우리에게로 다가오더니 검문을 했다. 그래서 우리는 외무부 직원과 대학교수라고 신분을 밝혔다. 우리는 이북 사람이어서 아직도 이북 사투리가 이따금 튀어나오는데 이 군인도 그것을 눈치챘을 것이다.

비 오는 날에 이북 사투리를 쓰는 두 사람의 젊은이가 경계령이 내려진 지역에 나타났으니 공비라고 오해받게도 되었다. 그러나 우리를 대하는 이 장교의 태도는 너무도 신사적이고 부드러웠다. 한참 이야기하다가 이 장교는 돌아갔다. 아마 우리한테서 공비의 흔적을 찾아내지 못한 것 같다. 우리도 절에서 잠시 쉬었다가 집으로 돌아왔다.

여기서 만난 세 사람 중 한 사람(내 동생)은 훗날 프랑스 대사를 지내는 등 외교계에서 많은 활약을 했고, 나는 미국으로 와서 대학교수로서 성실하게 봉직하다가 은퇴를 했다. 신사적으로 우리를 검문한 이 젊은 장교는 어떻게 되었을까? 아마도 장성으로 진급이 되어서 국군의 지도자가 되었을 것이다. 또 그렇게 되었을 거라고 믿고 싶다. 그때 너무나 좋은 인상을 받았기 때문이다.

가끔 영동지방에 있는 고등학교를 방문하느라 동해안을 운행하는 버스를 타곤 했다. 동해안의 아름다운 경치를 따라서 버스가 달릴 때면 자연의 아름다움에 찬탄을 보내기도 했지만, 내가 지금 세상의 끝에 와 있구나 하는 고독감이 늘 나를 따라다녔다. 사람들이 서울에서 원대한 포부를 펼치기 위해서 야망에 찬 활동을 하고 있는데 나는 지구의 끝에서 허덕이고 있다는 생각이 들기도 했다.

자포자기나 실망은 아니었다. 그러나 서울 사람이 서울에 살지 못하고 머나 먼 조그마한 도시로 밀려왔다는 초조감은 있었다. 나에게는 서울에 설 땅이 없었다. 이따금 서울 친정에 갔다가 강릉 집으로

돌아오는 아내는 두 번 눈물을 흘린다. 먼동이 트는 이른 새벽에 청
량리역을 향해 자기 집을 떠날 때 한 번 울고, 열 시간이 넘는 동안
을 기차를 타고 어둑어둑할 때 종착역인 강릉 역에 내려서는 다시 한
번 눈물을 흘린다고 했다. 그 당시 서울과 강릉 사이는 너무나도 멀
리 떨어져 있었던 것 같다.

강릉에 살 때 셋방에서 살았지만 나와 아내가 모두 일하고 특히 아
이들이 생기고 나서는 애들을 돌봐야 하기 때문에 가정부가 있어야
했다. 첫번째 가정부는 약 2년쯤 있다가 시집을 갔고, 두 번째 가정부
는 아내가 미국 오기 위해서 강릉을 떠날 때까지 있었다. 이 가정부
는 학생이었는데 집안사정이 여의치 않아서 학업을 중단했다고 했다.
아내는 안됐다며 동정하고 가슴 아파했다.

아내가 미국으로 오기 위해서 강릉을 떠날 때 이 가정부는 헤어
지는 게 서러워 몹시 울었다고 한다. 아내는 그들에게 적절한 대우
를 해주었다. 그러면서 「내가 미국 가서 돈을 많이 벌어 너희들에게
진 신세를 다시 꼭 갚겠다」고 맹세했다고 한다. 그런데 그런 형편
이 되지 못했다. 미국 와서 부자가 되기는커녕 아직도 가난에서 허
덕이고 있으니 딱하기만 하다. 맹세가 공염불이 되어서 아내는 몹시
서운해 한다. 이제는 이 가정부들도 50 내외의 중년부인으로 변했을
것이다.

강릉도 그동안 많이 변했으리라. 그러나 옛날의 강릉에서 살던 신혼
당시의 3년이 가장 기억에 남는 결혼생활이었다. 그래서 강릉에서 일어
나는 일에 관심이 기울어진다. 대한항공기 피랍사건의 희생자인 강릉의
의사 부부는 지금 어디서 어떻게 살고 있는지 몹시 궁금하다.

인생이란 어떤 면에서는 참으로 기구한 것이다. 언젠가 기회가 주

어지면 관광객으로서가 아니라 그리운 옛 고향을 찾아간다는 기분으로 강릉을 방문했으면 한다. 인생을 갓 시작할 때와 인생을 끝막음할 때의 만남이 있어야 할 것 같다.

대한항공기 피랍사건을 생각하면 또 다른 대한항공기 격추사건이 연상된다. 거의 20년 전 일로 생각된다. 미국 발 서울행 대한항공기가 어떤 이유에서인지 구 소련 영토를 침범했다고 해서 소련 군용기가 격추시킨 참사가 발생했다. 승무원을 비롯한 탑승객 모두가 사망했다. 냉전시대의 또 하나의 희생의 제물이 된 것이다.

그런데 이 비행기에 탑승했던 승객 중에 내가 아는 사람이 있었다. 이 사람은 내가 사는 곳에서 가까이 있는 조금 큰 도시인 그린빌에서 살던 한인 동포였다. 그는 태권도 사범으로서 활동할 뿐만 아니라 골프를 너무 잘 쳐서 이 지방의 미국인 사회에서 더 잘 알려진 지방 유지였다. 나와는 같은 동포로서 가까이 지냈다. 그런데 그가 격추된 비행기에 탑승했다는 사실을 사고가 난 후에 알았다.

이 비행기를 타고 서울로 가는 사유도 야릇했다. 골프를 잘 치다 보니 갖가지 상도 많이 받았다. 그런데 우승 부상으로 대한항공 서울 왕복 비행기표를 받았다. 공짜로 생긴 비행기표를 가지고 불운의 이 비행기를 탔던 것이다. 떠나는 날 부인에게 어쩐지 기분이 언짢아서 여행이 마음에 켕긴다는 말을 했다고 나중에 이 사람의 미망인이 눈물을 흘리면서 우리 동포들한테 이야기했다.

골프를 너무 잘 쳐서 세상을 떠난 셈이 되었다. 사람의 운이란 참으로 알 수 없는 것이다. 그렇게도 튼튼했던 사람이 너무도 비참하게 세상을 떠나다니 머리가 어지러워진다. 그렇게 세상을 떠나라고 미리 조물주가 프로그램해 놓으신 것인가?

이 태권도 사범의 추도식은 성대하게 거행되었다. 이 지방의 동포들도 거의 참석했지만 2백 명이 넘는 미국 사람들이 추도식에 참석했다. 이 지방의 텔레비전을 비롯한 여러 보도진이 동원되어서 추도식을 대대적으로 보도했다. 추도식은 엄숙하게 거행되었으며 나도 추도식 순서에 따라서 시편 23편을 낭독했다.

나중에 생전에 장만해 놓았던 묘지를 미망인과 같이 찾아갔다. 시신이 없기 때문에 고인의 옷 몇 가지를 관에다 넣었다고 한다. 일남일녀가 있는 이 미망인을 그 후에도 자주 찾아가서 위로해 주었다. 아이들도 건전하게 자라고 있어서 퍽 다행이었다. 그 후 미망인은 오랫동안 이곳에서 살다가 너무 외롭다고 더 큰 도시인 애틀랜타로 이주해 갔다. 그리고는 그 후의 소식을 듣지 못했다.

인생에서의 비극이 나만 비껴가라는 법은 없는 것이다. 그러나 대한항공기 피랍사건으로 남부러울 것 없이 살던 부부가 순간적으로 북과 남으로 생이별을 강요당함으로써 한 가정이 완전히 파탄에 이르는 비참한 모습을 보게 되고, 또 미국에서 동포로서 한인들과 미국 사람들 모두로부터 존경을 받던 사람이 하루아침에 흔적도 없이 비참하게 세상을 떠남으로써 처자식에게 치명적인 상처를 안겨주는 것을 내 눈으로 목도하면서 인생이란 과연 무엇인가 하는 회의가 생기는 것은 어쩔 수가 없다. 민족의 분단과 냉전의 가혹함에 희생당하는 사람들이 그저 애처롭기 그지없을 따름이다.

잊을 수 없는 여인

    내가 어떻게 해서 그 여인을 알게 되었는지는 기억이 잘 나지 않는다. 벌써 20년이 지난 이야기이다. 그때 내가 소속했던 미국인 교회에서 이 지방의 몇 안되는 한인 동포들과 한인교회를 시작해서 예배를 볼 때 이 여인이 한인교회에 출석해서 우리와 같이 예배를 보게 되었다. 이 여인이 어떻게 해서 한인교회를 알게 되었는지도 잘 기억이 나지 않는다.

    30대 중반으로 보이는 이 여인은 남편과 두 살쯤 되어 보이는 여자 아기를 안고 충실하게 예배에 출석했다. 그녀의 남편은 동년배의 흑인이었는데 아주 착실해 보였다. 그녀의 딸아이는 흑인의 피를 받아서 가무잡잡했지만 아주 귀엽게 생겼다.

    그녀와 흑인 남편은 한국에 있을 때 알고 지내다가 결혼해서 미국으로 이주해 온 것이다. 남편은 한국 주둔 미군 병사였다. 그녀와 좀 더 가까워진 후 그녀는 자기가 어떻게 해서 지금의 남편과 결혼하게 되었는지를 나에게 이야기해 주었다.

그녀는 어느 가난한 시골마을에서 태어났다고 했다. 집안이 너무 가난했기 때문에 학교에도 다니지 못했다. 생활이 너무 어려운 나머지 거리의 여인이 되지 않을 수가 없었다고 고백했다. 그러다가 지금 남편과 알게 되어 마침내 결혼을 했다.

그녀의 여동생이 미국의 서부지방에 살고 있는데 동생 역시 흑인 남자와 결혼했다. 자기 동생도 자기와 똑같은 인생길을 걸어왔다고 했다. 동생에게 언젠가 이렇게 말했다고 했다. 「너나 나나 가난한 집에서 태어나 배우지 못해 이런 길을 택할 수밖에 없지 않겠니?」

그녀의 남편은 우리가 예배를 드릴 때 묵묵히 앉아 있었다. 우리말을 알아들을 수가 없으니 별수가 없었다. 이 흑인 남자는 직장에 다니고 있었다. 그러나 이 남자의 차는 아주 낡은 중고차였다. 언젠가 우리 집 채소밭에서 재배한 조선고추를 집으로 갖다 주겠다고 했더니, 자기 집이 너무 누추하니 집 근처 가게 앞에서 만나자고 해서 고추봉지를 전한 일이 있었다. 조선고추를 받아들고 그렇게 좋아할 수가 없었다.

나와 만난 자리에서 그녀는 자기가 직장을 얻어서 돈을 벌면 저축했다가 한국에 계시는 부모님께 보내겠다고 새삼 다짐하는 것이었다. 한국 사람들은 번 돈에서 저축을 많이 하려고 노력한다고 남편이나 시집 식구들에게 항상 충고한다고 했다. 나는 그녀를 우리 대학의 청소부로 취직 시켜 보려고 노력을 해보았으나 뜻대로 되지 않았다.

언젠가 연말이 가까워올 무렵, 이 근방에 사는 한인 동포들이 우리 집에 모여서 망년회를 했는데 이 여자도 자기 가족을 이끌고 우리 집에 왔다. 이국 땅에서는 동포들간의 만남 자체가 즐거운 것이다. 그녀는 마치 친정 집에 온 것 같다면서 너무나 기뻐했다. 예쁘장하게 생긴 이 여인의 티없는 웃음에서 이 모임에 참석했던 한인들 모두가 가슴 훈훈해지는 정을 느꼈다.

얼마 되지 않는 한인들이 한 가족 두 가족 이 지방을 떠나서 다른 지방으로 이주해 가기 때문에 한인교회를 더 계속할 수가 없어서 하는 수 없이 교회 문을 닫은 뒤로는 그녀와의 연락도 뜸해졌다. 그러던 어느 날 이 지방 신문을 받아 들고 소스라치게 놀랐다. 신문 1면에 그녀의 온 식구가 불에 타 죽었다는 기사가 대서특필되었다.

이 신문기사에 의하면 한밤중에 이 여자와 두 아이가 자고 있는 방의 난로가 과열되어 불이 붙기 시작했다. 연기로 인해서 질식되었는지 이 여자와 두 아이는 방에서 빠져나오지를 못했다. 옆방에서 자고 있던 남편이 불이 난 것을 알고 처자식이 울부짖는 방으로 달려가서 구해내려고 사력을 다했으나 실패하고 자신마저 화마(火魔)의 희생자가 되었다.

그녀와 남편 그리고 두 어린 자식의 시신이 안치된 흑인이 경영하는 장의사로 달려가 보았더니 네 개의 관이 놓여 있었다. 큰 두 개의 관과 두 개의 작은 관이 나란히 있었다. 딸아이는 교회에서 늘 봤기 때문에 낯이 익지만 둘째인 남자 아기는 본 적이 없었다. 관도 미국에서 흔히 보는 값비싼 관이 아니라 나무로 짠 값싼 관이었다.

그녀 친척의 말에 의하면 시신이 너무 타서 차마 관을 열 수가 없었다고 했다. 미국에서는 죽은 사람과 최후의 작별을 하기 위해서 시신의 상반신을 볼 수 있게 일정 시간 관의 상반부를 열어 놓는 것이 관례로 되어 있다. 미국에서 흔히 보는 장엄한 장례식도 생략하고 네 개의 관은 묘지로 향해 출발했다. 우리 식구와 한인 동포 한 가족이 묘지로 따라갔다.

그녀의 남편이 근무하던 직장의 동료인 두 사람의 젊은 백인도 동행했다. 우리 한국 사람들은 묘지가 너무 멀리 있어 도중에 집으로 돌아왔다.

그녀가 이 세상을 그렇게 비참하게 떠난 지도 퍽 오래 되었다. 그러나 그녀의 기억은 아직도 생생하다. 조용하게 순진한 웃음을 띠던 그녀의 평화스런 얼굴 모습이 늘 생각난다. 그러면서도 또 한편으로는 이 여인이 전생에 무슨 씻지 못할 큰 죄를 지었기에 이 세상에서 그리도 많은 고생을 하면서 살다가 마침내는 온 식구가 그렇게도 비참하게 이 세상을 하직해야 했는지 도무지 알 수가 없다.

이와 비슷한 사건이 한국 신문에 보도되었다. 미국에서 미국인과 결혼해서 사는 한국 여인이 35년만에 서울을 방문해서 여동생을 만났다. 너무도 반가운 두 자매는 같이 하룻밤을 지내기 위해 동생의 집으로 갔다. 그런데 그날 밤 폭우가 쏟아져 인근 하천이 범람하는 바람에 집이 물에 휩쓸려 내려가면서 자매가 나란히 목숨을 잃은 참사가 발생한 것이다.

얼싸안고 만남의 기쁨을 나눈 것도 잠시였다. 결국은 죽기 위해서 수만 리 이국 땅에서 날아와 여동생을 만난 것이다. 찢어지게 가난해 동생을 고아원에 보내고 자기는 미국 사람과 결혼해서 미국에서 살다가 수소문 끝에 겨우 동생을 찾아내 서울로 가서 반갑게 만났지만 급기야 두 자매가 몰사하는 참변을 빚고야 말았다.

이 비극적인 기사를 읽으면서 홍수로 인한 물로 참변을 당한 것이 아니라 온 식구가 불에 타서 비참하게 저 세상으로 간 그녀의 모습이 다시 머리에 떠올랐다.

인생은 고해(苦海)라고 하지만 고통과 참변이 왜 이런 사람들에게만 와야 하는 것인지 참으로 알 수가 없다. 내가 알고 있는 그녀는 비록 가난했지만 너무도 착한 마음씨를 가진 사람이었다. 그러나 가난했기 때문에 참변을 당한 것이다. 이런 참사를 당한 사람들을 종교가 어떻게 이해하며 해석하고 있는지가 궁금하다.

극락세계나 천국에서 근심 걱정 없는 평화스런 생활을 영원히 누릴 것이라고들 위로하겠지만 얼마나 설득력이 있는지 모르겠다. 이것 또한 타고난 팔자라고 체념할는지도 모르겠다. 평생을 가난하게 살았기 때문에 아무런 죄도 없는 두 어린 자식까지도 불에 타서 죽어야 했으니 누구를 원망해야 하는지 모르겠다. 고인들이여, 하늘나라에서 부디 행복하소서!

베트남 전쟁

베트남전이 끝난 지도 30년이 되었다. 냉전시대가 한창일 때 동남 아시아 일대의 공산화를 저지하기 위한 미국의 세계 전략의 일환으로 이루어진 베트남전은 막강한 군사력을 휘둘렀던 미국도 비정규적인 전략을 성공적으로 활용했던 월맹군을 저지하는 데 실패해서 마침내 는 베트남에서 철수하는 수모를 당해야 했다.

미국 사람들에게는 잊어버리고 싶은 전쟁이지만, 또한 잊을 수 없 는 전쟁이 베트남전이다. 이 전쟁은 한국도 참전했기 때문에 한국 사 람들도 잊을 수 없는 전쟁이다.

베트남전이 한창일 때 미국으로 유학 와서 이 전쟁을 미국에서 미 국 사람들과 같이 경험하였다. 아시아의 공산화를 막기 위한 전쟁이 라고 하지만, 많은 미국 사람, 특히 지식인들과 청년들에게 설득력이 약해서 반전운동 또한 치열했다.

당시의 미국은 밖으로는 베트남에서 전쟁을 벌일 뿐만 아니라 미국 내에서도 전쟁을 하는 것처럼 보였다. 전장에 끌려나가지 않으려는 젊은이들은 전전긍긍하고 있었다. 그래서 대학원에 진학하고, 신학교로 몰려들었다. 가난한 집의 청년들은 순진하게 징집에 응해서 전쟁터로 보내졌다. 많은 미국 청년들이 전장에서 죽었는데, 흑인 장병들의 사상자가 미국의 흑백 인구 비례를 훨씬 초과했다고 알려지고 있다.

미국의 주간지 《타임》에는 그 당시 5천 달러만 쓰면 병역을 면제받을 수 있다고 대서특필된 사실이 아직도 기억에 생생하다. 그런 반면 일부 지식인들은 전쟁에 참여해서 혁혁한(?) 공훈을 세워 전쟁 영웅이 되어 정계에 진출해서 유력한 정치인이 된 사실도 상기하여야 할 것이다(58,000명의 전사자 가운데 저소득층에 속하는 군인이 30퍼센트, 최고소득 층에 속하는 군인도 26퍼센트나 되었으며, 흑인 전사자는 12.5 퍼센트라고 한다).

내가 살고 있던 사우스 캐롤라이나 주는 베트남전과 인연이 깊다. 그 당시 베트남전의 미군 총사령관이었던 웨스트모어랜드 장군이 우리 주 출신이었다. 나는 그를 볼 수 있는 기회가 두 번 있었다. 한 번은 장군의 모친 장례식이 내가 다니던 대학교 근처 교회에서 있었는데 장례식을 마치고 부인과 같이 걸어나오는 정복차림의 장군을 우연히 멀리서 볼 수가 있었다. 많은 사람들이 장례식에 참석했다. 당시에는 위풍당당한 장군이 아니었던가?

또 한 번은 우리 대학 강당에서 장군의 환영식이 있었는데, 나는 장군이 나오면 한번 보려고 강당 밖에서 서성거리고 있었다. 강당 밖에는 장군의 사열을 받으려는 ROTC 학생들이 정연하게 줄을 서 있었다. 그런데 환영식이 끝났는데도 사열은커녕 아무런 소식이 없다. 나중에 안 사실이지만 환영식 석상에서 심상치 않은 일이 생겼다고 한다.

식이 한창 진행되고 있는데 갑자기 대학의 한 교수가 자리에서 벌떡 일어나서「전쟁 박사」라고 쓴 팻말을 치켜들고는 장군을 향해서「당신은 전쟁 박사요!」라고 큰 소리를 질러서 환영식장을 아수라장으로 만드는 바람에 장군은 밖에서 기다리는 학생들의 사열도 받지 못하고 옆문으로 퇴장해 버렸다는 것이다. 수모를 당한 것이다. 그런데 재미있는 것은 장내를 아수라장으로 만든 장본인인 젊은 교수가 징계처분을 당했다든지 해직당했다는 소리를 듣지 못했다.

내가 다니던 대학교 소재지인 콜럼비아에는 미국의 5대 신병훈련소 가운데 하나인 규모가 큰 훈련소가 있었다. 나는 그곳을 한두 번 방문한 적이 있다. 놀라운 것은 훈련소 입구의 초소에 보초병이 없는 것이었다. 군인의 흔적을 찾아볼 수가 없다. 누구든 마음대로 훈련소를 드나들 수 있다. 밤에는 보초병이 있다고 들었는데 정확치가 않다.

전쟁을 하고 있는 나라에서 신병훈련소라면 군사기지임에 틀림이 없는데 보초병을 볼 수가 없는 것이다. 한번은 내 낡은 차를 몰고 이 훈련소를 찾았다. 차를 몰고 여기저기를 다녔는데 어디에도 사람의 흔적을 찾아볼 수가 없었다. 한참 차를 몰다 보니 훈련소 입구로 가는 길을 잃어버려서 몹시 애를 먹었다. 사람을 만나야 길을 물어보겠는데 사람을 찾을 수가 없었다. 한국에서 온 나로서는 도저히 이해할 수 없는 일이었다. 논산 훈련소가 머리에 떠올랐다.

베트남전은 미국 사람들에게 명분이 매우 약한 전쟁이었다. 공산화를 막아야 한다는 명분이 있었지만 설득력이 약한 것 같았다. 전쟁터에 끌려가 죽고 싶지 않은 것은 인간 누구라도 마찬가지다. 미국 사람 역시 예외는 아니다. 한번은 이곳의 비행장에 가서 화장실에 들어간 적이 있었다. 그런데 화장실 구석에 있는 쓰레기통에 한 벌의 군복이 가지런히 놓여 있는 것을 보았다.

내 짐작은 이렇다. 한 군인이 군복을 입고 비행장에 와서는 화장실에서 군복을 벗어버리고 민간인 복장으로 갈아입고는 이 고장을 탈출한 것 같다. 군영을 탈출한다는 것은 용이한 일이 아니다. 이 병사도 비장한 각오를 하고 탈영했을 것이다. 공부가 끝나고 오후에 시내에 나오면 가끔 군인이 헌병에게 연행되는 것을 볼 수가 있었다. 인기가 없는 전쟁을 치르는 미국 사회의 한 단면을 보는 것 같았다.

베트남전을 지켜보면서 감명을 받은 일이 하나 있다. 소위 베트남 양민 학살사건이다. 한 중위가 지휘하는 부대가 민간인을 학살했다는 것이었다. 전쟁 중에도 양민 학살이란 있을 수 없다는 것이다. 이 중위는 군사재판에 회부되어 재판을 받게 되었다. 유죄판결을 받았지만 전쟁 지지자들의 거센 반발로 결과적으로는 유야무야되고 말았다.

얼마 전에 베트남전에 참전해서 한쪽 다리가 절단되는 부상을 입은 전 상원의원이 실은 양민 학살을 지휘했다는 사실이 밝혀져 구설수에 오른 일이 있었다. 본인도 보도진의 거센 질문에 그때 일을 변명하려고 애쓰는 것을 볼 수 있었다. 일부에서는 받은 훈장을 몰수해야 한다는 강력한 항의를 하기도 했다. 전쟁이라도 모든 수단이 정당화될 수는 없다는 것이었다.

　민간인 학살 행위는 전쟁 중이라도 도저히 용납될 수 없을 뿐 아니라 큰 범죄행위라는 것이다. 민간인을 가장한 베트콩에게 미군이 많은 고통을 받았기 때문에 베트콩과 민간인을 구별할 수가 없어서 벌어진 사건이라고 사태를 정당화시켜 보려고도 했지만 동조자가 많은 것 같지는 않았다. 전쟁 중이었지만 미국에는 인도주의적인 양식을 가진 사람들이 있다는 것을 알고 깊은 인상을 받았다.

　전쟁은 적을 죽이지 않으면 내가 죽는 인간의 비극이다. 그런데도 양민 학살은 도저히 용납할 수 없다는 것이다. 한국동란 때 미군이 양민을 학살했다는 사실이 보도되면서 세인의 관심을 끌고 있다. 이 사건이 앞으로 어떻게 진전될는지는 몰라도 미국 신문들은 크게 신경을 쓰는 것 같지 않다.

　이미 한국동란은 미국에서는 잊혀진 전쟁으로 치부하고 있기 때문인지 모르겠다. 진상이 규명되기를 기대하고 있다. 베트남전 때와 마찬가지로 인민군이 양민으로 가장했기 때문에 불가피한 비극이라고 결론이 내려질지도 모른다.

　한국군도 베트남전에 참전했다. 내가 미국에 유학 올 당시 베트남전의 참전 여부를 놓고 찬반 논의가 있었던 일이 기억난다. 한국군이 베트남전에서 용감하게 싸웠다는 이야기를 여러 번 들었다. 월맹군이나 베트콩이 한국군과 싸우기보다는 미군과 싸우기를 선호했다는 사실에 비추어 보아도 한국군이 베트남전에서 용감하게 싸웠다는 사실이 증명된다.

　그런데 한국군이 베트남전에서 어떻게 싸웠느냐가 화제가 될 수 있다. 전쟁은 이겨야 하기 때문에 모든 수단이 정당화되었는지 궁금하다. 일본군이 전쟁 중 중국에서 많은 양민을 학살했다는 사실은 잘 알려져

있지만, 일본의 일부 지식인들이 베트남에서 한국군이 어떻게 싸웠는지
도 거론되어야 한다고 충고하는 데 귀를 기울여야 할 것이다.

한국 내에서도 베트남전을 객관적으로 관조하려는 움직임이 있다는
소식을 들었다. 반가운 일이다. 어떤 이유로든지 전쟁이라는 명분하에
모든 수단이 정당화될 수는 없다는 사실이 재확인되어야 하겠고, 양
민을 학살하는 것은 인류에 대한 중대한 범죄라는 것을 명심해야 할
것이다.

베트남전이 끝난 지도 벌써 30년이 다 되었다. 서로의 상처들이 아
물 때도 되었다. 미국과 통일된 베트남 사이에는 정상적인 국교가 회
복되었다. 그리고 한국과 베트남도 정상적인 관계를 유지하고 있다.
한국 정부 당국자들이 전쟁 때 있었던 일에 유감을 표명하면서 양국
간의 관계 정상화에 신경을 쓰고 있다. 베트남 정부도 한국과 미국에
대해 우호관계를 유지하려고 애쓰는 모습이 엿보인다. 참으로 다행스
런 일이다.

그러나 베트남 사람들의 가슴속에는 아직도 앙금이 남아 있는 것
같다. 얼마 전 미국에서 있었던 일이다. 미국에 사는 한 젊은 한국 청
년이 베트남에서 미국으로 이주해 와서 사는 아가씨와 열애를 하고
있었다. 남자의 아버지는 상대 여자가 한국인이 아니어서 썩 마음에
내키지 않은지 결혼 승낙을 주저하고 있었다. 그러다가 갑자기 남자
의 아버지가 결혼 승낙을 했다.

한편 베트남 여자의 아버지는 자기 딸이 한국인 남자와 사귀는 것
을 알고는 「한국 남자는 절대로 안된다」며 딸의 결혼에 대해 결사적
으로 반대했다고 한다. 베트남 아가씨는 견디다 못해 집을 뛰쳐나왔
다고 한다. 이런 사정을 알게 된 한국 청년의 아버지는 부랴부랴 둘

을 결혼시켰다고 한다. 신랑의 아버지는 「아들을 결혼시킨 지 4년이 지났는데도 아직까지 사돈과 인사도 나누지 못했다」고 씁쓸하게 말했다고 한다.

일부 베트남인들이 한국 사람에 대해서 아직도 유감을 가지고 있는 것 같다. 불행한 일이지만 시간이 해결해 주기를 기다릴 수밖에 없을 것 같다. 그러면서도 관계 개선을 위해서 한국 정부나 민간인들이 정성껏 성의를 보여야 하리라고 믿는다. 「한류」가 베트남에서도 극성이라니 천단다행한 일이다. 이제는 우리도 고통을 당한 그들을 위해서 행동으로 뭔가를 보여주어야 할 때가 된 것 같다.

한국 정부는 그 일환으로 예전에 미국이 어려운 한국을 돕기 위해 평화봉사단을 보내주었듯이 한국의 평화봉사단원이 베트남에 파견되어 병원과 학교 등을 지어주는 활동을 벌이고 있다고 하니 가슴 뿌듯한 일이다.

베트남전은 베트남과 미국에 씻을 수 없는 상처를 안겨주고 막을 내렸다. 한국도 마찬가지다. 미국에 베트남전과 관련된 작은 일화가 있다. 남편이 월맹군의 포로가 되어서 고생하고 있을 때 이 포로의 부인은 어린 아들 하나를 기르면서 남편이 무사히 돌아오기만을 학수고대하고 있었다. 그런데 이 부인의 사내아이가 면도칼로 자기의 다리를 면도하는 광경을 보고는 소스라치게 놀라서 아이를 부등켜안고 통곡했다고 한다.

미국에는 여자들이 다리를 면도질한다. 여자용 면도기가 상품으로서 텔레비전에 광고되기도 한다. 한국 사람에게는 생소한 이야기다. 자기 엄마가 면도기로 다리를 면도하는 것만 보아온 이 아이는 면도기는 다리를 면도하는 데만 쓰는 것으로 알고 있었다. 아버지가 있었으면 남자들에게는 면도기가 수염을 깎는 것임을 아버지의 면도하는 모습을 보면서 익혔을 터인데 아버지가 없었던 탓에 남자가 면도하는 것을 볼 수 없었던 것이다.

전쟁의 비극이 가져온 하나의 웃지 못할 일화다. 이 부인의 남편이 무사히 석방되어 가족과 재회했기를 진심으로 기원한다. 얼마 전에도 열두 살난 여자아이가 자기 다리를 면도하는 것을 보고서 어머니가 대경실색했다는 보도가 있었다. 나도 미국에 온 유학 초기에 나보다 먼저 온 한국인 유학생으로부터 미국 여자들이 다리를 면도한다는 이야기를 듣고는 그것이 무슨 뜻인지 선뜻 이해가 가지 않았다. 미국 사람과 한국 사람의 신체적인 차이가 여기에도 있는 것 같다.

잘한 일 못한 일

얼마 전 미국에 이민 온 지 다섯 달이 됐다는 한국 사람을 만난 적이 있다. 앞으로 있을 일에 대한 기대와 두려움이 교차된 표정을 이 사람의 얼굴에서 읽을 수가 있었다. 미국에 오래 살면서 쓴맛 단맛 다 경험해 능구렁이가 다 된 나로서는 이 사람을 보면서 감회가 깊었다.

요즈음 미국으로 이민 오는 사람들은 우리보다 월등히 좋은 조건에서 정착하기 때문에 우리보다는 덜 고생하는 것 같다. 앞으로 미국생활에 잘 적응해서 크게 성공하기를 기원했다. 1966년에 미국에 왔으니 나는 미국에 오래 산 편이다. 여기에 살면서 미국에 대해서 좋고 나쁜 일들을 수없이 보고 듣고 경험했다.

미국에 온 지 얼마 되지 않아서 《리더스 다이제스트》지에서 색다른 기사를 읽은 적이 있다. 제2차 세계대전 중에 있었던 일이다. 태평양에서 작전 중이던 미국 정보당국이 일본군에 대한 중요한 첩

보를 포착했다. 일본의 태평양 함대사령관이 한 섬에서 다른 섬으로 비행하는 일정을 알아낸 것이다. 이 정보는 워싱턴의 백악관으로 즉시 보고되었다. 보고를 접한 정부 고위 당국자들이 대책을 강구하기 시작했다. 일본 함대사령관이 탑승한 비행기를 격추시키는 데 의견 접근이 이루어졌다. 그런데 최종 결정을 내리는 데는 많은 진통을 겪었다.

일본 함대사령관이 탄 군용기를 격추하는 것이「전쟁행위」인지 아니면「살인행위」인지 두 가지 의견이 대두되어 격론이 벌어졌다고 한다. 그러나 오랜 토론 끝에 전쟁행위라는 결론이 나고 작전지시가 내려졌다고 한다. 그래서 일본 함대사령관이 탄 군용 비행기는 미군 전투기에 의해서 태평양상에서 격추되었다.

일본의 거물급 제독이 전사했다는 소식을 소학교 학생이었던 나도 알게 되었다. 그때 한국은 일본의 식민지 통치하에 있었기 때문에 내가 살고 있던 신의주에서도 신문마다 대서특필로 보도되었다. 나도 이 일본인 제독의 추도식에 추운 날씨에 동원되었던 일이 지금도 기억에 생생하다. 물론 이 일본인 제독이 어떻게 해서 전사했는지에 대해서는 알 리가 없었다.

그런데 이 일본군 제독은 소학교 학생이었던 나에게도 낯이 익은 사람이다. 이 제독의 아버지가 56살에 이 제독을 낳았다고 해서 이름을 일본말로 오십육이라고 지었다는 일화까지도 기억하고 있다.

그러나 나의 관심은 미국 고위 정책 당국자들의 접근 방법에 있다. 독 안에 든 쥐를 놓고 전쟁행위냐 살인행위냐로 진지하게 논의하는 미국 당국자들의 인간적인 자세에 경탄을 금할 수가 없다. 일본의 태평양함대 사령관을 죽이면 태평양에서 미군의 전세가 극적으로 호전

될 것임은 삼척동자도 다 아는 일인데도 불구하고 모든 유혹을 물리치고 하늘의 뜻에 어긋나지 않는 전쟁을 수행하려는 미국 당국자들의 자세에 머리가 숙여진다. 전쟁에는 승리해야 한다. 그러나 정정당당하게 승리해야 한다는 것이다. 승리를 위한 수단이 모두 정당화될 수는 없다고 미국 고위 당국자들은 믿고 있는 것 같았다.

만일 백악관에서 있었던 토론에서 일본 제독이 탑승한 군용기를 격추하는 것이 살인행위라고 결론이 내려졌다면 독 안에 든 쥐를 그대로 놓아주었을 거라고 생각할 수 있다. 어떤 때는 미국 사람들이 원칙에만 집착하는 너무도 순진한 사람들이라고 생각할 때가 있다. 소위 「예스」 와 「노」 를 언제나 분명히 하고 또 그래야 한다고 믿고 있는 사람들인 것 같다.

물론 「예스」 와 「노」 를 결정하는 판단의 가치기준에 모두가 동의하는 것은 아니다. 그래서 미국은 어떻게 보면 시끄러운 나라다. 밤낮 토론을 해야 하기 때문이다. 그래서 다수결 표결이라는 묘안이 생겼는지도 모른다. 인간이란 생각이 다 다르고 가치판단의 기준도 각양각색이다. 그래서 미국의 신교에는 교파도 그렇게 많은가 보다.

얼마 전 카터 전 대통령 밑에서 국무장관을 지내던 분이 별세했다는 소식을 들었다. 그는 대통령과 의견이 맞지 않아 사표를 내고 낙향한 것으로 더 유명하다. 카터 대통령 집권 당시 이란사태가 터졌다. 미국의 비호를 받고 있던 이란의 팔레비 정권이 이슬람 지도자들이 주도하는 혁명으로 여지없이 붕괴된 것이다. 설상가상으로 테헤란의 미국 대사관 직원들이 인질로 잡히는 사태까지 일어난 것이다.

미국으로서는 자존심에 큰 상처를 입은 셈이다. 미국 정부는 군사작전을 감행해서 인질로 억류된 자국의 외교관을 구출하기 위한 계획을 추진 중이었으며 대통령의 재가도 받았다. 그러나 국무장관은 초지일관 군사개입을 반대하고 외교적으로 문제를 해결할 것을 주장했다. 그러자 자기의 의견이 받아들여지지 않고 군사작전으로 정책이 선회하자 미련 없이 사표를 냈다.

군사작전은 구조 헬기가 추락하는 바람에 미군의 사상자만 남기고 포기하고 말았다. 인질로 구금되었던 미국인들은 444일만에 전원 무사히 석방되었다. 자기의 주장을 정정당당히 진술하고 그것이 받아들여지지 않았을 때에는 또 정정당당히 사표를 냄으로써 자기의 정당성을 관철하려는 행동과, 좀 섭섭했기는 했겠지만 자기와 의견이 다른 각료를 존중하는 마음으로 사표를 받아들이는 대통령의 관용이 인상적이었다.

미국에서 중국계 핵무기 과학자가 스파이로 몰려서 곤욕을 치른 사건이 발생했다. 본인은 중국을 위한 스파이였다는 사실을 극구 부인했지만, 미국의 수사당국은 법무장관과 핵을 관장하는 에너지 장관의 묵인하에 이 중국계 미국인을 끝까지 스파이로 몰아붙이려고 필사적이었다.

미국의 유명 일간지가 중국에 핵무기 정보가 유출됐을 가능성을 보도하면서 이 스파이 사건은 미국 사람들의 중대한 관심사가 되었으며, 보도진들도 이 중국계 미국인 학자를 가는 곳마다 따라다니면서 중국을 위해서 간첩행위를 했느냐고 끈질기게 질문공세를 퍼부었다.

결국 그는 한때 외계와의 접촉이 금지된 형무소의 독방에서 9개월을 보내야 하는 수모를 당하기도 했다. 미국으로서는 중국에 핵무기 정보가 유출됐다면 그야말로 미국의 안보에 타격을 주는 중대한 일이라고 믿고 있었다.

그러나 오래 끌었던 이 사건은 결국 싱겁게 끝나고 말았다. 이 사건을 맡은 판사가 이 중국계 미국인 과학자가 겪은 불법적인 고초에 대해서 정중하게 사과하면서 스파이 부분은 무죄로 판결이 난 것이다.

이 중국계 학자가 스파이의 혐의가 깨끗하게 벗겨진 후에도 법무장관은 「닥터 리는 영웅이 아니라 중죄인」이라고 공포하기까지 하였다. 그러나 중국계 미국인인 닥터 리는 자유의 몸이 되었다.

이 중국계 미국인 학자가 스파이 혐의를 받고 조사를 받기 시작하자 나의 신경은 날카로워졌다. 이 학자가 중국 사람이기 때문이다. 미국에서는 중국인, 한국인, 일본인을 비롯한 동양인들을 아시안-아메리칸이라고 해서 이들을 일괄 취급하고 있다. 만일 중국계 미국 사람이 간첩으로 확정되면 미국에 사는 동양 사람들에 대한 인식이 좋지 않을 것은 뻔하다.

그렇지 않아도 2차 세계대전 중에 미국에 사는 일본계 미국 시민을 믿을 수가 없다고 해서 전쟁이 끝날 때까지 집단수용소에다 수용해서 감시를 했던 적이 있었다. 그러나 일본계 미국인들이 유럽에서 혁혁한 전공을 세운 것도 미국 사람들은 알고 있다.

전쟁이 끝나고 오랜 세월이 흐른 뒤 미국 정부는 일본계 미국인들에게 공식 사과했을 뿐만 아니라 보상금도 지급했다(독일계 미국인과 이탈리아계 미국인들에게는 아무런 조치도 없었다. 이들을 집단수용하면 미국 전체가 집단수용소로 변했을 것이다). 중국 사람에 대해서는 소위 「황화론(黃禍論)」을 펴가며 내심 경계를 누그러뜨리지 않고 있는 것 같다.

중국계 미국인 과학자의 간첩혐의 조사는 우여곡절을 겪으면서 진전이 지지부진했다. 이 과학자의 가족들은 비통한 표정으로 가장의 무죄를 눈물로 호소했다. 이 과학자의 동료였던 백인들도 점차 그의 무죄를 역설하기 시작했다. 이들은 동료 과학자가 동양인이기 때문에 부당한 취급을 받고 있다는 사실을 알고 있는 것 같았다.

그러나 미국의 수사당국은 이 과학자를 간첩으로 만들어야 자기들의 체면이 유지되고 업적도 올라가기 때문에 수사 자료를 과장하거나 은폐하기까지 하면서 그의 간첩행위를 입증하려고 애쓰는 것 같았다. 어떤 의미에서는 중국을 견제하기 위한 희생양이 필요했기 때문에 이 과학자가 더 고통을 받았는지도 모른다. 그래서 정상적인 수사 방법이 적용되지 못한 것 같다.

재판정에서 수사당국도 무리한 수사였음을 솔직하게 인정했다. 그러나 사법당국의 공정한 판결로 이 과학자는 마침내 오랜 동안의 정신적 육체적 고통을 당한 끝에 자유의 몸이 되었다. 그런데 이 중국계 과학자도 나와 마찬가지로 아직까지 미국식 이름으로 개명을 않고 그전 이름을 고집하고 있다.

이 과학자가 만일 백인이었다면 그런 수모를 받았을까 하는 의문이 제기된다. 미국 내에서도 간간이 이 문제가 그런 관점에서 재조명되기도 했다. 백인 우월주의가 미국에서 백인이 대다수를 이루고 있는 한 지속될 것은 뻔하다. 미국에서 백인 우월주의는 백인들에게 깊숙이 세뇌되어서 당연한 일처럼 인정되고 있는 것 같다. 그렇기 때문에 아시아계를 비롯한 소수 민족이 여러모로 부당한 대우를 받는 것은 부정할 수 없는 사실이다.

　미국에서 인권법이 제정된 지도 이미 오래 됐지만 합법적인「교묘한 차별」은 아직도 만연되고 있는 것이 현실이다. 내가 재직했던 대학에서는 소수민족 출신 교수, 특히 아프리칸-아메리칸(흑인) 교수를 채용하려고 혈안이다. 왜냐하면 이들이 없으면 대학 평가에 불리하게 작용하기 때문이다. 소수 민족에 대한 미국 사회의 인권신장 노력을 과소평가해서는 안되리라 믿는다. 모순된 이 두 면모가 미국에서 오래도록 지속될 것이다.

　얼마 전 내가 살고 있는 그린우드의 신문에서 한 백인이 4백 년 동안 고수해 온 백인 우월주의를 이제는 청산해야 할 때라고 선지자적인 호소를 한 기사를 읽고 깊은 인상을 받은 일이 있었다. 그러나 손 안에 쥔 우선권을 포기하기란 그렇게 용이한 일은 아닐 것이다.

　자유의 몸이 된 이 중국계 미국인 과학자는《나의 조국과 나》라는 책을 출판했다. 출판사로부터 인세로 65만 달러라는 거금을 선불로 받았다고 한다. 그리고《뉴스위크》지는 여러 페이지를 할애해서 이 학자에 대한 상세한 보도와 아울러 성조기를 가슴에 단 이 학자의 모습을 크게 게재했다.

　미국 사람들이, 특히 백인들이 이런 비극적인 사건이 다시는 반복되어서는 안된다는 반성의 기사 같았다. 이 주간지에 이 학자의 독백이 다음과 같이 실려 있다.「전등불이 계속해서 켜 있는 독방에 앉아서 이따금 나는 1964년에 박사학위를 받기 위해서 미국으로 온 것이 잘못이었다고 생각할 때가 있었다. 감옥에 있으면서 나는 다음과 같은 결론을 내렸다. 아무리 명석하고 또 아무리 노력한다고 하더라도 중국 사람이나 아시아계 사람은 (미국에서) 전혀 받아들여지지 않는다. 우리는 언제나 외국인인 것이다」

미국에 사는 중국 사람들의 처절한 절규다. 미국에 사는 한국 사람들의 절규인지도 모른다. 언젠가 나의 백인 동료 교수가 내 면전에서 「내가 소수 민족 출신이 아닌 것이 천만다행이다」라고 실토하는 것을 들은 일이 있다. 그런데 이 교수의 둘째 사위가 이란 사람이라고 한다. 그러면서 사위 중에서 이 이란 출신의 사위가 가장 훌륭한 사위라고 자랑도 했다.

그러나 미국에서 살다 보면 백인들을 비난만 해서도 안될 것 같은 생각이 든다. 미국을 오늘날과 같이 세계에서 가장 강대한 나라로 만든 것은 오랫동안의 백인들의 피땀어린 노력의 결정이라는 사실도 늘 상기해야 할 것 같다. 이제는 미국의 발전단계가 성숙기에 이르렀기 때문에 여유있게 과거의 잘잘못을 냉정하게 검토할 수 있는 아량이 생겼을 것이며, 앞으로의 진로를 어떻게 잡아야 하는지도 객관적으로 펴나갈 수 있으리라고 생각한다.

언젠가는 미국에 사는 소수 민족의 공헌을 수용하면 전체 미국인뿐만 아니라 백인 자체에도 커다란 도움이 된다는 사실을 인정하게 될 것이다. 아프리칸-아메리칸(흑인)들이 미국 스포츠와 현대음악에서 결정적인 공헌을 하고 있음을 백인들도 다 인정하고 있는 사실이며, 이들의 공로에 열광적인 박수갈채를 보내고 있음을 항상 경험하고 있다.

동양 사람들도 미국 사회에 공헌해서 백인들의 박수갈채를 받을 수 있는 날이 있을 것이며 또 그런 날이 반드시 오도록 많은 노력을 해야 하리라고 믿는다. 우리같이 미국에 이민 온 첫 세대는 문화적인 갈등과 언어의 장벽 때문에 미국 사회에 대한 공헌이 한정되어 있지만, 미국에서 낳고 자란 한국인을 비롯한 동양인들은 그 우수한 두뇌와 근면성으로 미국 사회에 크게 이바지하게 되리라고 확신한다.

이미 이들이 미국 사회의 각계각층에서 두각을 나타내며 활약하고 있는 모습이 심심찮게 알려지고 있다. 그러나 인간이란 자기들이 보유하고 있는 기득권을 양보하거나 포기하기를 꺼리는 성향이 있음도 솔직하게 인정해야 한다. 한국을 비롯한 동양 사람들이 미국에서 살아가는 길은 미국 사회에 동화되어 이들의 인정을 받는 길밖에 없는 것 같다.

그러기 위해서는 「공정한 경쟁」이라는 확고한 사회적인 토대가 형성되어야 하는데 아직까지는 이 토대가 공고하지는 않은 것 같다. 어쨌든 미국에서 수적으로 절대적인 열세에 있는 동양 사람들이 슬기로운 지혜로 살아가는 방법을 개척해 나가는 수밖에는 별 도리가 없는 것 같다.

고등학교를 졸업하고 한국에 다녀온 우리 집의 큰아이가 「한국에 가니 나를 쳐다보는 사람이 한 사람도 없어서 참으로 마음이 편했다」라고 했는데, 이것이 우리 동양 사람이 미국에서 살아가는 데 치르는 대가인 것 같다. 이런 경향이 언제까지 계속될 것인지는 예측을 할 수가 없다.

요사이 미국에는 형의 확정을 받고 복역하던 사람들이 무죄 방면되는 경우가 심심치 않게 있다. 소위 DNA 테스트로 범죄를 저지른 사실이 없다는 것이 증명된 것이다. 억울한 옥살이를 10년, 20년 하다가 석방되기도 한다. 인생의 가장 중요한 시기를 감옥살이로 허송한 것이다.

얼마 전 살인죄로 30년을 옥살이를 하다가 무죄 방면된 사람이 있었다. 결혼해서 자식들도 낳고 단란한 생활을 하다가 느닷없이 살인죄로 몰려서 옥살이를 하게 된 것이었다. 30년이라는 기나긴 세월을 이 죄수의 부인은 거의 일주일에 한 번씩 남편이 수감된 형무소를 찾아가서 옥바라지를 했다고 한다. 이런 경우 미국에서는 대부분 이혼을 하는 것이 보통인데 이 경우는 참으로 특이하다.

이 사건을 담당했던 연방수사국 FBI도 이 사람이 살인하지 않은 것을 뻔히 알면서도 살인자로 몰아붙였다고 한다. FBI 국장도 이 사람이 살인하지 않은 사실을 보고받고서도 아무런 조치를 취하지 않았다고 한다. 정말로 믿기 어려운 일이다.

어쨌든 한 무고한 미국 사람이 수사 당국의 고의적인 행위였든 실수였든간에 30년이라는 기나긴 세월을 형무소에서 억울하게 보낸 것이다.

이제는 늙은이가 다 된 이 사람의 석방 광경을 텔레비전으로 바라보면서 복잡한 감회에 빠져버렸다. 이런 일이 미국에도 있다는 일이 서글펐고, 만일에 살인자로서 확정되어 사형선고를 받았다면 자기의 무고함을 영영 밝히지 못하고 세상을 하직하게 되는 것이라고 생각하니 간담이 서늘해지기까지 한다. 그래서 최근 미국에서는 사형제도를 재검토해야 한다는 목소리가 커지고 있다.

인간은 완벽하지 않기 때문에 오판이라는 것이 있을 수 있다. 그러나 고의적으로 죄인을 만든다는 것은 있을 수도 없는 일인데 그것도 최선진국이라는 미국에서 실제로 있었으니 참으로 놀라운 일이 아닐 수 없다.

지상에 있는 어느 나라도 다 장단점을 가지고 있다. 미국에도 우리가 감탄하는 일도 많고, 우리를 속상하게 하는 일도 가끔 있다. 첫째로 미국 사람들은 고위 당국자들로부터 서민에 이르기까지 우여곡절

이야 있지만 하늘에 부끄럼 없는 옳은 일을 행하려고 노력하고 있는 것은 인정해야 하리라고 믿는다. 때로는 사탄의 유혹을 받아서 좌충우돌하지만 인간 세상에서는 있을 수 있는 일이다. 그리고 미국 사람들의 너그러운 아량도 인정해야 하리라고 생각한다.

한국에서 미국으로 이주해 온 노인들이 미국에 세금을 낸 일이 없는데도 사회보장 연금을 받는 것도 이런 면에서 해석해야 하리라고 생각한다. 미국에 사는 한국 사람들이 가끔 미국은 너무 어수룩한 사회라고 빈정거리기도 하는데 이것도 미국 사람들의 너그러움과 연결시켜야 하리라고 생각된다.

내 조카들이 영주권도 없고 학생 비자가 아닌데도 공립학교에서 잠시 다니는 동안 돈 한푼 안 내고 공부를 했는데, 나를 믿어서 그러는지 도대체 조카들의 신분에 대해서 물어보는 교직원이 한 사람도 없었다. 여기가 작은 도시가 돼서 그럴는지는 모르지만 참으로 구멍뚫린 너그러운 나라다. 그러나 미국에도 언젠가는 짠 세상이 올는지도 모른다. 왜냐하면 이 지상에서 너그러움에는 한계가 있기 때문이다.

존경하는 사람

미국 대통령 선거 때 있었던 일이다. 조지 부시 대통령 후보에게
「당신은 누구를 가장 존경하는가?」라는 기자의 질문에 잠시 주저하
더니「예수」라고 대답했다. 이 세상에는 존경하는 사람이 없어서
「예수」라고 했는지, 그렇지 않으면 갑자기 생각이 안 나서 그렇게
대답했는지 모르겠다. 예배의 대상인「예수」가 존경의 대상도 될 수
있는지 잘 모르겠다. 부시 후보의 이 대답은 잠시 구설수에 오르기도
했다.

사람들은 제각기 나름대로 존경하는 사람이 있다. 나 역시 존경하
는 사람이 있다. 그런데 그는 세상에 널리 알려진 사람은 아니다.
1990년 10월 26일자 《뉴욕타임스》지에 모리스 디스(Morris Dees)에
대한 기사를 읽으면서 그를 알게 되었다. 이 기사를 오려 내 연구실
벽에 붙여 놓았다. 10년 뒤에 내가 대학에서 은퇴하면서 이 신문조각
을 조심스럽게 벽에서 떼어내 집으로 가져와서 내 서재 벽에다 다시

소중하게 붙여 놓았다.

나는 이 사람이 영웅인지는 잘 모른다. 그러나 나에게는 미국에서 가장 존경하는 사람 중의 한 분이다. 이 사람은 백인이다. 백인이면서도 소위「증오 단체」와 슬기롭고 용감한 투쟁을 벌이고 있는 사람이다. 이「증오 단체」들은 백인 우월주의자들로 구성되어 있으며, 전통적으로 백인이 아닌 흑인과 유태인을 배척하며 이들에게 상습적으로 많은 고통을 주고 피해를 입히는 일을 하고 있다. 요사이는 흑인과 유태인 이외에도 동양에서 이민 온 사람들과 기타의 소수 민족도 포함시키고 있다.

이 신문기사에 의하면 에티오피아에서 온 사람이 흑인으로 간주되어 백인 우월주의자에게 피살당한 비참한 사건이 발생했다. 내가 존경하는 사람은 변호사로서 이 사건을 담당했다. 이 변호사는 이 사건을 형사사건보다도 민사사건으로 처리하려는 전략을 세웠다. 에티오피아 사람을 죽인 백인 우월주의자가 소속한 단체에 대해 천 2백만 달러 이상을 피해자에게 지급하라는 판결을 받아내는 데 성공했다. 어마어마한 액수다.

이 변호사의 재판에 대한 대응전략은 간단했다. 형사사건에 성공하더라도 이「증오 단체」의 행동을 근절하기는 불가능하다는 것이다. 민사사건으로 과다한 배상금을 부과시켜서 이 단체에 재정파탄을 가져오게 하는 편이 오히려「증오 단체」의 극악한 행동을 분쇄시킬 수 있다는 것이 이 변호사의 신념이었다. 천만 달러가 넘는 돈을 물어내려면 거의 자멸할 수밖에 없는 것이다.

나는 이 변호사의 전략이 비상한 것인지는 잘 모르겠다. 그러나 나의 관심은 왜 이 백인 변호사가「증오 단체」들을 근절시키려는 데 앞장서고 있는가에 더 관심이 있다.

미국에 살다 보면 인종문제가 심각하다는 것을 곧 직감할 수 있다. 미국에서 역사적인 인권법이 통과된 후에 내가 미국으로 유학 왔는데, 인도인 학생은 피부색이 흑인과 비슷해 흑인으로 오인되어 극장 입장을 거절당해서 항의했다는 사건도 있었다. 나도 학생 때 극장에 한두 번 가봤지만 별 문제는 없었다. 미국에서 인종문제가 해결될 날이 올는지는 몰라도 그러기 위해서는 시간이 걸릴 것이다.

인간사회에서 편견이 없어질 수는 없는 것이기 때문에 인종문제는 이 지상에서 영원히 계속될는지도 모른다. 흑인 학생들로부터 많은 존경을 받는 한 백인 동료 교수가 언젠가 나에게 「편견을 없애기란 참으로 힘들군요」 라는 말을 했다. 무언가를 깊이 시사하는 말인 것 같다.

백인과 같이 여행하던 동양 사람들이 백인과 같은 호텔에 유숙할 수 없었던 시대도 미국에는 있었다. 그러나 역사적인 추세는 인종문제를 해결하려는 방향으로 선회하는 것 같다.

남아프리카 공화국에서 악명 높았던 아파타이트(apartheid)가 역사적인 유물로 되어버렸다. 「백인 아니면 지옥으로」 가 실천되고 있던 나라였다. 그래도 일본의 막강한 경제력은 무시할 수가 없었든지 일본 사람들을 「명예 백인」 으로 대우했던 역사적인 희극도 있었다.

백인 천하였던 아프리카의 한 나라에서는 백인 농민들이 흑인들한테 오히려 핍박을 받고 있다. 흑인들한테 공격을 당해 피를 흘리고 있는 백인들을 볼 때 역사의 엄청난 변천에 한편 놀라기도 한다. 그러나 백인들한테 많은 고통을 받았다고 해도 폭력행위는 정당화될 수 없다는 사실은 명심해야 하리라고 믿는다.

백인들만 살고 있던 우리 동네에도 흑인들이 이주해 오기 시작했다. 흑인들이 들어오면 집값이 떨어지기 때문에 이들의 이주를 결사반대하던 때가 바로 어제 같았는데 세상이 많이 변했다. 흑인들이 이제는 교육도 많이 받고 좋은 직장도 가지고 또 가계소득도 올라가 흑인들이 좋은 동네로 진출하는 추세는 앞으로도 계속될 것이다.

얼마 전 길 건너에 흑인 가족이 이사왔는데 아무래도 백인 동네이기 때문에 조심하는 것 같다. 우리는 흑인이 아니기 때문에 백인 동네에다 집을 살 수밖에 없었는데 이 점을 백인들도 이해하며 조심스럽게 받아들이는 것 같았다. 그러면서도 우리 역시 조심을 하면서 살고 있다.

한국인을 비롯한 소수 민족이 백인 위주 사회에서 이만큼이라도 대우를 받는 데는 흑인 민권운동가들의 처절한 항쟁의 결과라고 생각한다. 민권운동의 총수격인 마르틴 루터 킹 목사가 흉탄에 맞아 비통하게 세상을 떠날 때에 나는 유학생이었다. 한 젊은 백인 교수는 킹 목사의 서거를 서운해 했지만 좀 늙은 백인 교수는 그런 비극이 아무것도 아닌 듯 반응이 전혀 없었다.

아내에게 어떤 유식한 백인 여자는 킹 목사가 공산주의자라고 몰아세웠다. 오늘날 미국은 킹 목사의 탄생일을 국경일로 정하고 그의 업적을 기리 기념하고 있다. 민권법의 통과를 저지하려던 남부지방에서도 진통을 겪는 우여곡절 끝에 이 국경일이 이제는 정착된 것 같다.

흑인의 생일을 국경일로 정하다니, 옛날 같으면 상상도 할 수 없는 일이 지금 미국에서 일어나고 있다. 흑인들의 인권을 신장하기 위한 비폭력 저항운동이 많은 백인들의 마음을 움직인 것 같다.

　흑인의 인권신장을 위한 투쟁 과정에서 결정적인 역할을 한 사람들은 흑인들임은 주지의 사실이다. 그러나 일부 백인들이 흑인들의 이 투쟁을 측면에서 지원해 주고 동참했음에 유의할 필요가 있다. 수는 많지 않았지만 일부의 기독교 지도자들과 진보적인 지식인들이 흑인들의 인권운동에 참여해서 많은 공헌을 한 것을 잊어서는 안될 것이다. 백인들의 동참이 흑인 운동가들을 고무시켰음을 쉽게 상상할 수 있다.

　일부 백인들이 왜 흑인운동에 적극적으로 동참했는지 그 이유를 자세히는 모르지만, 「인종을 초월해서 모든 인간은 형제자매다. 그렇기 때문에 모든 인간은 동등한 권리를 향유하여야 한다」라는 단순한 진리가 이들의 가슴을 움직였는지도 모른다. 그래서 대부분의 백인들이 소극적인 반응을 보이고 있을 때 희생이 따르는 것을 개의치 않고 흑인의 인권신장 운동에 헌신했는지도 모르겠다.

　이들은 같은 백인들로부터 모욕적인 대우를 받기도 했다. 끈질긴 흑인들의 인권운동 와중에서 대부분의 백인 교회는 깊은 침묵으로 일관했다. 뿐만 아니라 많은 백인 교인들이 성경과 하나님을 들먹이면서 이 역사적인 운동을 유형무형으로 반대했다. 소위 세계적인 기독교 지도자들도 침묵으로 일관했다. 종교가 인류 발전에 걸림돌이 될 수도 있다는 것을 실감했다.

　그러나 이들의 태도를 비난할 수만은 없는 것 같다. 미국의 흑인운동은 미국 사회의 복잡한 단면으로 볼 때 간단하게 진단할 수 없음을 간과해서는 안되리라고 생각한다. 그러면서도 일부의 백인들은 하늘에서 울려오는 소리를 들을 수가 있어서 인권운동에 동참했던 것이다. 그래서 나는 이들을 더 존경한다.

이들이 기독교 신자인지는 확실치 않다. 이들 백인들은 자기들의 헌신적인 노력에 아무런 대가도 바라지 않았다. 다만 인간의 양심에 따라서, 또는 하늘에서 울려오는 소리에 겸허하게 순종해서 이 인권운동에 동참하지 않을 수가 없었던 것이다. 이들 백인들의 도움이 없었다면 흑인들의 인권운동이 좀더 힘들었을는지도 모른다.

증오 단체는 백인들이 우월의식을 가지고 있는 한 계속 존재할 것이다. 그리고 백인들이 무어라 변명하든 그들의 우월의식은 쉽사리 사라지지 않으리라 생각된다. 오랜 시간을 기다려야 할 것이다.

내가 관심을 가지고 지켜보고 있는 이 백인 변호사가 왜 흑인의 권익 옹호에 적극적으로 참여하고 있는지 그 이유를 나는 잘 모른다. 이분이 착실한 기독교 신자인지에 대해서도 나는 아는 바가 없다. 사실 그것은 문제가 되지 않는다. 그의 주목적이 「증오 단체」와의 투쟁인데 그 일환으로 흑인 인권운동에 개입했는지도 모르겠다.

그러나 그의 신념은 확고한 것 같다. <남부 빈곤 법률센터>라는 단체를 공동으로 창설해서 인간을 차별하려는 모든 악과의 투쟁에 앞장서고 있다. 그것도 그의 법률지식을 총동원해서 유효 적절하게 대응하고 있는 데 감동을 받고 있다. 그러면서도 그를 아는 사람이 많지 않을 정도로 자신을 드러내지 않고 참된 하늘의 소리를 이 세상에 실현시키려고 애쓰고 있는 것이다. 그래서 나는 이 백인 변호사를 더 존경한다.

6·25 동란이 한창인 소위 1·4 후퇴 때 많은 이북 사람들이 남쪽으로 피난해 왔다. 가족 전체가 다 같이 피난했으면 그것은 아주 다행한 경우다. 그러나 가족들이 뿔뿔이 흩어진 경우가 더 많다. 여자들은 이북에 남겨두고 남자들만 남쪽으로 피난 온 경우가 더 많다.

흩어진 가족의 처참한 현상을 인정한다고 하더라도 남하한 사람들(남자들)은 혼자 사는 것이 어렵다는 현실적인 문제에 부딪치게 되었다. 그리고 북에 남겨둔 가족과의 재회 가능성은 거의 없음을 남쪽으로 내려와서 실감하게 되었다. 그래서 많은 생 홀아비들이 남쪽에서 재혼을 했다. 어떤 교회의 장로는 그래도 양심의 가책이 되는지 북쪽에 남겨둔 부인의 사망신고를 하느라 동분서주하는 것을 보기도 하였다.

1·4 후퇴 당시 나는 인천에서 살았다. 살았다기보다 겨우 연명을 하고 있었다. 그러면서도 교회에는 착실히 나갔다. 그 당시 10대였던 내가 교인 한 사람을 주시하고 있었다. 그 당시 40 전후의 이 남자는 허름한 군복을 입고 교회 뒷자리에 앉아서 조용히 예배를 보고 있었다. 그는 북에다 부인과 가족을 남겨두고 단신 월남했다고 한다.

그런데 얼마 후 그가 처자식을 남으로 데려오려고 북에 있는 고향으로 갔다는 소문이 교회 안에 파다하게 퍼졌다. 그런데 얼마 있다가 교회에서 이 남자가 부인과 함께 나란히 앉아 예배를 보고 있는 모습을 보고 깜짝 놀랐다. 북으로 잠입해 들어가서 처자식을 데리고 남쪽으로 다시 오는 데 성공한 것이다. 그 당시 북으로 들어간다는 것은 죽음을 의미하는 것인데 생명을 걸고 가족을 찾으러 북으로 몰래 들어갔다가 가족과 같이 남하했던 것이다.

그러면서도 교회에서는 한 마디 말도 없이 부인과 조용히 예배를 보고 있었다(어린 나에게는 이 부인이 그렇게 잘생긴 것같이 보이지는 않았다. 그러나 그것이 무슨 상관인가!). 이 남자가 특수부대 출신이었다면 북으로 들어가기가 용이했을는지도 모른다. 그렇다고 하더라도 남들은 남쪽에서 새로 장가가기 위해 이북에 남기고 온 부인의 사망신고를 하느라 법석일 때 생명을 걸고 북으로 잠입해서 북에 남아 있는 가족을 데리고 남으로 돌아온 것이다.

나는 이 남자의 이름도 모른다. 그러나 그때나 지금이나 이 무명의 남자가 나에게는 개선장군으로 존경받을 만한 사람이었다. 이런 사람을 알게 된 것이 기쁜 반면 그런 용기도 없이 평생을 겁 많게 살아온 내가 부끄럽기도 하다.

어떤 사람들은 북에 남기고 온 부인을 잊을 수가 없어서 남쪽으로 피난 온 후에도 재혼을 하지 않고 여생을 홀로 지낸 사람도 있다. 대표적인 예가 의사인 장기려 선생이다. 이 분은 세상을 떠날 때까지 수절하면서 선한 일을 많이 했다. 장기려 선생이 세상을 떠난 후 그의 아들이 이산가족 상봉의 일환으로 북을 방문해서 그리운 어머니를 만났다는 기사를 읽은 적이 있다. 냉전이 남기고 간 비극의 상처를 다시 한번 실감했다.

장기려 선생은 평양에서 의료사업을 할 때 당시 김일성 주석의 맹장염을 수술하게 되었다. 그때 김 주석에게 「나는 수술할 때 반드시 기도를 해야 하는데 나한테 수술을 받으려면 기도를 같이 하고, 그렇지 않으면 나는 수술을 못하겠다」 하고 당돌하게 말했다고 한다. 김일성 주석도 이에 동의하고 장기려 선생이 기도를 한 다음에 수술을 받았다는 일화도 있다.

거의 신격화되다시피 한 당시의 김 주석에게 어떻게 그렇게 당당하게 맞설 수 있었는지 그저 놀랍기만 하다. 이런 신념이 있었으니 세상을 떠날 때까지 수절을 할 수가 있었을 것이다. 많은 사람이 이분을 생전에 존경했으리라고 믿는다. 나도 그 중 한 사람이다. 이분 외에도 내가 알지 못하는 여러 사람들이 북에 두고 온 부인을 잊지 못해서 독신으로 살고 있으리라고 믿는다. 이들이 내가 존경하는 사람들이다.

그렇다고 해서 남에서 재혼한 사람들을 비난할 생각은 추호도 없다. 이것은 그들의 잘못이 아니라 냉전이라는 역사적인 비극에 그 책임을 돌릴 수밖에 없는 것이다.

켈시 박사(Dr. Frances O. Kelsey)는 내가 가장 존경하는 미국의 정부 공무원이었다. 이 여인을 아는 사람이 미국에도 별로 없는 것 같다. 여사는 식품과 약 관계를 담당하는 연방정부기관인 FDA의 검사관으로 근무하고 있었다. 그런데 마침 소위 수면제인 탈리도마이드(Thalidomide)가 화제가 되고 있었다.

약품업계와 이들을 후원하는 국회 당국자들이 이 약을 조속한 시일 내에 시판할 것을 승인하라고 켈시 여사에게 압력을 가했다. 그러나 여사는 아직 검증이 끝나지 않았으며 자료가 더 필요하다는 이유로 이 수면제의 승인을 지연시켰다. 그녀는 끊임없는 이들의 압력에 당당히 대응하면서 초지일관하였다.

마침 이 때에 서독에서 이 수면제를 복용한 임산부들이 팔다리가 없는 장애아들을 출산했다는 사실이 밝혀졌다. 그 수가 무려 7,000명이 넘는다고 했다. 단순히 임신 중에 이 수면제를 복용한 것만으로 이렇게 많은 장애아가 태어나는 비극이 발생한 것이다.

미국에서도 이 수면제를 제조한 제약회사로부터 의사들에게 이 수면제가 샘플로 보내졌다. 의사들을 통해서 이 샘플이 환자들한테 얼마나 투여되었는지는 모른다.

미국의 한 여자가 임신한 상태에서 이 수면제를 복용하고는 낙태를 하려고 스웨덴으로 갔다(당시 미국에는 낙태는 불법이었다). 이 여인이 만약 아이를 출산했다면 장애아를 낳았을 것이라는 사실이 알려지자 미국 사회는 큰 충격을 받았다. 그래서 탈리도마이드는 미국에서 승인을 받을 수가 없었다.

켈시 여사가 압력에 굴복해서 이 수면제를 승인하였다면 미국에도 수천 명, 아니 그 이상의 아이들이 팔과 다리가 없는 장애아로 태어났을 것이다. 이런 비극을 미연에 방지한 켈시 여사를 더 존경하게 된다.

그런데 세상은 재미가 있다. 탈리도마이드가 에이즈 치료에 효과가 있다고 해서 새로운 주목을 받고 있다고 한다. 나도 직접 이 약을 만져보는 기회가 있었다. 우리 경영학과의 동료 교수가 말기암으로 투병을 하느라 고생을 하고 있었는데, 암 치료에 효과가 있다고 이 약을 복용하고 있었다. 나는 이 약이 암에도 효과가 있다는 얘기는 들어보지 못했다.

집으로 문병을 갔더니 탈리도마이드를 복용한다면서 나에게 이 약을 보여주는 것이었다. 그러나 얼마 가지 않아 약의 효과도 보지 못하고 너무도 가까운 동료였던 경제학자인 두몽 박사는 처절한 암과의 투병을 극복하지 못하고 이 세상을 떠났다.

외부의 압력이나 유혹에 조금도 굴하지 않고 공복(公僕)으로서의 자기의 신념을 끝까지 굳건히 지켜서 불행한 사태를 미연에 방지하는 데 결정적인 공헌을 한 켈시 여사는 공무원의 모범인 것 같아서 나의 존경심을 자아내고 있다.

재일동포 학생

재일동포 학생

오래 전에 있었던 이야기다. 내가 재직하고 있던 대학에 일본에서 온 2백여 명의 고등학교 졸업생이 두 달 가량 머문 적이 있었다. 이들 일본 학생들은 미국 대학에 입학이 허락되었는데 각자의 대학으로 떠나기 전에 미국 생활에 잘 적응하기 위해 우리 대학에서 두 달을 지내면서 적응훈련을 받고 있었다. 나도 이들 일본 학생들을 지도하는 강사로 선정되어 그들과 두 달 동안 같이 지냈다.

대부분 나이가 스물도 안된 이들 학생들이 정든 고국과 부모를 떠나서 낯선 이국 땅인 미국에 와서 전혀 새로운 생활을 시작하게 되니 한편으로는 희망에 부풀어 있으면서도 미지의 생활을 개척해 나가야 하는 불안감에 젖어 있는 것 같아 측은하게 보이기도 해서 정성껏 도와주었다.

한번은 한 학생이 내 연구실로 찾아와 자기 이야기를 하다가 나를 붙들고 엉엉 우는 것이었다. 동양 사람인 나와 이야기를 나누게 되자 갑자기 일본에 계시는 부모님 생각이 나서 울음을 터뜨린 것 같다. 이 학생의 아버지도 내 나이 또래인지도 모른다. 이 학생을 위로하느라고 한참 애를 먹었다.

또 한번은 나이가 약간 들어 보이는 여학생이 찾아와서 자기의 애정 역정을 털어놓는 것이었다. 자기는 지금 나이가 지긋한 미국인 비행기 조종사를 열렬히 사랑하는데 이 조종사는 자기와 관계를 끊고 다른 좋은 젊은 남자와 교제해서 결혼하라고 하니 어찌 했으면 좋겠느냐고 애정 상담을 해와서 좀 당황했기는 했지만 내 의견을 들려준 일도 있었다.

한 학생은 전통적인 일본의 게다를 신고 다녔는데 나로서는 좀 어색해 보였다. 나도 미국 유학 첫해에 하얀 남자 고무신을 신고 학교를 다닌 적이 있었는데 지금 생각하면 잘한 일은 아닌 것 같다. 우리 대학에서 두 달을 보낸 후 이들 일본 학생들이 대부분 자기가 지망한 대학으로 떠나갔지만 몇 학생은 우리 대학에서 공부하기로 결정해서 졸업할 때까지 나와 가깝게 지냈다. 나로서는 정성껏 이들을 돌봐 주었다고 자부한다.

이들 가운데 재일동포 학생 세 사람이 있었다. 이중에 이씨 성을 가진 동포학생은 우리말도 어색하지 않을 정도로 잘 구사했다. 이 군은 재미있는 학생이었다. 내가 미국 시민권자인 것을 알고는 화가 나서 나에게 대드는 것이었다. 「아니 어떻게 한국 사람이 국적을 바꿔서 다른 나라의 국민이 될 수 있습니까?」 이군은 이순신 장군까지 들뜨이며 분개하고 있었다. 그는 한국도 자주 방문한다고 했다. 일본에 살고 있으면서도 주위의 눈치에도 개의치 않고 한국 사람의 긍지를 가지고 굳건하게 살아온 것 같아서 참으로 가상하기도 했다.

성이 정씨인 또 한 동포 학생은 동포 3세라고 했다. 자기 부모는 동포 2세인데 한국말을 전혀 못한다고 했다. 정군 역시 한국말을 한 마디도 못한다고 고백했다. 그래서 내가 정군에게 물어 보았다.「한국 말을 한 마디도 못하는 사람들이 무슨 이유로 일본에 귀화하지 않느 냐?」 나의 질문에 정군의 대답은 솔직했다.「장 교수님, 우리가 일본 에 귀화하면 주위에서 반 쪽발이라고 놀리면서 동포 사회에서 따돌림 을 당하게 됩니다」

언젠가 연구실에서 책을 보고 있는데 한 일본 학생이 내 방문을 조 용히 열고 들어와서는 나에게 이렇게 말했다.「장 교수님, 제가 이제 교수님한테 드리는 말을 누구에게도 이야기하지 않기 바랍니다」 이 런 식으로 시작된 이 학생의 사연은 다음과 같았다.

자신은 한국 사람이지만 지금까지 일본 사람으로 살아왔으며, 자기 가 한국 사람이라는 것을 아무도 모른다고 했다. 아버지는 경상북도 대구가 고향이고, 어머니는 일본 사람이라고 했다. 일본에서 살아가기 위해서 온 식구가 어머니 성을 따서 완전히 일본 사람 행세를 했다. 그러나 집안에서만은 아버지가 한국인임을 강조한다고 했다.

자기 성은 박씨이며 아버지가 자주 한국에 대해서 이야기해 주시기 때문에 자기도 한국에 대해서 많이 안다고 했다. 내가 한국 사람이고 여기는 일본에서 멀리 떨어진 미국이기 때문에 안심하고 자기의 비밀 을 나에게 이야기하고 싶은 충동이 생긴 것 같다.

가슴속 깊이 묻어두었던 안타까운 사정을 나에게 토로함으로써 어 떤 해방감을 느꼈는지도 모른다. 아니, 나와 이야기를 나누고 나를 통 해서 자기도 당당한 한국 사람임을 선포함으로써 일종의 자긍심을 느졌는지도 모른다.

나한테 비밀을 털어놓음으로써 마음이 홀가분해지는 듯한 감을 이 학생의 얼굴에서 읽을 수가 있었다. 이 학생이 나와 이야기를 끝내고 내 방을 나갈 때 아직도 좀 불안한지 나에게 다시 한번 다짐하듯 말했다.

「장 교수님, 내 얘기는 누구한테도 하지 마시기 바랍니다」

이들 일본 학생들과 동포 학생들이 우리 대학을 떠나고 또 우리 대학에 남았던 일본 학생들이 다 졸업하고 난 다음에도 일본 학생들이 일본에서 개인적으로 우리 대학으로 진학해 와서 공부하고 졸업한 학생들이 여러 명 있었다.

이들 학생들이 어떻게 미국의 한 시골 주립대학인 우리 대학을 알고서 지원했는지 잘 모르겠다. 그러나 이들 일본 학생들이 우리 대학에서 공부하는 동안 우리 대학의 간호대학 교수인 아내와 나는 정성껏 이들을 돌보아 주었다. 일본 학생들도 백인 대학의 유일한 동양 사람인 우리 부부에게서 같은 동양 사람으로서의 정을 느끼는 것 같았다.

한번은 일본 도쿄에서 학술대회가 있어 일본을 방문했을 때 중년 일본인 부부가 내가 묵고 있는 호텔로 나를 찾아왔다. 생면부지의 이 일본인 부부가 하는 말은 이랬다. 자기 딸이 지금 내가 재직하고 있는 대학에서 공부하고 있는데 며칠 전에 딸이 일본으로 전화를 걸어서 장 교수가 일본을 방문 중이니 찾아뵙고 대접을 하라는 것이었다.

아마도 내가 이 일본 여학생에게 일본에 간다는 이야기를 한 것 같다. 호텔 이름까지 이야기했는지는 기억이 나지 않는다. 이 일본인 학부형은 나를 극진히 대접했다. 부모들의 마음은 어디나 다 똑같다는 사실을 다시 한번 절실하게 느꼈다.

이 일본인 여학생은 대학 기숙사에서 한방을 쓰던 백인 여학생의 너무도 거친 행동으로 인해 총장 관저로 피신해서 거기서 한동안 머물기도 하는 곤욕을 치르기도 했다. 이 백인 여학생은 나의 강의도 수강한 얌전하고 상냥한 학생이었는데 왜 일본인 여학생을 괴롭혔는지 알 수가 없다.

우리 대학에도 일본어 강좌가 개설되어 일본에서 강사를 모셔온 일이 있다. 일본인 하야시 선생은 고등학교에서 영어 교사로 있다가 은퇴한 분이었다. 60이 좀 넘은 이 강사는 나이에 비해서는 아주 젊어 보이는 건장한 체격의 소유자였다.

나는 해방될 때까지 소학교에서 6년 동안 일본말을 배웠기 때문에 일본말은 좀 알고 있었지만, 50년 동안이나 써 본 일이 없기 때문에 나의 영어 실력보다도 월등히 나은 하야시 선생과는 늘 영어로 이야기했다. 아내와 나는 그를 힘닿는 대로 정성껏 도와 주었다.

하야시 선생은 한국과 일본의 비극적인 과거를 잘 알고 있는 연령의 사람이다. 그는 2년 동안 우리 대학에서 일본어를 가르치다가 이곳을 떠났다. 나와 작별인사를 나누면서 그동안 너무 고마웠다는 치하의 말을 잊지 않았다. 그러면서도 일본 사람인 자기에게 어떻게 그렇게 친절할 수 있었느냐고 나에게 묻는 것이었다.

대답이 궁해서 한참 생각하다가 같은 동양 사람이니까 서로 도와야 되지 않느냐는 말로 어물쩍 대답해 버렸다. 이 도시를 떠나고 나서도 하야시 씨는 그 후 몇 년간 여러 나라로 다니면서 일본어 강사로서 활동했다. 크리스마스와 연말이 되면 어김없이 연하장과 능숙한 영어로 인사의 말을 보내오곤 했다. 부인은 일본에 남겨두고 홀아비 생활을 노년에 즐기는 하야시 씨의 떠돌이 생활이 이해가 잘 되지 않았지만 한편으로는 부럽기도 했다.

세월이 많이 흘러갔다. 그리고 그동안 세상도 많이 변했다. 공산주의가 무너지고 한반도의 남북 대치상황도 조금씩 변하는 조짐이 보인다. 일본 사람들의 한국인에 대한 관념이 그동안 얼마나 바뀌어졌는지 그리고 재일동포들의 의식이 얼마나 변했는지 무척이나 궁금하다. 아직도 대부분의 재일동포들이 한국인으로서의 자존심 때문에 일본으로의 귀화를 거부하고 있는지가 알고 싶다.

그런데 우리 대학에 왔던 세 동포학생은 지금 무엇을 하고 있는지 자못 궁금하다. 이순신 장군까지 들먹이며 나에게 대들던 이군은 아직도 일본으로의 귀화를 않고 한국 국적으로서 착실하게 살아가고 있는지? 반 쪽발이라고 동포사회에서 따돌림당하는 것이 참을 수가 없어서 귀화를 못한다는 한국말을 한 마디도 못하는 동포 3세인 정군도 잘 지내고 있는지, 또 어머니가 일본인이고 일본에서 살아가기 위해서 일본인 행세를 한다는 박군도 여전한지 궁금하다.

나는 혼자 이런 생각도 해보았다. 세월이 많이 흐른 지금, 혹 이군과 정군은 일본으로 귀화를 하고 오히려 일본인 성씨를 가지고 있는 박군이 나는 한국의 아들이라고 세상에다 대고 천명했을지도 모를 일이라고.

과부 사정은 과부만 안다고 미국에 살고 있는 나로서는 재일동포의 문제가 남의 일 같지 않다. 나는 지금 미국 시민권을 가지고 있는 재미동포다. 나르서도 미국 시민권을 취득할 때 많은 고민을 했다. 정말로 잘하는 일인가? 그러나 계속 미국에 남아서 살아가기로 결정한 이상 미국 국적을 취득하는 것은 당연한 일이라고 생각된다.

한국에 대해서 미련이 남아 있거나, 미국 생활에 적응하지 못하거나, 혹은 한국에 야심이 있는 사람들은 영주권이나 시민권을 취득하지 않고 한국으로 돌아가서 또 다른 삶을 시작하는 예를 많이 보아왔다. 그러나 나같이 평범한 사람은 한국에 돌아가서 새로운 삶을 시작할 자신이 없기 때문에 미국에 그대로 남아 있기로 결정한 것이 잘한 일인지도 모른다.

재일동포는 미국에 사는 재미동포보다 운신의 폭이 좁은지도 모른다. 30여 년 전 미국에서 아내가 일하던 도시에 일본인 여자 고등학생이 교환학생으로 와서 공부하고 있었는데, 이 여학생이 미국 학생들에게 일본을 소개하는 말을 하는 도중에 다음과 같은 말을 했다고 한다.

자기 부모가 늘 하는 말이 어느 누구와의 결혼도 상관없지만 한국 사람하고는 절대로 결혼해서는 안된다고 누누이 강조하셨다고 했다. 이 말을 전해 들은 아내와 그 도시에 살고 있던 동포들이 격분했던 것은 말할 것도 없다. 재일동포들에 대한 차별대우는 세상에 잘 알려진 사실이지만 21세기에 접어든 지금도 그런 편견을 가지고 있는지 궁금하다.

이민 온 사람에 대한 본토인의 차별과 텃세는 어디에나 있게 마련이다. 미국에 살고 있는 한국 사람도 백인들의 차별과 텃세를 알게 모르게 당하고 있다. 재미동포와 일부 흑인간의 갈등도 이런 맥락에서 이해할 수 있겠다.

언젠가 식료품 가게에서 한 할머니가 동양 사람인 나를 보더니 「왜 우리 미국으로 왔느냐. 당신 나라로 다시 돌아가라」라고 멸시적인 말을 내뱉는 것을 들은 일이 있다. 소위 텃세와 인종차별이다. 대꾸할 필요를 느끼지 않아서 아무 말도 하지 않았다. 이 할머니의 선조도 언젠가 유럽에서 더 나은 삶을 살아 보려고 미국으로 왔을 것이다. 그때도 텃세는 있었겠지만, 백인들끼리니 우리와는 사정이 좀 달랐을 것이다. 미국 인디언을 제외한 거의 대부분의 미국 사람들도 시기의 차이는 있겠지만 어차피 우리와 마찬가지로 미국에 이민 온 사람들이 아닌가?

일본인과 달라서 미국 백인들은 인종차별이 핵심이 되고 있다. 소위 백인 우월 편견이다. 반면에 일본인들은 선택민족관념(선민사상)이 다른 사람에 대한 차별의식의 근간이 되고 있는 것 같다.

재일동포들이 재미동포들처럼 극복하지 못할 갈등의식을 느끼지 않고 일본으로 귀화할 수는 없는 것인가? 한반도와 일본열도는 너무 가깝고 또 오랜 동안 지속되어 온 역사적으로 복잡한 한·일간의 배경 때문에 재일동포들은 일본으로 귀화할 수가 없는 것인가? 1세들은 그렇다 하더라도 동포 2세와 3세 그리고 나중에는 4세와 5세 들도 일본으로의 귀화를 거부해야 하는 것인가?

일본이나 미국 같은 주류 사회에 동화해 가면서도 한국 사람이라는 긍지를 가지고 살 수 있는 뾰족한 묘책은 없는 것인가? 인도네시아에서 당하고 있는 중국 사람들의 어려움을 전해 들으면서 남의 나라에서 소수 민족으로 어떻게 처세하여야 주류 사회와 소수 민족이 모두 만족할 수 있는지에 대한 묘안을 도출해 내는 것이 급선무라는 생각이 든다. 참으로 어려운 과제다.

재일동포들도 일본에서 살기로 결정한 이상 주류 사회에 진출해서 성공을 해야 할 것 같다. 일본으로의 귀화도 신중하게 생각하는 것이 좋을 것 같다. 아쿠다카와 상을 받은 재일동포 2세인 유미리 씨가 한국을 방문했을 때「한국과 일본이 축구를 하면 어느 팀을 응원하죠?」라는 질문을 받았다.

나도 비슷한 질문을 받은 적이 있다. 1996년 올림픽이 개최되던 해에 나와 아내가 초등학교 6학년 학생들에게 한국을 소개하는 이야기를 한 일이 있었다. 그때 예쁘장하게 생긴 백인 여학생이 갑자기 나에게「미국 팀과 한국 팀이 경쟁을 하게 되면 어느 팀을 응원하지요?」라고 갑작스럽게 질문해 와서 대답하느라 한참 당황했다.

유미리 씨는「축구는 지는 쪽을 응원하겠다」라고 대답했다. 좋은 대답이라고 생각한다. 궁색한 답이기도 하다. 나는 그때 무어라고 대답했는지 지금 생각이 나지 않는다. 2000년의 올림픽 때도 한국 팀이 이겨 주기를 바랬다. 동시에 미국 팀도 잘해 주기를 바랬다. 원래 미국 팀은 강하니까 한국 팀에 한두 번 져도 미국 사람들은 속상해 하지 않았을 것이다. 아쉬웠던 것은 미국 텔레비전이 양궁이나 사격은 보여 주지 않고 미국 팀이 잘하는 수영 등만 보여주어서 짜증이 날 때도 있었다.

오랜 세월이 지났다. 세상이란 변하게 마련이다. 그리고 사람들이 가지고 있는 가치관도 절대적인 것은 아니고 변하는 것이다. 공산주의 가치관이 허물어지는 것을 우리는 역사의 증인같이 목도했다. 절대적인 가치관이라는 것은 인간사회에 존재하지 않는다. 일부 사상가들과 종교인들이 절대적인 가치관 내지는 교리를 아직도 주장하고 있지만 역사는 그럴 수가 없다는 것을 우리들에게 가르쳐 주고 있지 않는가?

우리가 살고 있는 이 작은 도시에 일본의 유수 기업인 후지 필름이

천 5백여 명의 미국 사람을 고용하는 큰 공장을 세웠다. 내가 가르친 미국 학생도 몇 명 이 공장에서 일하고 있다. 이 일본인 공장 때문에 동양 사람에 대한 이곳 백인들의 인식이 조금 달라진 것 같다. 한국인인 내가 여기서 일본인 덕을 보고 있는 셈이다.

재일동포에 대한 일본인들의 인식이 달라져야 하겠고 또한 일본 사회에 대한 재일동포들의 인식도 변해야 되지 않겠는가 하는 생각을 할 때가 있다. 나는 이런 변화를 발전적인 변화라고 부르고 싶다.

한 미국 사람의 이야기다. 베트남전 당시에 20대였던 이 사람은 부인과 갓난아기인 아들과 딸을 뒤로하고 전쟁에 참가해서 혁혁한 공훈도 세웠다. 재 지원해서 복무하기도 했다. 세 번째로 지원했지만 군 당국이 사절하고 본국으로 발령을 내렸다. 그는 미국으로 돌아가기 전 호주로 휴가를 갔다가 갑자기 마음이 변해서 부대로 돌아가지 않고 거기서 주저앉기로 결심했다. 그러다가 8개월 후에 뉴질랜드로 건너가서 가명으로 살고 있었다.

탈영병이 된 이 사람은 미국에 있는 식구와도 연락을 전혀 못했던 모양이다. 미군 당국도 전사자로 취급했다. 새 정착지인 뉴질랜드에서 거의 30년을 살았다. 그런데 당시 어린아이였던 이 병사의 아들이 장성하면서 아버지의 생사를 확인하기 위해 백방으로 수소문했다. 아들은 마침내 가명으로 뉴질랜드에서 살고 있는 아버지를 찾아내어 극적으로 감격의 상봉을 했다.

미국에는 연로하신 어머니를 비롯해서 결혼한 아들과 딸이 있으며 부인은 기다리기에 지쳐서 새로운 남자를 만나서 살고 있었다. 그는 50이 훨씬 넘은 나이에 마침내 미국으로 건너와 거의 30년만에 가족들과 눈물의 상봉을 했다. 다른 남자와 사는 부인도 만났다. 간단한 인사말만이 있었다고 했다.

원래가 부부란 남남이 만난 것이어서 또 남남처럼 헤어질 수도 있는 것 같다. 처음 보는 손자들도 참으로 귀여웠다. 군 당국도 정상을 참작해서 관대한 처분을 내렸다. 식구들과 친지들이 미국에 남아서 살 것을 간절히 권유했지만 그는 가족들을 뒤로하고 자기가 살던 뉴질랜드로 다시 돌아갔다. 조국인 미국이 생소한 나라가 되고 이제는 뉴질랜드가 고향이 된 것이다. 정들면 고향이라고 하지 않았던가?

일본에서 태어난 동포 3세가 한국으로 건너와 한국의 국가대표 유도선수로 활약하다가 다시 일본으로 귀화해서 일본 선수로 활동하게 되었다는 신문기사를 읽었다. 한국에서 어떤 반응이 있었는지 궁금하다. 그러나 미국에서 오래 살고 있는 나의 생각으로는 그와 같은 현상이 자연스런 추세가 아닌가 생각된다.

일본으로 귀화했거나 미국 시민권을 취득했다고 해서 뿌리가 한국이라는 것을 잊어버리지는 않을 것이다. 그러나 일본인으로서 또 미국인으로서 현지 국가에서 충실한 시민으로 살아가는 것이 의미있는 일이라고 생각한다. 일본은 잘 모르지만 미국에서는 시민권을 취득해야 정상적인 시민생활을 할 수 있다. 그래서 재미동포의 권익을 옹호하는 재미 한국공관들도 재미동포들에게 미국 시민권 취득을 권유하고 있다.

이제는 한국 사람에 대한 개념이 재조정되어야 할 시기에 온 것 같다. 좁은 의미의 한국인 개념과 동시에 넓은 의미의 한국인의 개념이 도입되어야 할 때라고 생각한다. 다른 나라 국적을 보유해서 그 나라의 시민으로서 충실하게 살아가고 있는 한국인도 역시 한국인의 개념에 포함되어야 한다는 복합적인 한국인상이 등장할 때가 되었다.

나에게 「당신은 한국 사람인가?」 라고 물으면 나는 다음과 같이 대답할 것이다. 「글쎄요? 그런데 나는 항상 밥과 김치와 된장국을 먹습니다. 집에서는 한국말만 쓰며 한국 신문을 애독하고 있습니다. 여기는 시골이라 한국 텔레비전을 아직은 보지 못하고 있습니다」 「그래도 당신은 미국 시민으로 귀화했으니 한국 사람이 아닙니다」 라고 일러주면 나는 할 말이 없다.

이것은 좁은 의미에서의 한국인에 대한 정의이다. 다만 미국 사회에서 성실한 시민으로서의 의무를 다하면서 살아갈 것이다. 그러면서도 한국의 무궁한 발전을 언제나 빌고 있다.

미국 사람이 한국인으로 귀화한 기사를 읽은 적이 있다. 미국에 있는 어머니가 미국 국적을 포기하지 말라는 눈물어린 호소에도 불구하고 이 미국 사람은 한국인으로 귀화해서 한국인으로 살고 있다. 얼마 전에 이 분이 81세로 별세했다는 소식에 접했다. 별세하기 전 한국 정부로부터 금탑산업훈장을 받았으며, 국내 최대의 수목원을 조성했다.

한국인으로 귀화하는 외국 사람들이 앞으로도 증가할 것이라고 생각한다. 한국 사람이 외국으로 이민 가고 외국 사람들이 한국으로 이민 와서 정착하는 현상이 앞으로는 계속될 것이다. 세계에서 드문 단일민족이기 때문에 이질적인 것에 대한 거부감이 강한 한국 사람이지만, 일단 이런 이질적인 외국 사람들이 한국으로 귀화하게 되면 한국 사람들의 따뜻한 마음씨에 감동하리라고 믿는다.

이제는 다른 나라로 이민 가고 다른 나라에서 이민 오는 것이 자연적인 현상이지 비판의 대상이 될 수 없다는 것을 인정해야 하리라고 생각한다. 따라서 국적의 변경도 자연적으로 일어날 수 있는 것이다. 마침내 이민은 일방통행이 아니라 양방통행이 되는 것이다. 그래서 언젠가는 한국도 한국에 살고 있는 소수 민족에 대해서 신경을 써야 할 날도 멀지가 않다고 생각한다.

한국이 잘 사는 나라로 변모할수록 한국에 가서 살겠다는 사람들이 줄을 설 것이다. 그래서 사정이 더 복잡해지는 사회로 변모하는 것이다. 이민으로 이루어진 미국에서도 아직도 이민정책이 완전하지 못해서 고통을 당하고 있는 점을 고려한다면 한국도 앞으로 한국으로 이민해 오는 이민문제가 다양하게 제기될 것이다. 그러나 사람들의 국경을 넘는 이동(이민)은 역사적인 자연현상이라는 인식을 항상 상기할 필요가 있겠다.

외국 사람들이 한국인으로 귀화해서 한국에 많은 공헌을 할 수도 있을 것이다. 동시에 이들이 또한 여태까지 없었던 여러 가지 문제도 제기할 것이다. 이제는 한국이 잘 사는 나라가 되어서 중국에 있는 조선족을 비롯해서 다른 동남아 국가들의 국민이 일자리를 찾으려고 한국으로 많이들 온다고 한다. 이들을 싼 노동력으로 이용하고 착취하는 업자들도 있는 것으로 안다.

이것이 자본주의의 발전 과정이라는 관점에서 볼 때 이런 행태가 있을 수 있다는 사실을 인정하지 않을 수 없다. 그러나 인권단체들이 착취당하는 외국인 노동자(중국의 조선족을 포함해서)의 권리를 강력하게 옹호하지 않으면 안될 것이다. 이들은 특히 정부와 국회에 외국인들의 인권보장을 강력하게 요구하며 이들의 권익신장을 입법화해야 한다고 요구해야 한다.

그리고 언론매체를 통해서 외국인 노동자들의 인권을 홍보해서 국민들의 이해 증진에 노력해야 하리라고 믿는다. 악덕업자들도 보도를 통해서 고발해야 한다. 또한 외국 노동자들이 단체협의를 할 수 있도록 모든 편의를 제공해야 한다. 이렇게 해서 우리는 희망에 찬 역사를 창출해 내는 것이다. 역사는 결코 주어진 것만은 아니다.

복숭아 아가씨

이른 여름이 되면 매년 어김없이 복숭아 아가씨가 나타난다. 복숭아를 트럭에 한차 가득 싣고 와서는 한 광주리 가득 담아 길가에 벌여 놓고 판다. 일요일을 빼놓고는 늦가을까지 매일 같은 장소에서 복숭아를 팔고 있는 이 아가씨를 볼 수 있다.

스물 대여섯 정도 되어 보이는 백인 아가씨로 챙이 넓은 모자를 쓰고 손님들을 접대한다. 이 아가씨가 복숭아밭을 소유하고 있는 가족의 한 사람인지, 아니면 피고용인으로 복숭아를 파는지는 모르지만, 내가 살고 있는 사우스 캐롤라이나 주와 인접한 조지아 주는 복숭아 산지로 유명하다.

우리 주의 한 도시에는 복숭아 산지임을 알리는 큼직하고 먹음직한 복숭아 모형을 만들어 하늘 높이 매달고 있다. 그래서 복숭아가 주렁주렁 달리기 시작하면 복숭아밭 한 귀퉁이에 조그마한 가게를 차려 놓고 싱싱한 복숭아를 파는 광경을 흔히 볼 수 있다. 이 복숭아밭이 자동차로 30분은 가야 하는 곳에 있기 때문에 우리로서는 좀 불편한 점도 있다. 그래서 이 아가씨가 밭에서 딴 복숭아를 우리가 살고 있는 도시로 가져와서 파는 것 같다.

언제부터 이 아가씨가 우리 도시에서 복숭아를 팔기 시작했는지 모르지만, 길가에서 복숭아를 파는 곳이 이곳 한 곳뿐이지만 복숭아를 파는 곳이 식료품점을 비롯해서 여러 군데 있기 때문에 장사가 잘 되는지 어떤지는 알 수가 없다.

초여름이나 늦가을이면 날씨가 선선해서 하루종일 밖에 있어도 참을 만하지만 화씨 95도(섭씨 35도)를 오르내리는 무더운 여름철에는 길바닥에서 하루종일 장사하기란 쉽지 않을 것이다. 그래서 내려쬐는 햇빛을 가리려고 챙이 긴 모자를 쓰고 있는지도 모른다.

백인 여자이기 때문에 햇빛으로 얼굴이 검게 타는 것에는 별 신경이 쓰이지 않겠지만 그래도 여자로서의 본능에 짙은 화장을 하고 오는지도 모른다. 손님이 없을 때는 트럭 운전석에 앉아서 드링크를 마시고 있는 복숭아 아가씨를 볼 수 있다. 점심도 싸가지고 와서 차안에서 먹을 것이다.

여기서 파는 복숭아는 싱싱할 때도 있고 하루 이틀 묵은 것 같은 복숭아도 파는 것 같다. 이 복숭아 아가씨가 초여름에 나타나면 나도 첫 고객 중의 하나가 된다. 그리고 늦가을이 되어서 철수할 때쯤 되면 또 아쉬워서 한 해의 마지막 고객 가운데 하나가 되기도 한다. 이렇게 해서 벌써 몇 해가 지났다. 아마도 이 복숭아 아가씨도 내 얼굴을 기억하고 있으리라.

이 복숭아 아가씨가 다른 직장생활을 마다하고 왜 길가에서 복숭아를 팔고 있는지 모르지만, 초여름부터 늦가을까지 노점상인 자기 직장에서 성실하게 일하고 있는 이 여인을 볼 때마다 장하다는 생각을 하곤 한다. 일확천금을 꿈꾸지 않고 하루하루 자기 일에 정성을 다하는 이 여인을 볼 때마다 마음이 훈훈했다.

그녀에게 있어 이런 직업이 가장 바람직한 것이 아닌지도 모른다. 그녀 역시 더 좋은 직장을 찾아봤는지도 모른다. 그러면서도 주어진 직장이 천직이라고 생각하고 묵묵히 일하고 있다. 자기 일에 백 퍼센트 만족할 수는 없지만 주어진 일에 최선을 다하는 사람들이야말로 사회에서 존경받아야 마땅하리라고 굳게 믿는다.

금년 들어서는 트럭 옆에 아담한 텐트를 쳐 놓았다. 뜨거운 햇빛도 차단하고 갑작스런 소나기도 피할 수 있는 다목적용인 것 같다. 작년부터 복숭아와 같이 수박도 팔기 시작했다. 미국 수박은 길쭉하고 크다. 너무나 커서 한 개를 사면 아내와 내가 처분하느라 골치를 앓기도 한다. 수십 개나 되는 수박을 큰 통에 담아 놓고 팔고 있는데, 팔다 남은 수박은 어떻게 처리하는지가 궁금했다.

이런 나의 궁금증에 복숭아 아가씨가 시원하게 대답해 주었다. 「팔다 남은 수박은 천으로 덮어씌우고 이 자리에 그대로 남겨 놓고 가죠」 그러면 밤에 누가 와서 훔쳐 갈 수도 있지 않느냐는 나의 질문에 「한두 번 그런 일이 있었지만 그래도 여기다 두고 가요」라는 대답이었다.

수박을 운반하는 것이 번거롭기야 하겠지만, 수십 개의 수박이 담긴 통을 길가에다 밤새도록 방치(?)해 놓는 데는 놀라지 않을 수가 없었다. 그러나 수박을 훔쳐가지 않을 거라 믿고 있는 복숭아 아가씨와 이 마을 사람들의 순박함에 푸근함이 느껴진다. 이것이 미국 작은 도시의 일면이다.

　지금도 아이들이 자전거를 담장이 없는 집 마당에다 놓고 들어가도 훔쳐가는 사람이 없다. 그전에는 대문을 잠그지 않고 외출했다고 한다. 그러나 여기에도 외풍이 불기 시작해서 세상이 조금씩 험악해지는 것 같다. 참으로 아쉬운 일이다.

　옛날 내가 미국에 유학 와서 얼마 되지 않았는데 교실에다 사전을 놓고 나온 일이 있었다. 2, 3일 후 생각이 나서 그 교실에 가봤더니 사전이 그 자리에 그대로 있었다. 과연 미국은 다른 나라라고 감탄했다. 그런데 은퇴하기 얼마 전에 대학식당 옆에 비치된 곳에 우산을 놓고 식사를 하고 나오니 우산을 찾을 수가 없었다. 미국도 달라지고 있구나 하고 생각하니 서글퍼졌다.

　신문은 필요불가결의 생활 필수품이다. 우리는 신문을 매일 우체통에서 꺼내온다. 신문 배달부가 매일 자동차를 타고 다니면서 신문을 집집의 우체통에다 넣고 간다. 편지 외의 물건을 우체통에 넣으면 위법이라고 하는데 잘 모르겠다. 그전에는 편지통과 신문 받는 통이 나란히 있었던 것 같다. 요사이도 두 개가 같이 있는 집도 있다. 그러나 대개의 경우 우체통에다 신문을 넣는다.

　그런데 시내에 집들이 밀집되어 있는 곳에는 자동차를 타고 배달할 수가 없어서 신문 배달부가 집집마다 배달해야 한다. 내가 은퇴하기 전에 학교에서 집에 오려면 신문 배달부가 챙이 있는 모자를 깊게 눌러쓴 채 신문배낭을 메고 신문 배달을 하는 광경을 가끔 볼 수 있었다. 이 배달부는 30 안팎의 건장하게 생긴 백인 남자였다. 나중에 안 일이지만 이 백인 배달부는 하루에 26킬로미터를 걸어서 신문 배달을 한다고 한다.

　신문이 매일 발행되기 때문에 365일 내내 걸어서 배달하는 것이다.

26킬로면 한국의 이수로는 60리가 좀 넘는다. 하루에 60리가 넘는 길을 걷는 셈이다. 10리 걷는데 40분 정도가 걸린다고 하면 이 배달부는 하루에 네 시간을 더 걷는 셈이다.

신문사에 알아보니 이런 신문배달 생활을 18년이나 한다고 했다. 42세의 중년 남자이며 다른 직업은 없는 것으로 안다고 자세히 알려준다. 이 배달부가 30세 안팎으로 생각했는데 40이 넘은 사람이라니 미국에 그렇게 오래 살고 있으면서도 미국 사람을 보는 내 눈이 아직도 먼 것 같다.

이 사람이 신문배달을 앞으로 얼마나 더 계속할는지 모르겠다. 1년 내내 신문을 배달하려면 여러 가지 고충도 있을 것이다. 뜨거운 삼복의 더위나 비바람치는 험한 날씨에 배달하려면 어려운 일도 경험할 것이다. 그래서 병에 걸리기도 할 것이다. 그래도 신문은 매일 매일 틀림없이 배달해야 한다.

궁금한 것은 이 신문배달부가 기혼인지 미혼인지, 신문만 배달해서 생계가 유지되는지, 또 이 배달부가 다른 직업을 찾지 않고 신문 배달만 하고 있는지 하는 것이다. 신문배달이 천직이라고 생각하고 있는 것인가?

나도 6·25 전 중학생 시절 신문을 거리에서 판 일이 하루 있었다. 신문을 신문사에서 받아 가지고 거리를 돌아다니면서 신문을 팔았지만 신문을 사는 사람이 없어서 그대로 가지고 집으로 돌아왔다. 나로서는 좀 창피한 생각도 들어서 하루만에 집어치웠다. 그러나 6·25 동란 때 많은 학생들이 신문배달로 가계를 도운 것을 잘 알고 있다. 그 중에는 후에 굴지의 대 재벌이 된 사람도 있다. 그러나 그것은 어디까지나 학교 수업이 끝난 후에 하는 부업에 지나지 않았다.

그런데 이 백인 신문배달부는 신문배달이 부업 같지는 않았다. 이 신문배달부를 만날 때마다 직업의 귀천을 가리지 않고 자기 일에 최선을 다하는 데 대해 머리가 숙여지곤 했다. 누가 뭐라 하든 정직하게 벌어서 정직하게 살아간다는 자부심을 이 배달부의 표정에서 읽을 수 있는 것 같았다.

나는 대학에 재직하고 있을 때 시간이 나면 학교 주변을 한 30분씩 걷곤 한다. 건강을 위해서다. 호흡기 장애로 한 발자국도 달릴 수 없는 나로서는 평지를 걷는 것이 유일한 건강관리법이었다. 은퇴하고 나서는 대학 체육관에서 거의 매일 한 시간씩 걸었다. 그러나 요사이는 집 앞에서 30분씩 걷는 것으로 만족하고 있다. 걷는 것도 건강을 유지하는 데 좋다고 한다.

그런데 이 백인 신문배달부는 1년 내내 걸으니 건강 유지에 많은 도움이 될 것 같다. 그러나 혹시 너무 많이 걸어서 오는 부작용은 없을지. 전문가들은 과도한 운동은 금물이라고 권하고 있다.

얼마 전부터 이 배달부가 속한 신문사가 석간에서 조간으로 바뀌었다. 석간 신문을 배달하는 시간은 주로 오후이지만 조간으로 되면 새벽에 신문을 돌려야 할 것이다. 새벽에 신문을 배달하는 데는 여러 가지 새로운 문제가 제기되리라고 생각된다. 그래도 오랜 경험을 살려서 건투하고 있으리라 믿는다.

정직하게 일해서 정직하게 살아갈 것을 동서를 막론하고 선현들이 강력하게 권고하고 있다. 무엇이 정직한 일이고 무엇이 정직한 생활인지를 규정짓는 것 자체가 문제가 된다.

서유럽에서는 소위 창녀들의 윤락행위도 정식 직업 종목으로 인정한다고 하는데 나로서는 이에 동의하는 데 주저하고 있다. 정직하게 일한다는 개념을 복숭아 아가씨나 신문배달부에서 그 전형적인 유형을 찾게 되는 것이라고 믿고 싶다. 그런데 정직하게 살아가기 위해서는 정직하게 일을 해야 하는데 그 일자리를 찾지 못하는 경우가 너무도 흔하다.

미국에 아직도 스웻샵(sweatshop)이 실행되고 있는 곳도 있다. 일하는 사람들을 열악한 환경에서 가장 낮은 임금을 주면서 오랜 시간 일할 것을 혹독하게 강요하는 제도를 말한다. 어떤 때는 고용주가 임금을 착취할 때도 있다. 물론 미국의 노동법에는 엄연하게 위반되는 불법 행위이다. 그러면서도 근절이 되지 않고 있다. 노동자를 착취하는 전형적인 양태이다.

칼 마르크스가 자본주의를 저주하게 된 것도 당시의 고용주가 노동자들을 너무 혹사하는 데 그 동기가 있었다는 것은 주지의 사실이다. 그래서 서유럽에서 노동자를 보호하기 위한 노동법이 제정되고 또 노동운동이 활기를 띠게 된 것이다.

그런데 요사이 미국에서는 다른 나라에서 이민 온 사람이나 불법 체류자들의 일자리 구하기가 용이치 않은 약점을 이용해서 일부 고용주들이 이들을 불법으로 착취하는 것이다. 일하는 사람들은 자기의 정당한 권리 행사도 못하고, 또 불법으로 이민 온 사람들은 자기들의 신분이 알려지는 것이 두려워서 착취를 당해도 불평도 못하는 난처한 처지에 있다. 착취를 당하면서도 일자리가 생겼다는 그 자체를 고마워하고 있는지도 모른다.

한국에서도 오래 전에 경제가 어려워 일할 직장이 없어서 많은 고통을 받았다. 마침 서독에 광부로 가는 길이 열려서 많은 사람들이 지원했다. 뿐만 아니라 간호사도 독일에서 직장을 가질 수가 있어서 많은 간호사들이 서독으로 갈 수 있는 기회가 생겼다.

이들이 서독에 가서 어떤 대우를 받으면서 일했는지, 또는 노동조건이 어땠는지는 자세히 모르지만, 그러나 이들이 거기서 힘들게 번 돈을 고국에 있는 가족에게 꼬박꼬박 송금했다는 사실을 우리는 잘 알고 있다.

남미에서 미국으로 일감을 찾아서 온 사람들이 번 돈을 고국에 있는 가족들에게 송금한다고 한다. 이렇게 보내는 돈도 다 합치면 큰 액수가 된다. 고국 경제에도 기여하게 된다. 여러 나라 사람들이 취업의 기회를 찾아서 서유럽이나 미국으로 불법으로 잠입한다는 소식을 항상 듣고 있다. 그러다가 이들이 탄 선박에서 불행하게 죽어 가는 사람들이 있음도 심심치 않게 보도되고 있다.

자본은 국경을 넘어서 자유롭게 이동이 가능하지만 노동의 자유로운 이동은 아직도 요원한 것 같다. 얼마 전 미국의 유명한 가금회사가 조직적으로 멕시코 사람들을 불법으로 미국으로 밀입국시켜 자기 공장에서 일을 시켰다는 사실이 알려졌다.

임금이 저렴하고 근면한 이들을 미국 사람들이 꺼려하는 닭을 죽이고 닭고기 상품을 만드는 일에 투입하면 회사의 이득에 큰 공헌을 할 뿐만 아니라 이들 노동자들에게도 직장을 제공하는 일거양득의 효과를 보게 된다. 다만 불법행위라는 것이 문제다.

어쨌든 노동은 이러한 복잡한 과정을 거쳐서 부자유스런 이동을 하고 있다. 언젠가는 노동의 이동도 자유스러울 때가 올 것을 기대한다. 민족의 순수성과 우위성을 강조하면서 다른 인종과의 교류를 기피하고 있던 일본도 노동력의 절대 감소 현상에 직면하게 되자 다른 나라 사람들의 이민을 적극적으로 고려하고 있는 것 같다. 자존심도 생존의 위협 앞에는 그 의미가 희석되는 것이다. 이렇게 해서 노동의 이동이 가능하게 되는 것이다. 이것은 거역할 수 없는 역사의 추세이다..

요사이는 한국도 잘 사는 나라가 되어서 한국에서 일자리를 찾으려는 외국 노동자들, 특히 동남아 지역에서 오는 사람들이 많다고 한다. 이들도 자기 나라에서 일자리를 구하기가 힘들어서 한국에서 다들 기피하고 있는 소위 3D 업종 일을 도맡아서 하고 있다. 그리고 일해서 번 돈을 고국에 있는 가족에게 송금할 것이다.

그런데 얼마 전에 「외국인 노예」를 부리는 나라라고 경종을 올리면서 한국의 일부 고용주가 외국인 노동자를 학대하는 것이 우려할 정도라고 걱정하고 있다. 아마도 좀 과격한 표현인 것 같기도 하다. 아마도 미국에 있는 스웻샵과 비슷한 형태의 노동자 학대가 노출되고 있는 모양이다.

더구나 한국에는 외국 노동자의 뺨을 때리는 등의 체형을 가하기도 하며 임금도 제대로 지급하지 않는다고 하고, 심지어 성폭행까지 있다고 한다. 물론 외국인 노동자가 고용주의 기대에 어긋나는 행동을 해서 고용주를 실망시키는 경우도 많이 있을 것이다. 그러나 인과응보라는 말이 있다. 우리가 남에게 잘 해주면 언젠가 남도 따뜻하게 갚는 날이 있다는 말이다.

이들 외국 노동자들의 약점을 이용해서 그들의 노동을 착취해서는 안되는 것이다. 하늘의 소리를 듣는 지성인들이 이 문제를 크게 제기할 것을 강조하고 싶으며, 인도적인 처우에 관심이 있는 인사들도 합류해서 부당한 대우를 받고 있는 외국인 노동자들을 도울 수 있는 항구적인 기구를 만들어야 할 것이다. 「외국인 노동자의 집」이라든지 「외국인 노동자 대책협의회」 등이 활발하게 활동하고 있는 데 마음 흐뭇하다.

외국인 노동자의 문제는 이들의 숫자가 많아짐에 따라서 단순히 인도적인 차원을 넘어서 국익과 직결된다는 사실도 명심해야 하리라고 믿는다. 「우리가 지금은 좀 잘 살고 있지만 언제 어떻게 될는지 알 수 없는 일이 아닌가?」고 말했다는 한 일본 지식인의 말을 되새길 필요가 있는 것이다.

최근에 일본이 사양길에 접어들었다는 말이 심심찮게 나돌고 있다. 서독에서 광부로 또는 간호사로 일했던 한국 사람들이 서독에서 여러 가지 악조건 하에 고달프게 일을 했겠지만, 서독인들이 한국인 노동자들을 노예처럼 학대했다는 얘기는 들어보지 못했다.

역사는 우리가 무엇을 했는가를 언젠가는 냉혹하게 심판한다는 것을 잊어서는 안될 것이다. 한국에서 의사들이 자원봉사의 일환으로 외국인 노동자들에게 무료 진단과 치료를 해준다는 소식을 들었다. 한국 사람들의 따뜻한 마음씨가 그들에게 감동을 줄 것이다. 한국은 어떻게 보면 명암이 너무 선명한 나라인 것 같다.

내가 은퇴하고부터는 이 백인 신문배달부를 볼 기회가 거의 없어졌다. 아직도 배달을 계속하고 있는지, 그리고 복숭아 아가씨가 언제까지 우리 도시에서 복숭아를 팔 것인지 궁금하다. 그러나 이들을 볼 때마다 정직하게 일해서 정직하게 살아가는 사람의 표본을 보는 것 같아서 늘 감동을 받는다.

노동의 신성함을 이들이 접촉하는 사람들에게 알게 모르게 전시하는 것 같았다. 나도 오랜 대학교수 생활을 하면서 (이따금 게으름을

피기는 했어도) 정직하게 일하고 (액수는 적지만) 정직하게 벌어서
살아왔다고 자부하고 싶다.

미국의 장애인

미국에 살면서 여러 가지 새로운 경험을 많이 했다. 그 중에 하나가 장애인에 대한 미국 사람들의 관대한 태도였다. 내가 느낀 소감을 오래 전에 《신동아》 잡지에 「병신육갑」이라는 제목으로 수필을 게재한 적이 있었다. 나를 아는 사람들이 내 수필이 게재됐다는 소식을 알려와서 그런 줄 알았지만, 게재된 잡지를 나에게 보내주는 사람이 없어서 내가 확인을 할 수가 없어 서운했다.

오래 전 수필이기 때문에 무슨 글을 썼는지는 확실치 않지만 장애인에 대한 미국 사람들의 관대한 태도를 소개하고 한국 사람들이 참고했으면 해서 글을 쓴 것 같다.

지금도 마찬가지다. 도대체 미국 사람들은 장애인을 유별나게 보지를 않는다. 그것이 나에게는 참으로 신기하게 느껴진다. 물론 그들이 거동이 불편하기 때문에 필요할 때면 도움을 준다. 그러나 미국 사람들에게는 장애인을 2등 시민으로 격하시킨다거나 「병신육갑」 한다는 식의 멸시감이 전혀 없는 것 같다.

미국에 그렇게도 많은 주차장에는 가장 편리한 곳에 장애자용 주차장이 마련되어 있다. 장애인을 증명하는 표지가 없는 차들이 여기에 주차했다가는 봉변을 당한다. 벌과금이 엄청나기 때문이다. 그래서 사지가 멀쩡한 사람들이 여기에 차를 주차시킬 생각을 하지 못한다.

나도 장애인용 주차 표지를 가지고 있다. 얼마 전에 나의 주치의가 나의 호흡상태가 너무도 나쁘기 때문에 산소호흡기를 항시 휴대해서 산소를 보충해야 한다는 진단을 내렸다. 산소호흡기를 운전할 때도 사용해야 하기 때문에 장애인용 주차 표지를 관할 당국으로부터 교부받아 사용하고 있다(내 주치의는 우리 집 큰아이와 의과대학 동기인데, 나의 호흡장애가 걱정이 되어서 멀리 사는 큰아이한테 긴급 연락하는 소동까지 벌인 일이 있다).

이 의사는 내 주치의가 된 지 얼마 되지 않아서 내 사정을 잘 모르지만, 나는 거의 평생 호흡장애로 고통을 받으면서 지금까지 살아오고 있다. 언젠가는 여러 날 여행을 하느라 공항 주차장에 차를 주차시키고 다녀왔는데, 주차장 직원이 내 차의 장애인용 주차 표지를 보더니 장애인은 무료 주차라면서 내 이름과 표지의 일련번호만 적으라고 했다.

요금이 비싼 비행장 주차장도 장애인에게는 무료라는 사실을 전혀 몰랐다. 장애인에 관대한 미국 사람들의 면모를 다시 확인하는 것 같았다. 산소호흡기를 사용한 지 1년쯤 지나자 산소호흡기를 사용해도 별 차이가 있는 것 같지 않아서 주치의의 승인을 받고 산소호흡기 사용을 중단했다. 그런데도 지금까지 살고 있다.

한번은 호흡기 사용자를 위한 강연이 있어서 가 보았더니 산소호흡기를 하루종일 사용해야 하는 사람들이 있는 것을 보고 놀랐다. 세상에는 별의별 일로 고생하는 사람이 많다는 것을 알고 가슴이 아팠다.

내가 봉직하던 대학에도 장애인용 주차장이 어떻게 보면 너무나 많다. 각 건물에서 가장 가까운 곳에 장애인용 주차장이 지정되어 있다. 그런데 내가 대학에서 은퇴하고 이따금 학교에 가보면 이 주차장에 차들이 꽉 차 있다. 물론 교직원과 학생을 합해서 수천 명이나 되는 대학이기 때문에 장애인도 여럿이 있을 것이다. 그러나 어떤 때는 이 대학에 「병신(病身)들이 이렇게도 많은가?」 하고 의아해 할 때도 있다.

주차할 곳을 찾지 못해서 학생들이 제 시간에 교실에 들어가지 못할까 걱정하는 경우가 많다. 가족 중의 장애인용 주차 표지를 슬쩍 빌려다가 쓰는 얌체족은 없는지? 그렇지 않으면 의사들이 더 관대해져서 장애인용 주차 표지가 많아졌는지? 한 가지 확실한 것은 장애인용 주차 표지는 나이 많은 늙은 사람들이 더 많이 사용하는 것을 볼 수 있다. 그들의 신체는 갈수록 허약해지기 때문에 장애인용 주차 표지가 필요한 것이다. 전 국민의 노령화 현상의 한 단면이다.

나의 동료 교수 중 한 분인 제프리 박사는 장애인이다. 소아마비를 앓았는지 절뚝거리면서 걷는데 정도가 심하다. 그런데도 교수들이 한번도 장애인인 동료 교수를 이상하게 취급하는 것을 볼 수가 없었으며, 이 교수의 학생들도 존경하는 교수로 모시고 강의를 받고 있었다. 이 교수도 절뚝절뚝 걸으면서도 자신만만하다. 물론 학위수여식 같은 행사 때는 동료 교수와 같이 행진을 하지 않고 식장에 준비된 자기 자리에 앉아서 우리를 기다리고 있었다. 은퇴를 한 후에도 시간 강사로 여러 해 동안 충실하게 강의를 계속하고 있다.

학생 중에도 장애인이 있다. 어떤 학생은 휠체어를 타고 강의를 받는다. 이들은 장애인용 차로 학교까지 와서 장애인 주차장에 차를 주차시키고 기계장치로 휠체어를 땅에 내려놓는다. 하반신이 장애이지만 상반신이 튼튼한 학생은 두 손으로 휠체어 바퀴를 밀면서 강의실로 들어간다. 그러나 전신 장애인은 자동 휠체어를 타고 강의실로 간다.

학교로 오고 또 학교에서 집으로 갈 때 누군가가 장애인용 차를 운전해 주어야 한다. 가족들의 수고가 이만저만이 아니다. 강의실이 1층에만 있는 것이 아니기 때문에 학교 건물에는 엘리베이터가 어느 곳이나 있어서 장애 학생들이 불편을 느끼지 않는다.

휠체어를 이용하는 장애 학생들이 학교에 다니는 것이 쉽지는 않을 것이다. 더욱이나 전신마비 장애인은 듣고 보기는 해도 강의 내용을 받아쓸 수 없기 때문에 어려움이 더할 것이다. 도중하차하는 장애 학생도 있지만 전신마비이면서도 학업을 끝내는 학생을 보고는 참으로 감탄하지 않을 수 없다.

서울에 들를 때마다 지하철을 애용했다. 깨끗하고 편리한 교통수단이다. 그런데 지하철에서 내려서 지상으로 올라가는 것이 고통이었다. 엘리베이터가 없어서 지상으로 올라가는 데 계단을 이용해야 한다. 하늘로 치솟은 듯한 저 높은 계단을 어떻게 올라갈 것인가? 긴 한숨이 절로 나온다. 50계단에서 백 계단이나 되는 곳을 걸어 올라가려면 나는 정말 죽을 맛이다.

평탄한 길은 어려움 없이 걸어갈 수 있지만 호흡기 장애로 조금만 비탈길을 걸어도 숨이 넘어가는데 그렇게 많은 계단을 올라간다는 것은 내게는 너무도 숨찬 일이다. 열 계단쯤 올라가서는 적어도 5분은 쉬어야 다음 행동을 위한 에너지가 충전된다. 이렇게 무진 애를 써서야 겨우 지상으로 올라오곤 했다. 지금은 어떤지 궁금하다.

최근의 어느 자료에 의하면 서울의 지하철 역사 270곳 중 장애인을 위한 엘리베이터 및 수직형 리프트가 설치된 곳이 69곳(약 25퍼센트)이라고 한다. 에스컬레이터가 설치된 곳은 많지만 휠체어를 탄 채 이용할 수 있는 것은 아니기 때문에 장애인만을 위한 시설로는 볼 수 없다.

내가 학교 엘리베이터를 기다리고 있으면 동료 교수들이 「장 박사, 걸어서 올라가는 것이 건강에 좋아요」라고 하면서 계단을 걸어서 올라간다. 남의 사정을 모르는 동료 교수들의 선의의 충고이다.

30년 전 미국의 수도 워싱턴에 살 때 인도교의 끝을 차도에서 편안하게 인도로 갈 수 있도록 고치는 것을 본 적이 있다. 처음에는 그 이유를 잘 몰랐지만 그 작업이 장애인을 위한 것임을 곧 알 수 있었다. 휠체어가 차도에서 인도로 제대로 올라갈 수 있도록 하는 작업이었다.

얼마 전 우리 교회에 주차장을 새로 만들었는데 장애인이 휠체어를 탄 채 안전하게 교회 안으로 들어올 수 있는 시설을 다 해놓았으며 또 이들이 교회 친교실에도 안전하게 갈 수 있도록 편편한 통로를 만들어 놓았다. 물론 교회에서 가장 가까운 곳에 장애인용 주차장이 여러 개 마련되어 있다. 그렇지만 목사의 전용 주차장 같은 것은 없다.

미국 사람들의 신체 불구자에 대한 따뜻한 마음씨가 법으로 연결되었다. 이제는 법으로 장애인을 차별할 수가 없다. 이들에 대한 고용의 차별이 법으로 금지되어 있을 뿐만 아니라 모든 직장에서는 장애인이 불편함 없이 일을 할 수 있도록 시설을 갖추어야 한다. 기차여행이나 버스여행도 마찬가지다. 휠체어를 탄 승객에게 불편함이 없도록 시설을 갖추어야 한다. 그러나 이를 실행하기에는 시간이 필요할 것이며 또 시설이 완벽하게 갖추어져야 할 것이다.

《월스트리트 저널》에 게재된 기사 한 가지를 소개하고자 한다. 한 여직원이 직장에서 해고를 당했다. 이유인즉 이 여직원에게서 나는 몸냄새에 다른 직원들이 도저히 견딜 수가 없다는 것이었다. 하는 수 없이 이 회사의 고위 간부들이 해고라는 최후 수단을 쓴 것이다.

그러자 해고된 이 여인이 회사를 상대로 소송을 했다. 자기도 악취가 풍기는 몸냄새를 없애보려고 백방으로 노력했지만 전혀 효과가 없다는 것이었다. 그래서 자기는 당당히(?) 장애인으로 취급받아야 한다는 것이다. 장애인인 자기를 해고한 것은 장애인 차별 금지법에 저촉되는 부당 해고라는 것이다.

법원에서 어떻게 판결을 내렸는지 보도가 되지 않아서 몹시 궁금하다. 학생들에게 이 기사를 소개하면서 「스컹크 같은 냄새」를 피우는 여자라고 내가 덧붙였더니 한 학생이 「장 박사님, 그것은 너무도 과도한 표현입니다」라고 하면서 불쾌감을 표시하기에 내가 다소 과장된 표현을 했다고 간접적으로 사과했다.

여기서 문제가 되는 것은 「장애인」을 어떻게 정의해야 하는가에 있다. 얼마 전에도 악취가 나는 동료의 체취가 문제가 돼서 호소하는 신문기사를 읽은 적이 있다. 나도 같은 경험을 한 때가 있었다.

미국으로 유학 와서 기숙사에서 살 때의 일이었다. 학교에 도착하자마자 기숙사 배정을 받았다. 그런데 동남아에서 온 학생과 같은 방을 쓰게 되었다. 그 학생과 초면 인사를 하자마자 나는 코를 틀어막지 않을 수가 없었다. 그 학생 몸에서 심한 악취가 풍겨서 도저히 견딜 수가 없었다. 그래서 문을 박차고 나와 대학 기숙사 당국으로 달려가서 하소연하니 당국자들도 이해가 가는지 나를 다른 방으로 배정해 주었다.

내가 방으로 돌아와서 다른 방으로 간다고 하면서 짐을 챙기자 눈물을 글썽거리면서 아쉬워하던 이 학생의 얼굴이 아직도 기억에 생생하다. 내가 악취가 나는 여직원의 해고 기사를 학생들에게 소개하고 시간이 끝나서 내 연구실로 돌아오니 한 백인 여학생이 나를 따라와서「장박사님, 할 말이 있습니다」라고 하면서 이야기를 시작했다.

이 여학생의 올케가 일본 여자인데 미국 사람들이 풍기는 소위 노린내를 불평하더라는 것이며 내가 그런 사실을 알고 있느냐고 궁금해했다. 그래서 내가 알고 있다고 대답했다. 미국 오기 전에 들은 이야기다. 여관에 백인 손님이 덮고 자던 이불을 한국인 손님들이 노린내가 난다며 거절한다는 것이다.

미국 사람들은 육체적인 구조와 즐겨 먹는 음식 때문에 독특한 냄새를 풍기는 것 같다. 그런데 나는 미국 사람들의 그 노린내를 맡지 못한다. 백인 교수들과 같이 학회에 참석해서 같은 호텔 방에서 투숙하는데도 노린내가 전혀 느껴지지 않는다. 아내도 마찬가지다. 동료 교수와 같이 자는데도 아무런 냄새가 나지 않는다는 것이다. 불만이 있다면 코고는 소리라고 했다.

미국에서 하도 오래 살아서 이제는 그 노린내가 몸에 뱄는가? 내 몸에서 노린내가 풍겨서 그런가? 그럴 리는 없다. 나는 백인과 체질적으로 다를 뿐만 아니라 내 몸은 미국에 와서도 입에서 떼지를 못하는 김치 냄새와 참기름 냄새로 절어 있으니 다른 냄새는 풍길지 몰라도 노린내는 나지 않을 것이다.

요즈음은 한국에 있는 사람들이 미국에 사는 나보다 더 서양음식을 즐기는 것은 아닌지 모르겠다. 이 노린내 때문인지 미국 사람들은 매일 꼭 목욕을 해야 하고 향수를 몸에 뿌리는 것 같다. 이 노린내에 대해서 학생들한테는 전혀 입에 올리지도 않았다. 공연한 오해를 불러일으킬 소지가 있다고 판단했기 때문이다.

장애인은 어떤 형태로든지 차별해서는 안된다. 장애인 중에는 육체적인 장애뿐만 아니라 정신적인 장애도 포함되고 있다. 내가 재직했던 대학에도 장애 학생들을 공정하게 처리하려고 많이 노력하고 있다. 어떤 학생들은 읽는 속도가 느려서 같은 책을 읽는 데도 다른 학생들보다 시간이 더 요구된다.

이것이 증명만 되면 대학의 관계 사무처에서 해당 교수에게 학생이 이런 문제가 있으니 선처하라는 통지문이 온다. 그래서 시험 때면 이들 학생들에게 여분의 충분한 시간을 주어야 한다. 어떤 학생은 다른 사람들과 같이 시험을 보면 정신이 산만해져서 집중을 할 수 없다는 것이다. 이것이 의학적으로 증명이 되면 해당 교수들한테 선처하라는 통지가 온다. 그러면 이런 학생들을 위해서 조용한 독방을 준비해서 시험을 치르게 해야 한다.

미국 사람들이 왜 장애인에게 관대한지 그 이유가 서유럽의 기독교 정신에 그 근원이 있는 것인지, 아니면 새로운 대륙으로 건너와 살면서 터득한 인간정신인지는 잘 모르겠다. 인종간에는 그렇게도 옹색한 미국 사람(백인)들이 아니었던가? 미국에 그렇게 오래 살고 있으면서도 아직도 모르는 것이 너무도 많다.

동양문화권에 속하는 한국 사람들은 왜 장애인들을 경멸하면서「병신육갑」한다는 말을 지어냈을까? 같은 것은 그대로 용납하지만 자기와 조금이라도 다른 것이라면 배척하는 것은 어느 사회나 마찬가지지만 한국에는 그것이 좀 심한 것 같다. 강대국들에게 둘러싸여 있는 한반도의 지정학적인 여건 하에서는 이런 극단적인 행동만이 한국 사람들의 생존을 보장해 주었는지도 모르겠다. 그러나 한국에도 장애인에 대한 태도가 많이 변하고 있는 것으로 알고 있다. 역경을 이겨내고 성공적으로 사회에 진출하는 장애인들이 많이 있다고 한다. 다행한 일이며 너무도 자랑스러운 일이다.

우리 집 아이들과 어릴 때부터 같이 교회에 다니면서 가깝게 지내던 한 여신도가 있다. 그녀는 고등학교 때 불행하게도 교통사고를 당해 전신마비의 불구가 되었다. 그때 나는 그 학생의 일생은 끝이 났다고 단정했다. 그러나 불구의 몸을 극복해 보려고 필사의 노력을 했다. 휠체어를 타고 다니면서 고등학교를 졸업하고 우리 대학에 진학했다.

손끝만 겨우 움직이는 불편한 몸으로 4년 동안 열심히 공부해 우등생으로 학교를 졸업했다. 우리 대학에서 공부하는 동안 나는 이따금 이 학생과 이야기를 나누는 기회가 있었다. 다리를 움직이지 못하기 때문에 퉁퉁 부은 이 학생의 발을 마사지라도 해주려고 좀 만지려고 했더니 점잖게 말리던 일도 기억난다. 의학에 대해서 무지한 내가 발을 좀 움직여 줌으로써 도움을 주려 했던 만행(?)을 지금도 후회한다.

졸업 후 그녀는 다시 또 법과대학으로 진학했다. 법과대학도 무사히 졸업하고 변호사가 돼서 지금은 우리가 살고 있는 도시에서 변호사 사무실을 개업해서 활동을 많이 하고 있다.

정말 꿈같은 이야기다. 멀쩡한 사람도 하기 힘드는 일을 이 여인은 거뜬히 해치웠다. 지금은 좋은 신랑을 맞이해서 행복한 결혼생활도 하고 있다. 교회에서 만날 때마다 늘 미소를 짓는 자신만만한 이 여인을 대할 때마다 그녀의 불굴의 투지에 머리가 숙여지곤 한다. 그러나 미국 아닌 다른 나라에서도 이런 기적이 일어날 수 있을까 하고 이따금 생각해 본다.

장애인에 대해서 관대한 미국이기 때문에 그녀는 좌절하지 않고 재기할 수 있었는지도 모른다. 그리고 주위의 많은 헌신적인 희생이 없었다면 오늘의 그녀도 없었을 것이다. 그녀의 어머니는 그녀와 함께 매일같이 학교에서 살았으며, 병원의 부 간호원장이었던 외할머니도 일찍 은퇴해서 그녀의 뒷바라지에 전심전력했다.

언젠가 수업이 끝나서 외할머니 오기를 기다리면서 문 밖을 내다보고 있던 대학생 시절의 그녀의 모습이 아직도 눈에 선하다. 밖에는 비가 억수같이 퍼붓고 있었다.

얼마 전 한 가게에서 내가 가르쳤던 학생을 만났다. 건장한 미남형의 이 백인 학생은 부모님과 동행이었는데, 학생과 반갑게 인사를 나누고 이 학생의 아버지와도 반갑게 포옹을 했다. 이 학생의 아버지는 우리 과에서 쓰레기도 치우는 등의 잡무를 보던 인부였다. 그런데 그는 말더듬이는 아닌데도 발음을 제대로 못하는 일종의 장애인이었다. 나보다 훨씬 전에 은퇴를 했다.

그가 우리 학교에서 일을 하고 있을 때 그의 아들이 우리 대학 학생으로 내 강의도 들었다. 이 학생이 자기 아버지가 말도 제대로 못하는 일종의 장애인인데도 그것을 조금도 부끄럽게 생각하지 않고 기정 사실로 받아들이면서 떳떳하게 행동하는 것을 보고 나는 깊은 감명을 받았다. 장애인을 아무 편견 없이 그대로 받아들이는 미국 사람들의 마음가짐이 부럽기도 했다. 가게에도 아버지를 모시고 떳떳하게 오는 것이다.

이 학생은 역시 내가 가르친 여학생과 결혼해서 직장인으로 충실하게 일하고 있다. 이 여학생도 언젠가 가게에서 만났는데, 나에게 「제 시아버지께서 우리 대학에서 일했던 인부라는 사실을 아직도 기억하고 계세요?」 하고 물으면서 아주 당당했다. 무엇을 숨기려 하지 않고 사실 그대로를 받아들이는 모습의 한 장면이었다. 이 학생의 아버지는 나와 헤어질 때도 나를 다시 꼭 껴안고 다시 만나서 반갑다고 몇 번이고 인사했다. 거의 7년만의 재회였다.

아차 했던 일

미국 와서 살면서 미국의 관습에 익숙지 않아 실수를 많이 했다. 미국에 오래 살고 있는 지금도 매일 새로운 것을 배우는 기분이다. 미국 와서 얼마 되지 않아 있었던 일로서 워싱턴 DC에 살 때다. 빵을 굽는 토스터가 고장이 났다. 수소문해서 토스터를 고치는 수리점을 찾아 두 아이를 태우고 먼 길을 차를 타고 갔다.

애들을 데리고 가게 안으로 들어가면 시끄러울 것 같아서 애들은 차안에 남겨 놓고 창문을 꼭 닫고 「차안에 꼭 있어!」라고 신신당부를 하고 혼자서 수리점으로 들어갔다. 토스터를 고치는 데 한 30분은 걸렸을 것이다. 다시 차로 돌아와 애들과 함께 집으로 돌아왔다.

그러나 지금 생각하면 그때 큰 실수를 한 것이다. 마침 그때가 가을이고 또 아침나절이었기에 다행이지 더운 여름 오후에 애들을 차안에 남겨 놓았더라면 애들이 차안에서 질식했을지도 모를 일이었다. 애들이 숨이 답답해도 창문을 열어 밖의 공기를 마시는 방법을 몰랐을 것이다. 지금도 그때 일을 생각하면 아찔한 생각이 든다. 토스터를 고치는 값보다 새로 사는 것이 훨씬 경제적이라는 사실도 나중에야 알았다.

얼마 전에 있었던 일이다. 상가 주차장에 아기를 남겨 놓고 물건을 사러 가게에 들렀다 나오던 한 젊은 아기 엄마가 차가 있는 곳으로 다가오자, 「당신이 아기 엄마요?」라고 경찰이 다그쳤다. 차에 남아 있던 어린애가 차안의 공기가 탁해져서 울고 있는 것을 마침 그 옆을 지나가던 민간 복장의 경찰이 발견하고 차 문을 부수고 아이를 구한 것이다. 천만다행이었다.

아기 엄마는 아동학대죄로 경찰에 연행되었다. 오래 전 비슷한 경험이 있었던 나로서는 예삿일로 보이지가 않았다.

이보다 더 큰 비극이 보도되었다. 한 여자 병원 원장(미국에서는 병원 원장이 의사가 아니다)이 자기 아이를 차 뒷좌석에 태우고 병원으로 출근했다. 출근하는 길에 아이를 보육원(탁아소)에다 맡기는 일이 일과였다.

그런데 그 날은 보육원에 가는 것을 깜박 잊고 병원으로 직행하고서는 혼자서 차에서 내려 병원 안으로 들어갔다. 차안에 남겨 놓은 아이에 대한 생각은 까마득하게 잊은 것이었다. 퇴근해서 차를 타려고 차 문을 여니 아이가 숨져 있었던 것이다. 컴컴한 주차장이기 때문에 다른 사람들도 이 아기를 보지 못했던 것 같다.

하루 종일 병원에서 일하면서도 아이를 차안에 두고 내린 것은 생각도 하지 못한 것이다. 병원장으로서 여러 가지 중요 업무를 수행하다 보니 다른 모든 일이 잊혀지는 모양이었다. 이 병원장도 울먹이면서 법정에 섰지만 형벌은 받지 않은 것 같았다. 이 아기는 이렇게 비참한 짧은 인생을 마치도록 이 세상에 태어났던 것이다. 두 아이를 차에다 남겨두고 일을 봤던 옛날의 일이 또 회상되었다.

며칠 전 우체국에 들렀더니 한 아기 엄마가 세 살쯤 된 아이는 차 안에 두고 갓난애만 안고 우체국으로 들어가는 것을 보았다. 차안에 남아 있던 귀엽게 생긴 아이가 나를 말끄러미 올려다보고 있었다. 먼 옛날에 있었던 일이 또 생각이 났다. 그런데 마침 초겨울 날씨이고 또 아침인데다 아기 엄마가 우체국에서 시간을 많이 소비할 것 같지 않아서 아기 엄마한테 주의를 환기시키지 않았다. 그러나 유괴의 위험은 조금은 걱정이 되었다. 여기는 소도시이기 때문에 그럴 가능성은 희박하지만 내가 이야기를 할걸 하는 생각을 했다.

이따금 개를 차안에 두고 볼일을 보다가 차안에 있던 개가 질식사한 일들이 보도되기도 한다. 여름에는 차안이 섭씨 70도까지도 올라간다고 한다.

워싱턴에 살 때의 일이었다. 우리 동포 여인의 결혼식에 참석하기 위해 외출하려는데, 애들을 데리고 가면 귀찮을 것 같아서 집에다 두고 가기로 했다. 「누가 와도 절대로 아파트 문을 열어주면 안된다. 알았니?」 라고 몇 번이나 다짐하고 아내와 결혼식에 갔다가 저녁 늦게서야 집으로 돌아왔다.

아이들끼리만 있는 것이 무척 무서웠던 모양이었다. 큰아이가 아래층에 살고 있는 한국인 간호사 아줌마한테 전화를 걸어서 무서워서 죽겠다고 호소했다고 한다. 우리가 전화번호도 알려주지 않았는데 어떻게 전화를 걸었는지 지금도 궁금하다.

그런데 애들을 집에 혼자 두는 것이 미국에서는 불법이라는 사실을 나중에야 알고 진땀을 흘렸다. 여기서는 열두 살 이하의 아이는 집에다 절대로 혼자 남겨놓고 어른들이 집을 비울 수 없다는 것이다. 이런 경우에는 반드시 아이들을 지키는 어른이 집에 있어서 돌보아 주어야 한다. 그래서 돈을 주고 아이들을 돌봐주는 소위 베이비시터(baby sitter)라는 제도가 생겨서 주로 학생들이 용돈을 벌기 위해서 이 일을 하고 있다(요즘은 젊은 남자 베이비시터가 많다고 한다).

아이들만 남겨 놓으면 장난을 하다가 다칠 수도 있겠고 무엇보다도 성냥을 잘못 만지다가 불이 날 수도 있다. 생각만 해도 끔직하다. 나중에 안 일이지만, 애들을 보호자 없이 집에 남겨두었다가 당국에 발각되면 아이들을 부모로부터 빼앗아 당국이 보호한다고 한다. 나중에 부모의 정상을 참작해서 아이들을 돌려주기는 하지만, 미국에 와서 두 아이를 빼앗길 뻔한 것이다.

그 당시에는 베이비시터 제도가 있는지도 몰랐고 설사 알았다고 해도 돈 드는 것이 아까워서 애들을 혼자 남겨 두었을 것이다. 어쨌든 귀찮아도 애들을 데리고 결혼식에 갔어야 했었다. 우리 아이들이 조금 자란 다음에 지금 있는 그린우드로 이사와서 내 동료 교수들의 어린 자녀들을 베이비시터로서 돌보아 주기도 했다.

서울에서 있었던 일이다. 아홉 살과 일곱 살난 아이를 아파트에 남겨둔 채 부부가 직장에 출근했다. 나중에 엄마한테 큰애가 전화를 걸어서 아파트에 불이 났는데 아파트 문이 열리지 않는다고 호소했다고 한다. 엄마가 급히 아파트로 달려갔지만 때는 이미 늦었다. 두 아이가 아파트 문 곁에서 죽어 있는 것이 발견되었다. 정말로 어처구니없는 죽음이다. 부모가 평생 자책하면서 괴롭게 여생을 살아갈 것을 생각하면 애처롭기 그지없다. 나 역시 옛일이 생각나서 아찔해진다.

미국에는 맞벌이 부부 가정이 보편화되면서 아이들을 누구한테 어떻게 맡기는가가 큰 문제로 대두된 지 오래다. 그래서 미국에는 보육원이 번성하고 있으며, 보육원 선생들의 자격문제가 항상 거론되어 자질 향상을 위해서 노력하고 있는 것 같다.

가장 믿을 수 있는 보육원이라고 할 수 있는 학교가 방학으로 문을 닫게 되면 학부형들은 이에 대처하기 위해서 바빠진다. 한국에서도 맞벌이 부부가 늘어나서 방학이 되면 대책을 마련하느라 분주하다고 한다.

여성들이 교육을 많이 받고 좋은 직장에서 일을 하기 때문에 미국이나 한국에서 가정의 개념이 복잡해지고 있다. 어떤 때는 직장이냐, 가정이냐? 라는 문제가 심각하게 제기되기도 한다. 그래서 미국에서는 전문직으로 대성한 여성들이 모든 것을 버리고 가정으로 돌아와서 충실하게 아이들 어머니로서의 역할을 하는 여자들이 늘어나고 있다고 한다. 참으로 어려운 결정이다.

미국의 수도 워싱턴에서는 5년을 살았다. 우리에게는 너무도 정든 도시였다. 이역만리 떨어져서 세 곳으로 갈라져 살던 우리 네 식구가 3년만에 워싱턴에서 다시 합쳤다. 아내가 일하는 병원에 딸린 방 하나의 허술한 아파트였지만 불평하지 않고 살았다. 3년만에 만난 엄마를 아이들이 엄마같이 대하지 않는다. 밤만 되면 서울에서 엄마같이 길러 주시던 외할머니 생각이 나서 울먹인다.

엄마가 아이들에게 얘기를 하면 동네 아줌마를 대하는 식으로 「네, 네」 하기만 한다. 그리고 깍두기만 자꾸 찾는다. 정상적인 가정으로 돌아오는 데는 시간이 제법 걸렸다. 다섯 살 된 큰아이가 미국에 온

지 몇 주일 뒤부터 학교에 다니기 시작했다. 학교는 아주 가까운 데 있었다. 물론 영어라고는 한 마디도 못했다. 화장실 가고 싶다는 말을 할 줄 몰라서 참고 있다가 집으로 달려와서는 문을 열고 방으로 뛰어들면서 이미 바지가 다 적셔졌다.

큰애는 이 학교에 4년을 다녔고, 작은애는 2년을 다녔다. 이 학교는 흑인 학교였다. 이 학교가 애들한테 배정된 학교였다. 흑인 아닌 학생이 우리 애들 말고 백인 학생이 하나 있었는데 1년쯤 있다가 다른 곳으로 이사갔다. 미국에 이주해 온 한인 중에 흑인만의 초등학교에 아이들을 보낸 사람은 우리 외에는 없을 것이다.

미국에도 학군이 중요하다. 어떤 큰 도시에는 좋은 학군에 있는 집과 그렇지 않은 학군에 있는 집과의 집값 차이가 엄청나게 크다고 한다. 미국에 있는 한국인 부모들이 좋은 학군에 자식들을 보내려고 여러 가지 묘책을 쓰고 있다는 말도 듣고 있다. 그것이 어떤 때는 놀라울 정도로 극성스러워 심심찮게 화제가 되기도 한다.

그러나 우리는 아무런 후회 없이 두 아이를 흑인 학교에 보냈다. 그때는 더 좋은 학교에 보내야겠다는 생각을 할 수가 없을 때였다. 그런 것을 생각할 정신적인 여유도 없었고 재정적인 여유도 없었다.

다만 큰애가 그림에 재주가 있는지 사람 얼굴을 자주 그렸는데 얼굴을 까맣게 칠하는 것을 볼 때마다 흑인 학교에 아이를 보내는 것이 좀 다르다는 생각이 들 뿐이었다. 흑인 학생들도 좀 이상하게 생기고 영어도 못하는 우리 애들을 친절하게 대해 주었으며, 흑인이 대부분인 선생님들도 잘 지도해 주었다. 우리 아이들한테는 좋은 경험이었다고 생각된다.

공부가 다 끝나고 사우스 캐롤라이나 주 그린우드로 이사를 와서 대학에서 가르치면서도 애들이 모두 고등학교 졸업할 때까지 공립학교에 보냈다. 좋은 사립학교에 보낸다는 것은 생각도 하지 못했다. 대학도 주립대학으로 보내려고 생각하다가 갑자기 마음을 바꾸어 큰애를 소위 명문이라는 아이비리그의 예일 대학에 진학시켰다.

학교로 떠나 보낼 때 우리가 사는 곳에서 버스를 태워 보냈다. 스무 시간도 더 걸리는 먼 거리에 있는 대학으로 혼자 버스를 태워 보낸 것이다. 「이제는 너희들의 세상이다. 네 스스로 개척해 가라!」하고 충고해 보냈다. 차창으로 눈물을 글썽이던 얼굴로 걱정스럽게 나와 아내를 바라다보던 큰애의 얼굴이 아직도 생생하다.

그런데 나와 아내는 그때 잘못했다고 지금도 후회하고 있다. 아내와 내가 대학교수로서 미국의 부모들이 자식들을 대학으로 어떻게 보내는지 너무도 잘 알고 있다. 우리 학교의 학생들은 대부분이 이 지방 출신이어서 학교가 집에서 그리 멀지 않다. 그런데도 학기가 시작되면 부모들이 따라와서 기숙사에다 짐을 내려주는 것을 항상 보고 있다.

자식들이 학교 기숙사에 무사히 정착하는 것을 눈으로 확인하기 위한 부모의 따뜻한 정이다. 그러나 우리는 자동차로 학교까지 동행하기는커녕 버스로 자식을 머나먼 곳으로 쫓아버린 셈이다. 비행기로 보냈으면 그래도 좀 편하게 갈 수 있었을 터인데, 우리가 너무 무정했던 것 같아서 지금도 두고두고 미안하게 생각한다.

미국의 학부형들은 대학에 입학원서를 내기 전에 먼저 학교를 직접 방문해서 학교 사정을 자세히 알아본다. 우리 대학에도 방문하는 학부형들을 안내하고 학교를 소개하는 직원이 있다. 한인 동포들도 많이들 그렇게 한다. 한 대학뿐만 아니라 멀리 떨어져 있는 여러 대학들을 찾아가 본다.

　그러나 아내와 나는 사전 답사는커녕 입학하기 전 여행삼아 큰애가 합격한 학교를 한번 방문했고 아이가 졸업할 때 졸업식에 참석하기 위해서 학교를 찾아간 것이 고작이었다. 사내였으니까 그랬지 딸애였으면 우리도 좀더 관심을 두었을는지도 모른다.

　미국의 국회의사당은 우리가 살고 있던 워싱턴의 아파트에서 걸어서 10분이면 찾아갈 수 있는 가까운 곳에 있다. 아파트에는 놀이터가 없었기 때문에 주말이면 아이들을 국회의사당 뒷마당으로 데리고 가서 놀다 오곤 했는데, 아무런 제재도 받지 않고 애들과 재미있게 놀았다. 아마 지금은 사정이 달라졌으리라고 짐작된다.

　워싱턴은 볼 것이 많은 곳이다. 거기서 5년이나 살았는데도 백악관은 찾아가 보지 못했다. 그러나 국회도서관은 내가 가장 좋아하는 건물 중의 하나였으며 또 애용도 많이 하고 신세도 많이 진 곳이다. 국회도서관은 그 웅장함에 먼저 압도되고 만다. 내가 더 웅장한 건물을 보지 못해서 그랬는지 모르지만.

　내가 박사학위 논문을 준비하고 있을 때의 일이었다. 미국 국회도서관 당국은 박사논문을 준비하는 사람들에게 세심한 신경을 써가며 도움을 많이 제공했다. 박사학위를 준비하는 학생들에게 큰 방을 하나 내주고 학생들에게 책상과 책장을 무료로 제공할 뿐만 아니라 기한부로 대출하는 도서관의 책을 무한정 책장에 놔두고 참고하는 편의도 제공해 주었다. 국가적인 차원에서의 학문에 대한 장려와 원조인 것 같았다.

　내가 논문을 준비하고 있을 때 옆 책상은 일본에 대해서 논문을 쓰고 있는 백인 학생이었다. 책장에는 일본어로 된 책들로 가득 차 있었다. 내 뒤의 책상에는 중국에 대해서 논문을 쓰고 있는 백인 학생이 있었다. 한번은 이 학생이 나에게 다가오더니 한 한자의 의미를 묻는데 나도 알 수 없는 어려운 한자여서 「모른다」고 대답하면서 진땀을 뺀 일도 있었다. 이 학생의 책장에는 한문으로 된 책자들로 가득 차 있었다.

이 두 학생이 나중에 일본과 중국문제의 권위자가 되어서 학자로서 혹은 정부 관리로서 미국에 공헌을 많이 했으리라고 믿는다. 국회도서관에는 별관이 있는데 지상으로도 갈 수도 있지만 지하로 본관과 별관이 연결되어 있어서 아주 편리했다. 이 별관에는 주로 동양의 도서가 보관되어 있었다.

일본에 대해서 학위논문을 쓰고 있던 나는 일본 도서부에 매일같이 드나들면서 자료를 찾았다. 이 일본 도서부에는 일본 밖에 있는 도서관으로서는 최대의 일본도서를 소장하고 있는 곳이라고 한다. 일본 도서부 옆에는 한국 도서부가 있었지만 내가 학위논문을 작성할 때는 별로 들르지 않았다.

1년 넘게 매일 아침부터 밤늦게까지 미국 국회도서관에서 학위논문을 준비하느라 진땀을 뺐다. 내가 가르치던 미국 남부에 있는 대학에서 학생들에게 백악관은 못 가보더라도 죽기 전에 한 번은 꼭 국회도서관은 방문해야 한다고 신신 당부하기도 했지만 공감하는 학생이 과연 얼마나 될지 알 수 없다. 국회도서관은 나에게는 너무도 인연이 많고 인상 깊은 곳이다. 언젠가 기회가 생기면 다시 한번 찾아가 볼 생각을 하고 있다.

미국에 와 살면서 크고 작은 실수를 많이 한 것 같다. 미국의 풍습에 익숙지 않아 저지른 실수도 많지만 원래가 주변이 없는 사람이어서 판단 착오로 잘못한 일이 더 많은 것 같다. 그나마 지금까지 별 탈 없이 살아온 것이 내 자신 신기하기만 할 따름이다.

옷이 날개라는 말이 있다. 사람의 옷차림은 자기가 속한 문화와 민족을, 그리고 종교도 표현하고 또 개개인의 개성, 빈부의 차, 그리고 교육 정도까지 나타낸다. 또한 옷은 사람 개개인의 정체성을 나타내기도 한다. 불교의 스님들은 승복을 입음으로써 불교인으로서의 독특한 정체성을 나타내며, 카톨릭교의 신부들도 그들만의 독특한 차림으로 누가 보아도 신부라는 것을 한눈에 알아볼 수 있다.

유태인들은 공을 절반으로 자른 것 같은 모자를 정수리에 얹고 다닌다. 자기가 유태인임을 알리는 표시다. 이슬람교도들도 마찬가지다. 여자들은 머플러 같은 것으로 머리를 감싸고 있다. 또 일부 직업인들은 지정된 옷차림을 하고 다닌다. 경찰과 군인 등이 그렇다.

한국에는 고유의 한복이 있다. 그러나 한국 사람들은 특별한 날을 제외하고는 남녀를 불구하고 보통 소위 양복을 입거나 여자들도 시골 노인들 일부를 제외하고는 양장 일색이다. 현대화가 곧 서양화라는 풍조가 일찍이 동양에 불면서 옷차림만은 거의 서양화했다.

다른 고유 문화는 거의 보존되어 가고 있는데 왜 옷차림만은 거의 서구화했는지 그 이유를 잘 모르지만, 나는 한국에 있을 때도 한복을 입어본 적이 없었고, 미국으로 올 때 한복을 한 벌 가져왔지만 입을 기회가 없었다. 아내도 미국에 오면서 몇 벌의 한복을 가져왔지만 한국을 알리기 위한 행사 때 한두 번 입어 본 게 고작이다.

미국에 살면서 눈에 띄는 것이 하나 있다. 미국에 사는 인도 여자들은 그들 고유의 옷을 입고 다닌다. 보기에 좀 거추장스런 옷차림인데도 개의치 않고 거리를 활보한다. 종교적인 복장도 아닌 것 같은데 그렇게도 자기들의 옷에 집착하는지 그 이유를 잘 모르겠다.

내가 미국에 유학 온 지 얼마 되지 않았을 때 인도 출신의 학생이 나에게 「왜 한국 사람들은 고유의 종교를 버리고 기독교로 개종하는가?」라고 당돌하게 묻는 것이었다. 내가 뭐라고 대답했는지는 기억이 나지 않지만, 자기들은 지조가 있는 민족이고 한국 사람들은 지조가 없다는 것을 암시하는 질문 같아서 좀 불쾌했던 기억은 난다. 자기들은 자존심 강한 민족이라는 것을 나타내려는 말같이도 들렸다.

젊은 인도 여자들은 미국에서 고유의 옷차림을 포기한 것 같지만, 아직도 전통 복장차림의 인도 여자들을 쉽게 볼 수가 있다. 자기 고유의 옷을 던져버리고 양장을 하면 자존심을 잃게 되고 지조가 없는 민족으로 전락하는 것이 두려워서 그러는지 그 이유는 알 수가 없다.

한국 사람을 비롯한 동양 사람들도 누구 못지 않게 자존심도 있으며 지조도 강하다. 그러면서도 옷차림은 서양화했다. 이제는 양복을 입고 양장하는 것이 보편화되고 있다.

옷은 아니지만 나 역시 비슷한 경험을 가지고 있다. 내가 미국 올 때 흰 고무신 한 켤레를 가지고 왔는데 학교 구내에서 이 고무신을 신고 다녔다. 미국 학생들이나 교수들이 내 고무신을 보고 어떻게 생각했는지 모르겠다. 아마도 운동화 같은 신발이라고 생각했을 것이다.

내가 한국에 있을 때는 집 밖에서 고무신을 신고 다닌 때가 전혀 없었다. 그러면서도 나는 내가 한국 사람이라는 자부심을 나타내기 위해서 고무신을 질질 끌고 학교에 다녔던 것이다. 나와 같이 유학하고 있는 한국인 학생도 내 고무신에 대해서는 일언반구도 없었다. 정신 나간 사람이라고 마땅치 않게 생각했는지도 모르겠다.

한 1년 동안 고무신을 신고 다니다가 다른 신발로 바꿨는데, 고무신이 한국 사람의 자존심과 무슨 연관이 있는지 내가 생각해도 잘 모르겠다. 그러나 그때는 내가 한국 사람이라는 것을 미국 사람들에게 알리고 싶었다.

앞에서도 얘기했지만, 내가 봉직하던 대학에 미국 대학으로 진학하는 일본인 학생들이 미국 생활을 익히기 위해 우리 대학에 잠시 체류한 적이 있었다. 아마 2백 명은 더 되는 것 같았다. 그 가운데 한 학생이 일본 게다를 신고 다니는 것을 보았다. 나로서는 일제시대의 잔재를 보는 것 같아서 좀 섬뜩했지만 다른 미국 사람들이 어떻게 생각했는지 모르겠다. 이 일본 학생도 비록 미국에 왔지만 자기가 일본 사람이라는 것을 게다를 통해서 알리고 싶었던 것 같다. 내가 고무신을 신고 활보한 것처럼.

미국 사람들은 남의 일에 잘 간섭하려고 하지 않는 것 같다. 그래서 내 고무신이나 일본 학생의 게다를 보고도 못 본 척했는지도 모르겠다. 그러나 예외도 있다. 한번은 우리 대학의 공식 회식연에 아프리카에서 온 흑인 교수와 그의 부인이 전통적인 아프리카 복장으로 참석했다. 우리 대학의 총장이 좀 못마땅하게 생각했는지「무슨 그런 옷차림으로 왔느냐?」고 가볍게 핀잔하는 것을 들을 수가 있었다.

이 총장은 인도와 남미에 선교사로 봉사했던 만큼 다른 문화권에서 온 사람들을 일반 미국 사람들보다는 더 이해하는 사람이었다. 그런데도 그 아프리카 옷이 보기에 좀 민망했던 것 같았다. 그 후부터 이 아프리카인 교수가 그들 고유의 옷을 입고 공식석상에 참석하는 것을 본 일이 없다.

그러나 요사이는 사정이 많이 달라진 것 같다. 학회에 가보면 일부 아프리카에서 온 교수들이 고유의 전통 의상차림으로 학회에 참석하는 것을 볼 수 있다. 자기들의 주체성을 나타내기 위한 하나의 노력인 것 같다. 그리고 자기들은 노예 출신의 미국 흑인이 아니라는 것을 암묵적으로 알리기 위한 것인지도 모른다. 이들도 학회가 끝나고 집으로 갈 때는 양복으로 갈아입고 간다.

한국에서 미국에 이민 온 사람들이 미국에서 여러 가지 사업을 벌이며 착실하게 일하고 있는 것이 미국에도 널리 알려져 있다. 소수민족이 많이 살고 있고 위험 지역이라고 알려져 있는 곳에서 사업을 하는 한국 사람들은 거의 생명을 내걸고 비장한 각오로 영업을 한다. 이런 곳에서 일하던 한 여인이 나에게「하루 일과가 끝나면 오늘도 죽지 않고 살았구나」라는 안도의 한숨을 쉬면서 늦은 밤 집으로 돌아간다고 했다.

이들의 생명을 건 모험심에 감탄을 금할 수 없다. 그러면서도 그렇게까지 하면서 살아가야 하는 처지가 좀 애처로웠다. 큰 도시에서는 한국인들이 주로 한국인을 상대로 해서 사업하는 사람들도 많다. 그래서 유명한 「차이나타운」 같이 「코리아타운」이 곳곳에 이루어지고 있는 것을 볼 수가 있다. 이들은 크고 작은 간판을 달고 있는데 모두가 한글로 표시되어 있다. 영어도 같이 병기되어 있지만 한글보다는 훨씬 작게 씌어 있다.

뉴욕의 어떤 곳에서는 한글 간판 일색인 가게들을 보고 나 자신 놀란 적도 있었다. 영어로 표시해도 되겠지만, 그렇게 되면 한국인 고객의 관심을 끌기가 어려운가 보다. 한국 간판 일색인 거리를 찾았던 한 미국인 친구가 「여기가 미국인지 다른 나라인지 머리가 어지러웠다」고 불평하는 것을 들은 적이 있다. 나도 이 친구에게 동정을 보냈다. 그러나 한글 간판을 거는 것이 사업상의 전략이라면 다른 방법이 없겠구나 하는 생각도 들었다.

미국 시장을 공략하고 있는 외국의 대기업들은 자기 나라를 나타내기를 삼가는 것 같다. 미국인들이 선호하는 토요다 차나 혼다 차는 미국 사람들이 다 알고는 있지만 일본 차라는 것을 광고하지 않는다. 얼마 전에 대우 차가 어느 나라에서 만든 차냐고 묻는 미국인 친구에게 한국 차라고 일러준 일이 있다. 현대 차나 기아 차가 한국 자동차라는 것을 아는 미국 사람도 많지 않은 것 같다.

이 차들이 한국산이라는 것을 이따금은 알릴 필요가 있는 것 같다. 삼성의 전자제품도 미국에서는 인기있는 상품이지만 이 회사가 한국 회사라는 것을 아는 미국 사람은 많은 것 같지 않다. 어떤 때는 주체성을 나타내야 하고, 또 어떤 때는 주체성을 드러내는 것을 삼가야 한다. 적절한 전략의 활용이 요청된다.

일본은 미국에 잘 알려져 있지만 진짜 한국을 아는 미국 사람은 매우 드물다. 긴 안목에서 미국 사람들에 대한 홍보가 필요한 것 같다.

그러기 위해서는 유형무형의 많은 투자가 있어야 할 것이다. 한국에도 좋은 일이 얼마든지 있다는 사실을 많은 미국 사람들이 언젠가는 알게 될 것이다. 그러기 위해서는 효과적인 홍보가 큰 역할을 한다.

미국에 와서 이름을 어떻게 해야 하나 하는 것이 하나의 문제로 대두된다. 한국 이름을 그대로 영어로 표시할 때 여러 가지 곤란한 점이 있다. 미국 사람들이 발음하기가 힘들 뿐만 아니라 미국 사람들에게 생소한 느낌을 준다. 한국 이름을 그대로 가지고 있는 사람들은 미국에서 영원한 이방인으로 취급당하기 십상이다.

그런데도 나나 아내는 이름을 미국식으로 바꾸지 않았다. 자존심이라고 할까 주체성이라고 할까 그 무언가가 이름을 바꾸는 것을 주저하게 만들었다. 이름을 바꾸지 않았기 때문에 오는 불이익을 감수하기로 작정했다. 그러나 아이들의 이름은 미국식으로 바꿔 주었다. 나나 아내는 완전히 미국 사람이 될 수 없어서 여러 가지 수모(?)를 감수할 수 있지만 미국 사람과 전혀 차이가 없는 아이들이 이름 때문에 불이익을 당하는 것은 옳지 않다는 생각에 미국 시민권을 받을 때 아이들의 이름은 미국식으로 개명했다(자식들의 이름을 한국식으로 유지하고 있는 부모도 있다).

미국식 이름을 아이들의 원래 이름에다 첨가시킨 것이다. 근래에 미국의 흑인들이 이슬람교의 교인이 되면서 미국 이름을 버리고 이슬람식의 이름으로 바꾸는 것이 생소하지 않다. 가장 좋은 예가 세기의 권투왕인 알리다. 이슬람교로 개종하면서 캐시어스 클레이가 무하마드 알리로 변한 것이다. 지금은 모든 미국 사람들이 무하마드 알리로 부르는 것이 예사가 됐으며 아직도 많은 백인들이 그를 좋아한다.

이름이 주체성을 나타내는 데 미국에서는 큰 역할을 하고 있다. 학생들에게 한국 사람들의 이름은 가족관계의 계층을 명시하는 것이라고 일러주면 탄성을 발한다. 할아버지 세대, 아버지 세대, 본인의 세대, 자식의 세대, 손자의 세대가 이름으로써 명확하게 알 수 있다는 사실을 알려준다.

그러나 요즘에는 한국에도 이 전통을 이탈해서 이름을 순 한글로 지어 주는 경우를 볼 수가 있다. 어떤 나라는 이름이 길수록 양반 가족이라고 한다. 그러나 우리 조상들은 중국 사람들의 본을 받아서 이름을 짧게 했다. 얼마나 편리한지 모른다. 새삼 그들의 예지에 감탄한다.

미국으로 이민 온 한국 사람들이 미국에서 어떻게 정착해서 살아야 하는가가 심심찮게 논의되고 있다. 정착 방식으로는 세 가지 유형이 있다고 생각한다. 미국 주류사회에 완전히 동화해서 한국 사람으로서의 뿌리를 잊어버리는 유형이 있을 것이며, 한국인으로서의 정체성을 유지하면서 미국 사회에 동화해 가는 방법도 있을 것이고, 또는 주류사회로의 동화를 거부하며 한국 사람으로서만 살아가는 것도 한 방법일 것이다.

주류사회로의 동화를 거부하고 산다는 것은 적절한 방법은 아닌 것 같다. 인도네시아에서 인종폭동이 일어났을 때 거기에 살고 있는 중국 사람들이 증오의 대상이 되어서 희생이 많았다는 것을 우리는 잘 알고 있다. 경제권을 장악하고 있던 현지 중국인들이 주류사회와의 동화에 신경을 쓰지 않았던 것이 화근이 되었다는 것이 중론이다.

한국인이라는 것을 잊고 현지에 완전히 동화하는 것은 이민 온 1세들에게는 상상도 할 수 없는 일이지만, 세월이 지나서 몇 대를 거치면 그런 가능성도 있으리라고 추정할 수 있다. 그러나 이민 1세들이 한국인이라는 사실을 잊어버리고 완전히 미국 사람처럼 행동하는 사람들이 있다고 주위에서 이야기할 때 좀 납득이 가지 않았다.

가장 적절한 방법은 한국인의 정체성을 유지하면서 주류사회에 정성껏 동화하는 경우일 것이다. 이민 1세인 나나 아내는 한국인이라는 긍지를 가지면서 미국의 주류사회에 동화하고 공헌하려고 애쓰고 있다. 자식들도 자기들의 뿌리가 한국인이라는 것을 잘 알고 있다.

한국 사람이 어떤 정착 방법을 택하든 간에 한 가지 확실한 것은 있다. 한국계 남자들은 조상으로부터 물려받은 성씨만은 대대로 사용할 것이다. 결국 오랜 세월이 지나면 성씨만이 한국인으로서의 정체성을 확인해 줄는지도 모른다.

내가 미국에 와서 고무신을 신고 활개치던 것을 그만둔 것처럼 인도 여자들이 자기들의 고유의 옷을 던져버리고 양장으로 갈아입고 미국 거리를 활보할 날이 올 것인지는 알 수 없다. 인도 사람들을 비롯한 중동지방의 남자들은 양복을 입지 않고 여자들은 양장을 하지 않는다. 현대화가 곧 서양화라는 공식을 이들은 거부하고 있는 것 같다.

그렇지만 주체성이란 겉으로 보이는 것보다는 우리 내부의 정신적인 것이 더욱 중요하다고 생각된다. 어차피 사람이란 자기 잘난 맛에 살아가는 것이 아닌가?

낙엽

낙엽에 대해서 많은 시인이나 작가들이 그들의 감상을 시나 수필로 표현하고 있다. 가을이 되어 나뭇잎이 붉게 물들면 그 아름다움에 매료돼서 감탄이 절로 난다. 미국 오기 전 강릉에서 잠시 살면서 설악산으로 단풍구경을 갔을 때 실로 자연의 아름다움에 탄복했었다.

미국에 오래 살면서 집에서 자동차로 몇 시간이면 갈 수 있는 아팔라치안 산맥의 가을 단풍을 볼 때도 그 아름다움에 경탄하곤 했다. 단풍의 아름다움에 사람들이 현혹되는 것은 당연한 일이다. 그런데 나는 가을이 닥쳐오면 걱정이 태산 같다. 왜냐하면 집 마당의 낙엽을 치우는 것이 나로서는 너무도 거추장스런 일이기 때문이다.

집 정원에는 하늘을 찌를 듯한 소나무와 낙엽송이 적어도 스무 그루는 되고 그밖에도 작은 나무들이 수없이 많다. 우리 집뿐만 아니라 다른 집들도 나무가 많기는 마찬가지다. 이 지방의 소나무는 한국에서 보던 소나무와 달라서 꼿꼿하게 치솟아서 하늘을 찌르고 있다. 이것들을 보고 있으면 한국에서 보던 소나무 생각이 나서 향수에 젖곤 한다.

늦가을이 되면 사람들은 단풍의 아름다움에 감탄하지만, 나는 단풍이 지고 마당을 덮어버리는 낙엽을 처분할 걱정이 앞서 절로 한숨이 나오는 걱정의 계절이다. 소나무는 그래도 나은 편이다. 솔잎이 우수수 떨어져 마당을 온통 덮어버린다. 그래도 솔잎이 덮인 마당은 흉해 보이지는 않는다.

잎이 한꺼번에 떨어지는 것이 아니라 여러 날에 걸쳐서 조금씩 떨어진다. 그래서 솔잎은 적어도 두 번이나 세 번은 보름 간격으로 치워야 한다. 한 번 치우는 데 적어도 세 시간은 걸린다. 다행히 솔잎은 이용가치가 있어서 고생해도 조금은 위로가 된다. 솔잎을 모아서 화단에 깔면 미관상에도 좋을 뿐만 아니라 잡초를 죽이는 데도 기여한다.

솔잎은 화초가게에서 팔기까지 한다. 어떤 때는 미국 사람들이 우리 마당에 잔뜩 쌓여 있는 솔가지를 긁어가게 해달라고 부탁하기도 한다. 그러나 소나무에는 또 다른 골칫거리가 있다. 사시사철 솔방울이 떨어져서 처리하느라 애를 먹는다. 소나무에도 솔방울이 달리는 소나무와 전혀 달리지 않는 소나무가 있다는 것을 앞집에 사는 목사의 귀띔으로 처음 알았다.

그 후 자세히 보니 우리 집 마당의 소나무에 솔방울이 달린 소나무와 달리지 않은 소나무가 있다는 것을 발견했다. 어떤 것이 수소나무이고 암소나무인지 아직도 잘 모른다. 솔방울은 적어도 한 주일에 한 번은 주워야 한다. 그런데 미국 사람들은 솔방울 하나하나를 수거해서 바구니에 넣어 처리한다. 소위 각개 소탕작전이다. 솔방울을 줍는 길다란 족집게를 가게에 가면 살 수 있다. 그러나 나에게는 이 방법이 답답해 보인다.

나는 갈퀴로 솔방울을 몇 군데 모아 놓고서 자루에다 담든지 바구니에다 넣는 방법을 쓴다. 소위 포괄 전멸작전을 쓴다. 어느 방법이 더 효과적인지는 모르겠다. 미국에 사는 다른 한국 사람들은 솔방울을 어떻게 처리하는지 궁금하다. 솔잎을 쓸 때마다 옛날에 한국에서 있었던 일이 생각난다.

미국 오기 전 강릉에 있는 대학에서 잠시 가르친 일이 있었는데 학교 건물 주위에 많은 소나무가 있었다. 동네 아주머니들이 떨어진 솔잎을 거두어 가느라 열심이었다. 땔감으로 쓰기 위해서였을 것이다. 한국이 한참 어려웠을 때의 일이다.

소나무도 가을에는 골칫거리지만 낙엽수는 더 골치다. 한 나무에 몇 개의 잎이 달렸는지 모르지만 아마도 수천 개 이상이 달려 있을 것이다. 소나무와 달라서 낙엽수는 여름 내내 한 잎도 떨어지지 않는다. 푸른 잎이 빽빽하게 달린 낙엽수를 여름에 감상하면 절로 기분이 젊어지는 생각이 든다. 낙엽수는 그래서 여름에는 효자 노릇을 한다.

그러나 늦가을이 되고 낙엽이 질 때면 사정은 완전히 달라진다. 우수수 떨어지는 낙엽의 세례를 받게 된다. 낙엽수도 소나무와 마찬가지로 한꺼번에 다 떨어지는 것이 아니라 조금씩 오래 떨어진다. 잎이 떨어지기 시작해서 한 나무에서 다 떨어지려면 적어도 두 달은 족히 걸리는 것 같다. 잎이 넓은 낙엽수이기 때문에 수거하는 양도 많아진다.

수거할 때마다 커다란 자루를 몇 개는 써야 한다. 마당 끝에다 수거한 자루를 놓아두면 수거 차가 거두어가기 전에 사람들이 와서 가져가는 경우도 있다. 이 낙엽수도 필요한 사람이 있다. 우리 집에도 낙엽수가 몇 그루 있어서 떨어진 잎들을 처리하느라 고생을 많이 했다. 몇 년 동안 이렇게 고생하다가 너무 지쳐서 마당에 있는 낙엽수를 모두 잘라버렸다. 나무 자르는 데도 돈을 많이 지불해야 한다.

그런데 문제는 여기서 끝나지 않는다. 옆집에 있는 낙엽수가 우리 마당과 너무 가까이 있기 때문에 늦가을이 되면 옆집 나무의 잎들이 다 우리 마당에 떨어진다. 그것은 늦가을이면 언제나 우리 집 쪽으로 바람이 불기 때문이다. 그것을 내가 다 깨끗이 수거해서 처리해야 하니 참으로 억울하다. 풍수지리적으로 우리 집의 위치가 좋지 않은 것 같다.

우리는 그래도 나은 편이다. 한 나무만이 우리를 괴롭힐 뿐이지만, 우리 집 몇 집 건너 집에는 하늘을 찌를 듯한 낙엽수가 여섯 그루나 있다. 이 나두들이 마당 끝에 있기 때문에 잎이 떨어질 때면 이 집의 낙엽들이 길 건너에 있는 집에 다 쌓인다. 길 건너 집은 지대가 좀 낮기 때문에 떨어진 입들이 이 집으로 몰리는 것이다. 그 집 앞을 지날 때마다 내가 오히려 민망할 정도다.

그러면서도 나에게는 늘 의심스런 점이 하나 있다. 개인의 권리를 찾는 데는 누구보다도 앞장서는 미국 사람들이 이런 문제에 대해서는 너그럽게 대처하는 태도가 이해가 안 간다. 자기 집 마당에 쌓여 있는 옆집의 나뭇잎들을 마음속으로는 어떻게 생각하는지는 몰라도 겉으로는 내색을 하지 않고 수거해서 처분한다. 법적으로도 해결이

안되는 문제인 것 같다. 잎들이 공중 높이 매달려 있기 때문에 바람
이 부는 대로 이 집 저 집 마당에 떨어지니 법으로 다스리기도 힘
들 것이다.

우리가 낙엽수를 베어버리자 옆집 부인이 나의 아내에게 「나무가
없어지니 마당이 참 시원해 보입니다」 하고 인사를 하더라는 것이다.
옆집 부인도 우리 집 낙엽수 때문에 골치를 앓았던 것 같다. 그런데
도 불평을 하지 않고 참고 있었던 것이다.

옆집에는 소나무만 있다. 늦가을이 되어서 나뭇잎이 떨어질 때면
우리 도시의 주거지역 도로는 낙엽으로 뒤덮인다. 이럴 때 자동차를
운전하면 작은 나뭇잎들이 마치 눈같이 쏟아져 떨어지는 것을 볼 수
있다.

단풍에는 탄성이지만 낙엽에는 곡성(哭聲)이다. 이런 일이 매년
되풀이된다. 자연의 어김없는 법칙이다. 이러면서 나도 한 해 한 해
늙어가고 나무들도 나이를 먹는다. 그리고 언젠가는 자연의 법칙에
따라서 나도 세상을 떠날 것이고 나무들도 수명을 다할 때가 올 것
이다.

낙엽 때문에 생기는 문제는 여기서 끝나지 않는다. 우리 집 낙엽,
다른 집의 낙엽들이 우리 집 기와 위에 떨어져 수채통을 꽉 메워 빗
물의 통로를 막아서 비가 오면 아수라장이 된다. 그래서 높은 사다리
를 이용해 지붕에 올라가서 수채통의 낙엽들을 다 제거해야 한다. 가
을과 겨울철에 두세 번 그리고 봄에 한두 번 이 고생스러운 작업을
해야 한다.

늙어가면서 사다리를 타고 올라가서 일하는 것이 겁이 나기도 한
다. 한 한국인 의사는 이런 작업을 하다가 사다리에서 떨어져 즉사했

다는 소식도 듣고 있다.

　겨울철은 동면의 계절이다. 나뭇잎이 다 떨어진 앙상한 나무를 보는 것이 을씨년스럽지만 그런 대로 참을 만하다. 그리고 마당의 잔디는 휴면상태다. 이때면 나도 나무나 마당 걱정에서 해방된다. 나도 좀 쉬어야 하지 않는가? 그러나 솔방울은 겨울에도 떨어지기 때문에 신경을 쓰고 수거해야 한다, 그 정도야 견딜 만하다.

　자연의 시계바늘이 봄철을 알리면 내 얼굴에는 다시 수심이 생긴다. 마당의 잔디가 파래지기 시작한다. 그리고 소나무에서 송진가루가 날려 마당은 온통 노랗게 물든다. 송진가루 현상은 일시적이어서 별 문제가 없지만, 잔디는 골칫거리다. 이른봄부터 늦가을까지 여러 달에 걸쳐서 잔디를 깎아야 한다. 마당 앞뒤 잔디를 깎는 데는 자동차같이 생긴 자동 제초기에 앉아서 두 시간 반이나 걸리는 작업을 해야 한다.

　이것도 비라도 자주 올라치면 잔디가 잘 자라서 열흘마다 깎든지 두 주일에 한 번씩은 깎아야 한다. 그렇게 무럭무럭 잘 자랄 수가 없다. 자동 제초기에 소비되는 가솔린도 무시할 수가 없으며 자동 제초기에서 발생하는 대기 오염도 미국 사회에서 논의되고 있다. 게다가 방음장치가 안되어 있어서 소음공해도 심각할 정도다. 아름다운 환경을 유지하기 위한 필요악이라고나 할까.

　잔디가 무럭무럭 자랄 때는 은근히 마음속으로 제발 비가 오지 말았으면 하고 빌 때도 있다. 물론 고약한 생각이다. 그러나 실제로 비가 한 달을 넘게 오지 않으면 잔디가 전혀 자라지 않는다. 잔디를 깎을 걱정을 하지 않아도 되지만 농작물에 피해가 올까봐서 걱정이 되기는 한다.

자동 제초기에는 깎은 잔디를 거두어들이는 커다란 자루가 두 개 부착되어 있어서 편리하다. 그러나 나는 이 자루를 떼어버리고 깎인 잔디가 잔디밭에 흩어지게 한다. 이 깎인 잔디가 얼마 후에 좋은 퇴비가 돼서 잔디밭을 비옥하게 만든다. 비료를 별로 쓰지 않아도 잔디는 너무도 무성하게 자란다. 처음에는 흐트러진 잔디가 보기에도 흉하지만 그것도 잠시고 무성한 잔디가 그것들을 다 덮어버린다.

젊었을 때는 손으로 미는 제초기를 사용했다. 거기에도 자동장치가 되어서 손으로 누르기만 하면 자동적으로 움직여서 걸으면서 제초기를 조종했다. 그런데도 이 기계로 잔디를 깎으려면 시간도 더 걸리고 또 나이가 들면서 힘들기도 해서 비싸기는 하지만 자동차 같은 자동 제초기를 사기로 했다. 나이는 못 속이는 것이다 그리고 풀을 깎는 데 동원됐던 아이들도 이제는 다 장성해서 집을 떠나버리고 나밖에 일할 사람이 없다.

이른봄에 자연이 재생의 기지개를 펼 때 가장 앞서서 활동하는 것이 잡초다. 잔디는 자랄 생각을 하지도 않는데 잔디밭을 잡초들이 먼저 덮어버린다. 잡초를 제거하느라 또 한참 고생한다. 그러나 얼마 있다가 자라기 시작하는 잔디가 잡초를 덮어서 번성하기 때문에 안심이 된다. 그러나 잡초가 너무 많으면 잔디가 견디지를 못한다.

잔디밭을 걸으면서 식물들의 생존 본능과 번식 본능을 자세히 볼 수 있다. 이들의 생존과 번식은 경이롭기도 하지만 한편으로는 두려운 생각도 든다. 그러니까 몇 천만 년 전 창조된 우주에서 도태되지 않고 지금까지 살아서 나를 괴롭히고 있는 것이다.

자동차로 국도를 운전하면 차선 분리대인 콘크리트 담 사이로 버젓

이 비어져 나오는 잡초들의 생존 본능과 번식 본능에 경탄하지 않을 수가 없다. 저렇게까지 살려고 하는가? 야생 마늘도 예외는 아니다. 이른봄이면 어김없이 잔디밭 사이로 자라서 골칫거리며 늦가을에는 또 영락없이 독버섯이 잔디밭을 잠식한다.

잡초뿐만 아니라 이번에는 곤충들이 화단의 관목들을 공격해서 피해를 입힌다. 곤충을 제거하는 살충제를 치고 잡초를 죽이는 약도 뿌려야 한다. 이 모든 것이 돈이고 시간 낭비다. 그러나 별 뾰족한 수가 없다. 미국에서 살충제 생산은 거대한 산업으로 발전하고 있다. 그러나 토양을 오염시켜 항상 사용하면서도 마음이 언짢다.

소나무잎은 가늘고 낙엽수는 널찍하다. 가을이 되면 솔잎이 떨어지기는 하지만 대부분은 그대로 남아 있다. 반면에 낙엽수는 늦가을이 되면 온통 나무에서 떨어진다. 생존하고 번식하는 방법들이 나무마다 다 다른 것 같다. 옆집 낙엽수에 겨울에 남아 있던 밤알 같은 열매들이 이른봄까지 우리 마당으로 떨어져서 수거하는 고생을 더하게 한다. 먹을 수 있는 열매들이라면 얼마나 좋을까마는.

이른봄이 되면 철새들이 우리 마을로 날아온다. 우리 집의 침니(벽난로의 굴뚝) 꼭대기에 해마다 둥지를 틀고 알을 낳는다. 알을 깨고 나온 새끼들이 하루종일 쩍쩍거리는 소리가 굴뚝을 통해서 집안으로 새어 들어와 시끄러워 견딜 수가 없다. 시끄러운 소리는 새들이 계절이 바뀌어 그들이 침니를 떠날 때까지 계속된다.

그래도 참고 참았다. 그러다가 참을성에 한계가 와서 얼마 전에 굴뚝 꼭대기에 망을 씌워 새들의 침입을 차단했다. 새들이 굴뚝을 둘러싼 망 주위를 쩍쩍거리며 맴도는 것을 보고 있자니 한편으로는 내가 너무한 게 아닌가 하고 미안한 생각이 들기도 한다. 새들의 생존 본능을 차단한 것 같아서 참으로 안되었다.

그러나 나도 편안하게 살 권리가 있지 않은가? 어떤 해는 우리 집 밖에 있는 작은 나무에 새가 둥지를 틀고 새끼를 까는 것을 보았다. 세 마리의 새끼가 짹짹거리면서 어미새가 물어다 주는 먹이를 열심히 먹고 있었다. 내가 둥지에 가까이 다가가니 어미새가 긴장한 눈으로 나를 노려본다. 새끼들한테 해라도 끼칠까봐서 경계하는 것 같았다.

생전 처음 둥지에서 알을 까고 나오는 새끼를 보았다. 둥지 안은 놀라울 정도로 깨끗했으며 아담하게 만들어져 있었다. 나뭇가지를 주둥이로 물어다가 둥지를 만드는 기법은 어디서 배웠는지, 생존 본능과 번식 본능이 그렇게 하도록 가르쳐 주었는지 어쨌든 새둥지는 하나의 소박한 예술 작품이다.

어미새 혼자서 둥지를 만들었는지 아비새(들?)의 도움을 받았는지 궁금하다. 새끼새들이 둥지를 떠나서 우리 집 마당에서 나는 법도 익히고 또 먹이를 구하는 방법도 습득한다. 날아다니는 어린 새들이 참으로 귀엽다. 어떤 새들은 나를 전혀 두려워하지 않고 내가 가까이 접근해도 날아갈 생각을 않고 오히려 나와 장난하자고 수작을 부리는 것도 같다. 이놈들도 내가 자기에게 해를 끼치지 않는 성인군자임을 알아보는 게 아닐까?

많은 새들이 우리 동네에 와서 살다가 다른 곳으로 떠난다. 여러 종류의 새들을 볼 수 있다. 내가 한국에 있을 때는 참새, 제비, 까치, 까마귀가 내가 알고 있는 새 종류의 전부였는데 여기는 더 많은 종류의 새가 날아오고 날아가고 있다. 제비는 보지 못했고 한국에서 듣던 까마귀 소리와 비슷한 소리를 내는 검은색의 새는 크기도 비슷한 것으로 보아서 까마귀 종류인 것 같다. 까치와 참새는 보지 못한 것 같다. 참새와 비슷한 새가 있기는 하지만 한국의 참새와 같은지는 모르겠다.

어떤 때는 수십 마리 수백 마리나 되는 검은 새들이 우리 집 앞마당과 옆집 마당에 내려와서 소리를 지르면서 한참을 벌레들을 쪼아먹고는 다시 떼를 지어 딴 곳으로 날아가 버린다. 집단행동이 너무나도 규율적이다. 여기에도 지도자 새가 있고 엄격한 조직체계가 이루어져 있는지 다른 종류의 새는 한 마리도 끼어들지 못한다.

예쁜 새 한 쌍이 집 주위를 쩍쩍거리면서 돌아다니며 애정행각을 하는 것을 볼 수가 있다. 내가 보건 말건 열심히 주둥이끼리 입맞춤하면서 연신 사랑을 주고받는다. 애정행위는 새들에게도 가장 즐거운 일인가 보다. 이 새들을 원앙새라고 부르는지 모르겠다.

한 가지 걱정은 그렇게 많은 새들이 매일 어디서 일용할 양식을 마련하고 있는지 궁금하다. 어떤 때는 새들이 우리 집 잔디밭에서 열심히 곤충을 찾아내서 먹는 모습을 볼 수 있다. 우리한테는 아주 좋은 일을 하고 있다. 살충제 뿌리는 것을 절약할 수 있다. 상부상조라고 할까. 곤충에게는 안된 일이지만 말이다.

개미들도 살아가려고 필사적인 노력을 하고 있다. 잔디밭 밑에서 구축된 소굴이 지상으로 올라와서 무덤같이 생긴 흙덩어리가 만들어진다. 이 흙덩이 안팎으로 수를 헤아릴 수 없는 개미들이 분주하게 돌아다닌다.

이제 개미와의 전쟁을 해야 한다. 어떤 때는 뜨거운 물을 개미 소굴에 무자비하게 부어서 전멸시키는 작전을 전개한다. 개미가 다 죽는지는 잘 모르겠다. 그러나 해마다 개미들이 나를 괴롭히고 있는 데는 두 손을 들 수밖에 없다. 무서운 생존 본능이다.

집에서 가꾸는 화초 가운데 잘 자라지도 않으면서 별 볼품도 없는 화초가 하나 있었다. 그래서 물도 주지 않고 그냥 놔두면 죽겠지 하고 방치해 두었다. 그런데 이 화초가 죽지를 않는다. 오랜 동안 물을 안 주면 대개의 화초는 말라죽는데 이 화초는 생명력이 놀랍도록 질기다. 아내가 감탄해서 집안으로 다시 들여다가 물을 주기 시작했더니 여러 개의 잎이 자라면서 제법 볼 만한 화초로 둔갑했다. 이리 부대끼고 저리 부대껴도 살 놈은 살아남는 것 같다. 그래서 지금은 이 화초를 잘 모시고 있다.

마당에 이따금 다람쥐란 놈이 나타나서 장난을 친다. 내가 가까이 다가가면 까불까불 꼬리를 흔들면서 나를 말끄러미 쳐다보다가는 나무 위로 재빨리 올라가 버린다. 여기까지야 따라올 수 없겠지 하면서 안심하는 것 같다. 이따금 이 다람쥐들이 자동차 도로변으로 뛰어나오기도 한다. 어떤 놈은 내가 모는 차 앞까지 달려왔다가 위험을 느꼈는지 잽싸게 달아나 버린다. 그러나 어떤 놈은 만용을 부려 내 차 앞을 가로질러 달리다가 바퀴에 깔려 죽는 경우도 있다. 만용이 죽음을 초래한 것이다.

너무 순간적인 일이기 때문에 속수무책이다. 녀석이 바퀴에 깔리는 것을 느낄 수가 있다. 어쩔 수 없는 일이라고 하더라도 한 생명을 앗아가는 데 연관이 되어버린 나의 마음도 편치는 않다. 순간적인 판단을 잘못해서 생명을 빼앗긴 것이다.

앞뒤로 마당이 넓기 때문에 뒷마당의 일부를 채소밭으로 만들어 버렸다. 남들은 경운기를 사용하지만 나는 삽으로 고생해서 채소밭을 만들었다. 그리고 한국에서 조선고추씨를 얻어다가 심고 토마토도 심었다. 미국에는 조선고추가 없기 때문에 늘 불편하게 지내던 참이었다.

비옥한 땅이라서 그런지 고추가 잘 자란다. 주렁주렁 달린 고추를 따다가 된장에 찍어서 먹기도 하고 간장에 볶아 고추조림을 해서 먹으면 천하 일품이다. 백 여 그루의 고추나무에서 수확되는 고추를 처치할 수가 없어서 멀리 친지에게 소포로 보내기도 했다. 비닐로 잘 쌌는데도 고추 냄새가 나서 우체국 직원들도 무엇이 들어 있는지 짐작하는 것 같았다.

그동안 몇 번 집을 옮겼지만 그때마다 뒷마당에다 고추를 심었다. 고추 농사를 하면서도 한 개의 고추에 씨가 몇 개나 있는지, 그리고 한 나무에 고추가 1년에 얼마나 달리는지 게을러서 알아보지를 못했다. 그럼에도 불구하고 아내는 나에게 「고추박사」라는 명예학위를 추가해 주었다.

물론 「옥수수박사」 같이 세계적인 권위자는 아니지만 그래도 조선고추에 대해서는 일가견을 가지고 있다고 자신한다. 고추에게서도 생존 본능과 번식 본능을 느낄 수 있는 것 같았다. 평생 처음으로 반 농사꾼이 되어보았다. 학교에서 집에 오면 먼저 밭에 들러서 농작물과 다정한 인사를 나눈다. 밭에 있는 농작물들이 자식처럼 느껴진다.

마당이 넓기 때문에 채소뿐만 아니라 과수도 심는다. 아내가 지금 사는 집으로 이사올 때 배나무 묘목을 사다가 뜰에다 심었다. 10년쯤 지나니까 배가 달리기 시작하는데 해마다 너무 많이 달려서 골치다. 미국 배는 우리 구미에 맞지 않지만, 여기서는 한국 배를 구할 수가 없어서 한국 배와 미국 배의 중간치쯤 되는 배나무를 구해서 심었다. 한국 배 같은 맛은 없지만 그래도 미국 배보다는 맛이 있다. 근처에 있는 한인들에게 선물로 나누어주어 같이 즐기기도 한다.

여기서 좀 떨어져 사는 한 한인 교수는 한국에서 감나무 종자를 얻어다가 마당에 심었는데 해마다 감이 주렁주렁 달려서 즐거운 비명을 지르기도 한다. 우리도 그 집에 들러서 감을 따가지고 오곤 한다.

미국에는 집집이 담장이 없다. 나무 울타리를 한 집이 간혹 보이지만 그것은 예외다. 우리가 지금 사는 집으로 이사오고 나서 우리 집 뒷마당과 앞집의 뒷마당 사이에 아무것도 없기 때문에 서로가 너무 빤히 쳐다보여서 좀 민망스러웠다. 그래서 아내가 담장이 될 만한 묘목을 30여 그루 사다가 우리 집과 앞집의 경계선에다 심었다.

열심히 묘목을 심고 있는데 앞집에 사는 목사가 다가와서 「몇 년이 지나면 이 묘목들이 너무 커질 텐데……」하면서 약간 걱정스럽게 말하는 것이었다. 나는 속으로 「크면 제가 얼마나 큰다고 별 걱정을 다하시네」하면서 좀 마땅치가 않았다. 그러나 목사 말대로 묘목이 무럭무럭 자라서 앞집과 우리 집을 가릴 뿐만 아니라 하늘 높이 솟구치는 것이었다. 그래서 매해 이 나뭇가지를 잘라내느라 곤욕을 치른다.

목사의 걱정이 옳았다. 목사는 여기서 나고 자랐기 때문에 여러 가지로 경험이 많은 것이다. 내가 그의 말에 코웃음친 것이 부끄러웠다. 그러나 경험이 없어도 오랜 경륜으로 사람들은 내일을 내다 볼 줄 아는데 그렇지가 못하니 나는 아무래도 멍청인가 보다.

그런데 앞집 목사 부인이 먼저 저 세상으로 떠나더니 목사도 얼마 안 있어 부인을 따라갔다. 우리도 세월이 흐르면 그들을 따라갈 것이다. 다만 우리가 심어 놓은 나무들만이 앞집 사람들과 우리를 추억할 것이다.

우리 밭에 토마토를 심었는데 한국에서 1년생이라고 부르는데 알맞게 무럭무럭 자란다. 토마토 줄기 옆에 손가락만한 크기의 소나무가 자라고 있었다. 1년이 지나도 크게 자라는 것 같지 않았다. 1년생인 토마토가 옆에서 비웃는 것 같았다.

「나는 이렇게 무럭무럭 자라는데 너는 왜 자라지를 못하니? 난쟁이니?」

그러나 토마토는 1년 후면 그 수명을 다한다. 그리고 손가락만한 소나무는 계속 자란다. 10년, 50년, 백 년, 아니 그 이상 훨씬 더 오래 살 것이다. 하늘 높이 뻗으면서 천하를 호령할 것이다. 대기는 만성이라고 했는데 소나무에게는 정말로 잘 맞는 말인 것 같다.

아내가 동백나무 두 그루를 구해다 앞마당에다 심었더니 몇 년 후 늦가을에 꽃망울이 생기더니 이른봄에 예쁜 꽃이 만발해서 지나가는 사람들을 즐겁게 한다. 늦가을에 피는 동백나무도 있다고 한다. 집 앞 뒤에다 심은 가데니야는 늦은봄 꽃을 피울 때 향기를 듬뿍 발산해서 집 안팎을 아름다운 향내로 가득 채운다. 이런 향기가 이 세상에서 사는 맛을 더해 주는 것 같다. 이른봄에는 우리 집뿐만 아니라 다른 집에서도 심은 아젤리아가 각양각색의 꽃을 피워서 보는 사람들의 마음을 즐겁게 해준다.

그렇게 열심히 가꾸던 채소밭을 걷어치웠다. 나이가 들면서 밭 갈고 거두는 것이 점점 어려워진다. 밭농사가 육체적으로 매해 힘들어져 다시 잔디밭으로 만들어 버렸다. 잔디는 깎으면 되기 때문에 그편이 더 수월하다. 잘 따먹던 배나무도 베어버렸다. 손질하기가 귀찮아졌기 때문이다. 이제는 정리해야 하는 인생길에 접어든 것 같다.

마당 가꾸기가 힘들어서 늙은 사람들이 집을 처분하고 마당 손질이 필요 없는 집들을 구해서 이사를 간다. 그런데 몇 집 건너의 키이스 할머니는 끄떡 않는다. 손질이 필요없는 집으로 이사가도 마당 관리하는 사람에게 일정액의 관리비를 물어야 하는데, 큰 집에 혼자 편안히 살면서 정원사에게 돈을 주어 관리하게 하는 것이 더 낫다는 주장이다.

우리도 조만간 결정을 해야 한다. 마당이 넓은 이 집을 처리하고 관리비는 내더라도 내가 손수 일하지 않는 곳으로 이사를 갈 것인지, 또는 키이스 할머니처럼 이 집에 살면서 일하는 사람을 구해 내가 하던 일을 대신하게 하든지 결정해야 한다. 늙어가면서 젊었을 때는 생각 안해도 될 일들이 생겨서 머리를 쓰게 한다. 이것이 누구에게나 주어진 인생행로인 것 같다.

학교 수업이 끝나면 집에 돌아와서 집 앞뒤를 돌아보는 것이 일과였으며, 주말에는 거의 하루 종일 마당 가꾸기에 시간을 다 보냈다. 고생이 되기는 했지만 집 주위의 조그마한 자연과 접촉하는 것이 생의 의미를 더 부여하는 것 같아서 오히려 즐거웠다.

지금은 학교에서 은퇴해서 시간이 남아도는데도 육체적으로 마당을 가꾸는 일이 너무나 힘들어졌다. 10분 일하면 20분은 쉬어야 할 판이다. 그러나 지금까지 마당의 모든 힘든 일은 아내가 다 했다. 채소밭은 내가 가꾸었지만 그 밖의 일은 아내가 다 했다.

나는 원래 병약하기 때문에 땅을 파는 삽질 같은 것은 너무도 힘들다. 다행히 아내는 체력이 단단해서 삽질을 비롯한 모든 힘든 일을 도맡아서 해야 했다. 그런데 이제는 아내도 육체적인 한계를 느끼는 것 같다. 모든 일에 힘들어 한다. 인생의 황혼기에 접어든 것이다.

우리만 아니라 다른 미국 사람들의 집도 마찬가지지만 집 앞뒤 뜰의 작은 자연을 아름답게 가꾸려면 여러 가지 연장이 필요하다. 우리 집 창고에도 이런 비품으로 가득 차 있다. 우선 잔디를 깎는 자동 제초기는 어느 집에나 필수품이다. 뿐만 아니라 손으로 미는 가솔린 제초기도 한때 가지고 있었다. 구석에 있는 잔디는 이 제초기로 깎아야 하기 때문이다. 그리고 길고 짧은 사다리가 각각 한 개씩 있다.

톱도 여러 종류가 있다. 가솔린용 자동 톱과 손으로 자르는 톱 그리고 화초를 가꾸는 데 쓰는 길다란 전기용 톱도 있다. 작은 나뭇가지를 자르는 가위 종류도 서너 개는 있다. 한국 가게에서 호미를 사다가 애용하고 있다. 좀 연구해서 개량하면 미국에 수출도 할 수 있을 것이다.

미국 사람들은 쪼그려 앉아서 일하는 것을 싫어하기 때문에 긴 손잡이 호미를 만들어야 여기서 팔릴 것 같다. 호미는 잔디 사이에 자라는 민들레를 제거하는 데는 일품이다. 미국 사람들은 농약으로 민들레를 없애는데 호미를 쓰면 농약을 안 써도 될 것이다. 한국산 낫도 있지만 별로 쓸 데가 없다. 삽과 괭이는 필수품이다. 갈퀴는 세 개나 가지고 있다. 성분이 각각 다른 비료도 필수품이다.

미국 사람들은 이밖에도 내가 가지고 있지 않은 여러 가지 연장을 보유하고 있다. 시골에서 넓은 마당을 가지고 있는 집에서는 트랙터 같은 자동 제초기로 풀과 잔디를 깎는 것을 볼 수가 있다.

　연장뿐만이 아니다. 우리 집 창고에는 각종 살충제가 즐비하다. 그리고 잔디에 물을 줄 때 사용하는 길다란 호스가 여러 개나 있다. 이것이 다 돈덩어리다. 이런 물품을 생산하고 유통기관을 통해서 소비자에게 전달하는 산업이 미국 경제에서 큰 비중을 차지하고 있음을 이해할 수가 있겠다.

미국 이민생활

지금은 많은 한국 사람들이 미국으로 이민 와서 살고 있다. 나도 거의 40년 전에 미국으로 왔다. 그때는 거의 대부분이 유학생이었다. 미국으로 유학 가는 것이 선망의 대상이어서 나도 그 유학의 대열에 겨우 끼어서 미국으로 유학을 왔다.

그때 유학생이 합법적으로 가져갈 수 있는 돈이란 미화 50달러가 고작이었다. 정말로 호랑이 담배 피우던 시절이었다. 나의 유학 목적은 미국에서 공부를 해서 박사학위를 받는 것이었다. 요행히 박사학위를 받아서 미국 대학에 취직할 수 있었고, 또 27년이라는 세월을 미국 대학 교단에 섰다가 무사히 은퇴하게 된 것을 고맙게 생각한다.

내가 박사학위를 받는 데 결정적으로 공헌한 사람이 둘 있다. 아내의 내조와 나의 박사학위 지도교수였던 마틴(Howe Martyn) 교수의 끊임없는 격려가 없었다면 나는 박사학위를 취득하지 못했을 것이다. 박사학위 과정 첫 학기에 마틴 교수의 과목을 수강했는데, 학기말 논문을 제출했더니 내 잘못된 영어를 빨간 펜으로 고쳤는데 논문이 온통 빨간 물로 염색을 한 것 같았다. 그래도 논문의 내용은 좋게 보셨는지 "A" 점을 주셨다. 그리고는 나를 자신의 조교로 발령하셨다.

조교가 되자 세상이 달라졌다. 비싼 등록금이 면제될 뿐만 아니라 매달 300달러라는 봉급까지 받게 되었다. 학교를 졸업할 때까지 매달 봉급을 받았을 뿐만 아니라 박사학위 논문을 작성할 때는 3,000달러라는 연구보조금도 받았다. 그래서 다른 한인 유학생과 달리 나는 재정적으로는 별 고통을 받지 않고 공부할 수 있었다.

마틴 교수가 미국 학생들이나 다른 나라에서 온 유학생들을 제쳐놓고 한국에서 온 나를 왜 자기의 조교로 선택했는지 지금도 궁금하다. 다른 한 분의 교수는 나의 형편없는 영어실력 때문에 박사학위를 받을 수 없다고 공개적으로 박대해서 나를 실망시켰는데도 마틴 교수는 끝까지 나를 위로하고 격려하셨다. 지금은 고인이 된 이 분의 도움이 없었다면 나의 재주로서는 박사학위를 받을 수가 없었을 것이다. 그래서 지금도 두고두고 고맙게 생각한다.

후에 내가 가르쳤던 학생들에게 인생 살아가는 데 멘토(mentor, 훌륭한 스승)가 얼마나 중요한가를 누누이 강조했다. 이것은 줄대기와는 좀 다른 개념이다. 내가 손을 내민 것이 아니라 스승이 위로부터 손을 먼저 내미신 것이다. 이러한 좋은 스승을 가질 수 있었던 나는 실로 행운아라고 생각한다.

미국 수도인 워싱턴에서 세 곳으로 흩어져 살던 식구가 한자리에 모여서 살게 되었다. 아내가 근무하는 병원에 속한 아파트의 단간방에서 살았지만 한 식구가 3년만에 한자리에 모였다는 것이 즐겁기만 했다. 내가 낮에 학교에 가서 공부하기 때문에 아내는 주로 저녁 시간(오후 세 시부터 밤 열 한 시까지)에 병원에서 간호사로서 일을 했다. 그래야 나와 아내가 번갈아 가며 두 아이를 돌볼 수가 있었다.

주말이면 아내는 저녁 시간과 밤 시간(밤 열 한 시부터 다음날 아침 일곱 시까지)을 일해서 하루에 모두 16시간을 일할 때도 흔하게 있었다. 우리 식구가 아내에게 전적으로 매달리고 있을 때였다. 그 당시 아내는 우리 집의 정신적·물질적 지주였다. 아내의 처분만 기다리는 가장인 나는 너무도 처량했다. 아내는 의사와 결혼한 동창들이 주위에서 호사스런 생활을 하고 있는 것이 부럽기도 했지만 끈기있게 남편인 내가 하루속히 학업이 끝나기를 학수고대하면서 충실히 내조해 주었다. 아내의 이런 내조가 없었다면 내가 박사학위를 받을 수는 없었을 것이다.

아내는 대학교수가 된 다음에도 아이들의 학비를 벌어야 한다고 하면서 주말이면 병원에서 간호사로서 일을 하곤 했다. 병원에서 일한 경험이 학생들을 병원에서 실습시키는 데 많은 도움이 된 것이 그나마 고생한 보람이라고 위로가 되었다. 아내는 나를 내조할 뿐만 아니라 간호사라는 전문인으로서 자신의 장래도 준비하고 있었다. 미국의 정식 간호사(RN) 자격 취득에 도전했다. 지금은 사정이 다르지만 그 당시 한국에서 온 간호사가 RN 자격을 따는 것은 정말 하늘의 별따기였다.

병원에서 퇴근 후, 서너 시간 잠자고 나서는 병원으로 다시 출근할 때까지 아내는 RN 시험 준비에 여념이 없었다. 당시 한국 사람들의 영어실력으로서는 너무도 무리한 도전이었는지도 모른다. 그러면서도 아내는 이 불가능에 과감히 도전했다.

오랜 준비 끝에 아내는 마침내 RN 시험에 당당히 합격해서 미국의 정식 간호사가 되었다. 그때 아내는 너무도 기뻐했다. 평생 소원을 성취한 것이었다. RN 자격을 딴 아내를 보고 같은 병원에서 일하던 한인 간호사들이 부러워한 것은 당연한 일이었다. 그때 RN이 되지 못했다면 후에 대학의 간호학 교수가 되지도 못했을 것이다.

우리의 아파트 방을 다른 동포들이 와보고는 6·25 동란 당시의 비참했던 피난민 생활보다 더하게 산다고 걱정들 해주었지만 이 아파트에서 RN이 탄생했고 또 박사가 탄생했던 것이다. 우리에게는 너무도 자랑스러운 하꼬방(한국에서 형편없는 작은 방을 이렇게 불렀다)이었다. 간호사 아내의 도움으로 공부하는 사람들을 간호 장학생이라고 불렀다. 그렇다, 나는 간호 장학생으로 공부해서 박사학위를 취득한 것이다.

아내는 한국에서 간호 교사였지만 미국에 와서는 선생이 된다는 생각은 꿈에도 못하고 병원에서 간호사로 근무만 하고 있었다. 그러나 나는 좀 다른 생각을 가지고 있었다. 가르치는 것이 아내의 천직이라는 것을 나는 잘 알고 있다. 내가 근무하던 대학에 간호학과가 있기 때문에 어떤 기회가 있기를 예의 주시하고 있었다.

마침 간호학과에서 강사를 모집한다는 사실을 알고서는 병원에 근무하는 아내를 설득시켜서 지원하도록 하였다. 그래서 아내는 병원을 사직하고 우리 대학의 간호학 강사가 되었다. 이렇게 해서 간호학과와 인연을 맺게 되었다. 그리고는 대학원에서 대학원 과정을 수료한 후 간호학과 교수로 정식으로 임명이 되었다. 간호학과 교수가 된 아내는 거의 30년 동안 성실하게 자기 직무를 수행하면서 미국에서 간호사를 양성하는 데 일익을 담당하고 있다.

나는 목사가 되든지 대학교수가 되는 것이 평생 소원이었다. 대학교수가 된 다음에는 목사도 되어 보려고 노력을 했다. 마침 내가 속한 미국 연합감리교회에는 정식 신학대학을 마치지 않고도 목사가 되는 방법이 있었다. 로칼 파스터(Local pastor)라고 하는데 로칼 파스터가 되려면 통신교육을 받아서 자격증을 따야 한다.

대학에서 학생들을 가르치면서 이 목사 자격증을 따느라고 고생을 좀 했다. 그리고는 이 지방의 한인들을 위해 한인교회를 설립해서 수년 동안 목회도 했다. 여기서 설교한 것을 토대로 설교집을 발간한 것은 전술한 바 있다. 그러나 정식 신학대학을 졸업하고 싶은 야심(?)이 생겨서 좀 떨어져 있는 신학교에 등록해서 한 학기 수강했다. 정식으로 내가 봉직하는 대학에서 학생들을 가르치고 신학교에서 강의를 수강하고, 주일이면 한인교회에서 예배를 인도하고 설교를 했다.

이와 같은 3중의 일을 하니 정신을 차릴 수가 없었다. 학생들을 가르칠 때도 정신이 멍해서 내가 무엇을 하고 있는지를 헤아릴 수 없을 정도였다. 이래서는 안되겠다고 판단해서 신학교 다니는 것을 중단하고 한인교회도 동포들이 대부분 다른 지방으로 이사를 갔기 때문에 문을 닫아버렸다. 그리고 나서는 대학교수로서의 직무에만 전념했다. 그러나 지금도 신학교를 졸업하지 못한 것이 아쉽기만 하다. 나의 제한된 능력으로는 무리인 것 같다.

한국에서나 미국에서 나는 너무도 단순한 생을 이어왔다. 소위 삼각형의 인생이다. 삼각형의 한 각은 집이고 둘째 각은 학교이고 셋째 각은 교회이다. 이것이 내 세계의 전부였다. 결혼하기 전에는 부모님

집에서, 그리고 결혼한 다음에는 내 집을 중심으로 살아왔으며 평생을 학생과 교수로서 학교와의 인연을 끊을 수가 없었다. 그리고 교회이다.

의식적으로 주일 예배를 빠지지 않고 출석하면서 충실한 교인이 되어 보려고 평생 애를 써오고 있다. 은퇴할 때까지 이 삼각형을 맴돌면서 살아왔다. 이 삼각형에서 이탈해 본 적이 없다.

그런데 미국에 와서는 삼각형의 틀이 사각형으로 변모되었다. 아내가 병원의 간호사로 일하거나 대학의 간호과 교수로 일할 때 너무도 바쁘고 힘이 들어서 내가 집안 일을 거의 전적으로 도맡아야 했다. 그래서 식료품 가게에는 내가 가서 물건을 사가지고 오는 것이 우리 집의 관례가 되어버렸다. 그래서 삼각형에다 식료품 가게가 하나 더 첨가돼서 사각형이 되었다. 은퇴하고 나서는 학교가 없어져서 다시 삼각형이 되었다. 아내가 은퇴하면 또 다른 형틀로 될 것인지는 두고 봐야 한다.

나의 인생은 너무도 단순했다. 평생을 일종의 청교도와 같은 삶을 살아왔다. 미국에 와서도 마찬가지다. 한두 번의 예외는 있었지만 평생 담배와 술을 멀리했다. 맥주나 와인까지도 입에 대지 않았다 (포도주는 교회의 성찬식 때 아주 조금 마신다). 그래서 나는 술 이름을 하나도 모른다. 어떻게 보면 너무도 단순하고 무미건조한 생을 살아온 것 같다.

그러나 나로서는 내 생에 만족하며 후회하지 않는다. 나의 친구들도 나의 생활태도를 이해해 주어서 별로 어려움 없이 살아오고 있다. 담배와 술을 안하면 건강에 도움이 된다고 하는데 그래서 내가 지금까지 살고 있는지도 모른다. 요사이는 한두 잔의 술은 건강에 오히려 좋다고 하지만 나로서는 건강을 유지하기 위해서 술을 마실 생각은 추호도 없다.

미국은 나같이 술을 마시지 않는 사람이 살기 좋은 나라다. 미국 사람들은 회식에 참석한 사람들에게 술을 권하거나 강요하는 일이 전혀 없다. 술을 왜 못하느냐고 묻지도 않는다. 남의 일에 전혀 상관을 하지 않는다. 폭주가 있고 술잔 돌리기가 있는지는 몰라도 나는 그런 경험을 해본 적이 한 번도 없다. 그래서 미국에 오래 살면서 술을 마시지 않아서 오는 문제는 조금도 없었다. 이런 면에서 미국은 살기 편한 나라인 것 같다.

설사 술과 담배가 건강에 좋다고 해도 나는 단명을 감수할 것이다. 나는 나의 이 외고집을 죽을 때까지 유지할 것이다. 내가 그렇게도 병약한 몸을 지탱하면서 지금까지 살아 온 것이 술과 담배를 멀리한 것이 결정적으로 작용했을 것이라고 아내가 가끔 이야기한다.

집의 두 아이도 나의 생활철학을 잘 알고 있다. 지금은 장성해서 집을 떠나서 살고 있기 때문에 어떻게 살아가고 있는지 잘 모르지만 의사들이어서인지 흡연은 하지 않고 한두 잔의 맥주나 와인은 하는 것 같은데 아이들의 집에서는 맥주병이나 와인 술병을 본 적이 없다. 아이들은 자기들의 생활철학이 있기 때문에 나의 철학을 강요하고 싶은 생각은 추호도 없다.

아이들의 교육에는 다른 한국 사람들과 마찬가지로 신경을 많이 썼다. 그러나 유별나게 특별한 방법을 써본 일은 조금도 없다. 워싱턴에서 살 때는 아이들이 흑인만 있는 초등학교에 다녔는데 나나 아내는 조금도 심리적인 갈등을 느껴본 적이 없었다. 하루하루 무언가 조금씩 배우는 것이 신기하기만 했다.

지금 살고 있는 그린우드로 이사와서도 공립학교에 보내서 초등학교에서 고등학교까지 다니게 했다. 교육자인데도 다른 방법이 있는 줄도 그때는 미처 몰랐으며 알았다고 해도 공립학교에 계속 보냈을 것이다. 아내는 아이들에게 공부를 열심히 할 것을 늘 강조하였다. 집의 애들은 두각을 나타내서 고등학교를 우수한 성적으로 졸업했다.

우리 아이들은 입시학원이라는 데를 가본 적이 없다. 집에서 공부하는 것이 전부였다. 큰 아이는 수능시험인 SAT 성적도 자기 학년에서 최고점을 받아서 상장을 받기도 했으며 학교에서 최우수 학생으로 선정되기도 했다.

미국 대학에 들어가려면 여러 가지 조건이 구비되어야 한다. 첫째로 학교 성적이 좋아야 하고, 둘째로 SAT 성적이 좋아야 한다. 그리고 학교의 상담교사한테서 좋은 추천서를 받아야 한다. 그리고 많은 과외활동이 있어야 한다. 우리 애들은 과외활동을 많이 했다.

미국에 사는 동포들이 이 과외활동에는 신경을 덜 쓰는 것 같은데, 대학입학의 선택 기준에서 과외활동은 큰 비중을 차지하고 있음을 명심해야 할 것이다. 큰 아이는 자기 학교의 토론 팀 반장이고 작은아이는 팀의 일원으로 있으면서 우리 주(사우스 캐롤라이나)에서 있은 고등학교 토론대회에서 우승을 하는 데 결정적인 역할을 해서 학교 역사상 처음으로 우승컵을 학교에 안겨 주었다.

큰 아이는 그밖에도 학교의 뉴스 퀴즈 팀, 모의 UN 회의 대표팀, 과학 팀 등에서 활동했고 학생회의 간부였을 뿐만 아니라 교회의 야구팀이었고 또 교회의 청소년회의 회원으로서 연극에 출연하는 등 다양한 과외활동을 했다. 그림 그리는 데 소질이 있는 것 같아서 고등학교 1학년부터 고 3까지 미술교사인 마틴 여사의 지도를 받았다.

이런 요건들이 작용해서 큰아이는 예일대학에 합격할 수 있었던 것 같다. 예일대학의 면접시험은 좀 독특했다. 아마도 다른 명문 대학들도 같은 방법을 쓰고 있는지도 모른다. 면접시험을 본교에서 실시하는 것이 아니라 각 지역에 산재하고 있는 예일대학 출신 동문들 중에서 면접시험관을 선정해서 본교를 대신해서 면접시험을 보게 한다.

큰아이도 지정된 장소인 그린빌(자동차로 한 시간 거리)의 한 장소에서 지정된 시간에 면접시험관으로 지정된 예일대학 출신 동문으로부터 면접시험을 받았다. 이 면접시험관은 이 지방 출신 지원자의 면접 결과를 본교에 제출한다. 정말로 편리한 방법이다.

동문들의 봉사를 통해서 지원자나 대학 당국이 모두 시간과 경비를 절약할 수 있다. 실용주의가 몸에 밴 미국 사회의 한 단면이다. 그리고 동문들의 공정한 면접평가를 믿는 풍토가 인상적이었다.

작은아이는 장학금을 주는 학교를 택하느라 테네시 주의 내쉬빌에 있는 밴더빌트 대학교(Vanderbilt University)에 다녔다. 이 대학도 미국 유수의 대학 중 하나이며 한국에서도 이 대학으로 유학을 많이 온다.

작은아이도 대단히 높은 SAT 성적을 받아서 미국 전역에서 주는 상을 수상하기도 하였고 큰아이와 맞먹는 과외활동을 하였다. 여러 대학에서 개최하는 고등학교 과학 경시대회에서 자기 학교를 대표해서 두 번 참석했으며 교회에서도 큰아이와 같이 교회의 청소년부 회원으로서 여러 면에서 활동을 하였다.

음악에 소질이 있어서 초등학교 4학년부터 고3 때까지 피아노 레슨을 볼린 박사한테 받았다. 우리 주에서 개최되는 피아노 경연대회에도 참여하곤 하였으며 고등학교 3학년 때는 우리 교회의 정식 피아노 반주자로 봉사하기도 했다.

상담교사의 추천서에 일화가 하나 있다. 한번은 집의 큰아이가 상담교사의 추천이 필요해서 부탁을 했더니 상담교사가 우리 아이더러 「자네가 내가 쓴 것처럼 추천문을 타자로 작성해 오면 내가 한번 읽어보고 서명해 주지」 큰아이한테서 이 말을 전해 듣고 나는 크게 놀랐다. 그러면서도 한편으로는 수긍이 가기도 했다. 신뢰하는 사람은 끝까지 신뢰하는 것은 어느 사회나 마찬가지지만 미국에서, 그것도 추천서 작성에까지 작용하리라고는 미처 생각지 못했다.

두 아이를 의과대학에 보내서 의사로 만들기로 나와 아내는 아이들이 어릴 때부터 이미 결정해 버렸다. 미국에서 의사들이 존경을 받으면서 경제적으로 윤택하게 살아가는 것을 보아 온 우리로서는 아이들을 의사로 만드는 것이 최선의 방법이라고 생각했다.

요사이는 미국에도 의사의 시세가 폭락(?)해서 그전과 같은 위력을 발휘하지는 못하지만, 그래도 의사로 만든 것이 잘했다고 자위하고 있다. 법과대학에 보내서 변호사로 키울 것도 생각해 보았지만 아이들의 적성도 문제였고 법률계에서 백인 사회의 두터운 벽을 뚫어야 하는 것이 큰 문제인 것 같아서 법과대학 진학은 포기해 버렸다. 의사의 세계에도 이와 유사한 문제가 있겠지만 진료 기술이 더 존중되는 의료계는 법률계와는 양상이 다른 것 같다.

요사이 일류 법과대학 출신의 한인 2세 변호사들이 백인 세계의 벽을 뚫지 못해서 한인사회에 진출을 시도하고 있지만, 한국말을 제대로 구사하지 못해서 한인사회 진출에도 어려움을 겪고 있다고 한다(물론 미국 주류 사회에서 성공한 한인 변호사도 늘고 있다). 아내는 아이들이 어릴 적에 방학 때만 되면 한글을 가르쳤다. 한글을 읽고 쓰게 하고 시험을 보아 상장도 주는 방법을 통해서 한글을 익히도록 했다.

지금도 간단한 한글을 읽고 쓸 수는 있지만 자기들의 전문직에 활용하기에는 어림도 없다. 요사이는 한국 사람들이 많이 사는 동포 지역에서는 한글학교를 개설해서 어린아이들에게 한글을 가르친다고 하는데 잘하는 것 같다. 여러 언어를 구사할 수 있는 것은 큰 자산이라고 할 수 있겠다. 우리 아이들이 유창하게 한국어를 구사했으면 하는 아쉬움이 많다.

대부분의 동포들이 한인교회에 다니고 있지만 우리는 미국교회에 다니고 있다. 요사이는 한 시간만 자동차로 가면 한인교회들이 있지만 우리는 오래 다니는 미국교회에 계속 다니고 있다. 한인교회에 나가면 여러 가지 이점이 있다. 모든 순서가 한국말로 진행되고 있으니 정말로 마음 편하게 예배를 보면서 은혜를 받을 수가 있다.

한 주일 동안 말이 잘 안 통하는 사회에서 고달픈 생활을 하다가 주일만이라도 이런 스트레스에서 벗어나서 마음껏 한국말로 찬송가를 부르고, 한국말로 기도하고, 한국말로 설교를 들으니 저절로 할렐루야 소리가 터져나올 만도 하겠다.

미국교회에 나가면 스트레스가 해소되고 은혜가 충만해서 즐거운 마음으로 집으로 오는 것이 아니라 은혜를 받기는커녕 스트레스가 가중되어서 집으로 쓸쓸하게 돌아올 때도 여러 번 있었다. 그러면서도 우리 식구는 미국교회에 나가고 있다. 잘하는 일인지는 몰라도 앞으로도 계속 미국교회에 나갈 것이다(아내가 은퇴를 해서 우리가 한인이 많이 살고 있는 도시로 이사가게 되는 경우가 있으면 한인교회에 나갈 가능성은 많다).

그러나 나와 같은 이민 1세들에게는 한인교회가 절대적으로 중요하지만 우리말을 잘 구사하지 못하는 2세와 3세들에게도 한인교회가 절대로 필요한지 검토의 여지가 있다. 벌써 많은 한인교회들이 우리말 구사가 불편한 젊은이들을 위해서 영어로 예배드리는 시간을 가지고 있다.

한인교회에 나가면 또 다른 이점이 있다. 다른 한인교인들과 교제하면서 서로들 중요한 정보를 교환하게 된다. 예를 들어서 영주권 취득이라든가 시민권 취득문제는 한인 사회에서는 중요한 문제이기 때문에 이에 대한 정보들이 자연스럽게 교인들 사이에서 교환될 수 있는 것이다.

또한 사업에 중요한 정보들도 나눌 수가 있다. 미국교회에 나가면 영주권이나 시민권에 대해서 아는 사람이 한 사람도 없다. 모두가 미국 시민으로 태어났기 때문에 이런 문제에 대해서는 거의 무지에 가깝다. 뿐만 아니라 한인들과 교제하면서 알지 못했던 미국의 생활습관을 배울 수도 있는 것이다. 어떤 때는 어떻게 우리가 알지도 못했던 미국 관습을 그렇게 자상하게 알고 있는지 놀랍기도 하다.

그래서 미국에 사는 한인들은 시간만 나면 한인교회에 모이고 다른 한인단체 모임에 자주 참가하는 것이다. 이것은 미국에 살고 있는 한인들의 절대적인 생존전략인 것이다. 나도 미국교회를 나가고는 있지만 이 지방에 거주하고 있는 한인동포들과의 관계는 돈독하게 유지하고 있다. 이것이 좀 변형된 나의 생존전략이다.

미국교회에 나가는 것을 후회하지는 않는다. 미국교회에 다니면서 미국교인들이 한식구처럼 느껴지는 것이 큰 소득이라고 할 수 있겠다. 미국교인들도 우리 식구들을 한가족같이 대접해 주고 있다. 오래같이 지내면 가로막고 있던 인종의 벽을 비롯한 다른 여러 장벽들이 조금씩 허물어지는 것 같다. 누군가는 이런 경험을 해야 한다. 나는 이런 경험을 한 데 대해서 일종의 자부심을 가지고 있다.

내가 봉직한 대학은 주립대학이다. 그런데도 한인 유학생이 한 사람도 없다. 우리 대학에 유학 와도 다른 대학 못지않게 착실하게 공부할 수 있으며 좋은 대학원으로 얼마든지 진학할 수 있다. 그러나 나나 아내는 한국 학생들이 우리 대학으로 유학 오는데 조금 주저하고 있다. 이유는 간단하다. 다른 한인 유학생이 없기 때문에 너무 외로울 것이 걱정이 되기 때문이다.

한국 학생들이 너무 많은 대학으로 유학 가게 되면 한국 학생들끼리만 어울리게 돼서 영어도 배우지 못하는 불편한 현상과는 정반대의 현상을 우리 대학에서 경험하게 될 것이다. 외로움도 참기 힘든 고통인 것이다. 우리가 남쪽의 조그마한 도시인 그린우드로 이사오기를 결정하자 아내는 이 도시에 한국 사람이 없을 뿐만 아니라 한국인 간호사가 한 사람도 없는 백인 일색의 병원에 근무하게 되는 불안감이 앞서서 이 도시로 이사하는 것을 매우 주저했다.

이것은 작은 문제가 아니다. 나도 거의 **40**년 전에 유학 왔을 때 나보다 먼저 와서 공부하던 한인 유학생들로부터 너무도 많은 도움을 받았던 일이 아직도 생생하게 기억된다. 그래도 언젠가는 우리 대학에도 한인 유학생이 올 것이라는 기대를 가져본다.

오래 전에 우리 교회의 여신도의 혼례가 있었다. 결혼식 전에 있는 신부를 위한 축하 파티(bridal shower)에 좀 비싼 커피 세트를 결혼

선물로 가지고 갔다. 그랬더니 신부가 나는 커피를 안 마시는데 하면서 난처해 해서 아내나 내가 입장이 곤란한 적이 있었다.

우리가 결혼선물을 어떻게 하는지 몰라서 실수를 한 것이다. 미국에서는 신부와 신랑이 백화점에 등록해서(bridal registration) 자기들이 원하는 물건을 선정한다. 그러면 결혼 선물을 하고 싶은 사람들은 그 백화점에 가서 신부와 신랑이 선정한 물건(주로 접시 세트나 크리스털 세트) 중에서 하나를 골라서 백화점에 돈을 지불한다. 대개는 20달러에서 50달러 정도의 물건이다.

그리고 누가 선물했다는 기록을 백화점에 남겨 놓으면 그것으로 모든 절차가 끝난다. 그러면 신부나 신부 가족이 백화점과 연락해서 물건을 신부 집으로 가져간다. 간혹 결혼식장으로 선물을 가져가는 경우도 있지만 이것은 예외에 속하는 것 같다.

결혼 선물로 현금을 가져가는 것은 있을 수 없으며 결혼식장에서 현금을 받는 사람도 없다. 이런 편리한 결혼선물 관습을 미국에 온 지 오랜 후에야 알았다. 아직도 미국 관습을 하나하나 배워가고 있는 중이다.

후기

후기

미국에 꽤 오래 살았습니다. 인생의 가장 중요한 시기를 미국에서 보냈습니다. 그동안 많은 것을 보고 많은 것을 느꼈습니다. 미국에 사는 한국 사람으로서 미국 사람들의 생활을 깊이 파고 들어가서 관찰한 사람 중의 한 사람이라고 자부합니다. 이웃으로서, 교수로서, 교회의 교인으로서 또 여러 기회를 통해서 미국 사람과 어울리면서 살아왔습니다.

이 책은 미국 사람과 같이 살면서 보고 듣고 느낀 것을 그대로 적은 책입니다. 그래서 이 책에서는 미국을 거시적인 면에서 다루지 않고 아주 미시적으로 접근하면서 미국 사회와 미국 사람들의 생활을 속속들이 알아보려고 애썼습니다.

또한 한국 사람들이 어떻게 미국 사회에 적응해 가며 살아가는지도 저자의 경험을 통해서 자세히 살펴보았습니다. 그러면서도 항상 한국 생각이 나서 향수에 젖기도 했습니다.

미국에 대해서는 여러분들이 저자보다 더 잘 알고 계시리라고 믿습니다. 미국에 오래 살면서 미국 사람들과 어울려서 살아온 한 한국 사람이 보는 미국과, 미국 사람에 대한 관점에 공감을 갖는 분도 있을 것이고 그렇지 않은 분도 있으리라고 믿습니다.

저자로서는 다만 미국에 오래 살고 있는 한 한국 사람이 미국과 미국 사람을 어떻게 이해하고 있는지에 대해서 한국에 계시는 여러분들에게 알리는 것으로 사명을 다하는 것이라고 믿고 있습니다.

이 책을 준비하는 중에 뉴욕에 있는 세계 무역센터에 여객기가 충돌하여 붕괴되는 테러 사건이 발생했습니다. 이 책에서 이 문제를 언급할까도 생각해 봤지만 다루지 않기로 했습니다. 이 엄청난 사건을 객관적으로 이해하고 자료를 수집해서 정리하려면 시간이 좀더 걸려야 할 것 같습니다.

이 책이 독자 여러분에게 미국을 이해하는 데 조금이나마 보탬이 되기를 바랄 뿐입니다. 한국에 대해서도 많이 언급했지만 그동안 너무도 달라진 한국을 제대로 이해했는지 심히 걱정되는 점도 있습니다. 잘못 이해된 점이 있더라도 너그럽게 용서해 주리라 믿습니다. 그러면서도 이 책을 읽은 독자들이 저자에게 공감하는 점이 있었으면 하는 은근한 기대도 가져 봅니다.

이 책이 출판되기까지 한성대학교 최송길 교수께서 미국에 있는 저자를 대신해서 너무도 많은 수고를 하셨음을 감사하게 생각합니다. 끝으로 이 원고가 햇빛을 볼 수 있도록 출판을 허락해 주신 명문당 김동구 사장님과 편집과 교정을 담당해 주신 팬더북 채희걸 실장님께 깊은 감사를 드립니다.

미국 남부의 한 작은 도시 그린우드에서
은퇴 교수인 저자가 올립니다

저자와의 협약에 의해서 인지를 생략합니다

라이프 인 아메리카
Life in America

☆

초판 인쇄 / 2002년   9월 30일
초판 발행 / 2002년 10월   5일

☆

지은이 / 장찬섭
펴낸이 / 김동구
펴낸데 / 明文堂
서울특별시 종로구 안국동 17-8
대체 010041-31-001194
☎ (영업) 733-3039, 734-4798
(편집) 733-4748   FAX. 734-9209
H. P. : www.myungmundang.net
E-mail : mmdbook1@myungmundang.net
등록 1977. 11. 19. 제 1-148호

☆

ISBN 89-7270-699-X   03800

낙장이나 파본은 구입하신 서점에서 교환해 드립니다.

☆

값 9,500 원